KB108387

동시상연집

同時上演集

동시상연집 同時上演集

발행일	2019년 3월 9일
지은이	권영준
펴낸이	한아타
펴낸곳	출판법인 드림워커
제작처	(주)북랩 book.co.kr
등록일자	2017-08-08
등록번호	제2018-000083호
등록주소지	서울특별시 용산구 한강대로7길 22-6 이안오피스 1층 102호
홈페이지	https://drmwalker.modoo.at
이메일	ii21@live.com
전화번호	050-4866-0021
팩스번호	050-4346-5979
ISBN	979-11-958185-6-3 03800

이 도서의 국립중앙도서관 출판예정도서목록(CIP)은 서지정보유통지원시스템 홈페이지(http://seoji.nl.go.kr)와
국가자료공동목록시스템(http://www.nl.go.kr/kolisnet)에서 이용하실 수 있습니다.
(CIP제어번호: CIP2019001873)

동시상연집

同時上演集

이야기 하나 갈래 둘

권영준 희곡 그리고 소설

출판 법인
드림워커

동시상연집
同時上演集

이야기 하나 갈래 둘

● 나, 애심뎐傳!

● 나, 옥분뎐傳!

나, 애심뎐傳!

어머니에게

등장인물

애심

혜영

소피

수일

길수

남자(입양인 복지회)

※

변두리 연립주택의 허름한 거실이라고 할 만한 무대. 안쪽엔 오래된 라디오를 올려놓은 낮고 낡은 싸구려 서랍장이 놓여있고, 구석에는 어른 키만 한 스탠드형 옷걸이가 기우뚱하게 세워져 있으며, 가운데에는 동그스름한 밥상 닮은 탁상 앞에 앉아서 안절부절못하는 애심이 있다.

애심   눈이 와 그러는가…? 늦어지네? 별일 읎겄지? 허긴 뭣…, 뱅기는 원체 덩치가 큰 놈잉께, 이깟 눈 쫌 왔다구서 뭔 일이야 있을라구. (맞은편 베란다 창밖을 내다보며) 차가 막혀 그러는가…? 해 떨어질라는디…, 기둘리는 사램 맴 껄쩍지근허게스리 눈은 또 왜 또 오구 지랄이랴…? (더 먼 곳을 살펴보려고 목을 삐주룩이 빼려는데, 전화벨이 울린다.) 아이구~ 아부지…! 아이구, 아부지~! (일어나려다 철퍼덕 주저앉은 그대로 몸을 틀어서 바지춤을 뒤적대며 전화기를 꺼내더니, 눈을 게슴츠레하게 뜨고) 요런 염병헐 놈의 것이 으디…, 당최 뭣이 뵈야…, (전화기를 귀에 가져다 대고) 여보시요? 누구요? 길수영감님요? 근디요? 으짠 일로…? 잉~ 아니요. 그럴 일이 있소. 아~ 아니랑께요. 그럴만한 일로 못 나간다니께요.

아~ 아줌씨가 먹기시리 말아주면, 그놈 받아갖꼬 맛깔나게 처자시면 될 것이지‥, 뭔 놈의 국밥이 나가 마는 놈과 넘이 말아주는 놈이 다르답디요? 벨스러운 양반이네, 참말로‥! 아~ 됐응께. 되도 않을 소리 허덜 마시오. 이잉~? 여가 으디라고, 뭔 구경을 오겠다 그러시오? 뭐 달라고? 긍께, 뭣을‥? 이잉~? 알기는 개뿔 뭣을‥! 아~ 몰러요! 잡소리 말고 끊어요. (폴더를 세게 닫고) 보기보단 싱거운 양반이네그려. 언감생심 넘의 귀한 따님 오는 디를 으디 감히 끼겠다고 시답잖은 소릴‥, 가만, 가만‥? 뭔 소리가 났는디‥? 것이 뭔 소리여? ('쪼로롱~!' 벨 소리가 울린다.)

외침 소리 애심이 할머니 계세요?

애심 오메! 오메~! 인자 시방 왔는갑네‥! 나가요~! 나가! 나가 바로 애심이요~!

애심이 몸을 일으켜 허겁지겁 현관으로 향한다. '철커덩‥!' 철문 열리는 소리가 들린다.

애심 (밖에서) 아이고~ 혜영아~! 아이고~ 혜영아, 이년아~!

거실로 잡아끌 듯이 하여 애심이 앞서서 들어오고, 뒤이어 혜영과 소피, 남자가 거실로 들어선다.

애심	(부산스레) 싸게 싸게 후딱후딱 들어와라. 잉? 하이고메~ 혜영아, 어디 보자! 너가 참말 혜영이냐? 혜영이여‥? 그 랴~! 너가 맞는 갑구나, 잉‥! 허이구~ 불쌍헌 내 새끼~! 반갑구만! 참말 반가워‥! 이게 을매 만이냐? 대체 을매 만이여~! 너 왜 인자 온 것이냐? 어매가 너 못 보고 죽을 줄로만 알고서‥! 으디~! 으디‥, 우리 혜영이년 얼굴 쫌 보자. 여‥, 여~ 입술 함 보자! 여긴가? 여기? 맞어? 맞는 가‥? 으디 보자! 으띠어? 으메, 양~! 아조 깜쪽같구먼, 잉 ~! 아닌 줄로 알겄네. 귀는? 너 귀는 으띠어? 어매 말허는 것 들리냐? 두 짝 다 잘 들려?
혜영	… (눈가에 물기를 내비친 얼굴로, 고개를 *끄덕*) …
애심	보청기 낀 것 아니지? (혜영의 귀에 손을 가져다 대려다 멈칫하 더니, 까치발로 귓속을 들여다보고는) 으메~ 아니구마, 잉‥! (남자에게) 야가 보청기도 읎이 겁나 잘 들리는 갑소, 잉~! (손뼉이라도 칠 것처럼) 하이구메~ 다행이네‥! 다행이어~! 잘되었다. 참말 잘되었어~!
혜영	……

호들갑 떨어대는 애심과 다르게, 혜영은 왼손등으로 눈자위를 꾹꾹 누르고서 애심의 손목을 지그시 잡아떼어내려고 한다. 그러자 애심 이 슬쩍 손을 떼어 엉덩이에 문지른다.

애심	(멋쩍어하지 않으려 하며) 에고~ 참말로‥. 먼 길 오느냐 애썼

지? 하이고~ 이 눈 좀 봐라. (혜영 어깨 위의 눈을 털며) 춥지? 얼른 여짝으로, 잉‥? 여 짝에 앉아라. 짐은 거따 기냥 냅두구‥, 거시기‥, 선상님도 여짝으로 쪼까 앉으시오. 밖에 눈이 많이 오지라?

남자 아닙니다! 바로 가봐야 합니다. 사무실에 들렀다 퇴근해야 해서요. (손에 서류를 펼쳐 보며) 음~ 뭐‥, 신원이야 확인할 것 없고, 따님께서 한국말을 잘하시니‥, 이것도 걱정할 것 없고. 연락도 서로 해보셨으니 문제가‥, 음~ (빙긋 웃으며) 제가 없어도 전혀 문제 없으시겠죠?

혜영 ⋯ (고개를 끄덕) ⋯

남자 (소피에게) 노 프로브럼?

소피 ⋯ (수줍은 듯이 혜영 뒤로 숨고) ⋯

애심 으째~? 시방 가실라고라?

남자 네. 가봐야 합니다. 눈치 없이 오붓한 시간 방해하면 안 되잖아요. (혜영에게) 제 번호 아시죠? 도움 필요하면 언제든 연락 주세요. 어머니와 좋은 시간 보내시고요.

애심 (따라나서며) 앉았다 커피라도 한 잔 마시고 가시지 그려요?

남자 맛있게 잘 먹은 걸로 하겠습니다. 할머니~! 따님하고 손녀분과 좋은 시간 보내세요. 저는 이만 가보겠습니다. 꼬마 안녕~! (손을 흔들고 현관 밖으로 나선다.)

애심 에구‥! 바쁘게 오자마자 몸도 못 녹이고 그냥 가네‥. 조심해서 가시요, 길 미끄러울 텡께. (철문 움직이는 소리) 허이구~ 저 양반이 은인이네. 은인‥! 첨엔 으디 복지회 코딘지 코친지 웬 쭉정이 같은 놈이 연락이 와가지고서 다짜고짜 너가 어매 찾고 있다고 해쌌길래, 웬 그지 깡깽이 같은 놈이 씨알도 안 멕히는 소리허고 자빠졌나 혔는디··, 나가 참말로 저 양반 덕에 죽기 전에 우리 혜영이를 만나게 되었구나. 으메 고마워라··! (관자놀이에 손을 가져다 대는 혜영을 보고) 피곤허냐? 그랴··! 얼릉 그짝에 쫌 앉아라. 집이 쪼까 많이 춥지? (거실 바닥에 앉는 혜영을 보다가 어리둥절한 표정으로 엉거주춤 서 있는 소피를 보고는) 하이고메~! 아가~! 너는 누구냐? 너가 누구여? 너가 너그매 딸이여?

애심이 손을 잡으려 무릎걸음으로 다가들자, 소피가 깡충대며 얼른 혜영의 뒤로 숨는다.

애심   을라라~? 자 좀 보소? 으디··? 도야지머리 삶은 냄시 나냐? 으째··? (킁킁거리며) 깨끗이 씻는다고 씻었는디···.

혜영   쏘피Sophie, 쎄 따 그헝 메흐c'est ta grand-mère.[1]

소피   (눈을 동그랗게 뜨며) 마 그헝 메흐Ma grand-mère?[2]

애심   (고개를 끄덕이면서) 잉~ 그려, 거시기··.

소피   ……

---

1)   소피, 네 할머니야.
2)   할머니?

혜영이 고갯짓으로 까닥까닥해댔으나, 소피는 고개를 가로젓고 머뭇거린다. 애심이 얼른 몸뻬바지춤에서 사탕 하나를 꺼내 보인다.

애심 아가! 아가, 이거! 이거 맛난 놈이여.

소피 … (몸을 웅크리고는 혜영이 어깨너머로 눈만 빼꼼히) …

애심 에구~ 저것 좀 보소…! 숫기 읎는 것이, 저그매 어릴 때랑 영판 꼭 같구만, 잉~!

혜영 (나직하게) 소피~

소피 … (고개를 숙이고) …

소피가 내키지 않는 걸음으로 애심에게 다가간다.

애심 (소피에게 손을 내밀며) 그랴, 나가 너 할미여. 할미. 아가, 할미 말 들리냐? (손짓을 섞어) 내 말 들리는겨? (혜영에게) 야가 시방 내 말 들리지?

혜영 쏘피Sophie, 디 봉쥬흐 아 따 그헝 메흐dis bonjour à ta grand-mère. 비뜨Vite. [3]

소피 봉쥬흐 그헝 마멍Bonjour grand-maman. [4]

애심 그려. 이 할매가 봉구르네 할매여. 아가, 너 이름이 뭐냐?

혜영 소피에요. 쏘피Sophie, 돈느 엉 꺌랑 아 따 그헝 메흐donne

---

3) 소피, 할머니한테 인사해야지. 어서.
4) 할머니 안녕하세요.

un câlin à ta grand-mère. [5]

소피   ··· (눈을 한차례 굴리고) ···

소피가 엉덩이를 빼며 엉거주춤하게 서서, 애심을 안고 뺨에
얼굴을 살짝 가져다 댄다.

애심   하이구~ 이쁜 것··! 어이구메~ 이쁘다. 어이구 이쁘다~.
여 앉아라, 잉? (사탕을 쥐여 주며 손을 붙들려 하자, 몸을 틀면
서 손을 빼고 혜영의 등 뒤로 숨는 소피를 보고는) 하이구~ 저것
쫌 보소. 양지마당 병아리마냥 쫑쫑쫑~

혜영   한국말, 잘, 몰라요. 친하기 전까지, 사람도, 어려워요.

애심   아녀. 괜찮여. 찬찬히 배우면 되지. 그란디 너는 으짜쿠룸
우리말을 잘한다냐?

혜영   프랑스 엄마가, 한국말, 잊지 마라, 해서··, 한국말, 썼어
요. 어릴 때부터. 빠리에, 한국 사람, 많아서··, 유학생 많
아서, 프랑스 엄마가, 한국 사람, 어울리기, 좋아했어요.

애심   그렸구나. 에구~ 장헌 내 새끼. 그랑께로 이러고 다시 만
나는구나. 에구 고마워라. 자식 하나 키우는 디 오만 자루
의 품이 든다는디·· 빠리 엄마가 박사님이고 부처님이다.
그랴, 빠리 엄마는 잘 기시고? 거 아부지도?

혜영   돌아가셨어요. 자동차 사고로, 팔 년 전에, 두 분, 모두··.

애심   으메으메~ 아까워서 으쨌으까 잉··! 나이가 몇이냐 되었

---

5)   소피, 할머니 안아드려야지.

는디? 겁나 창창허실 땐디.

혜영   저…,

애심   응? 왜 그랴?

혜영   죄송해요…‥.

애심   (눈을 깜박대며) 뭐가? 뭣이 죄송혀?

혜영   쉬고…‥, 싶어요. 머리도, 좀…‥. (오른손바닥을 관자놀이와 뒷머
리에 가져다 댄다.)

애심   머리가…‥? 머리가 왜?

혜영   … (눈길을 돌린다. 피하듯이) …

애심   (눈길을 좇아 두리번거려대다가 알아차리고) 아이구메~! 너그
매 정신머리 좀 보소…‥! 뱅기 타고 먼 길 오니라 피곤했을
것인디, 하도 반갑다 봉께 나가 주책바가지로 깜박했네
그랴~! 여는 거와 낮밤이 까꾸로라지? 그리어, 얼릉 쉬어
야겄다. 어매가 저짝 안방 깨끗이 치워놨응께, 얼릉 드가
한잠 푹 자고 인나라, 잉? 같이 밥 먹자. 어매가 맛난 놈으
로다 한 상 차려 놓을라니께. 아가~ 너도 너그매랑 냉큼
싸개 드가 갖꼬 한숨 자고 나오너라, 잉? 근디 참…‥! 어띠
어? 머리는 약 안 먹어도 괜찮은거?

혜영   (몸을 일으키며) 네. 괜찮아질, 거예요. 조금, 쉬면…‥.

애심   (따라 일어서며) 응, 그려, 다행이네. 그려야지.

혜영이 여행용 가방을 끌고 거실 안쪽 방으로 향한다. 혜영의 겉
옷 자락을 붙들고 몇 걸음 쫄래쫄래 따라가던 소피가 힐끔 고개

를 돌려서 애심을 쳐다본다.

애심   (환하게 웃어 보이며) 아가, 너도 얼른 들어가 쉬어라, 잉? 으
메~ 이쁜 것!

혜영과 소피가 안방에 들어간다. 애심이 휑뎅그렁한 거실에서
한숨을 길게 "후우~" 내쉰다. 스웨터 소맷자락으로 눈자위를 꾹
꾹 눌러본다. 콧물을 홀쩍 들이마시고 소맷자락으로 코밑을 훔
치며 콧잔등이를 찌긋대더니, 한숨을 삼키며 힘을 내어 웃어 본
다. 서서히 어두워진다.

※

귤 더미를 쌓아둔 탁상 앞에 앉아서 전화통화 중인 애심.

애심 아, 몰러~! 열흘을 있다가 갈라는지, 달포를 있다가 갈라
는지, 잘 모르겄지마는‥. (귤을 하나 까서 입에 넣고 게걸스레
씹어가며) 이~잉‥? 아따~! 거기 으디 핵교서 애덜 가르치
다가 방핵이라고 왔다는디‥, 것을 으째 대놓고 물어보는
가? 때 되면은 붙잡아도 가겄지. 냅두시오. 서른여덟 해
만에 저그매 얼굴 보겄다고 하룻밤을 꼬박 새고 날아온
딸년헌티다 온 지 며칠이나 되었다고 가는 날짜 물어본다
요? 것도 경우는 아니지라. 뭐‥? 뭣을? 뭐‥, 나도 잘은 모
르겄소. 아~ 왜 모르긴‥, 말을 안 항께 모르지. 아~ 낮뿌
닥도 알락 말락 인디 맴을 으찌 알겄는가? (귤껍질을 잘게
찢어가며) 같이 살아본 적 읎응께 아적 서먹해갖꼬 그런갑
다 허고는 있는디‥, 같이 지내다 보면 차츰 가까워지고
살가워지고 뭐‥, 그러겄지‥. 아~ 핏줄이 어디 가겄는가?
그라고 아닌 말로다, 나가 나 살라고 보냈는가? 저 잘되라
고‥, 이짝 땅서 병신으로 손꾸락질 받고 사느니, 차라리
그짝 가서 성한 몸으로 고치고서 저 편하게 살라 그런 것

이지! 나이 여섯에‥, 다섯인가? 여섯인가? 여섯 맞지‥? 하여튼간 그때쯤에 갔는디‥, 외국서 선상님 헌다는 똑똑한 아가, 것을 모르겄능가? 새끼까정 낳았는디? 것을 아니께로 나가 으찌 사나 디다보러 온 것 아니겄소? 잉‥? 뭣을? 서방‥? 몰러~. 아~ 야그를 안 허는디 으찌 알겄는가? 쌧바닥이 꼬부라져갖꼬 뭣을 쏼라쏼라 알랑 들롱 해쌌는 손녀 딸년헌티다 물어볼 수도 읎는 노릇이고‥. 흐이그~ 참말로‥! 말이 나왔응께 하는 말이오만, 이름이 고와야지, 소피가 뭐여 소피가! 입에서 찌룽내나게끄롬‥! 안 그려? 그라도‥, 그나마도 껌정 머리여서 참말 다행이랑께. 얼굴 꺼먼 놈이랑 섞였으면 으쩔꺼나 걱정혔는디 말여‥. 근디 아가 참말 볼수록 저그매 어릴 때랑 꼭 같당께. 우짤 때는 자는 놈을 이라고 가만 디다보면‥, 입 벌리고 자는 꼴이 영판 저 할아부지 판박인 것도 같고. 이잉~? 아니여! 참말이랑께~! 을라라~?? 뭐‥뭣이여? 째보?? (반사적으로 주위를 둘러보고) 이런 에미~! 으디 가서 그딴 소리 허덜 말어! 째보가 뭐여, 째보가!! 나가 그런 소리 들을까 봐 안 데꼬 가는 것이여. 아~ 아니랑께! 미스코리아가 나자빠질 만치 아조 깜쪽같이, 흔적도 읎당께! 말도 또박또박 잘허고, 귓구멍도 겁나 잘 뚫렸는갑고! 뭣이‥? 뭣이라고라~? 염병‥! 개 풀 뜯어 먹는 소리허고 자빠졌네‥! 벼룩이도 낯짝이 있지, 뭣도 해준 것도 읎음서 바라기는 개뿔‥! (귤껍질을 탁상 위에 패대기치며) 아~ 씨잘데기읎는 소리 말고 얼릉 끊어, 전화비 많이 나와! 비싼 놈의 돈 내가 며 뭔 놈의 헛소리를 삐약삐약 해쌌고 지랄이랑가! (갑작스레, 벨 소리) 으메으메~ 왔는갑네. 얼릉 끊으소! 나가 나중에 또 전화 할라니께. 뭣을? 을라라~? 으메~ 양…! 속보 이게끄롬…! 아~ 안 되야! 담에…, 담에 야그하자니께. 아~ 지랄 말고 끊어요, 잉? (전화기를 허리춤에 쑤셔 넣고 탁상을 짚고 몸을 일으키더니, 현관 쪽으로 걸어가며) 혜영이 왔냐? 밖에 춥자? 밥은 먹었냐?

'철커덩~!' 철문 열리는 소리. 검정 털모자 차림의 혜영과 빨간 목도리 차림의 소피가 거실로 들어선다. 소피 손에는 쇼핑백이 한 개, 혜영이 손에는 네댓 개가 들려있다.

애심   왔냐~? 길 안 미끄러웠고? 요 아래짝서 올라올라면 솔찬히 힘들 것인디.

혜영   괜찮…, 았어요. 잘, 다녀…, 왔어요.

애심   어아구~ 우리 아가! 징그럽게 춥자? (몸을 숙여 소피의 뺨을 두 손으로 감싸고서) 으메, 양~. 뺨따구가 아조 얼음이네, 얼음. 몸 꼴 내다 얼어 디지는디, 따숩게 입고 댕겨야지.

혜영   쏘피Sophie, 디dis…, '다, 녀, 왔, 습, 니, 다.' 아 따 그헝 메흐à ta grand-mère.[6]

소피   (어색한 한국말로) 다 녀 오… 았 습 니 다.

───────

6)   소피, '다녀왔습니다.'라고 할머니께 인사해야지.

애심	오메, 오메~! 그랴‥! 그랴! 잘했다! 잘했어~! (소피가 쇼핑백을 건네자) 잉‥? 이게 뭐여? 할매 주는겨?
소피	··· (고개를 *끄덕끄덕*) ···
혜영	서둘러서, 와서‥, 선물, 못했어요. 친척들, 누구 것, 몇 개‥, 샀어요.
애심	(받아들며) 하이고~ 쓸데읎이 뭔 놈의 것을 이라고 비싼 놈으로다‥! 너가 뭔 돈 있다고 고맙게시리‥! 거기 그짝에 그냥 놔둬. 나가 알아서 나눠줄라니께. 얼릉 이짝 따순 데로 쫌 앉고. 그랴녀도 시방 너 오기 전까정 전화로다 너 큰이모허고 너 야그허고 있었는디‥.
혜영	······

혜영이 대꾸 없이 스탠드형 옷걸이 옆에 쇼핑백들을 내려놓더니, 외투와 모자를 벗는다. 소피의 외투와 목도리도 나란히 걸어놓더니, 소피를 데리고 밥상 닮은 탁상 옆에 앉는다.

애심	(뒤따라와 앉으려다, 엉거주춤 서서) 밥은 먹었냐?
혜영	네. 먹었어요.
애심	허면, 어매가 달달하게 커피 한 놈 끓여줄까?
혜영	아니요. 먹었어요, 커피.
애심	(앉으며) 너 큰이모가 너가 겁나 보고 싶은 모양이여. 데꼬 함 내려오라고‥, 바빠서 못 오면은 이모가 올라오겄다고···.
혜영	······

애심	너‥, 옛날 살던 동네 기억허냐? (살피고) 뭐, 허기사‥, 뭣이 좋은 것이 있었던 것도 아니고‥. 가봐야 그짝도 싹 다 바껴 갖꼬 암껏도 알아보지 못할 것이여. (소피가 혜영의 가슴팍에 파고들자, 애심이 미소 띤 얼굴로 어르듯이 고갯짓하고는) 으이그 이쁜 놈~! 그려그려‥.
혜영	‥‥‥‥
애심	가물가물헐지도 모르겠다마는, 큰이모가 너를 참말로 이뻐했다. 많이도 안아주고‥.
혜영	‥ (여전히 무심하게) ‥
소피	‥ (나무 그릇에 담아놓은 귤을 하나 만지작) ‥
애심	(눈을 번쩍) 아가, 그거 한 놈 까먹어라! (귤을 하나 집어서 까며 혜영에게) 요놈이 바로 조생 귤이라는 것인디‥, 뵈긴 이래 봬도 겁나 달달허당께. 아가, 자~! 아~ 혀 봐!

애심이 소피에게 몸을 기울이면서 팔을 뻗는다. 소피가 뒤로 물러서더니, 혜영을 쳐다본다. 혜영이 고개를 끄덕이자 소피가 손으로 받아서 제 입안에 넣는다.

애심	하이고~ 기특한 것‥! 갱아지 새끼마냥 뭣을 하나 할라 쳐도 저그매한테 꼭 물어보고 저러는구마, 잉‥! 저그매 걱정할까 봐! 근디 혜영아, 거시기‥, 근디 말이다‥. (침을 꿀꺽 삼키고) 너‥, 너가부지한테 함 안 가볼 티냐? 죽었다고 너가부지 아닌 것도 아니고‥, 암만 그랴도 너 부몬디‥.

혜영   ……

애심   (입맛을 다시더니, 꼬리를 말듯이) 허기사 뭐‥, 그때까정만 혀도
         너가부지 속 못 채리고 놀러 댕길 땐디‥, 다섯 살배기 머릿
         속에 뭔 놈의 좋은 꼴이 남아 있겠냐마는서도‥, 그랴도 너
         가부지가 너 보내고 자슥 팔아먹었다고 을매나…, (당황스러
         워) 아‥, 긍께‥! 것이‥! 위로금 차원으로다…, (말끝을 흐리
         다가 힘을 내어) 아~! 어매는 그런 놈이 있는 줄도 몰랐당께!
         교회 목사라는 양반이 중간서 소개비다, 거마비다 홀랑 다
         해 처먹고 남은 찌끄러기 몇 푼 받은 거랑께‥! 참말이여!
         너 위짝 입술 짜개진 거랑, 귓구멍 고쳐준단 말에 홀라당
         넘어간 거랑께! 그때 너가부지가 을매나 서럽게 울었는디!
         사우디건 중동이건 저가 대신 갔어야 허는 거 아닌지 모르
         겠다고 지랄염병을 떨다가도‥, 그라고도 낭중에는‥, 테레
         비에 그‥, 에펠탑만 나오면은 자다가도 인나 갖꼬, 너 지나
         다가 보일지도 모른다고 아조 눈깔을 부라리고 떼굴떼굴‥,
         테레비 앞에 꼭 붙어 앉았었당께. 너가부지는 겉모양만 날
         라리 뺀질이였지, 속창새기는 영 물러터진 허당이었어, 허
         당…. (애틋함이 묻어 나오는 말투로) 그랴도 너가부지가 참말
         로 한량이셨다. 집구석에 쌀이 떨어졌는지 연탄이 떨어졌
         는지 당최 도처춘풍으로다 나 몰라라 허시긴 허셨지마는‥,
         기따란 기지 바지를 손꾸락이 베일만치 날씬허게 줄 잡아
         입고 반질반질한 빽구두에‥, 아~, 너가부지는 복더위에도
         긴 팔 카라 셔츠에 가다마이만 입으셨당께! 미역 줄거리마

냥 찰랑찰랑한 머리카락은 또 으땠었구··! 으메~ 참말 멋져
부러라··! (신이 나서) 여··, 어매가 너가부지 으떻게 만났는
지 아냐? 긍께 그때가 으땠는가 허면 말이다···!

이장희의 〈그건 너〉가 나오며 조명이 바뀐다. 수일 등장한다. 촌
스런 변두리 얼치기 멋쟁이. 스탠드형 옷걸이를 가로등 삼아 폼
잡고 기대선다. 애심도 머리 매무새를 매만지고 주머니에서 립스
틱을 꺼내 입술을 빨갛게 칠하더니, 밥상을 옆구리에 끼고 일어나
수일 쪽으로 향한다. 수일이 손가락을 튕긴다. 음악이 멎는다. 수
일이 〈그건 너〉 후렴구를 멋들어지게 부른다.

수일　　그건 너어~! 뚜르르르 뚜르르르, 그건 너어~! 뚜르르르
　　　　뚜르르르, 바로 너어~! 뚜르르르 뚜르르르, 때문이야. 띠
　　　　리~띠리리링~ 띠리~띠리~띠리리링~ 그건 너어~! 뚜르르
　　　　르 뚜르르르 그건 너어~! 뚜르르르 뚜르르르~ 바로 너어
　　　　~! 때문이야~!

애심　　(몸을 배배 꼬며) 으메, 양~ 참말로··!

애심이 수일의 앞을 가로질러가는데, 수일이 휘파람을 "삐~!" 분
다. 애심이 멈춰 선다.

수일　　(억센 경상도 사투리로) 가나?

애심　　(고개를 돌리고) 야? 지··, 말씀이서유?

수일   뭔데?

애심   (영문을 몰라) 야··?

수일   ··· (없는 쌍꺼풀이 생길 만치 눈에다 힘을 주어) ···

애심   (심장이 콩닥거려) 배··, 배달 가는디요··.

수일   맞나?

애심   야··? (몸을 수그리며) 야·····.

수일   ··· (여전히 아니, 눈에다 더욱더 힘을 주고) ···

애심   ··· (힐끔 봤다가 옆구리에 밥상을 꼭 끼며 몸서리치듯) ···

수일   괘안나?

애심   야? 야····.

애심이 꾸벅 인사하고 서둘러 종종걸음으로 지나쳐 가려다가,
젓가락을 떨어뜨린다.

수일   봐라.

애심   (찌릿하여 얼른 뒤돌며) 야??

수일이 턱짓으로 땅바닥의 젓가락을 가리킨다. 애심이 얼떨떨하
여서 눈을 깜박댄다. 수일이 고개를 흔들며 찰랑찰랑한 머리칼
을 쳐 넘긴 양손을 바지 아래쪽 가운데에 깊숙이 찔러 넣고 가슴
을 편다. 애심이 손바닥으로 얼굴을 가렸다가 손가락 사이로 눈
을 반짝댄다.

수일　봐라~!

애심　야? 뭣을‥, 말씀이고라‥?

수일　… (고개를 삐딱하게 틀고 다시 한번 턱짓으로) …

애심　(그제야 젓가락을 발견하고서, 얼른 주워들며) 오메오메~! 이놈
　　　　의 것이 으짜쿠롬‥!

수일　뭐 있나?

애심　(젓가락을 호호 불고서 바지에 문질러 닦던 구부정한 자세 그대로) 야?

수일　니, 커피 한잔할래?

애심　(눈을 동그랗게 뜨며) 야??

수일　읍내서 말이다. 내랑.

애심　(허리를 활짝 펴고서) 야???

수일　온나. 내 간다. (두 손으로 머리칼을 쓸어 넘기더니, 걸음을 떼
　　　　며) 사랑이~ 무어냐~고 물으신다으~면, 누운~물의 씨앗
　　　　이라고 말하겠써어~요. 먼 훗날 다앙~시이니이 나아~아
　　　　~를 버어~리~지 않겠~지이~요. 서로~오가 헤어어~지면
　　　　모두가 괴로워서, 울 테에에~니까아아~요~.

목청을 돋우고 꺾어가며 나훈아의 〈사랑은 눈물의 씨앗〉을 멋들어
지게 부르던 수일이 단발머리가 출렁거리게끔 다시 오른손으로 한
차례 쳐올린다, 애심이 감탄하며 젓가락을 가슴에 품고 쪽쪽 입맞춤
하더니, 혜영이 옆으로 돌아와 앉는다. 조명이 바뀐다.

애심　(밥상을 내려놓으며 눅눅한 목소리로) 어매는 너가부지 하나도

원망 안 헌다. 참말이지 너가부지‥, 알고 나면 불쌍헌 양반이여. 흐이구~ 손꾸락에 반지 끼워줌서 시상 다헐 띠까정 죽자고 살아 보자더니 참말로‥!

혜영   ……

애심   너가부지가 너 보내고 맴이 거시기헝게 만날 천날 술만 퍼마시다 디질 때가 된 것인지‥, 뜬금읎이 배추 파는 친구를 따라가겄다고 아닌 밤중에 홍두깨마냥 트럭 타고 야밤으로 나가더니만‥, 간만에 돈 벌었다고 낮술 먹고 운전 허는 친구를 못 말려 갖꼬서…

차 급정거하다 충돌하는 소리. 번쩍이는 불빛과 사이렌 소리.

애심   (손등으로 눈자위를 콕콕 눌러대고 콧잔등이를 찌긋거리고) 흐이구~ 부엌에 고구마 쪄놓은 놈 있을 것인디, 시장허니 그 놈이나 가져와야 쓰겄다. (부엌 쪽으로 향한다.)

소피   (애심의 뒷모습을 보고서) 엄마?

혜영   응~?

소피   할머니 화났어?

혜영   화‥? 아닌데?

소피   그럼 슬퍼?

혜영   음…. 글쎄.

소피   그런데 왜 울어?

혜영   응, 그건‥, 할머니가, 하늘나라에 계신 할아버지가 보고 싶어서 그랬을 거야.

소피   보고 싶어서?

혜영   응.

소피   ··· (갑자기 침울한 얼굴로) ···

혜영   (위로하듯이, 작은 소리로) 소피~.

소피   ··· (고개를 돌려 혜영의 얼굴을 쳐다보고) ···

혜영   ··· (고개를 끄덕이며 웃어 보이고) ···

소피   (폭 안기며) 엄마···.

혜영   ··· (안은 채, 소피의 머리를 쓰다듬고) ···

부엌에 들어갔던 애심이 쟁반을 받쳐 들고 거실로 나온다.

애심   아야~ 이놈 쪼까 먹어봐라.

애심이 소피 옆에 앉으며 고구마와 묵은김치를 내놓는다.

소피   (화들짝 몸을 틀며) 마멍Maman, 쎄 꾸아c'est quoi? 싸Ça? 쥬
           넴 빠 싸Je n'aime pas ça!7)

혜영   쓰 네 히앙Ce n'est rien. 쎄 뛴 빠따뜨 두스C'est une patate
           douce.8)

소피   (코를 쥐며) 메 농Mais non! 농Non! 쥬 데떼스뜨 싸Je déteste

---

7)   엄마, 저것 뭐야? 저것 싫어!
8)   괜찮아. 고구마야.

ça. 쓰 네 빠 윈 빠따뜨 두쓰Ce n'est pas une patate douce. 엉
르베 르Enlevez-le. [9]

애심　(무릎걸음으로 다가오며) 아가, 괜찮여~! 이것 맛난 놈이여.
이놈이 을매나··

소피　(혜영이 품으로 파고들며) 농Non, 농non!! 엉르베 르Enlevez-
le! [10]

애심　아따~ 고년 참··, 김치 쉰내 땜시 그러는가? 겁나 까탈스
럽구만, 잉~. 아나, 알았다. 알았당께. 도로 치울라니께.
요놈만 치우면 되지?

애심이 확인해주듯이 묵은김치 담아놓은 그릇을 들어 올려 보인
다. 그래도 소피는 강하게 고개를 가로저어댄다.

애심　(얼른 그릇을 내리며) 으메, 양~ 승질머리허고는··! 저그매 어
릴 적엔 영판 순둥이였는디 누구를 탁해갖꼬서·· (얼른 말꼬
리를 삼키고) 아~ 알았당께.

애심이 뒤뚱대며 몸을 일으키더니, 묵은김치 담아놓은 그릇을
들고 부엌으로 향한다.

소피　엄마는 괜찮아?

---

9)　아냐! 아냐! 싫어! 고구마 아냐! 저것! 저것 치워!
10)　싫어! 싫어! 빨리 저리 치워!

혜영	응. 괜찮아.
소피	(여전히 코를 싸쥐고) 소피는 너무 싫은데‥.
혜영	엄마도 좋지는 않아.
소피	그런데 어떻게 가만히 있어?
혜영	(빙긋 웃고서) 엄마는 한국 사람이었잖아. 엄마가 소피만큼 어렸을 때 먹었던 거야. 그리고‥, 맛있게 먹으라고 줬는데, 엄마도 얼굴 찌푸리면 할머니가 슬퍼할지 모르잖아.
소피	‥‥ (고개를 끄덕) ‥‥
혜영	그래서 말인데, 소피~.
소피	웅?
혜영	(코를 쥐고 있는 소피 손등을 손끝으로 두들기며) 이제 이것 안 해도 되지 않을까?

입을 꾹 다물고서 코를 싸쥐었던 손을 내리는 소피. 애심이 부엌에서 거실로 나선다.

애심	(다가오며) 아가, 할매가 쏘리다. 몰라 그런 거여. 할매가 참말, 미안 베리 쏘리여.
혜영	미안, 해요. 못, 먹어요. 김치를. 소피가‥.
애심	너도 거서 김치 안 먹고 살았냐? 그럼 뭐 먹고 살았디야? 한국 사람이?
혜영	‥‥‥‥

애심 (콧구멍으로 짧은 숨을 들이마시고 눈길을 소피에게 돌리며) 에이고메~ 고것 참…! 아까 참에 쌩떼부리는 것 봉께, 언뜻 승핵이 놈 생각이 나는구먼. 어매가 전번 짝에 편지로 다 야그했지? 너 동생 승핵이, 진즉에 죽은 것.

혜영 … (무겁게 고개를 끄덕) …

애심 너한티는 세상천지에 하나뿐인 동상인디…. 나 죽고 나면 너는 사고무친…, 피붙이 하나 읎는 천애 고아가 될 것인디. 흐이그~ 야속한 놈.

혜영 … (고구마를 집어서 건네며) 에쎄이 라Essaie-la.[11]

소피 … (받아들고 머뭇머뭇) …

혜영 바 지Vas-y. 쎄 두 에 쉬크헤C'est doux et sucré.[12]

소피 … (코에 갖다 대고, 냄새를 맡아보고) …

애심 (잔뜩 기대하는 얼굴로 고개를 끄덕거려대다가, 소피가 한 입 베어 물자) 옳지~! 옳지~! (눈가와 입가에 기쁜 빛을 띠고, 오물거리는 소피에게) 으떠냐? 겁나게 달고 맛나지?

혜영 생각나요. 동생…, 겨울…, 눈 오는 날, 손을…, 호호 불며, 집 앞, 골목에서, 같이…, 눈사람, 만들었던 것. 추워서, 이불에…, 아래에, 손 넣고, 장난치고…, 아빠 밥을…, (손 모양으로) 이렇게, 넘어뜨리고…, 밥알, 얼굴에…, 묻히고, 먹고…, 그랬던 것도.

애심 에구~ 그르냐? 그려, 그르지….

---

11) 먹어봐.
12) 부드럽고 달콤해. 먹어봐.

혜영	밟으면, 짤각짤각··, 작고 보드라운 돌, 기찻길, 빨간 꽃과 초록 콩··, 생각나요.
애심	그 철뚝길 기억허냐? 굴다리 개구녕 까시철망 밑짝으로 맨날 맨날 들락거렸던··?
혜영	··· (고개를 끄덕) ···
애심	그짝서 놀지 말라고 나가 부지깽이로다 그로크롬 뚜드려 팼었는디··.
혜영	네··. 기찻길에, 동전, 놓고. 기차, 지나가면, 이렇게··, (찌그러뜨린 손 모양을 보이며) 이런, 동전, 줍고, 웃었던 것··, 기찻길, 돌멩이 사이, 노란 꽃, 바이올렛··, 기억나요.
애심	그르지~? 에휴~! 긍께 거가 너들하고 뭔 놈의 악연이란 것이 있기는 있었는갑다.
혜영	··· (눈을 깜박이며 고개를 갸웃) ···
애심	너 가버린 담에 승핵이 놈이 누나야가 기차 타고 먼 데 갔다고, 그놈 타고 글루 다시 올 꺼라고, 저가부지도 읎응께 허구헌 날 그짝 가서 해질 때까정 혼차 놀더니만··, 워째 괜한 심통으로··, 지나가던 기차에다 짱돌멩이를 던지다 들켜 갖꼬는··, 괜히 누가 쫓아오는 것 같응께 철뚝 너머로 헐레벌떡 도망치다 선로에 발모가지가 빠져갖꼬는··,

갑자기 커다랗게 울리는 기차 경적. 혜영이 귀를 막는다.

애심	나가 아조, 그 철뚝길만 생각허면 심장이 벌렁벌렁해야~.

(깊은 한숨으로) 흐이구~ 긍께 그 야그는 그만허자···. 아나, 너도 요것 한 놈 먹어봐라.

애심이 고구마를 건넨다. 혜영이 고구마를 받으려는데 전화기가 울린다. 전화기를 확인하는 혜영이 미간을 찌푸린다. 소피가 혜영을 쳐다본다. 혜영이 어금니를 꽉 깨물어보더니, 입술을 꾹 다문다. 전화기를 꼭 쥐더니, 일어나 베란다 쪽으로 향한다.

혜영 (내키지 않아 하는 투로) 알로 Allô? ··· 위 Oui··· 위 싸 바 Oui ça va ··· 위 Oui. 제 비앙 도흐미 J'ai bien dormi. ··· 농···위···싸 바··· 농···Non··oui··ça va·· non···. 쥬 넝 에 빠 브주앙 Je n'en ai pas besoin. 농···싸 바 Non··ça va! 농 Non··, 느 떵 멜 빠···농 ne t'en mêles pas··non. 하크호슈 Raccroche···. 빠흐동 Pardon?[13] (마뜩하지 않아 건조한 목소리로 짧게 대꾸하다가, 고개를 돌려 소피를 보면서) 싸 바 Ça va. 아떵 Attends. 쏘피 Sophie![14]

소피 (종종거리며 다가와 전화기를 건네받고는 환해진 얼굴과 밝은 목소리로) 빠빠 Papa! 위 쥬 베 비앙 Oui je vais bien. 위···싸 바 Oui··ça va. 제 비앙 멍제 J'ai bien mangé. 위 Oui, 싸바 ça va. 젬 마 그헝 마멍 J'aime ma grand-maman. 위 Oui. 뛰 므 멍끄, 빠빠 Tu me manques, papa. 위 Oui. 쥬 뗌 오씨 Je t'aime aussi. 위 Oui. 위 Oui.

---

13) 여보세요? ··· 응, 그래. ··· 아니, 괜찮아. ··· 아니, 잘 잤어. ··· 아니야. 좋아. ··· 아니, 됐어. ··· 아냐, 그럴 필요 없어. ··· 아니, 싫어. ··· 괜찮다고! ··· 아냐, 알았어··. ··· 아니, 상관 말아. ··· 아니, 그만 끊어. ··· 뭐··?
14) 알았어. 기다려. 소피~!

마멍Maman? 위 쥬 뜨 라 빠쓰Oui Je te la passe. [15]

통화를 마친 소피가 혜영에게 전화기를 건넨다. 혜영이 통화 상
태를 확인도 않고 꺼버린다.

애심   (혼잣말하듯이) 뭔 놈의 말이 죄다 알롱 쏠롱 콧구멍으로
물방귀 새는 소리 같디야··? (혜영에게) 누구냐? 너 서방이
냐?

혜영   ······

애심   (툭 던지듯이) 싸웠냐?

혜영   ······

애심   싸우지들 말고 살어. 사이좋게들··. 암만 웬수 같아 뵈도
읎어 봐라, 것도 아숩지. 너 새끼한티도 거시기헝께 너가
이해허고··. 자고로 여자가 큰맘으로 참아줘야 허는 법이
여. 쟈가 쪼깐해 갖꼬 모를 것 같애도 다 안다니께. (소피에
게) 아가 일루 와라. 일루, 할미한테.

애심이 웃는 얼굴로 고갯짓하며 손뼉을 치고 손바닥을 펴 보이
자, 소피가 애심이 옆에 쪼르르 가서 앉는다. 애심이 소피를 가
슴으로 안듯이 하여 제 몸 앞에 앉힌다.

---

15) 아빠~! ··· 응. 잘 있어. ··· 응. 좋아. ··· 먹었어. ··· 응, 좋아. ··· 응,
할머니도 좋아. 응. 나도 아빠 보고 싶어. ··· 응. 나도 사랑해. 응. 응.
엄마··? 응. 바꿔줄게.

애심	(소피 머리를 쓰다듬어가며) 어매가 너가부지 머리끄댕이 잡
	고 뒹굴라 그럴 띠‥, 너가부지가 지 승질을 못 이겨 갖꼬
	밥그릇 집어 던지고 허리띠 끌러 때릴라 그럴 띠, 너가 너
	가부지 바짓가랭이 붙잡고 악쓰던 것‥. 너, 기억 안 나냐?
	너 가기 바로 을매 전인디? 허이구~ 그띠 참말로 볼 만했
	어야‥! 고래고래 하도 악을 써댕께 동네사램들이 장독대
	너머로 싹 다 디디보는디 너가부지 바지가 뱃겨져갖꼬
	서‥, 하이고메~ 넘우세스러버라‥! 사램들도 웃겨 죽겄다
	는디, 차마 웃을 수는 읎응께 서로 주둥이를 싸 감추고 키
	득키득…
혜영	(맥 빠진 목소리를 힘 있게) 그런‥, 이야기는‥!
애심	잉‥?
혜영	모르는, 이야기는‥, 안 하고, 싶어요.
애심	잉‥? 으메~! 그랴! 그랴! 어매가 주착시럽게 별소릴 다
	하고 자빠졌다. 다 큰 놈헌티다 쓸디읎이‥. (소피에게) 그
	라지 아가?
혜영	저…, 음식점에, 며칠‥, 못, 가셨는데‥,
애심	음식점? 으디? 어매 가게말이여? 아녀~ 괜찮여! 가봐야
	벨 것도 읎어. 도야지 뼉다구 삶아 갖꼬 국물 내고 머릿고
	기허고 순대만 썰어 넣으면 되는 놈의 것을 뭘‥! 걱정 말
	어. 어매가 너 있는 동안엔 너하고만 있을라고 일하는 아
	줌씨헌티다가 아예 맡겨 부렸어. 조선족이라 말이 쪼까
	시끄럽고 우왁살시러워 그렇지, 사람은 진국잉께‥, 염려

붙들어 매어도 되야.

혜영　　……

시들한 얼굴의 혜영이 베란다 바깥쪽을 내다보려는데, 갑자기
애심의 전화기 벨 소리가 울린다.

애심　　(바지춤을 뒤적이며) 으메…! 시방, 이 시간에 누가…? 뭔 놈
의 전화래야? (전화기 폴더를 열어젖혀서 귀에 가져다 대고) 여
보시오. 누구시오? 영감님요?? 으메으메~ 으쩔라고…!!
(어쩔 줄 몰라 하다가 혜영을 힐끔 보고) 뭣이요? 시…시방요?
아따 참말로…! 곤란헐 것인디…. 아니요. 아니…! 것은 아
닌디요…. 알았소. 알았응께, 잠깐만요…. (전화기의 송화기
부분을 손으로 가리고서) 혜영아, 너 거기시…, 흠흠~~! 너,
혹시 안 피곤하냐? (묻는 둥 마는 둥 하더니, 다시 전화기에 대
고 목소리 높여) 으메~양…! 전화허지 말랑께, 으째 자꼬 전
화질이시요? 뭣이요? 뭣이라고라고라…? 아, 몰러요~! 이
잉~? 으메으메~ 참말로…! 아~ 시방 거시기가 거시기 허
당께요! (깜짝 놀라서 눈을 동그랗게 뜨고 있는 소피의 뺨을 어루
만지며) 아녀, 아녀! 너헌테 그런 것 아녀! (전화기를 두 손으
로 싸쥐고 안달하듯이) 아~ 멜겁시 으딜 나오라고요~오? 이
잉~??!! 아~ 여보시오?? 여보시오~??!! 이런 엠병헐 것…!
저 할 말만 허고 똑 끊어버렸네. 망헐 놈의 영감탱이…! 뭔
일 났다고 초저녁부터 술을 처자서 갖꼬는…! (혼잣말하듯

이 투덜대다가 문득, 혜영에게 눈길을 돌리고는) 거시기‥, 혜영
아, 어매가 거시기 미안헌디‥, 너 말대루 어매가 가게 쪼
까 나가봐야 쓸 것 같으다. 으쩌냐?

혜영　　‥‥‥

혜영이 고개를 돌려서 애심을 바라본다. 애심이 어색하게 미소
지어 보인다. 곧이어, 경쾌한 음악이 흐르고 거실이 천천히 어두
워진다.

＊

깊은 밤. 거실 베란다 유리창을 때리는 바람 소리. 어둠 속에서 손톱만 한 크기의 불빛이 벌겋게 달아오르고 "후우~우~~" 하고 길게 내쉬는 숨소리가 들리더니, 파르스름한 달빛에 젖어 뽀얗게 날아오른 담배 연기 뒤편 어둑어둑한 곳에서 혜영의 모습이 보인다. 전화기를 만지작대는 혜영의 얼굴에 전화기의 불빛이 어른댄다. 이지러진 듯이 보이는 얼굴. 담배 쥔 손의 손톱을 잘근잘근 깨물던 혜영이 입술을 깨물고 고개를 가로젓는다. 입에 가져가 "훅~" 빨았던 담배 연기를 가슴에 머금었다가 길게 내뿜어보는데, '쩔그럭~!' 현관 자물쇠 풀리는 소리와 '끼~익!' 현관문 열리는 소리가 들린다. 혜영이 베란다 창틀 위에 놓아뒀던 귤껍질에 담배를 비벼 끈다. 애심이 거실로 들어선다.

애심   아이고~ 허리야··! 아이고 허리야~! 그새 술을 을매나 처먹은 거··? 꼬꿉쟁이에 쌩··, 말라비틀어진 영감탱이 같으니··! 겉만 늙었지, 속은 새파래갖꼬서··. 실컷 쪼물딱거리고는 손꾸락이 거치네 마디가 으쩌네··, 은가락지라도 하나 끼워줘서 그러면 또 몰러··. 샛똥빠진 소리만 해쌈서 언감생심··, 으이구~ 지랄···! (손으로 거실 바닥을 짚고 엉금엉금 들어

서다가 스탠드형 옷걸이 아래의 쇼핑백을 발견하고) 아이구메~ 요
것이 무엇이다냐? 향단이년 비단 구두다냐? 때깔 좋은 때
때옷이다냐? 어디 한번 보자꾸나~! 어디 보세~ 어디 봐! (기
분 좋게 콧노래 부르며 다가가 선물꾸러미를 뒤적대다 인기척을 느끼
고) 누··? 누구여? 거기 뭣이여? 뭣이냐께? 거시기···, 너··,
(침을 꼴깍 삼키고) 혜영이냐··? (안도하고서) 컴컴헌디 너 시방
거서 뭣하냐? 불도 안 켜고? 불 켜줘? 말어?? 잉? 아야~~ 혜
영아··.

혜영	··· 밖을, 보고, 있었어요.
애심	바깥을? 왜? 뭣 땀시?
혜영	······
애심	··· (헛기침을 "으흠~" 하고, 훌쩍 코를 들이마시고) ···
혜영	······
애심	······
혜영	··· 저··어~,
애심	응? 뭣? 말혀봐.
혜영	··· 내일··,
애심	내일 뭐?
혜영	··· 혼자··, 있고, 싶어요. 밖에··.
애심	(목소리를 띄우며) 혼차? 혼차 으디를? 으디 갈라고?
혜영	······
애심	··· (침을 꼴깍 삼키고) ···
혜영	······

애심	(목소리를 누그러뜨려서) 그려? 그럼 뭐‥, 알었다.
혜영	소피는‥,
애심	소피? (두리번거리고서) 으째‥? 소피, 안방서 안 자냐?
혜영	내일, 소피는‥,
애심	데꼬 갈껴? 아니지?
혜영	‥ (고개를 가로젓고) ‥
애심	데꼬 간다고?
혜영	‥ (다시 고개를 가로로 도리도리) ‥
애심	안 데꼬 간다고?
혜영	‥ (그래도 고개를 가로젓고) ‥
애심	뭐여, 시방? 데꼬 간다는겨, 안 데꼬 간다는겨?
혜영	소피는‥, 여기에‥,
애심	그라지‥! 집에 있을 꺼지? 알았응께. 걱정 붙들어 매고 댕겨 와야. 나가 우리 강애지를‥, (갑자기 코를 킁킁대며) 근디, 너‥, 시방‥? (베란다 창틀에 놓여있는 귤껍질 위의 담배꽁초를 발견하고서) 너, 담배 피웠냐? 이그~ 좋지도 않은 놈의 것을, 여자가 뭐 달라고 배워갖꼬‥. 뼈 삭는다는디. 냄시도 고약시러워라‥.

애심이 뒷말을 던지듯이 띄워 올리더니, 부엌으로 향한다. 혜영이 귤껍질을 주워들고 버릴 곳을 찾아 두리번거리는데, 애심이 부엌에서 나온다.

애심	(간장 종지를 내밀며) 아나~ 여기 이놈 써라. 아무 데나 놓다

가 불나면 으쩔라 그려?

간장 종지를 건네받은 혜영이 입을 떼어 뭐라 말하려다가 도로
다물고 애심을 빤히 바라본다. 애심이 제 뺨을 긁으며 어색하게
눈을 껌벅껌벅거려댄다. 혜영이 애심에게서 눈을 떼지 않고 잠
시 바라보는 중에 '뎅~! 뎅~! 뎅~!' 새벽 3시를 알리는 괘종시계
종소리가 울린다.

애심   으메~ 깜짝이여‥! 애 떨어지는 줄 알았네. 벌써 새벽 세
　　　　시여? 으짠지 겁나 피곤허더라니‥.

혜영   ……

뭐라 대꾸는커녕 반응조차 없자 애심이 어색하게 웃어 보이더니,
콧잔등이를 찌긋찌긋거려댄다. 서로를 물끄럼말끄럼 바라보는 두
사람. … 틱‥! 틱‥! 틱‥! 틱‥! 괘종시계의 시계추 소리가 들리고,
점차 커지는 소리만큼씩 거실은 차츰 어둠 속으로 잠긴다.

※

밝은 햇살이 따사하고 포근하게 느껴지는 오후. 앉은뱅이처럼 엉덩이를 미끄러트려 가며 거실 이곳저곳을 치우고 닦는 애심과 탁상 앞에 앉아 귤 쌓기 놀이를 하는 소피가 보인다.

소피　(어색한 한국말로 흥얼흥얼) 프릉 하눌 으~웅하수~ 하양 쪼~배엥, 개슈 나무 하~앙 나무 토끼 하~앙 마아리~, 조옷~대도 아안 달고 사앗~때도 업씨이~, 가기도 잘도 가앙다서~어쪼 나~아라로~

애심　(걸레를 손에 쥔 채, 환한 얼굴로) 하이고~ 이쁜 놈의 것! 노래 허는 것도 참말로‥! 아가, 너 그 노래 으디서 배웠냐? 너 그매헌티 배웠냐?

소피　…?…

애심　(걸레를 내려놓고, 손짓에 몸짓까지 섞어가며) 아니‥! 아가~! 거시기‥ 긍께‥! 너‥! 그 노래, 으서, 누구헌티 배웠냐고?

소피　… (눈을 동그랗게 뜨고서 크레용을 건네고) …

애심　아니, 그놈 말고‥. 푸른 허어늘~ 으~은~하수~! 요놈말이여! 요놈~!

소피　(고개를 끄덕이며) 프릉 하눌 으~웅 하수~ 하양~~

애심 잉~ 그려, 바로 그놈‥! (웃어 보이고, 어깨를 들썩대며 소리 없는 손뼉을 치고 고갯짓을 해가며) 푸~우른 허~어늘 으~은하수 허~어연 쪼~옥배에~, 계~에수 나~아무 하~안 나무~ 옳지‥! 토오~끼 하안‥, 아이구, 잘헌다! 아이구~ 잘헌다!

소피 조옷~대도 아~안 달고, 사앗~대도~

애심 뭣이라‥? 으메~ 양, 거시기허게끄름‥! 아녀! 아가, 거시기‥, 좃대 아녀. 할매 봐라, 잉~. 할매 봐. (소피의 몸을 틀어서 마주 보게 앉혀놓고는) 따라 혀 봐. (손뼉으로 박자를 맞추며) 도~옷대에도 아니 다~알고, 사~앗대에도 읎이~

소피 조옷~대도 아안~ 다알~고 사앗~

애심 (손사래를 치며) 아녀, 아녀! 도옷대~! 도옷대‥! 따라 혀 봐. 도 옷 대!

소피 조 옷 대!

애심 도 옷 때!

소피 조 오 때!

애심 으메~ 양‥! 남사스럽꾸로‥. 워서 욕부터 배운갑네. 아가~ 다시 혀 보자. 도옷~대!

소피 조옷~때!

애심 우라질 놈의 것‥. 언 놈이 들을까 무섭네. 아니다‥! 그려‥, 알았다, 너는 그냥 좃대혀라. 읎어서 만져보지도 못한 것을‥, 좃대면 으떻고 갈대면 또 으뗘냐?

소피 조옷~대도 아~안 달고, 사앗~대도 업시~,

애심 아이구 그려~! 우리 손녀딸 잘한다! 참말 잘혀! 고것 참‥! 지렁이 갈빗대마냥 말랑말랑한 손꾸락으로 꼬물꼬물‥, 먹을 것 갖꼬 장난치는 것 봉께, 천상 만석지기네 마나님 팔잔갑다! 아조 볼따구니에 밥 알맹이가 더덕더덕 붙은 것이 복시러워갖꼬서‥, 틀림읎이 부자로 살겄어! (양손을 허벅지와 엉덩이에 슥슥 문질러 닦고) 아가~ 일루와 봐라. 할미헌티 와서‥, (속바지에 손을 넣고 휘적거려대며) 으디 갔냐~? 이놈이‥?? 옳지‥! 엇따, 요놈 쪼까 받아라, 잉?

소피 ‥ (눈을 동그랗게 뜨고) ‥

애심 (꼬깃꼬깃한 지폐를 펴 보이고서 어르듯이) 어여 일루 와~, 잉? 아~ 어여‥! 할매가 주는 놈은 "고맙습니다." 허고 받는 것이여.

소피 ‥ (얼결에 받고서, 만지작대고 부스럭거리며) ‥

애심 하이구메~ 이쁜 놈의 것‥. 일루 와서 여‥, (앉은 채 엉덩이를 들썩여 뒤로 빼고서, 제 앞의 바닥을 두들기며) 여‥, 할매 앞에 앉아봐라. 긍께, 옛날에 말이다. 할매가 너그매도 꼭 그라고 따주고 그랬어. 그려~, 어여‥, 어여 와 앉어 봐. (제 앞에 다가온 소피를 등 돌려 앉히고는, 머리카락을 묶었다 올렸다 매만져가며) 할매가 너그매 머리를 쌍갈래로 땋아갖꼬 장에 데꼬 가면 말이다, 시장 사램들이 죄다 양~ 이쁘다고 한 번씩 쓰다듬어주고 까까 사 먹어라 돈도 주고 그랬어. 아나~ 요놈‥, (귤을 까서 소피의 입안에 넣어주고) 요놈 한 놈 먹어보고‥. 옳지‥! 한 놈 더‥, 한 놈만 더. 옳지~ 옳지‥! 어이구~ 잘 먹는다. 어이구~ 잘 먹네! 아가~ 우짰든

간 잘 먹어야 쓴다. 너 만헐 때는 한 숟가락에 오르고 한 젓가락에 내려가는 법잉께, 그저 많이많이 징그럽게 많이 먹고 쑥쑥‥, 장마 뒤의 오이마냥 무럭무럭 커야 헌다. 알 긋지?

소피 ··· (빤드롬히 쳐다보며 고개를 끄덕끄덕) ···

애심 암~ 그려야지. 그려야 할매 손녀딸이지. 자~, 인자 다 되었다. 으디‥, 우리 소피 함 보자. (소피의 몸을 돌려서 저와 마주 보게 앉히고는) 으메메~ 이게 누구여? 할매 앞에 있는 이놈이 으떤 놈이여? 참말 우리 소피 맞는겨? 으메 양~! 연예인이 따로 읎네 그랴! 하이구~ 이쁘다···! 참말 이쁘다! 허면 거시기‥, 으짤까‥? 날도 푹헌디 집에만 있지 말고 할매랑 마실이나 함 나가볼라냐? 잉?

소피 ··· (눈을 반짝) ···

애심 그려~! 말마따나 밥이 분이고 옷이 날개라니께‥, 할매가 요짝 시장가서 이쁜 꼬까옷 사줄라니께, 후딱 인나 얼릉 댕겨오자. 너그매 오기 전에 말이여! (신이 나서) 아가, 이‥, 시장이란 디는 말이다‥, 요상꾸리 소독약 냄새나고 깝깝하게 에누리 읎는 마트허고는 구수허니‥, 그 냄새부터가 틀리당께. 그라고 또‥, 우리 소피가 가보면 알겄지만서도, 그 짝서는 이 할매가 대장이여. 인기 대장! 그랑께 어여 가자, 잉? 자, 어여~!

애심이 소피의 겨드랑이에 양팔을 끼워서 일으켜 세운다. 스탠드형 옷걸이 앞으로 데리고 가서 외투를 입히고 털모자를 씌우더니, 부엌으로 가서 두툼한 옷을 걸치고 나온다. 혜은이가 부른 건전가요 〈시장에 가면〉이 나온다. 소피의 손을 잡고 거실을 활보하던 애심이 객석으로 발걸음을 옮긴다. 무대가 어두워지고 객석이 밝아진다.

애심　(객석을 오르며 관객에게, 활기차게) 으메~ 참말로…! 고놈 참말 이쁘네…! 것이 을매요? 뭣이라고라고라? 엠병~ 돈이 썩은 갑네…. 요기 요놈은? 조기 조 빤짝이는 놈은? 고 옆에 별 그려진 고놈은? 뭐여…? 고놈 거…, 중국산 아니여?? 긴 거 같은디?

애심이 관객의 머리핀, 머리띠, 귀걸이, 목걸이, 팔찌, 겉옷, 핸드백, 가방, 티셔츠, 등을 만져보고 물어본다. 관객의 반응에 따라 즉흥적으로 모양과 색깔과 가격을 묻고 대꾸한다. 그렇게 기웃대며 관객과 흥정에 열중하는 동안, 께끔발로 깡총깡총 객석을 오르던 소피는 극장 밖으로 사라진다.

애심　(한참 흥정하다가) 하이구~ 고놈 참말 징그럽게 이쁘다…! 아가, 이놈 으떠냐? 이놈 함 봐라. 할매가…, 할매가…, 잉…? 아가 으됐냐? 아가~? 아가~?? 야가 으디 갔는가…? 아야~ 소피야~! 아가~?? (주변을 살펴 가며) 금시까정 여 있었느디…? 아가~? 너 으됐냐? 아가~?? 아가~! 소피야~!!

(점차 불안해져) 으메~ 환장허겄네…! 야가 대체 으디 간 겨…? 하늘로 솟은겨, 땅으로 꺼진겨? 아가~! 너 으딨냐? (객석 사이를 돌아다니며) 여깄냐? 여그 아니냐? 아니여?? 으메~ 양…! 큰일 났네~! 거시기…, (관객을 붙잡고) 우리 손녀 딸 못 보셨소? 갸가 딱 요만치…, 딱 요만쯤만 헌디요. 인형마냥 깜찍허고요, 징그럽게 이뻐부러요. 연예인 뺨치게스리! 근디 갸가 외국서…, 에펠탑 있는 디서 살아갖꼬요…, 한국말을 할 줄 몰러요. 혹간에나 오다가다, 우리말 헐 줄 모르는 이쁜 아가 못 보셨어요? 야~? 야?? 으메~ 양…! 미치고 환장허고 팔짝 뛰겄네! 아가~! 소피야~! 으딨냐~? 우리 소피 으딨냐~? 할매 여 있다~!! 누가 우리 손녀딸 못 보셨소? 흐이구, 소피야~! 소피야~아~!! 하이구~ 대체 이를 으쩐다냐~?? 이를 워찌어~!! 으디를 섯들어갖꼬 길 잊아뿌렸음 으쩐다냐? 하이고~ 소피야~! 소피야~아~~!!

애심이 관객에게 묻고 관객들의 다리를 들춰보는 사이, 혜영이 무대에 등장한다. 구부정하게 양손을 외투에 찔러 넣은 채 빠른 걸음으로 무대를 가로질러가다가 애심을 발견한다. 미간을 찌푸리며 잠깐 망설여보는 듯이 고개를 갸웃거리더니, 객석 쪽으로 다가선다.

혜영   저…, 저기…!

애심	(듣지 못하고) 아이고 내 새끼~! 아이고 소피야~! 아이고 혜영아~! 소피야~!!
혜영	(몇 걸음 가까이 다가가, 더 큰 소리로) 저~어~! 저기~!!
애심	…!!…
혜영	… (어깨를 살짝 으쓱) …
애심	(객석에서 무대로 후다닥 내려오며 울부짖듯이) 으메~양··! 혜영아~야~~!! 너 으째 인제 오냐~야~~? 아~ 워서 뭐 허다가~아~~!!
혜영	… (당황스럽고 어리둥절하여 우물쭈물) …
애심	(부산스레) 너 시방 으디서 오는 거냐? 조기 조짝 큰길서? 아님, 저그 저짝 아래 갈랫길서? 너, 오다가 혜영이··, 아니, 너 말고 너 딸 혜영이··, 아니, 염벙허고~! 니미럴 것이, 으째 자꾸 헷갈리고 그런 디야? 거시기 너··, 소피 못 봤냐? 소피 또래맹키 생긴 아도??
혜영	…??…
애심	(발을 동동 구르며) 으메 양~! 으째스까 잉~! 혜영아! 아니 소피야··! 아니, 거시기 혜영아···! 큰일 났어야! 우리 소피가, 우리 소피가 말이여··
혜영	(고개를 까딱거려서 애심에게 숨 고르기를 보여주듯이 하며) 천천히, 천천히··, 말해, 주세요.
애심	(따라서, 숨 고르려고 고개를 까딱거려가며) 긍께··, 쫌 전까정··, 나랑··, 꼭 같이··, 별 탈 읊이··, 있었는디 말이다··. 나가 머리핀 하나··, 이쁜 놈으로··, 사 줄라고··, 이놈 저

놈 고르다 잠깐 홍정하는 새‥, (객석을 보며) 으메~ 저 망헐 놈의 여편네! 깎아달라고 헐 때 그냥 쫌 깎아 줄 것이지‥, 십 년 째 한 시장서 얼굴 맞대고 살면서 징그럽게 굴어갖꼬서‥! 에라이~ 퉷~!! 망헐 놈의 여편네야~! 그거나 처먹고 꽉 디져 부러라! (다시 혜영에게) 긍께‥, 나가 그래놓고 돌아봉께 아가 으디를 갔는지‥, 손꾸락이 미꾸리마냥 은제 쏙 빠져갖꼬는‥. 통 뵈지가 않어야! 이짝저짝 댕기면서 여 근방으로는 싹 다 뒤져봤는디‥, 걸음도 빠르잖을 아가 으디를…?! (갑자기 손뼉을 치며) 으메~으메~!! 아가 겁나 이쁜 께로 언 놈이 후딱 업어갖꼬 냅다 내뺀 것 아니여? 잉~? 잉~??

혜영   (어찌할 바를 몰라 하다가, 차분하게 가다듬고서) 그럼‥, 어서, 경찰에‥,

애심   경찰에다 신고허자고? 그려! 근디 너‥! 으디로 왔다 혔지? 쩌짝‥, 갈랫길이랬나? 그럼 인자 이짝 큰길 가는 짝은 길 짝 가보자. 파출소도 그 짝 아래께 근방에 있응께. 근디 가만…! 시방 우덜 둘이서만 이라고 댕길 것이 아니라‥, (허리춤을 뒤적여서 전화기를 꺼내 폴더를 열고는) 흐이구~ 니미럴 것‥! 것이 당최 뵈질 않아갖꼬‥, (팔을 길게 뻗어서 전화기를 멀리하더니, 미간을 찌푸리고 눈을 가늘게 떠서 전화기 액정을 들여다보며) 요건가‥? 이거‥? 이거? 으메~ 요놈인 갑네‥! (혜영에게) 아야~ 너 뭣하냐? 어여 가잖니께~! 아~ 어여 가자구! (앞서 걸음을 떼며 전화기를 귀에 대고) 여보서요? 여보서요? 잉

~ 나요, 나··! 애심이~! (울먹이는 소리로) 하이고~ 영감님··! 이를 으쩐다요~? 거시기, 나가요··, 큰일이 나 갖꼬요~! 아니, 아니··! 나 말고 거시기, 좌우당간 긍께요···

애심이 허겁지겁 객석에 오른다. 혜영도 뒤따른다. 두 사람 객석 통로를 지나 밖으로 나선다.

※

남아있는 기운으로 갈구하듯이 불러대는 애심의 목소리　　아이고 소피야~
아~ 아이고 혜영아~아~! 아이고~ 나 죽네··! 나 죽겄어~!
하이고~ 니미럴 것··! 환장허겄어~어~~!!

징징거려대는 동안 거실이 밝아진다. 이 빠진 밥상 닮은 탁상 위
에 전화기를 올려놓고 머리 싸매고 앉아서 끙끙대는 애심과 베
란다 큰 창문 앞에 기대듯이 서 있는 혜영이 보인다.

애심　　아이구메~ 허이구메~! 나 죽겄네~! 나 죽겄써~어~~! 이
제야 만나는가 싶었는디 으찌 이런 일이··! 아이구 소피야
~ 흐이구~ 혜영아, 이년아! 이를 으쩐다냐? 대체 이를 으
찌어~!! 껌껌허고 길도 미끄러운디··, 말도 안 통허는 아
가 으디서··?? 아녀··! 아녀~! 이놈의 껀 틀림읎이··, 아가
징그럽게 예쁜 데다 착허다봉께 어느 후레아들놈이 사탕
준다 꼬드겨갖꼬서··, 아가 순해 갖꼬 남의 말을 곧이곧대
로 믿고, 멋도 모릉께 육초 먹은 강아지마냥 좋다구나 졸
졸거리고 따라간 게 틀림 읎당께~! 흐이구~ 참말로 으쩐
다냐? 벌써 멀찌감치 으디로 싹 빼돌렸으면 으떡하냐구?

허이구~ 답답헌 것···! 나가 빨빨대고 쫌 더 돌아댕김서 쩌짝 아랫길까정 꼬치꼬치 찾아다녔어야 쓰는 것인디··, 빌어먹을 영감탱이 말만 듣고 괜히 이라구 속 끓이고 앉았는 거 아닌가 모르겠네···. (혜영을 쳐다보고는) 흐이구~ 근디 저 우라질 년은··, 으디를 댕겨왔다 말도 안함서··. 아야~ 너는 거서 뭐 하고 자빠졌냐? 쓰도 못할 전화기만 만지작대고~! 너 새끼가 읎어졌는디 무슨 수를 내던가 해야 헐 것 아니여~!!

혜영   ······

애심   으메~ 양···! 저건 저··, 저 딸년이 읎어졌는디도 으째 암껏도 안허고 저러구 있디야? 집에서 키우던 개가 읎어져도 저러지 않을 것을, 으디 꼭 의붓어미마냥··! 아야~ 너··! 너, 으디 다리 밑에서 주워왔냐? 어이, 아야~ 혜영아~! 너 시방··· (뭐라 한마디 쏘아붙이려고 몸을 일으키려는데, 벨이 울린다.) 누구여? 소피냐? 소피 아니여? 응?

혜영   ···!···

혜영도 얼른 몸을 돌려 현관 쪽으로 걸음을 떼려는데, 현관문이 열리고 길수 영감이 등장한다.

길수   나예요. 나 여사. 문을 안 잠가두셨네. 날 저물었는데 문단속 잘하셔야지.

애심   시방 어린애가 안즉 안 들어와갖꼬서 애가 타서 죽겄는디‥, 아예 들어오지도 말라고 문까정 잠그고 편히 디져 버리라고라?

길수 허~ 말이 그렇게 되나? 아‥, 내 말은 그게 아니라…

애심 아~ 쓰잘데기없는 이야기는 되았고요! 알아서 찾겄다고 먼저 들어가 있으람서‥, 뭣을 다 헐 것마냥 그래놓고는, 시방 빈손으로 으딜 기어들어 오시오?

길수 허허~ 거, 사람 참‥. 이제 막 한 걸음 들어서려는데 무안하게스리‥. (베란다 쪽의 혜영에게) 여사님 따님이시죠? 이 판국에 안녕하시냐고 묻기는 뭐하지만서도‥, (중절모를 벗으며) 박길수올시다. 너무 걱정하지 마세요. 상인연합회는 물론이고 알릴 만한 데는 죄다 알렸으니까, 곧 찾을 수 있을 겁니다.

혜영 (공손히) 네, 고맙‥, 감사, 합니다.

애심 (주둥이를 삐죽대며) 찾아야 고맙지‥, 감사는 개뿔‥! (길수 영감에게) 아~ 헐 말도 읎음서 슬금슬금 능구랭이마냥 으딜 와 앉을라 그라요? 도라지 캐러 오셨소? 얼릉 가요! 가! 가서, 똥꾸녁에 땀때기가 날만치‥! 엄벙덤벙 도깨비 기왓장 들추듯이 굴지 말고, 참빗으로 서캐 훑듯이 싹싹 쫌 찾아보랑께요~! (갑자기 울먹이는 소리로) 흐이구~ 내 새끼‥! 시방 으디 있을까냐? 밤늦게 눈 올지도 모른다는디, 시방 날이 궂어 갖꼬서 겁나 추울 텐디, 암토 모르는 낯선 디서 을매나 무서울까? 흐메~ 환장하겄네. 환장하겄~써~어~! 하이구~ 나가, 몸이 달아 갖꼬서‥, 당최 안 되겄다.

나가 시방 밖에를 나가봐야…!

길수 (일어나려고 엉덩이를 들썩이는 애심에게) 야밤에 어딜 가겠다고 그래요? 그러다 나 여사 몸이라도 상하면 어쩌시려고…! 혼자 몸 달아한다고 뭐가 달라지겠어요? 방금 따님께도 말씀드렸지만…, 알릴만한 데는 진즉에 다 알렸고, 상인연합회가 파출소와 연계해서 관내 가용 차량과 순찰차로 아랫동네까지 꼼꼼하게 수색해 본다니까, 곧 찾아낼 수 있을 거예요. 어디서건 비슷한 또래 아이라도 찾으면 무조건 나한테 우선적으로 연락 달라고 했으니까, 좀 차분히 기다려봅시다. 길도 잘 모르는 데다 말도 안 통하는 애가 가봐야 어딜 가겠소?

애심 이 양반이 시다는 데 아조 초를 치시는구마 잉…! 에라~이 답답헌 양반아…! 나가 그랑께…, 쬐깐한 아가 길도 모르고 말도 안 통할 것잉께 환장허겠다는 것 아니요!

길수 ('아차…!' 하여) 아…아니…! 내 말은 그게 아니라…! 아이가 여기 보통 아이들하고는 다르니까…, 눈에 띌 만하니까…

애심 또, 뭣이라고라? 순찰차로 으디를, 뭘…, 으떡 한다고라? 흐메~양…! 말만 뻔지르르 개살구마냥…!

길수 …??…

애심 아~ 영감님은 전번 짝에…, 정씨네 시계방에 도둑 들었을 때 갸들 허던 짓을 보고도 그래요? 경찰이랍시고 으디 뒷짐 지고 눈깔 부라리며 으시대기만 허지, 뭐 하나 찔러주는 놈 읎으면 껄떡대거나 헐랍디요? 깐놈들…! 데모허는 학생들이나 때려잡을 줄 알지, 우덜같은 사램을 챙겨주기나 험디까? 나가 이 나라 경찰놈덜 믿느니 우덜 시장 경비 나리를 믿고, 그보다 못헌 정육점 똥개 새끼를 믿겠소.

길수 허허~ 사람 참‥, 말하는 것하고는. 어째 꼭‥, 떡 주고 뺨 맞은 기분 같네그려‥.

길수 영감이 혀를 차며 혜영을 쳐다본다. 혜영이 말없이 베란다 밖으로 눈길을 옮기려는데, 길수 영감의 전화기 벨 소리가 울린다.

길수 (점잖은 목소리로) 네, 여보세요. 네. 제가 박길수입니다만‥. (눈이 휘둥그레져서) 아‥! 네~! 아, 그래요‥? 지금요? 네, 네. 알겠습니다. 곧 내려가지요. (전화를 끊고서) 나 여사, 나 좀 잠깐 나갔다 오리다.

애심 왜 그러시요?

길수 잠깐만 기다려 봐요.

애심 아니요, 이보시요~! 여, 보랑께요~!!

애심이 다가오려는 듯이 일어나보려는 몸짓을 보이건만, 길수 영감은 뒤도 돌아보지 않은 채 손사래 치며 서둘러 밖으로 나선다.

애심 시방, 저 영감 으디 가는 거 같냐? 전화에서 소피 우짜고 그랬던 거 아니냐? 긍께, 우덜도 쫓아가 봐야 허는 것 아니냐?

혜영	……

애심 (징징대는 소리로) 시방 새끼가 길을 잃고 찬바람을 맞음서 거리를 헤메는디‥, 할미라는 년이 집구석서 응뎅이 지지고 있으면 것이 사램의 새끼냐? 안 그르냐?

혜영 … (미간을 찌푸리고) …

애심 아야~ 혜영아…!

혜영 … (입술을 꾹 깨물고) …

애심 (말끄러미 쳐다보고 가슴을 치며) 허이구메~ 으디 나무토막마냥‥, 부처님 거시기가 환생헌 것도 아닌 것이‥, 도무지 속을 모르겄네, 속을…. 잉‥?? 뭐여? 뭣이라냐‥?

현관 밖에서 인기척이 들린다. 애심이 귀를 쫑긋거린다. 애심이 양손으로 바닥을 짚고 몸을 젖히듯이 뒤로 비스듬히 눕히더니, 집중하여 현관문 쪽을 쳐다본다.

길수 (현관 안으로 들어서며) 자~ 어서 들어가자. 너도 많이 놀랐지? 할머니랑 어머니도 너만큼 놀라셨을 게다.

애심 (팅기듯이, 몸의 중심을 앞으로 옮기더니) 으메~ 저게 누구여? 아이구~ 소피야! 소피야~!! (무릎걸음으로 몇 걸음 날쌔게 기어가다 일어나 쿵쿵거리며 달려가 소피를 얼싸안고) 아이고~ 우리 소피 으딨다 왔냐? 이 할매가 애간장이 다 녹아갖꼬, 을매나 찾었는디‥! 으디 탈난 디는 읎고? 으메~ 차가운 거‥! 이 뺨 좀 봐라, 다 꽁꽁 얼어붙었네. 동상 걸리면 으쩔라구…!

길수   (뿌듯해하며) 그것 봐요. 내가 뭐랬소. 집에서 차분히 기다리면 다 잘될 꺼라고…

길수 영감이 뭐라 떠들거나 말거나 애심이 소피의 양쪽 뺨과 양손을 비벼대고 주물럭대는데, 혜영이 성난 걸음으로 성큼성큼 다가오더니, 소피의 손목을 낚아채 홱 끌어당긴다.

혜영   (무릎을 굽혀 몸을 낮추어서 눈을 쏘아보며 추궁하듯이) 디 모아Dis-moi! 께스 끼 쎄 빠쎄Qu'est-ce qui s'est passé?[16]

소피   … (겁에 질려서) …

애심   (막으려고 얼른 끼어들며) 너 왜 그랴? 여적 놀래갖꼬 떨고 왔을 애헌티…!

혜영   (들은 척도 않고, 다그치듯이) 디 모아Dis-moi! 께스 낄리아 위 Qu'est-ce qu'il y a eu?[17]

소피   (울먹대는 소리로) 데졸레Désolée, 마멍maman. [18]

혜영   쁘띠 꽁Petit con! 쓰 네 빠 윈 헤뽕스Ce n'est pas une réponse. 뛰느 쎄 빠 께스 끼 쎄 빠쎄Tu ne sais pas qu'est-ce qui s'est passé??[19]

소피   … (그저 고개만 도리도리) …

---

16) 말해봐. 어떻게 된 거야?
17) 말해봐! 어떻게 된 거냐고?
18) 미안해, 엄마.
19) 바보야! 대답이 그게 아니잖아! 모르겠어? 어떻게 된 일인지?

혜영	(손목을 흔들며 위협하듯이) 디 모아Dis moi! 농Non? 뛰 부 쓰 페흐 그홍데Tu veux se faire gronder?[20)
소피	… (울음을 터뜨리고) …
혜영	(몸을 일으키며) 비앙 이씨Viens ici! 뚜와Toi![21)

혜영이 소피의 손목을 잡아당기며 베란다 쪽으로 끌고 가려는
데, 애심이 얼른 막아선다.

애심	아~ 그만 하랑께! 아가 시방 무서워 갖꼬 얼굴이 새파랗게 질렸잖여! 껌껌헌디 여적 바깥서 울고 떨고 온 애한티 다 뭣 하는 짓이냐? 아가~ 일루…, 할매헌티 오니라, 잉~!

애심이 소피의 다른 한쪽 손을 붙잡아 당긴다. 혜영도 소피의
손목을 잡고 놓지 않는다.

혜영	안돼요! 그 손…! 놓으세요! (혜영에게 손목이 붙잡힌 채 애심에게 가려고 몸을 비틀어대는 소피에게) 뛰 느 비앙 빠Tu ne viens pas??[22)
애심	(소피의 손을 놓지 않고 잡아당기다가, 혜영에게) 이잉~? 야가 시방 참말로…!

---

20) 말 안 해? 못해? 혼나 볼래?
21) 너, 이리와!
22) 이리 못 와??

혜영 (애심에게) 데갸제Dégagez! 데갸제Dégagez!23) (우악스럽게 소
피를 잡아당겨서 세워놓고 엉덩이를 평평 때려가며) 뿌흐꾸아
Pourquoi? 뿌흐꾸아 뛰 아 아지 꼼 싸Pourquoi tu as agit
comme ça? 뛰 에 윈 꽁Tu es une con? 윈 이디오뜨Une
idiote? 뿌흐꾸아 뛰 느 빠흘르 빠Pourquoi tu ne parles pas?
뛰 느 부 빠 빠흘레Tu ne veux pas parler? 뛰 느 쎄 빠Tu ne
sais pas? 뿌흐꾸아 뛰 라 페Pourquoi tu l'as fait? 뛰 크와 끄
뚜 떼 뻬흐미 뿌흐 뚜아Tu crois que tout est permis pour toi?
쥬 떼 데자 디 끄 느 빠 페흐 데 지디오씨Je t'ai déjà dit que
ne pas faire des idioties. 네쓰 빠N'est-ce pas? 레 졍 뻥스헤 끄
뛰 에 윈 꽁 씨 뛰 느 빠흘르 빠 비앙Les gens penseraient que
tu es une con si tu ne parles pas bien! 농Non? 뻭손 느 뜨 헤스
뻭트하 씨 뛰 페 꼼싸Personne ne te respectera si tu fais comme
ça. 일 봉 몽트헤 뒤 드와 아 뚜와Ils vont montrer du doigt à
toi. 위Oui? 말그헤 뚜 싸Malgré tout ça, 뛰 부 페흐 데 지디
오씨tu veux faire des idioties? 느 쁠루흐 빠Ne pleure pas, 쏘
피Sophie! 뛰 메꾸뜨Tu m'écoutes? 쏘피Sophie! 흐갸흐드 모
아Regarde-moi! 이디오뜨Idiote. 뛰 에 스뜌삐드Tu es
stupide. 느 빠 베쎄 라 떼뜨 꼼 윈 꾸빠블르Ne pas baisser la
tête comme une coupable. 흐갸흐드 모아Regarde-moi, 쏘피
Sophie! 흐갸흐드 따 메흐Regarde ta mère! 흐갸흐드 따 메

---

23) 저리 비켜요! 물러서라고요!

흐Regarde ta mère![24)]

엉덩이에 혜영의 손이 닿을 때마다 비명을 질러대는 소피. 애심
은 애가 타지만 혜영의 서슬 퍼런 기세에 다가서지 못한다.

애심 으메, 참말로…! 저러다 애 잡겄네…! (다가가며, 누그러뜨린
목소리로) 어이~ 아야~ 혜영아…! 너 속상헌 것은 잘 알겄
응께, 인자 고만 혀라, 잉…? 원래 클 쩍에는 다들 그런 거
여. 긍께, 헐 말 있으면 더 낭중에 잉? 내일 아침 먹고 허
고…, 일단 아를 쪼까…,

소피가 간절한 눈빛으로 애심에게 손을 뻗는다. 혜영이 그 손을
사정없이 잡아채더니, 소피 엉덩이를 더 세게 때린다.

혜영 (엉덩이를 때리고 얼굴에 손가락질해가며) 뛰 페 꾸아Tu fais
quoi? 께스 끄 뛰 페 망뜨넝Qu'est-ce que tu fais maintenant?
쥬 네 빠 정꼬흐 피니Je n'ai pas encore fini! 뛰 부 비브흐 꼼

---

24) 왜? 왜? 왜 그래? 너, 바보야? 너, 멍청이야? 왜 말을 못 해? 말하기 싫은
거야? 모르겠어? 왜 그러는데? 네 멋대로 할 거야? 엄마가 바보짓 하지
말라고 얘기했지. 안 했어? 의사 표현 똑바로 못하면 바보 취급당한다고
얘기했지? 그렇지? 너 이러면, 아무도 너를 존중하지 않는다고, 사람들이
뒤에서 손가락질한다고 말했지? 그랬지? 그런데도 이렇게 바보짓 할 거야?
울지 마, 소피! 지금 엄마 말 듣고 있는 거야? 응?? 소피! 엄마 똑바로 봐!
멍청이, 바보같이…! 죄인처럼 고개 숙이지 말고 엄마를 보라고! 소피! 엄마
보라고! 엄마를 봐!

윈 이디오뜨 아떵덩 레드 드 로트흐Tu veux vivre comme une idiote attendant l'aide de l'autre? 뚜와Toi! 뛰 르 부Tu le veux? 뛰 부 뻬흐드흐 똥 슈망 에 불루아흐 데 포쓰 꽁빠시옹 데 장꼬뉘Tu veux perdre ton chemin et vouloir des fausse compassion des inconnus? 엉 베썽 라 떼뜨, 엉 땅끌리닝 에 엉 드멍덩 빠흐동 아벡 엉 비쟈쥬 이그지정 드 썽빠띠En baissant la tête, en t'inclinant et en demandant pardon avec un visage exigeant de sympathie. 엉 뜨넝 꽁뜨 뒤 흐갸흐 데 조트흐 쁠라뜨멍En tenant compte du regard des autres platement! 뛰 부 비브흐 꼼 윈 뻭손 이졸레 우 윈 수프흐 둘뤠흐Tu veux vivre comme une personne isolée ou une souffre-douleur? 위 알로흐Oui alors? 디 모아Dis-moi, 쏘피Sophie! 디 모아Dis-moi! 비뜨Vite!![25)

애심   (혜영의 팔을 붙잡으며) 아야~ 혜영아~!

혜영   (야멸치게) 놓으세요! 이건, 내 일이에요.

애심   너 으째 애 잡을라 그러냐? 쬐깐한 것이 알고서도, 니미럴 것‥! 너 엿 먹으라고 길 잃어버린 것도 아니고, 나가 한눈 팔다 잃어버린 것을‥, 나가 잘못헌 것을 왜 애헌티 지랄

---

25) 너, 뭐야? 지금 뭐 하는 짓이야! 엄마 얘기 아직 안 끝났잖아! 남한테 도움이나 바라며 바보처럼 살고 싶어? 너! 너, 그런 거야? 외딴 데서 길이나 잃어버리고, 모르는 사람들의 싸구려 동정이나 바라면서, 고개 숙이고 엎드려 빌며 불쌍히 여겨달라는 얼굴로‥, 비굴하게 눈치나 보면서, 그렇게 외톨이로, 웃음거리로 살고 싶은 거야? 그런 거야? 말해봐! 소피! 어서 말해봐! 어서!!

이냐고? 아~ 승질을 부릴라면‥, 화풀이를 헐라면은 어매 헌티 헐 것이지. 저그매 찾겄다고 칭일 추운 디서 겁먹고 서 벌벌 떨고 울고 다녔을 것을‥! 너는 시방 너 새끼가 불쌍하지도 않냐?

혜영 (발끈하여) 뿨땅Putain. 메흐드Merde! 뿌흐꾸아Pourquoi? 끼 Qui? 뿌흐꾸아 엘레 뽀브흐Pourquoi elle est pauvre? 디제 모 아Disez-moi! 끼에 뽀브흐Qui est pauvre?[26]

애심 (당황하여) 잉‥? 야가 갑자기 왜이랴‥?

혜영 (사납게, 퍼붓고 쏟아내듯이) 끼Qui? 뿌흐꾸아 엘레 뽀브흐 Pourquoi elle est pauvre? 끼 아 페 뽀브흐 드 끼Qui a fait pauvre de qui? 부 제뜨 꾸아Vous êtes quoi? 아벡 껠 드와 부 르 디제Avec quel droit vous le disez? 뿌흐꾸아Pourquoi? 뿌흐 꾸아 부 부 정 멜레Pourquoi vous vous en mêlez? 뿌흐꾸아 부 아지쎄 꼼 마 메흐 아프헤 부 마비에 아벙도네 에 아프 헤 부 자비에 베뀌 꼼쥬 네그지스떼 빠Pourquoi vous agissez comme ma mère après vous m'aviez abandonné et après vous aviez vécu comme je n'existais pas! 부 느 싸베 빠 르 썽띠멍 껑 엉 펑 썽 껑 일 뻬흐 싸 메흐Vous ne savez pas le sentiment qu'un enfant sent quand il perd sa mère. 쎄 트호 에프헤이엉 에 트호 엉씨우C'est trop effrayant et trop anxieux. 부 르 싸베Vous le savez? 부 르 싸베 르 흐갸흐 에프헤이엉 브뉘 드 렁드와 앙꼬뉘 끄 뻭쏜 느 쎄Vous le savez le regard effrayant venu de

---

26) 젠장~ 씨발!! 왜~!! 누가? 왜 불쌍한데? 말해봐! 누가, 불쌍하지? 응?

l'endroit inconnu que personne ne sait? 보 작시옹Vos actions⋯. 싸 느 부 바 빠Ça ne vous va pas! 쥬 느 부 빠 르 브와Je ne veux pas le voir! 쎄 데구떵 에 이쁘크히뜨C'est dégoûtant et hypocrite! 싸 므 돈 엉비 드 보미흐Ça me donne envie de vomir! 부 제띠에 뉠 뿌흐 모아Vous êtiez nulle pour moi! 알 로흐Alors, 낭떼흐브네 빠 에 데갸제n'intervenez pas et dégagez! 바떵Vas-t'en![27]

애심   ⋯ (모든 것을 깜깜히 잊어버린 사람처럼, 머릿속이 하얗게 비워져서 멍하니) ⋯

혜영   ⋯ (부르르 몸을 떠는 듯) ⋯

길수   (나서며, 어색함을 무릅쓰고) 허허~ 이것 참⋯. 이것 봐요, 나 여사. 따님 속도 편하진 않을 테니 말이요⋯. 자자~ 그만 두 분 다 진정들 하시고⋯, 아~ 아이를 찾았으니 얼마나 다행입니까? 안 그래요?

애심   (얼떨떨하여 주위를 두리번거려가며) 쟈가, 시방 뭐라⋯? 뭔 소리를⋯? 뭐라는겨⋯?

---

27) 누가? 왜 불쌍한데? 도대체 누가 누구를 불쌍하게 만들었는데? 당신이 뭔데? 당신이 무슨 자격으로? 당신이 왜⋯? 무슨 상관이야! 자식 버려놓고 없는 듯이 살다가, 왜 이제 와, 엄마처럼 구는 거냐고! 엄마 잃어버린 아이 마음이 어떤지⋯, 얼마나 두렵고 불안한지 당신이 알기나 알아? 아무도 모르는 낯선 곳에서 바라보는 시선이 얼마나 무서운지, 당신이 그걸 알아? 당신의 이런 모습⋯, 정말 어울리지 않아! 보기 싫어! 역겨워! 위선적이야! 구역질 난다고! 당신은 나한테 항상 없는 사람이었어! 그러니까 참견 말고 비켜서라고! 내 앞에서 당장 꺼지라고!

후회하는 감정의 크기만큼 강하고 빠른 걸음으로 거실을 가로질러서 구석 쪽 베란다 끄트머리로 향한 혜영. 거기에 선 혜영을 쳐다보는 애심. 거실 어두워진다.

※

고자누룩한 어둠 속에서 들려오는 말소리　저가, 암만 그랴도‥, 나가, 지 엄닌디‥. 으디 저그매헌티다‥‥. 이그~ 망헐 년‥. 지깐 년이 뭐 간디‥, 나는 뭐‥, 워째‥, 시방 헐 말이 읎어갖꼬‥, 그라고‥, 그란 줄 아냐‥, 에라이~ 인정머리 읎는 년아‥‥.

말소리가 들리는 동안, 지나치게 밝지 않은 만큼만 거실이 밝아진다. 탁상을 옆에 끼고 앉아 소주 마시는 애심의 모습이 보인다. 안쪽 방문이 열리며 혜영이 거실로 나온다.

애심　(흘깃 혜영을 보며 술 냄새 밴 목소리로) 소피보러 나왔냐? 아니, 거시기‥, 소피 말고, 오줌 싸러 나왔느냐고?

혜영　……

애심　얼릉 싸고 자라. 그 지랄을 해놔서 너도 피곤헐 것인디. (주둥이를 실룩대고 혼잣말하듯이) 으메 ~양‥! 지랄도 뭔‥, 그런 쌩지랄이 읎을 것이네‥. 놀라기도 또 에미~ 우라지게 놀래 갖꼬는‥‥. (호흡을 바꿔) 허이구~ 그랴도 그 영감 말마따나 별 탈 읎이 찾았응께 망정이지, 그라녔으면 을매나 거시기

혔을 것이여? 생각만 혀도 끔찍헝께 생각허기도 싫으네 그
랴··. (소주를 마시고는) 캬···! 으메~ 삼삼한 거··!

혜영이 애심의 등 뒤를 지나쳐 화장실로 향한다. 애심이 베란다
큰 창 바깥에 높이 뜬 달을 물끄러미 쳐다본다. 변기의 물 내려
가는 소리가 들린다.

애심   (소주를 홀짝 마시고서) 흐이구~ 니미럴 것··! 징그럽게 좋기
        도 허다··!

혜영이 화장실에서 나온다. 넓죽한 무 토막을 "와싹!" 베어 물고
우적우적 씹어대던 애심이 칼로 무를 한 조각 서걱 베어내더니,
등 뒤를 지나쳐려는 혜영에게 무뚝뚝하게 권한다.

애심   아나~! 이놈 한 놈 먹어봐라. 요것이 인삼보다 낫다는 겨
        울 무시다. 아조 시원허고 달달혀. 쏘주엔 짭쪼름한 깍두
        기가 제격이다마는, 소피 년이 냄시난다고 또 지랄헐까
        봐서···. (고개를 돌려서 쳐다보며) 아~ 그짝에 쫌 앉아봐. 어
        매랑 딸년이 쏘주 한잔한다고, 으디 문교부 장관이 까막
        소로 안 붙들어가니께.
혜영   ……

엉겁결에 무 조각을 받아들고 엉거주춤하던 혜영이 애심의 옆에

앉더니, 주변을 휘~ 둘러본다.

애심 워째‥? 사는 꼴이 영 거시기허냐? 냅둬 부러라! 너 보여
줄라고 이라고 사는 것은 아닝께. 우라질 넌이 만리타국
에다가 자식 팔아먹고서 두 발 뻗고 호의호식한다면‥, 그
지랄도 사람의 새끼가 헐 지랄은 아닝께.

혜영 ··· (무 조각을 입에 가져다 대고) ···

애심 그랴도 뭐‥, 나 한 몸 건사허기에 거시기헌 것은 읎어야.
아야~ 혜영아, 너, 이놈 먹어봤냐? 못 먹어봤지? 아나~ 이
놈 함 마셔 봐라.

혜영 (애심이 소주를 따라주려는데, 손바닥을 보여서 막듯이 내밀며) 아
니, 예요. 저는‥.

애심 그려? 그럼 뭐‥, 싫음 말어야지‥. (입맛을 떨떠름히 다시더
니, 홀짝 마시고) 아따~ 맛난 놈의 것‥! 나가 요 맛에 산다
니께! 한국 사람헌티는 요놈이 딱이여. 독허지도 않고 약
허지도 않고, 요놈이 국가대표랑께~! 근디‥, 요놈은 도수
가 몇 도랑가? 요즘엔 벨 놈의 잡스런 것들이 하도 많이
나오다봉께‥. (소주병을 집어 들고서, 미간을 찌푸리고 눈을 가
늘게 떠서 여기저기 살펴 가며) 요것이‥? 으디‥? 으디께 써
있냐‥?

혜영 안‥, 보이세요?

애심 (대수롭지 않다는 듯이) 어매 나이쯤 되면 다 그랴. 잘 뵈는
게 되레 이상헌 것이지. 걱정허들 말어. 그랴도 어매는 양

호헌 편잉께.

혜영 병원··, 에는, 요···?

애심 병원은 무슨···! 돋보기나 하나 쓰면 되는 놈의 것을··. 가봐야 이놈 저놈 쓰잘데기읎이 검사만 잔뜩 시키고 돈 뜯어낼 궁리나 허지, 그것들이 뭐···. (입맛을 다시고, 고개를 절레절레 흔들고서) 근디 나가 돋보기를 으디 뒀더라··? (목을 빼서 뒤편의 낮은 서랍장을 올려다보고) 쩌··, 읎네··? 가게에 뒀나··? 그런갑네··. 엊그제께 장부 보니라. (슬쩍 한번 쳐다보더니, 헛기침으로) 흠~ 흠~ (창밖의 달을 보며) 으메~ 양···! 달도 참 징그럽게 훤허다. 그라지~?

혜영 ··· (눈길을 달에게) ···

애심 혜영이 너··, 어매 많이 밉지? 말 안 혀도 다 안다. 에휴~! 날 풀리듯이 내 맘이랑 네 맘이랑 살살 쪼까 풀렸으면 좋겄다만, 날이 날인지라 삼한사온마냥··. 얼었다 녹았다. 또 녹았다 얼었다. 하냥 마냥 그런 갑다··.

혜영 ······

애심 미안허다. 헐랭이 같은 년이 어메랍시고 꼴값잖게···. (말 끝을 머금으며 어금니를 꽉 깨물더니, 고개를 떨어뜨리고 소주잔을 만지작대며) 팔자 오그라진 년이 청승만 늘어갖꼬서··.

혜영 ··· (고개를 돌리려는데) ···

애심 아~ 거시기헐라 그러니께 그러고 쳐다보지 말어야. 너도 뭐··, 내 딸년인 것도 같고, 아닌 것도 같고··. 꼭 도야지 뼈다구 우려낸 국물에다가 깍두기 국물 넣은 것마냥, 톡

쏘기도 허고 심심허기도 허고 그랑께 말여.

혜영 … (도로 눈길을 달에게) …

애심 (무덤덤하게 보이게끔 허공에다 말을 띄워 올리듯이) 몸도 성치 못헌 놈을 억지로 떼밀어갖꼬서‥.

혜영 ……

애심 어메 원망 많이 혔지? 똥 싼 년이라고 으디 핑계가 읎겄냐 마는‥, 나가 똥 묻은 속옷을 팔아서래두‥, 콩팥을 떼고 내 눈깔을 팔아서래도 너를 고쳤어야 혔는디‥. 비럭질을 허더래도 끌어안고 살았어야 혔는디‥, 나가 그띠는 참말로 겁이 나고 마음이 급해 갖꼬서‥. 그띤 가랑잎으로 똥 싸먹을맨치 암껏 읎었응께‥. (살짝 힘이 들어간 목소리로) 그렇다고 어매가 너 보내놓고서‥, 너 잊고, 너 죽었다 생각 허고 안 찾은 것 아니다. 감으나 뜨나 눈앞서 삼삼헌디‥, 넘의 새끼 크는 것은 봄서 내 새끼 크는 것은 하나도 못 보고 살았으니 어매 속은 으떴겄냐? 그래도 그저‥, 으디 서건 잘살고 있으면 다행이고, 너만 잘되면 되겄다는 생각으로‥, (목소리 높여) 아~ 참말이여! 승핵이 놈 죽고 나서 너 찾아볼라고, 너 도로 데꼬 올라고 나가 을매나 지랄 똥을 싸고 댕겼는지 너 모르지? 입양인 복지단인지 뭔지 는 개뿔‥! 그짝 사무실까정 찾아가서 드러누워 쌩떼를 부 려쌌는디‥, (힘 빠진 목소리로) 그랬는디 갑재기 그르다가 괜히 나 땜시‥, 나 혼차 지랄허고 찾아가서 짠~ 허고 나 타나면‥, 나 좋자고 너 에려워지면 으떡허나 싶어갖꼬서‥, 한참 병원 다닐지도 모르는디, 콩쥐마냥 그짝 어매한티 미움 사면 으떡하나 싶은 디다, 혹간이나 여지껏 멕이고 재우고 입힌 돈 물어내라면 으떡허나 싶어갖꼬서‥, 어매는 암껏도 읎응께‥, 그람시로 구박둥이 째보에다 귀먹보로 살면 으떡허나 걱정이 앞서갖꼬서‥, 정신이 퍼뜩 나갖꼬 찍소리도 못 허고 견뎠어야. 어매 맘은 알지도 못 함서…

혜영　… (그래도) …

애심　그띠 너를 보내구서 찾지 않은 것이 옳은 것인지 그른 것인지, 어매가 많이 무식헝께 잘은 모르겠다마는서도‥. 너가 이라구 멀쩡허고 반듯허게 커 준 것을 보니께, 나가 그라고 잘못헌 것은 아니지 않은가 싶으다. 것도 나 혼차만의 생각인지도 모르겠지마는…. (숨을 크게 들이마시고) 긍께 쪼까 서운허고 쪼매 섭섭혀도 참말 잘된 일이다‥, 그나마나 다행이다‥. 하늘이 도운 덕이다, 생각해야지 으쩌겄냐? 안 그르냐?

혜영　… (고개를 숙이고 무릎 만지작대고) …

애심　(홀짝 비운 소주잔을 '탁!' 내려놓고, 바뀐 말투로) 근디 너‥, 여는 왜 온 것이냐? 삼사십 년을 쌩판 모르는 넘들마냥 소식 한 놈 읎다가 갑작스레 말이여.

혜영　……

애심　(삐딱하게) 말허기 싫으면 관둬라. 누가 뭣이 궁금허기나 허다냐? 시방 헐 말이 읎응께 물어본 것이지. (혼잣말하듯이, 그러나 들으라는 듯이) 이그 느자구 읎는 년··! 어메 말허는 걸 개방구로 알아 처먹나··. 뭘 물어봐도 시원허게 대꾸도 안 허고···.

혜영 (말을 꺼내듯) 저···,

애심 (반색하듯이) 잉~?

혜영 저··, 삼 일, 후에···, 빠리로, 돌아가요···.

애심 그려? (빈정대는 투로, 그러나 맥 빠진 듯이) 거, 뭐··, 잘 되었네. 참말 잘 되었어··. (헛기침으로) 흠~흠~

혜영 ······

애심 그라면 거시기··, (무를 "와싹··!" 베물고, 입안에서 오물거리며) 은제 또 오냐?

혜영 ······

애심 아니··! 나가 뭣··, 치매래도 걸릴까 봐서··, 벽에 똥칠헐 때 그것 치워 달랠라고 부르려는 것 아니다. 나 죽었을 때 울어줄 놈 하나 읎을까 봐 그러는 것도 아니고··. 니기럴 것··! 살아서도 거시기헌데, 죽고 나서야 그깐 놈의 것 아무려면 으떠냐? 비단 수의건 꽃상여건 모다 쓰잘데기읎는 것이지··.

혜영 ··· (베란다 유리창에 비친 애심을 쳐다보는 듯) ···

애심 (한잔 홀짝 마시더니, 툭 던지듯이) 뭣··, 먹고픈 것 읎냐? 으디 가고픈 디도 읎고?

혜영 ··· (고개를 가로젓고) ···

애심 너··, 혹시···? 나가 너헌티 음식 쫌 맨들고, 으디 가면 돈 내랄까 봐 그르냐?

혜영　… (입가에 미소를 살짝 비치고) …

애심　염병헐 년‥, 똥구멍에 바람들어갔나, 웃기는‥! 말허기 싫으면 관둬라, 이년아‥. 안 처먹으면 내 돈 안 들고 힘 안 써서 나만 편허지‥. 우라질 년이 잠옷 바람으로 괜히 나와 갖꼬 대가리만 까딱까딱 지랄이네‥! 얼릉 드가 자, 이년아!

애심이 목소리가 살짝 높아졌나 싶은 순간, 소피가 안쪽 방문을 열며 거실로 나온다.

애심　으메~! 우리 소피 자다 깼겨? 할매가 너그매 야단친다고, 너그매 편들어 줄라고?

소피　… (선 채로, 하품하고) …

애심　으메으메~ 우리 애기 졸린갑네. 어여 드가 자라, 잉~! 어여~! (소피가 눈을 비비고 무릎 쪽으로 다가와 안기자) 아이구메~ 으째 그려? 할매헌티 술 냄시 날 틴디‥? 워째‥? 할매 찌찌 맨지고 잘라 그려? 인자는 다 쪼그라들어갖꼬 쭈글쭈글헌디‥? (소피가 양팔로 목을 감고 매달리듯이 꼭 껴안자) 하이구메~! 야가~?? 야 좀 보소? 하이구~ 이쁜 놈의 것‥!

소피　(고개를 돌려서 혜영에게) 마멍Maman. 에스끄 쥬 뿌 도흐미흐 아벡 그헝 마멍Est-ce que je peux dormir avec grand-maman?[28]

_____

28)　엄마, 나 할머니하고 자면 안 돼?

애심   (눈을 껌벅이며) 뭐라? 시방 뭐라는겨?

혜영   ……

소피   마멍Maman~?[29]

혜영   (소피에게 고개를 끄덕여주더니, 애심에게) 같이, 자고, 싶대요. 소피가.

애심   (반색하며) 여‥, 여서? 시방, 나허고?

혜영   … (고개를 끄덕) …

소피   … (따라서 고개를 끄덕) …

애심   으메나~ 이쁜 놈의 것‥! 기특헌 짓만 골라서 허네! 할매도 참말 베리 쌩큐 머치고, 머르치 보끄여~! 근디 가만‥, 가만있어보자‥. 그람 으째스까, 잉? 저짝, 짝은 방은‥? 아가, 여 잠깐 쪼까 기둘려라, 잉~?

혜영과 소피가 의아해하건만, 애심은 아랑곳하지 않으며 가슴팍에 기대고 있던 소피를 내려놓고 몸을 일으킨다. 소주병과 술잔을 부엌에 가져다 두더니, 바쁜 걸음으로 부엌 건넛방으로 가서 두꺼운 이불을 가지고 나온다.

애심   자…! 어여~, 어여~. 너도 쪼매 인나 보고.

혜영이 일어나 옆으로 비켜서자 소피도 따라서 비켜선다. 애심이 탁상을 거실 구석 한쪽에 밀어 넣더니, 가운데 자리에 이부자

---

29)   엄마~?

리를 편다.

애심   자~ 아가, 얼릉 이리 오니라. 쩌짝 방은 웃풍이 세어나서 코가 시링께, 할매랑 여서 자자. 잉? 어여~, 어여 일루 오라니께. *으스스 추웅께로…*. (혜영에게) 너도 얼릉 드가 자라. 자기 전에 쩌기 저짝, 부엌에 가, 불 쫌 *끄고* 잉? 아가~! 어여 일루 와, 일루 와 둔눠~.

애심이 이불을 들추고 요를 두들기며 소피를 부른다. 소피가 애심에게 다가간다.

애심   (이불 속으로 들어오는 소피에게 손짓과 고갯짓을 섞어가며) 아가, 요짝으로 잉‥? 머리는 차갑게 둬야 허고, 발이 따스해야 헝께 요짝으로‥, 잉?

소피를 눕히고 그 옆에 나란히 누운 애심이 얼러 재우듯이 소피의 등을 토닥이며 거의 알아들을 수 없는 타령조의 자장가를 흥얼댄다. 지켜보던 혜영이 부엌에 가서 불을 *끄고* 나온다. 안방으로 가다가 멈춰 서더니, 애심과 소피를 내려다본다. 거실 어두워진다. … 충분한 길이의 휴지. … 이불 덮고 누워있던 형체가 어렴풋이 보이는 거실로 달빛이 들어온다. 소피가 뭐라 뭐라 프랑스어로 잠꼬대하며 뒤척이는 소리에 애심이 부스스 잠에서 깬다.

애심   야가, 이불 차버리면‥, 갬기 들면 으쩔라고‥.

애심이 이불을 끌어다 소피를 덮어준다. 입맛을 다시더니, 두
리번거려대다 부엌으로 향한다. 주전자를 들고나와 주둥이에
입을 대고 꿀렁꿀렁 시원하게 들이킨다. 거실 한 귀퉁이에 밀
어 넣은 탁상으로 가더니, 그 위에 주전자를 내려놓고 벽에 기
대듯이 앉는다.

애심   이그~ 이쁜 놈의 것‥. 자빠져 자는 것도 어쩜 저라고 저
그매 어릴 때랑 꼭 같을까 모르겠네‥. (무릎을 세우고 앉아
무릎 위에 턱을 괴고 가만히 바라보다가 입술을 파르르 떨어댄다.
입술을 꽉 깨물고 치밀어 오르는 감정을 밀어내듯이) 우라질 년
이 어매라고 불러주지 않음서‥. (뒷말을 떨떠름하게 삼키더
니, 뜨문뜨문 넋두리하듯이 나직이) 저도 새끼를 키우는 년
이‥. 새끼 떼고 돌아선 어매 발자국에는 피가 철철 괴는
법이라고‥, 암만 독하게 마음먹었드래도‥, 것이 삭힌다
고 삭혀지는 것이 아닝께‥. 차라리 해가 뜨지 않았던 날
은 있었더래도‥, 하루라도 지 년 보고 잡지 않은 날은 읎
었는디‥. 안 가겠다고 울며 매달리던 모습이 상사구렝이
감기듯이 눈앞서 칭칭 감겨 갖꼬서‥, 저짝 하늘로 지나가
는 먹구름만 봐도 가슴이 먹먹허고‥, 암만 생각을 끊으려
고 눈을 감고 애써봐도‥, 눈에는 어른어른 눈물만 고여
갖꼬서‥, 보고파 땅을 치며 소리 내어 울 수도 읎어 갖

꼬‥, 차라리 치매라도 걸려 갖꼬, 아조 싹 다 잊아뿌렀음 좋겠다고 생각함서 속으로 울어가며 피를 뱉고‥, 뱉은 피 삼켜가며 악착같이 견뎌온 저그매헌티다‥‥, 이그~ 우라질 년‥! 알아먹을 만한 년이‥. (다시 한숨을 내쉬고, 가라앉은 숨으로) 아니다‥. 나가 너헌티 뭔 염치로‥, 무슨 헐 말 있겠냐‥? 진즉에 죽어 읎어져야 헐 것인디, 뭐 헌다고 여적꺼정 살아 갖꼬는‥‥. 잊은 척을 허고서는, 잊고 살자 혔었는디‥‥. 으히구~ 염병헐 년, 명줄만 넨장 맞게 길어갖꼬는‥‥. (고개를 들고 베란다 유리창에 번지는 바람 무늬를 먹먹히 바라보더니, 물기 배인 말투로) 사람의 새끼로 시상에를 나왔으면 사람 새끼의 도리를‥, 짐승의 새끼로 나왔드래두 어매가 되야갖꼬 어매의 도리를‥, 못 헐 것만 같드래도 하는 디까정 했어야 허는 것인디‥. 그란디 인자서는 나도‥‥, (한 호흡 머금었다가, 씁쓸하게) 나 살자고 보낸 건지, 너 살리려 보낸 건지‥, 솔직허게 것도 잘은 모르겠다‥‥. (힘없이 한숨을 내쉬고, 베란다 바깥쪽 먼 곳을 내다보며 잠시 멍하니 있다가, 힘주어 누르듯이 입술을 꾹 다물며 코를 훌쩍이더니, 양손을 번갈아 주물럭거리고 눈자위를 손등으로 꾹꾹 누르고는) 으디에‥, 으디 둔 게 있을 틴디‥? 저기 됐나‥?

애심이 안쪽 서랍장을 향해 어기적대며 걸어간다. 서랍들을 열고 뒤적대다 자그마한 상자를 꺼낸다. 베란다 창 앞으로 와서 상자를 열고 라이터와 담배를 꺼내 만지작대더니, 입에 물고 불을 붙인다. 담배 연기를 내뱉는다. 다시 한 모금 피우려는데, 소피가 부스럭대며 일어난다.

소피   (부르듯이) 그헝 마멍Grand-maman~.[30]

애심   응…?? 으메~ 소피 깨었냐?

소피   (잠이 덜 깬 목소리로) 께스 끄 부 프제Qu'est-ce que vous faisez??[31]

애심   아이구메~ 아이구메~! 할매가 겁나 미안 쏘리여!

애심이 얼른 담배를 사탕 상자 안에다 누르고 비벼 끄더니, 양손으로 허공을 휘젓는다.

소피   그헝 마멍Grand-maman~?[32]

애심   미안허다~ 미안허다~. 인자 금시 빠질겨. (더 큰 동작으로 허공을 휘저어댄다.)

소피   그헝 마멍Grand-maman. 부 제뜨 트히스뜨Vous êtes triste?[33]

애심   (건성으로) 잉~ 알었다. 알었어.

소피   싸 바 뿌흐 쏘피Ça va pour Sophie. 부 뿌베 퓨메Vous pouvez fumer. 마멍 퓸 오씨Maman fume aussi.[34]

---

30) 할머니~.
31) 뭐해?
32) 할머니~?
33) 할머니. 속상해?
34) 소피 괜찮아. 할머니 담배 피워도. 엄마도 그랬어.

애심	인자 다 되았다. 다 되았어.
소피	그형 메흐Grand-mère··?[35]
애심	··· (차라리 못 들은 것처럼, 손만 휘적휘적) ···
소피	그형 메흐Grand-mère??[36]
애심	응···? 왜 그려?

돌아보지도 않고 허공을 휘저어대는 애심에게 다가간 소피가 뒤에서 옷자락을 잡아당긴다. 애심이 고개를 돌려서 짐짓 걱정스러워하는 얼굴로 자신을 쳐다보는 소피를 내려다본다.

애심	··· (당황스러워 말을 잃은 듯이) ···
소피	··· (그것을 알고 있는 듯이) ···
애심	··· (멋쩍어하며 우물쭈물) ···
소피	(치맛자락을 놓으며) 부 제뜨 트헤 트히스뜨Vous êtes très triste?[37]
애심	(딴청부리듯이, 치맛자락을 살피며) 왜··? 뭣이? 왜 그랴? 뭣이 묻었어? 뜯어졌어?
소피	(고개를 가로저으며) 그형 메흐Grand-mère···.[38]
애심	(부러 딴소리하듯이) 왜? 뭣 줄까? 소피 매려? 쩌짝에··, (화장실을 가리키며) 쉬~~ 하러 갈 텨?

---

35) 할머니··?
36) 할머니~??
37) 많이 슬퍼?
38) 할머니···.

소피   (제 손가락으로 제 가슴을 톡톡 치고서, 애심을 가리켜가며) 쓰 네 빠 모아Ce n'est pas moi. 그헝 마멍Grand-maman, 쎄 부c'est vous.[39]

애심   야가, 자다 일어나 갖꼬 뜬금없이‥, 아가, 너 시방‥‥,

애심이 소피에게 얼굴을 가까이 들이대려는 찰나, 소피가 애심을 안아준다. 애심이 놀란 듯 멈칫댄다. … 짧지만 강렬한 휴지 … 애심도 소피를 꼭 안아준다. 안은 채 토닥여대는 애심. 소피가 고개를 들고 애심을 바라본다. 애심의 뺨과 눈자위를 어루만져준다. 애심도 환해진 얼굴로 소피 머리를 쓰다듬어준다. 거실은 가능한 한 천천히 어두워진다. … 바이올린으로 연주한 동요 〈반달〉이 흐른다. … 긴 여운 … 갑작스레 그 여운을 몰아내는 자동차 클랙슨 소리에 이어서 외침 소리가 들린다.

외침 소리   아뇨! 그건 아래쪽에 두시라니까요! 찌그러져도 상관없으니까‥! 예? 어떤 거요? 아~ 예‥! 그거 말고 아까 꺼‥! 자주색에 바퀴 달린 거. 예, 그거요! 그냥 밑에 깔아둬도 되고요, 그 옆에 꺼! 예, 검은색이요! 안에 든 게 깨질지 모르니까, 똑바로 세워놓으시라고요. 어~?? 아저씨, 아뇨, 그거 옆에 거‥! 그거 진짜 조심하셔야 해요.

활기찬 목소리가 들리는 동안 밝아진 거실. 입양인 복지회 남자와 혜영이 밖으로 짐들을 옮겨놓으려고 거실을 가로질러 오가는

---

39)   소피 말고, 할머니.

가운데, 소피를 꼭 안고 있는 애심의 모습이 보인다.

남자   자~ 이제 다 실은 것 같은데요. 제가 내려가서 빠진 것 없
는지 확인해볼 게요.

혜영   네. 고맙, 습니다.

남자   (애심에게) 할머니~! 이만 저 가볼게요.

애심   ……

남자   할머니~!

소피를 안은 채 꼼짝도 하지 않고 있던 애심이 남자의 부름 소리
에 얼음에서 풀린 듯이 반응한다. 남자가 혜영에게 눈길을 돌리
고는 머리를 긁적이면서 씩 웃어 보이더니, 현관 밖으로 나선다.
혜영이 애심을 바라본다. 애심은 소피의 머리를 쓰다듬고 팔뚝
을 주무르고 있다.

혜영   (부르듯이) 소피~

소피   … (그러나 못 들은 듯이) …

혜영   (소리를 높여서) 쏘피Sophie, 옹 드와 썽 알레on doit s'en
aller.[40]

소피   … (그제야 목소리를 들은 듯이) …

애심   (뒤로 물러나려는 소피의 손을 잡고) 우리 소피도 너그매맹키
공부 열심히 해 갖꼬 꼭 훌륭한 사람이 되어야 헌다. 돈도

---

40)   소피, 이제 가야 해.

되는 디로 겁나 많이 벌고. 잉? 어려서 놀면 평생을 놀고, 어려서 힘쓰면 늙어서도 방귀 뀌고 힘쓰는 법이여. 거‥, 거 뭣이냐‥? 그 스마트폰인가 뭣인가도 쫌 쩍게 허고! 개 따라다니면 똥간으로 가는 법잉께, 친구도 좋은 놈으로 잘 새귀고! 그라고 또‥ 잉~!! 저번처럼 혼차 까불고 댕기지 말고, 너그매 손 꼭 붙들고 댕겨. 물가에는 가덜 말고, 혹시래두 갈 것이면, 배 같은 놈은 절대 타덜 말어. 잉? 으짤 수 읎이 타야 허면 꼭 밖으로 나와서 타고, 깊은 디 가덜 말어. 또 으떤 염병헐 놈이 가만있으라 그러면 발로 불알을 확 걷어찬 담에 얼릉 내빼고, 잉? 가라앉으면 싹 다 죽는 것잉께! 으메, 양~! 생각할라니께 징그럽게 끔찍스럽네‥. 훤헌 대낮에 으쩌자고 생떼같은 아그들을 수백이나 물귀신 되게 내삐려뒀데야? 대통령이란 년은 그 시간에 뭣을 하고 자빠져갖꼬는‥! 그래놓고도 누구 한 놈 속 시원히 책임지는 놈 읎으니 시상이 으찌될라 그러는지 참말로‥! 아이구~ 참‥! 너 헤엄칠 줄은 아냐? (어깻짓과 손짓을 해 보이며) 헤엄? 모르면은 가자마자 너그매한테 헤엄 먼처 배워달라고‥! (고개를 돌리고서) 아야~ 혜영아~! 너, 소피 헤엄칠 줄 아냐?

혜영   ‥ (어리둥절하여) ‥

애심   너, 집에 가면 소피한테 무조건 헤엄부터 갈쳐줘라. 잉? 안전한 놈이 젤로 우선잉께.

혜영   (한 호흡 늦게 알아차리고) 네.

애심	그려. 꼭 그렇게 허고⋯.
혜영	저⋯, 그런데, 그만 이제⋯, 출발, 해야 해요.
애심	잉⋯, 그리어. (소피의 손을 꼭 쥐어보고) 그럼 시방 얼릉 인나야지. 뱅기 늦으면 큰일 낭께. 아가, 인자 그만 가야겄다. (소피의 손을 잡은 채 몸을 일으키다가) 으메~!! 하마트면 깜빡 잊을 뻔했네. 아야~ 쪼까 쪼매만 기둘려라, 잉~!

애심이 서둘러 부엌에 들어가더니, 꾸러미 하나를 들고나온다.

애심	(혜영에게 건네며) 아나~! 요놈도 가져가라.
혜영	⋯ (이게 뭐냐는 눈으로) ⋯
애심	워째⋯? 너 딸년 못 먹고 못 입힐 것 넣었을까 그르냐? 찬 읎을 때 소피가 잘 먹어서 김 몇 봉다리허고 꿀허고 삼허고 때때옷 하나⋯, 품 넉넉한 놈으로다, 알록달록한 댕기 허고 한복 한 놈 사 넣었다. 아나~! (꾸러미를 받아든 혜영이 고개를 갸웃거리며 살펴보려고 하자) 아~ 시간 읎담서 뭣을 또 풀어볼라 그르냐? 너 집에 가서 풀어 봐라. 맘에 안 들어도 어매가 사준 것잉께, 영 아니다 싶지 않으면, 마루에다 걸어놓던가! 거 가면 무를 수도 읎을 것잉께~! (짐짓 뾰로통하게) 우라질 년이 뭣을 받았으면 감지덕지 "고맙습니다." 허고 인사는 못헐망정⋯, 정나미 떨어지게스리⋯.
혜영	(미소를 비치며) 고마⋯워요.
애심	고맙기는 예미⋯! 엎드려 절 받는 것도 아니고, 흠흠~~ (주둥

이를 삐죽이는데, 아래층에서 클랙슨 소리가 올라오자) 이크~! 얼릉
내려오라는 갑다. 어여 가라. 사람들 기다린다. (손짓을 섞어
서) 우리 소피도 인자 할매랑 빠이빠이여, 잉? 빠이빠이~!

소피   ··· (눈을 동그랗게 뜨고) ···

애심   (살짝 목멘 소리로) 자~ 인자 그만 어여 가라.

혜영   ··· (마음이 찌릿하여) ···

애심   ··· (감추고 싶어서) ···

혜영   ··· (입술을 깨물고) ···

애심   ··· (코를 찌긋대고) ···

혜영   ··· (뭔가 할 말이 있는 것처럼) ···

애심   ··· (그걸 알고 궁금한 듯이) ···

혜영   ··· (하고픈 말이 있건만, 쉽지 않아서 머뭇머뭇) ···

애심   ··· (듣고픈 말이 있건만, 차마 두려워 두근두근) ···

혜영   ··· (짐보따리를 꼭 안아보고) ···

애심이 고개를 까딱이고 코를 훌쩍이는데, 아래층에서 다시 클
랙슨 소리가 올라온다.

애심   으메, 양~! 빵빵대고 지랄이네··! 동네 사람들 욕하겄다.
얼릉 냉큼 내려가라.

혜영   저···,

애심   응··?

혜영   ··· (한 호흡 숨을 머금고) ···

애심	··· (침을 꼴깍 삼키고) ···
혜영	아니어요. 네··, 그럼··,
애심	응··, 그려. 그려. 얼릉 가라. 얼릉. 어매는 여 있을란다. 거까정 갔다올라면 다리도 아프고 허리도 아프고, 거시기 헝께··.
혜영	······
애심	(어색하게) 흠흠~
혜영	쏘피Sophie, 디 오 흐브와흐 아 따 그헝 메흐dis au revoir à ta grand-mère.[41]

혜영의 말이 끝나자마자 소피가 애심에게 달려가 와락 안긴다.

애심	아이구~ 아이구~ 할매 힘들어야~!
소피	(어색한 한국말로) 할머니, 사랑해요~.
애심	(양손으로 소피의 양 볼을 어루만지며) 하이구메~ 이쁜 놈의 것! 그려, 할매도 우리 소피 겁나 사랑헌다, 잉? (손을 떼며 밀듯이) 자, 어여 가라, 잉. 어여, 어여~
소피	(풀 죽은 목소리로) 할머니~
애심	(딴소리하듯이) 잉? 으째 그려? 오줌 매려? (혜영에게) 아야~, 야 시방, 화장실 갔다 가야 허는 것 아니냐? 차 안에서 오줌 매려우면 큰일 나잖여?

---

41) 소피, 할머니께 작별 인사해야지.

혜영이 몸을 수그리더니, 소피의 귀에다 뭐라 속닥댄다. 소피가 고개를 가로젓는다.

혜영   괜찮아요. 안 가도.

애심   그려, 잘했다. 어여 가라. 어여. 이러다 참말로 뱅기 시간 놓치겄다.

혜영   네. 그럼‥. 소피~. (소피의 손을 잡고 현관 쪽으로 걸음을 옮기다 문득 멈춰 서더니, 뒤돌아 애심을 꼭 안는다. 소피도 애심을 꼭 안는다.) 항상, 건강하셔야, 해요‥.

애심   어메 걱정 말고 너나 잘 살어. 바람도 타향 바람이 더 차갑고 시리다는께 조심 또 조심허고‥. 가끔 자주 생각나면 아무 때나 전화하고, 잉? 서방허고 싸우지 말고. 서로 참고 이해하고 살아주는 것이여. 너 아니면 누가 보살피겄냐? 봄도 한철, 꽃도 한철이다. 가는 세월 아쉬웅께 후회하지 않게끔‥. 담배도 끊고, 이년아!

혜영이 웃으며 고개를 끄덕이더니, 소피와 현관 밖으로 나선다. '끼이익~' 철문 움직이는 소리가 들린다.

애심   뭣 빼놓고 가는 것 읎지? 도착허면 잘 도착했다고 전화 한 놈 꼭 좀 넣어줘라, 잉? 번호 알지? 가게 번호도? 그랴‥? 아이구야~ 거 조심혀라. 소피 넘어지겄다. 그려, 빠이빠이형께, 얼릉 가라, 잉? 우리 소피 알러뷰~ 안녕이여~!

혜영과 소피가 연립주택 바깥으로 나선다. 현관 밖에서 계단을 통해 아래쪽을 지켜보던 애심이 안으로 들어선다. 스웨터 주머니에 손을 찔러 넣고 코를 찌긋대며 휑한 느낌의 거실을 몇 걸음 서성인다. 아래쪽에서부터 서둘러 뛰어 올라오는 발소리.

밖에서 숨이 차게 불러대는 목소리   할머니~할머니~!

애심   누구여? 시방…? 문 안 닫혔소.

애심이 현관 쪽을 쳐다본다. 헐레벌떡 뛰어 올라온 입양인 복지회 남자가 현관을 들어선다.

애심   왜 그려요? 뭐 빠치고 갔답니까요?

남자   아이고 힘들어라…. 할머니…. 아…! 그게 아니고요…. 휴~~ 이것 좀…, 전해달라기에….

애심   (남자가 건네는 작은 상자를 받아들며) 뭣이요? 것이?

남자   저야 당연히 모르죠…. 이따 풀어보세요. 저…, 근데 할머니…, 같이 안 가시겠어요?

애심   으디를?

남자   공항에요.

애심   아녀, 되았어요. 나는….

남자   제가 집에 다시 모셔다드릴 수 있는데….

애심   집 못 찾아올까 봐 그러는 거 아녀. 따라갔다 괜히 거시기

해지면 더 거시기형께‥, 여서 끝내버리는 게 나아. 그라
고‥, (숨 고르듯이 내쉬더니) 나가 다시는 울며 가는 놈의 뒷
꼭지는 보지 않겠다고‥, 떠나보낼라고‥, 나도 울며 돌아
서지 않겠다고 다짐헌 것 있응께….

남자 ··· (고개를 끄덕) ···

애심 ··· (손에 쥔 작은 상자를 만지작거려 보고) ···

남자 할머니, 저는 이만 가볼게요. 이따가 공항에서 탑승 수속
마치고 게이트 들어가는 것 보고 연락드릴게요.

애심 잉, 그려. 얼릉 가요. 얼릉.

남자 예, 그럼‥. (꾸벅 인사하고 현관 밖을 나선다.)

애심 (베란다 쪽으로 걸음을 옮기며) 이것이 뭐랑가‥? (흔들어보고
는) 으메~! 뭣이 들었는갑네. 으디‥, (상자를 열어 내용물을
꺼내고) 요놈은‥? 안경인가‥? (안경집을 열어 돋보기를 꺼내고
는) 돋보기 맞구만, 잉! 으메, 양~ 고마워라. 나가 이놈이
읊어져갖꼬 아조 거시기헀는데, 딱 좋구마, 잉~! 잉‥? 근
디 요놈은 또 뭣이여‥? 요것이‥? (꺼내 들고) 편진가? 으히
구~ 넘사스럽꾸로‥, 모녀지간에 편지는 뭔 놈의 편지여?
백화점 상품권이나 몇 놈 넣어둘 것이지, 괜히 번거롭구
쓰잘데기없이‥. (입맛을 다시고) 그라도 뭐‥, 어매 보라고
쓴 것잉께‥, 뭐라 썼을랑가 함 읽어볼까나? 흠흠~~ 으
디‥,

애심이 돋보기를 쓰고 편지지를 펼친다. 옆에서 이야기하는 것

처럼 혜영의 낭랑한 목소리로 편지가 낭독되는 동안, 애심은 추임새 넣고 맞장구치듯이 대구해준다.

혜영   (그리움이 짙게 밴 목소리로) 엄마…,

애심   (따뜻함이 묻어나는 투덜거림으로) 썩을 년‥, 삼십팔 년 만에 처음인갑네‥. 가기 전에나, 진즉에나 쫌 불러줄 것이지….

혜영   엄마가 이 편지를 읽고 있을 때면, 혜영이는 아마도 빠리로 향하고 있을 거예요.

애심   옳아~! 긍께, 이 우라질 년이 첨부터 아조‥, 순전히 계획적이었구만, 잉~.

혜영   한국에서 엄마를 다시 만나고, 혜영이라는 낯선 이름으로 불리기까지 참 많은 시간이 흘렀네요.

애심   그르게 말이다. 너도 시방 마흔이 훌쩍 넘었응께‥.

혜영   엄마~

애심   왜 이년아~

혜영   엄마~~

애심   이잉~??

혜영   사랑해요….

애심   (풀어지며) 지랄헌다. 앞전엔 아조 잡아먹을라 들더만‥.

혜영   버릇없이 소리치고 화내고, 미안해요. 바보처럼 흥분하고 멍청이처럼 화를 내던 나에게서 소피를 멀리하려고‥, 내 앞을 가로막으며 소피를 감싸는 엄마를 보고 질투가 나서, 아마도 늦게나마 엄마에게 어리광을 부리고 싶었나 봐요.

애심	우라질 년‥. 샘은 많아 갖꼬‥. 너 그럴 줄 알았다. 이년아.
혜영	엄마‥,
애심	‥‥‥
혜영	엄마~
애심	아~ 왜 자꼬 부르고 지랄이여? 벌써부터 눈물이 매려울라 그러는디‥!
혜영	아무도 모르는 곳에서, 누구도 모를 말로 혼자 불렀던 그 말, 엄마‥. 수백 수천 번 미워했다가, 수백 수천 번 그리워했던 내 엄마‥. 엄마에게 버림받았다는 생각에 많이 울었어요. 아무리 울어도, 아무리 그래 봐야 엄마를 볼 수 없다는 생각에 더 많이 울었고, 울고 또 울면서 미워했어요. 미워하고 또 미워했다가‥, 화를 내고 또 화를 냈다가‥, 슬퍼지고 또 슬퍼하다가, 너무나 그리워서 외로웠고, 외로워서 더 그리웠어요. 날마다 그립고 보고 싶어서, 꿈에서도 울다가 잠이 들어서, 집으로 돌아가는 꿈을 꾸었고, 엄마가 안아주는 꿈을 꿨어요.
애심	에고, 불쌍헌 것‥! 그려, 다 어메 잘못이다‥.
혜영	그런데, 엄마~! 미안해하지 말아요. 엄마는 엄마가 할 수 있는 일을 했던 것뿐이에요. 고맙고, 감사해요. 엄마의 선택이 최선이었고 옳은 결정이었다는 것, 어른이 되어가며 알게 됐어요. 혜영이를 떠나보내고 얼마나 힘들었을지‥, 엄마가 혜영이보다 백배 천배 마음 아팠을 것도 알고 있어요. 나에게도 소피가 있으니까요. 소피를 바라보는 엄

마 눈에서, 엄마를 따르는 소피에게서, 어린 혜영이와 엄마를 보았어요. 비록 내가 낳은 아이는 아니지만…

애심   잉‥? 것이 뭔 소리여‥??

혜영   아…! 엄마가 놀랄지도 모르겠네요. 소피는, 내가 아이를 낳을 수 없어서‥, 그리고, 그런데, 단지 그것보다는‥, 어쩌면 내가 꼭 그렇게 해야만 하는 것인지도 몰랐기에, 갓 태어난 아기였을 때 한국에서 입양한 아이예요. 그래서 소피를 데려올 때 알게 된 입양인 복지회를 통해, 그 사람들의 도움으로 엄마를 다시 만날 수 있었던 거예요.

애심   좌초지종이야 으쩌건간, 네 생각이 그렇다면야 상관읎다마는서도‥, 허이구메~ 그란디 으쩌어‥? 아가, 아를 낳을 수 읎다니‥. 허~ 것 참말로 으쩌다가‥‥.

혜영   소피는 태어나자마자 버려진 가엾은 아이예요. 제가 잘 돌볼게요. 걱정하지 마세요.

애심   (소매로 코를 닦아내고) 암만~! 그래야지! 당연히 그래야 허기는 헐 것이다마는‥,

혜영   한국에 오려고 마음먹었을 때, 처음엔 망설여지고 두렵기도 했지만‥, 엄마를 만나면 무엇을 할까? 어디에 가볼까? 설레기도 했어요. 그런데, 그러다가, 부서진 지 오래된 기억을 퍼즐처럼 하나씩 맞춰보려고 일부러 찾아다니는 것보다는, 엄마의 집에서 엄마와 하루하루를 나누는 것이 좋겠다고 생각했어요. 그러니까 엄마! 다음에는 우리, 맛있는 것도 먹으러 다니고요, 소피가 좋아하는 놀이동산에도 가고, 혜영이가 어릴 적에 갔었던 창경원에도 셋이 같이 가요. 옛날에 살았던 동네에도 가보고, 아버지가 잠들어있는 곳에도 함께 가요.

애심 창경원은 이년아‥, 그것 읎어진지가 은젠디. 요즘은 한강 유람선이 대세다, 이년아!

혜영 그리고 엄마~

애심 우라질 년이‥, 송아지 새끼마냥 왜 자꼬 불러쌌냐‥?

혜영 부끄러워서 이야기하지 못했었지만, 더는 부끄럽지 않고 싶어서 이야기할게요. 혜영이에게 갑자기 한국에 왜 왔냐고 물었었죠? 어쩌면 엄마는 벌써 알고 있을지도 모르겠지만, 도미닉에게, 음~, 그러니까 소피 아빠한테 여자가 있었는가 봐요. 오래전부터, 혜영이 모르게 꽤 오랫동안 말에요.

애심 뭐‥뭣이여? 바람을 폈어? 요런 오살헐 놈의 후레아들놈의 새끼가 으디 감히 우리 혜영이를 냅두고‥! 으됬냐? 요‥, 도미 새낀지 갈치 새낀지 으떻게 생겨먹은 놈인지‥, 내 요놈 잠지를 꼭 붙들어다가 불알을 떼어갖꼬 옆구리에 차고 댕길라니께.

혜영 화를 내야 하는데‥. 양부모님이 불행한 사고로 갑자기 곁을 떠나고 나서, 가족을 잃을지 모른다는 게 두려웠어요. 용서할 수 없어서 헤어지고 싶었지만, 가족을 잃고 싶지 않았어요. 다정하고 착한 사람이고, 좋은 아빤데‥, 소피에게 아빠를 잃게 할 수 없었고, 무엇보다 혼자되는 게 무서워서‥, 도미닉이 먼저 무슨 무서운 말이라도 꺼낼까 봐

두려워서, 이야기를 나누는 것조차 피했어요. 어느 날인
가‥, 도미닉이 실수였다고, 용서해달라고‥, 다시 시작하
자고 이야기했지만, 받아들일 수 없어서‥, 그러면서도 한
편으로는 다행이라고 나도 모르게 가슴을 쓸어내리며 눈
물 흘리는 모습이 너무나 부끄럽고 바보 같아서‥, 그런
나 자신을 인정할 수 없어서 나에게 화를 내고, 바보 같은
짓이라고 생각할지도 모르겠지만‥, 무작정 어디로든 도
망치고 싶었어요. 그래서…,

애심 우라질 잡놈의 새끼‥, 지가 지 복을 걷어찬 것이구먼. 냅
뒤 부러라. 그러다 확 기냥 디져불라고‥! 그란디, 양코배
기들은 지 여편네허고 자식새끼는 징그럽게 챙긴다드만,
뭐 별것 읎는 모양이네‥. 암만‥! 것도 뭣 달고 나온 사내
놈인디, 별놈의 것 있간?

혜영 그런데 어떻게 해야 할지 몰라서‥. 어쩌면 엄마한테는 설
명되지 않고, 제멋대로고 이기적이라고 여길지도 모르겠
지만, 갑자기 머릿속에 또 하나의 엄마가 떠올랐어요. 까
맣게 잊고 살았었는데 말이죠. 그래서 방법을 찾다가 소
피를 데려왔던 입양인 복지회에 부탁했고, 그랬더니 그
사람들이 엄마를 찾아주어서, 이렇게 다시 만날 수 있게
된 거죠.

애심 그라지‥! 잊었다고 잊어지는 것도 아니고, 뭔 놈의 설명
이 필요하고 뭔 놈의 말이 필요허겠냐? 것이 바로 핏줄이
라는 것인디‥.

혜영	그래서요, 엄마! 이제는 도미닉과 마주 앉아 이야기해보려고요. 눈을 똑바로 보고 이야기 듣다가 화가 나면 "야~ 이 나쁜 놈아!" 소리치고, 엉덩이도 걷어차 주려고요.
애심	암만~! 그려야지. 너가 누구 딸인디··! 고놈 주둥이서 죽을 죄를 지었다는 소리가 나올 띠까정 사정읎이 뚜드려 패 뿌려라. 잉? 그란디··, 그라고··, 너 맴대로 그러더래도··, 우덜이 이라고 만나게 된 것도 으찌 보면 그놈의 덕잉께··, 다신 안 그러겄다고 손이 발이 되게 싹싹 빌고 맹세하면, 그때는 소피를 봐서라도 못 이기는 척하고, 잉? 함 봐주고 잉~?
혜영	엄마, 걱정하지 말아요. 혼자지만 당당하게 세상과 부딪치는 엄마를 보며 내가 어떻게 해야 할지 생각했어요. 비록 멀리 떨어져 있겠지만, 혜영이에게 엄마가 있다는 것 잊지 않을게요. 늘 씩씩한 엄마를 생각할게요. 엄마, 고마워요··. 건강하셔야 해요. 엄마를 잃는다는 건 세상 모두를 잃는 거래요. 그러니까 혜영이와 소피를 위해서라도 식사 잘하고, 술 많이 먹지 말아요. 꼭 그래야 해요. 사랑해요, 엄마!
애심	망할 년··. 가기 전에나 잘해줄 것이지. 버스 다 지나갔는디··, 지가 나를 또 은제 볼 것이라고····.
혜영	아~ 참··! 재채기와 사랑은 참을 수 없고, 감출 수도 없는 것이라죠? 사람은 오로지 단 한 번만 젊을 뿐이지만, 사랑하면 다시 젊어진대요. 엄마~! 혜영이는 길수 아저씨가 참 좋은 분이라고 생각해요. 아셨죠? 절대 늙으면 안 돼

	요. 꼭이요. 꼭! 꼭~!
애심	이잉~?? 이 우라질 년이 시방 뭔 소리여‥??
혜영	씩씩한 혜영이 엄마는 부끄러워하지 않을 거라고 생각해요. 엄마의 사랑 이야기는 편지에 예쁘게 써서‥
애심	으메으메~ 남우세스러워라‥!

애심이 아무도 없는 주변을 두리번거려대는데, 밖에서 뭐라 뭐라 투덜대는 인기척이 들린다.

길수	('끼이익~!' 소리 내며 현관문을 열고 들어서서) 이‥이것 봐‥! 또 문을 그냥 열어두셨네! 나 여사 안에 있어요? 거기 있구만! (거실로 들어서며) 아니, 이게 도대체 어떻게 된 일이에요? 따님하고 손녀딸이 방금 공항으로 떠났다면서요? 그런 일이 있으면 나한테도 미리 좀, 전화라도 좀 넣어줄 것이지. 사람이 왜 그래요? 아~ 가는 데 인사도 못 했잖소?
애심	‥ (당황스러워 얼굴이 붉어질 듯) ‥
길수	이봐요. 나 여사~!
애심	‥ (돋보기 너머에서 눈만 멀뚱멀뚱) ‥
길수	아, 나 여사~!
애심	(그제야) 예? 뭐‥뭣이라고라?
길수	‥?‥
애심	‥!!‥

애심을 빤히 쳐다보던 길수 영감이 애심의 손에 쥐어져 있는 편지를 발견한다. 애심이 화들짝 놀라서 엉덩이 뒤로 편지를 감추더니, 돋보기를 벗어 내리고 눈길을 피하며 딴청을 부린다. 비행기 이륙하는 소리가 들리자, 마치 눈앞에서 보고 있는 것처럼 애심이 손을 흔들어준다. Edith Piaf의 〈Non, je ne regrette rien 아니, 나는 아무것도 후회하지 않아〉가 들리며 밝아졌던 무대가 천천히 어두워지고, 눈물이 그렁그렁한 얼굴로 환히 웃고 있는 애심의 얼굴이 여운처럼 무대에 드리운다.

에필로그

늦은 오후. 베란다 유리창에 투영된 끄무레한 구름 덩이 탓에 우중충하다는 느낌을 자아내는 거실. '틱…! 틱…! 틱…! 틱…!' 나른하게 흔들리는 시계추 소리. 소리도 없는 바람이 지나갔을 휑뎅그렁함을 충분히 느낄 만큼의 시간이 지나자, 거실 안쪽 방문이 열리며 애심이 거실로 나온다. 눈을 비비며 하품하는 애심이 눈을 게슴츠레하게 뜨고 주변을 둘러보더니, 왼손과 오른손을 번갈아 윗옷 속에 집어넣고 몸뚱이를 긁적댄다.

애심   날이 꾸물꾸물…, 왜 이리 껌껌혀? 가게 나가야 쓰는디…, 시방 몇 시여? (고개를 돌려 벽에 있는 회중시계를 보고) 벌써 네 시가 넘었네그랴. 으짜짜자짜~~! (몸을 뒤틀어보고) 몸살이 날려나…. 온 놈이 양…, 안 쑤시는 디가 읎네…. (양어깨를 토닥이며) 에구구구~~

애심이 부엌으로 향한다. 주전자 주둥이에 입을 대고 물을 들이키며 거실로 나서다가 베란다 쪽을 쳐다본다. 무엇을 발견한 듯이 허둥지둥 다가간다.

애심   (창밖을 내다보며) 으메 양~!!

흩날리는 눈송이 같은 꽃송이 혹은 흐드러진 꽃송이 같은 눈송
이를 환해진 얼굴로 바라보던 애심이 스탠드형 옷걸이 쪽으로
향한다. 외투를 뒤적거려 전화기를 꺼내더니, 다시 베란다 쪽으
로 걸어 나온다.

애심   (베란다 큰 유리창 앞에서 서서) 가만있어 보자. 것이··, 으
디··? (눈을 게슴츠레하게 뜨고 폴더를 열어젖히더니, 전화번호를
찾아 발신하고 신호를 듣다가) 잉~ 나여. 자다 인났냐? … 별
일 읎지? … 소피는? … 잉, 그려. … 근디, 거시기··, …
(침을 '꼴깍~' 삼키고) … 그짝도 눈 와? … 안 와? … 왜 안
와? … 은제 오는디? … 몰러? … 웅, 알었어··. 잉··? 아
녀아녀··! 그려, 잘 있어··. (전화기 폴더를 닫고 손에 쥐더니,
창밖을 내다보며) 으메~ 양··! 바람까정 부니께로 새하얀 놈
의 것이···, 봄날 눈송이여, 한겨울 꽃송이여··? 참말 멋지
구만··, 참말 멋져부러···.

아쉬움은 가라앉고 그리움이 솟은 듯, 애심이 숨을 크게 들이마
셨다가 내쉬어본다. 화해진 얼굴로 창밖을 바라보는 애심의 주
름진 눈가에 맑은 눈물이 내비친다.

* 에필로그는 이상스레 몇 해 전부터 어른거렸던 누군가의 모습을 묘사한 것입니다. 희곡「나, 애심뎐傳!」은 여기서부터 거꾸로 시작되었다는 것을 알리며, 캐릭터 구축에 적잖은 영감을 준 연극배우 강애심 님과 김혜영 님에게 두 사람 모르게 심심한 감사의 말을 전합니다.

"희곡 읽기가

붉게 노을 진 수평선을 지긋이 바라보며

황금빛 와인을 혀끝으로 향긋이 음미하여 보는 것이라면,

소설 읽기는

햇살 좋은 나무 그늘에 기대어

탐스런 청포도를 하나씩 입에 넣고

달콤히 굴려보는 것이다."

동시상연집 同時上演集

이야기 하나 갈래 둘

● 나, 애심뎐傳!

● 나, 옥분뎐傳!

나, 옥분뎐傳!

아내에게

"오실랑가~? 오시겄지‥? 오시는가, 오실꺼여‥. 은제 오나~? 시방 오나~? 암만, 오구말구‥."

맞잡은 양손을 조몰락대며 옥분은 중얼거려댔다.

"올 띠가 진작에 되았을 것인디‥. 눈이 와서 그러는가‥? 한참 쪼까 늦어지네‥."

어깨를 들썩이며 "츱~!" 하고 콧물을 들이마시고 주먹 쥔 오른손 검지 마디로 콧구멍 주변을 억세게 비벼대더니, 왼쪽 가슴에 노란 해바라기가 큼지막하게 수놓인 진갈색 스웨터 주머니에 양손을 깊숙이 찔러 넣고서 구부정하게, 옥분은 베란다 큰 창문 쪽으로 발걸음을 떼었다.

"별일 읎겄지‥? 하긴 뭣‥, 뱅기가 웬체 덩치가 큰 놈잉께. 이깟 눈 쫌 왔다구서 으찌 될 일 있을라구. 암만~! 혼차 별걱정을 다허고 지랄이네."

베란다 큰 창문에 닿을락 말락 높다랗게 뻗어 오른 앙상한 나뭇가지 위로 도톰히 내려앉은 눈송이를 바라보며 콧잔등이를 찌긋찌긋 거려대더니, 옥분은 버릇인 양 콧물을 다시 "쪽~!" 들이키고 주둥이를 삐죽였다.

"차가 막혀 그럴랑가‥? 으째‥?"

까치발을 돋워가며 얼키설키 뻗쳐오른 나뭇가지 틈새와 그 위쪽 너머 멀리 큰길로 이어지는 좁다란 골목 입구 쪽을 내려다보다가 괜한 불안감에 가슴이 뜨끔했는가 보다. 옥분은 자신도 모르게 입 밖으로 튀어나오려던 말덩이를 얼른 도로 삼켜 넘기며 입맛을 "쩝~" 다시더니, 무릎이 아픈 사람처럼 행똥행똥 발걸음을 옮겼다.

거실은 변두리 연립주택의 낡아빠진 몸뚱이와 다르지 않게 빛바래고 허름했는데, 켜지도 않을 브라운관 텔레비전을 이마빡에 이고 있는 칙칙한 빛깔의 낮은 서랍장과 거기에 기대어 놓은 희끄무레한 쌀자루와 선풍기 닮은 전기난로 그리고 누리끼리한 얼룩이 반들대는 지저분한 천 쪼가리를 길고도 네모지게 덮어둔 둥그스름한 밥상이 놓여있어서, 저 편한 대로 되는 대로 별로 꾸미지도 않고 사는 단출한 살림살이라는 느낌을 자아내었다.

"인자 금시 해 떨어질라는디⋯. 껌껌해지기 전에 얼릉 와야 쓸 것인디⋯."

옥분이 "으자자잣~!" 하며 이빨 빠진 사발 닮은 밥상 앞에 앉더니, 소쿠리 속의 귤 더미에서 귤을 하나 집어 들었다.

"기둘리는 사램 맴 졸이고 껄적지근허게스리⋯."

반들반들하게 만지작거려대던 귤을 까서 절반을 입안에 통째로 집어넣고 오물오물 씹어가며 옥분은 말을 이었다.

"길 미끄러우면 으쩔라구 눈은 또 왜 오구 지랄이랴~? 내내 오지도 않던 놈의 것이⋯."

투덜대던 옥분이 베란다 바깥 위쪽을 쳐다보다가 얽히고설킨 나뭇가지를 피해 아래쪽 큰길 쪽을 내려다보려고 모가지를 삐주룩이 빼며 몸을 일으키려는데, 갑자기 '때르르릉~!' 전화벨 소리가 울렸다. 그러자 얼른 일어나려고 힘을 쓰던 옥분이 "아이고 허리야! 아이고 허리야~!" 하며 도로 폭삭 주저앉더니, 앉은 채 몸의 중심을 뒤에 두고 자빠질 듯이 뒤뚱뒤뚱 엉덩이를 뒤틀며 울긋불긋한 꽃무늬가 헐렁이는 몸뻬바지춤을 뒤적거려 전화기를 꺼냈다.

"요런 요‥, 옘병헐 놈의 것이, 으디‥? 당최 뭣이 쫌 뵈야‥,"

폴더를 열어젖히고 눈을 게슴츠레하게 뜨더니, 전화기를 가까이 또 멀찍이 들여다보았다.

"것이 누구랑감‥?"

발신 번호를 확인하려고 전화기를 이리저리 돌려보다가 목청을 돋우듯이 "흠흠~" 거리고서 오른쪽 귀에 가져다 대었다.

"아~예‥. 여보시오~! 예~ 그란디요. 예~ 근디 누구시요? 예~ 뭣이요? 시방 잘 안 들려요! 뭣이‥? 누구요~? 길수 영감님요??"

괄괄한 목소리로 묻던 옥분이 놀란 토끼처럼 눈을 동그랗게 뜨더니, 주변에 누가 있는 것도 아니건만 재빠르게 주위를 살피고서, 혹시라도 누가 들을까 목소리를 낮췄다.

"으짠 일로 전화를 다 허셨소? 나 번호는 으찌 알고?"

이맛살을 찌푸리며 전화기를 반대편 왼쪽 귀에 바꿔대더니, 캐묻듯이 쌀쌀맞게 말을 던졌다.

"뭔 일 있소? 뭣을‥? 뭐‥뭣이라고라‥??"

황당하다는 듯이, 옥분이 숨을 꿀꺽 들이마시고 목소리를 높였다.

"아~아니랑께요! 그럴만헌 일이 있어갖꼬 못나간다니께요. 이잉

~?? 아~ 아줌씨가 어련히 알아갖꼬 먹기시리 말아주면, 그놈 갖꼬 맛깔나게 처자시면 될 것이지‥. 뭔 놈의 돼지국밥이, 나가 말은 놈과 넘이 말아주는 놈이 다르답디요? 벨스러운 양반이네, 참말로‥!"

옥분이 콧방귀를 뀌며 입술을 실룩거렸다.

"아~ 됐응께! 시답잖은 소리 허덜마시오. 그 뭣이여? 그‥, 아줌씨가 영감님을 좋아라헝께, 나 읎을 때 섣달 그믐날 개밥 퍼줄 요량으로다‥, 아조 밥그릇이 터지게끔 꾹꾹 눌러 담아 줄 것잉께, 그거나 배 터지게 잡수시고 냉큼 싸게 집에나 들어가시오, 잉~? 뭐‥, 뭣이요? 아니~ 이 양반이 낮술을 자셨는가~?"

눈앞에 가져다 대고 이야기하면 상대방이 더 잘 들을 수 있거나 전화기 안의 상대방이 보이기라도 한다는 듯이, 얼굴 앞으로 전화기를 집어 들고 옥분이 눈알을 부라렸다.

"오기는 여가 으디라고 주착시럽게‥! 됐응께~! 말 같잖은 소린 허덜마시오‥! 을랄라~~?? 뭣이? 뭣이라고라‥? 이잉~!? 알기는 개뿔 뭣을‥! 아~ 몰러요! 잡소리 말고 고만 끊어요!"

목꼬리를 치세우며 짧게 되받아친 옥분이 던지듯이, 폴더가 부서지라고 세게 닫은 전화기를 탁상 위에 올려놓았다.

"거 참‥, 보기보단 싱거운 양반일세, 그랴‥. 저가 뭣이라고‥. 언감생심 넘의 귀헌 따님 오는 디를 으디 감히 시답잖게 오겄다고 되도 않게 들이대고 그러디야‥? 나도 인자‥, 삼십허고도 팔구 년 만에 보는 것인디‥. 가만, 가만‥. 시방 뭔 소리가 났는디‥?"

혼잣말로 투덜대던 옥분이 무슨 소리를 들은 것처럼 눈알을 반짝이고 귀를 쫑긋 세우며 주의를 집중하기도 전에 '쪼르르르룽~!'

하고 벨 소리가 울리더니, 현관 쪽에서 "옥분이 할머니 계세요?"라고 외치는 남자 목소리가 들려왔다.

"오메오메~! 인자 시방 왔는갑네. 시방 나가요! 바로 나가! 나가 바로 나 옥분이요~!"

오매불망 기다리고 기다렸다는 듯이, 왼손으로 꽃무늬 바지춤을 부여잡고 오른손으로 바닥을 짚고 벌떡 일어난 옥분이 똥 본 오리 새끼처럼 뒤뚱뒤뚱 현관 쪽으로 달려갔다. 현관문 손잡이를 쥐고 앞으로 밀어서 황급히 문을 열어젖히려는데, '덜크럭‥덜크럭~!' 하고 미처 풀리지 않은 잠금장치가 자물쇠 쇳덩이 부딪히는 소리를 내었다.

"으메, 양~! 급해 죽겄는디 벨놈의 것이 다‥!"

옥분이 마음처럼 급하게 현관문 아래쪽 잠금장치를 절그럭 쩔그럭 비틀어대자, '철컥~!' 하고 자물쇠가 풀리며 현관문이 '끼이익~' 열렸다. 문을 활짝 열어젖히느라 쥐었던 손잡이를 놓쳐버린 탓에 옥분이 "에구구~~!!" 하며 중심을 잃고 몸을 휘청거리려는데, 현관 앞에 서 있던 누군가가 무릎을 굽히며 넘어지려는 옥분을 받아주려고 손을 앞으로 내밀었다.

"…!…"

겨우 3~4초나마 되었을까? 아득하고 어지럽게 느껴졌을 시간이 지나자, 받아주려던 그 팔을 두 손으로 짚으며 몸을 일으킨 옥분의 목구멍에서 "아이고~ 은실아~! 아이고 은실아, 이년아~!"라고 몸부림쳐대는 것처럼 악쓰는 소리가 쏟아져 나왔다.

"대체 이게 을매만이냐? 잉~?? 대체 이게 을매만이여~??"

옥분은 현관 안쪽도 바깥쪽도 아닌 곳에 서서, 반짝이는 은빛 누비옷(Padding)을 입고 있는 단발머리 여자를 두 손으로 붙들고 - 정확히 말해, 검은색 모직 코트 차림에 갈색 서류 가방을 품듯이 가슴팍에 안고 있는 포동포동하고 동글동글한 남자와 빨간 털모자를 눈썹까지 눌러쓴 하얀 누비옷 차림의 대여섯 살짜리 여자아이 옆에 서 있는 얼굴 갸름하고 껑충한 여자의 팔뚝에 의지하여 - 울음 섞인 소리를 내질렀다.

"나가 드디어 너를 보게 되었구나. 어디 보자, 우리 은실이~! 하이구메~ 하나도 안 변했구나…! 하나도 안 변했어~! 어렸을쩍 그대로네…! 그려~! 너가 바로 은실이구나…! 허이구, 불쌍헌 내 새끼~! 너 왜 인자 온 것이냐? 왜 인자 온 것이여~! 으디…, 우리 은실이 얼굴 쪼까 다시 보자! 얼굴 쫌 봐…! 아녀! 그려…! 여짝 입술 쫌 보자! 여…, 여긴가? 여그 위짝…, 여짝 맞지?"

"…!…"

껑충한 여자의 팔뚝을 붙들고 왼손과 오른손으로 어깨와 몸을 더듬고 두들기며 호들갑스럽게 어루만지던 옥분이 갑자기 무슨 생각이 떠올랐는지, 갸름해 보이는 여자의 뺨에다 양손을 가져다 대었다. 그러자 순간 '움칫…!' 거리며 뒤로 주춤댔던 단발머리 여자가 입을 꾹 다물고 고개를 가로저었다.

"잉? 거…, 거 아니어? 그람, 이짝인가…? 그려? 맞어? 아이구메~ 여가 맞는 갑네…! 근디 으디…? 으메~양…! 아조 깜쪽같네. 꼭 읎는 줄로만…, 아닌 줄로만 알겠어~! 아고…! 근디 너 귀는…? 귀는 으띠어? 너…, 어매 말허는 것 잘 들리냐? 요짝 저짝 크게 잘 들려? 너 시방…, 보청기 낀 것 아니지?"

"…!…"

옥분이 손을 뻗어 껑충한 여자의 귀를 만지려다 멈칫하더니, 까치발로 귓속을 들여다보려고 하였다. 그러자 얼굴 갸름하고 머리카락 끄트머리를 살짝 말아 올린 단발머리 여자가, 그러니까 은실이라는 여자가 왼손으로 이마를 짚으며 가만히 입술을 깨물더니, 그렁그렁해진 눈가에 잔주름을 지어 보이며 부산스레 손짓해대는 작달막한 체구의 옥분에게 고개를 끄덕였다.

"으메~ 양…! 야가 참말로 잘 들리는 갑소? 잉? 그러지라?"

"네? 네에~! 예. 그럼요. 그럼요~!"

얼굴 갸름한 은실의 미소를 보고 얼굴 환해진 옥분은, 모녀 상봉의 장면을 당사자들보다 더 감격스러워하는 얼굴로 지켜보는 살집 좋은 남자에게 말을 건넸다. 그러자 무슨 말인지, 왜 물어봤는지 정확하게 알지도 못하면서 좋은 게 좋은 거라고 고개를 끄덕이듯이, 포동포동한 남자가 흐뭇해하면서 맞장구를 쳐줬다.

"그랑께 말이요! 나가 이라고 좋은 것은 영감 죽고 처음이요. 그려~. 잘 되았다. 참말 잘 되았어! 아이구~ 내 새끼. 참말 잘도 컸다. 잘도 컸어. 이라고 잘 큰 놈의 것을…, 어매는 너 못보고 죽을 줄로만 알고…! 하이고~ 아니다! 아니어…! 방정맞게스리…, 요놈의 요…, 정신머리하고는…! 너가 시방 여…, 여 문 앞서 이라고 있을 것이 아니라, 싸게 싸게 잉…?"

재수 없는 말이라도 나올까 뜨끔했던 옥분이 스웨터 소맷자락으로 눈자위가 얼룩지게 꾹꾹 눌러대고 콧구멍 아래로 흘러나온 콧물도 훔쳐 닦더니, 은실의 왼 팔목을 쥐고 한 발짝 뒤로 발걸음을 서풋 떼었다.

"어여, 넝큼 잉? 안으로 후딱 들어와라. 발 시럽지? 눈 겁나 오던디, 양말 안 젖었냐?"

옥분이 끌어당기며 거실 쪽으로 걸음을 떼자, 그 힘에 이끌려서 몸을 휘청댔던 은실이 오른손을 뒤로 길게 뻗어 건넛산 처다보는 토끼처럼 눈만 깜박깜박 거려대던 대여섯 살짜리 여자아이의 손목을 잡고 집안에 들어섰다.

오랫동안 누군가를 그리워했던 사람이 마침내 그 누군가를 만나서, 너무 좋아서, 반가움에 들떠서, 꿈만 같아서 그랬을 것이다. 거실에 들어선 옥분은 숨 쉴 때마다 어쩔 줄 몰라 하는 감정이 오롯이 드러나도록 "아이고~하이고~ 으메~으메~!" 감탄사를 연이어 뱉어가며 은실의 손등을 비벼대고 주물럭거려댔다.

"대체 이것이 을매만이냐? 잉? 을매만에 보는 것이여?"

"삼십팔‥, 년‥, 이에요."

들떠서 울먹대는 옥분과는 다르게, 은실의 목소리는 가라앉은 것처럼 사뭇 덤덤했다.

"그르냐~? 벌써 그라고 오래됐냐? 그르지? 그렇구만, 잉‥. 벌써 그라고 세월이‥. 으히구메~ 것 참‥. 아, 은실아‥, 너, 나 알아보겠냐? 나 알아보겠어? 어매 하냥 늙었지‥?"

"‥‥‥"

먹먹하게 느껴질 만한 목소리로 묻는 옥분에게 은실이 반 호흡 정도 늦게 고개를 끄덕였다. 그러자 가슴에 무엇이 복받쳐 오르는지, 옥분이 이를 앙다물어보고 입술을 깨물고는 은실의 손을 움켜

잡은 자기 두 손 위에 이마를 가져다 댔다.

"……"

회한에 젖어 소리도 없이 흐느끼고 있을 옥분을 이해한다는 듯이, 자기 마음도 그렇다는 듯이, 촉촉해진 눈길을 베란다 바깥쪽에 던진 은실이 드러나지 않게 들이킨 한숨을 천천히 내쉬더니, 옥분이 그러고 있도록 가만히 기다려주었다. 잠시 얼마만치 그러던 중에, 여행 가방의 딱딱한 바퀴 굴러가는 소리에, 은실이 예닐곱 걸음쯤 늦게 거실로 들어서는 살집 좋은 남자에게로 눈길을 돌렸다. 그러자 얼굴 똥글똥글한 그 남자가 은실의 손을 매만지고 거기에 얼굴을 비벼대는 옥분을 보고는 흐뭇하게, 은실에게 제 얼굴처럼 동그란 눈웃음을 지어 보였다.

"에고~ 나 좀 봐라. 또‥."

옥분이 콧물을 풀쩍대며 고개를 들더니, 양 손바닥으로 양쪽 눈자위를 꾹꾹 누르고는 콧물을 훔치고서 말을 이었다.

"먼 길 오느라 애썼지? 하이구~ 이 눈 묻은 것 좀 봐라. 옷 다 젖었겠다. 춥지? 얼릉 저 짝 가 앉어라. 짐은 일단 여기 기냥 냅두고, 잉~? 거시기 선상님~!"

은실의 어깨 위에서 이슬처럼 방울지려는 눈송이들을 낭랑한 목소리만큼 애정 어린 손짓으로 털어내고 거실 가운데 둥그스름한 밥상을 가리켰던 옥분이 똥글똥글한 남자를 향해 고개를 돌렸다.

"선상님도 쪼까 앉았다 가시오. 몸 좀 녹이시고."

"아‥! 아닙니다. 바로 가봐야 합니다. 사무실 들러서 업무 마무리하고 퇴근해야 해서요."

현관 가까운 곳에 서 있던 검은 색 모직 코트 차림의 포동포동한 남자가 어깨를 으쓱이더니, 가슴팍에 품고 있던 갈색 가방에서 서류를 꺼내 뒤적였다.

"에~ 뭐··, 따로 신원확인은 할 필요가 없고··, 따님께서 한국어를 잘하시니 이것도 걱정할 것 없고··, 에~ 또, 두 분께서 이미 앞서 우편으로 연락을 하셨다니까··, 이것도 전혀 문제없습니다. 제가 있는 게 오히려 방해될 만큼이요. 넵~! 그럼 저는··,"

똥글똥글한 남자가 꼼꼼하게 보지도 않은 서류를 잘 챙겨서 도로 집어넣더니, 빙긋 웃으며 차렷 자세를 취하는 것처럼 몸을 꼿꼿이 세웠다.

"저는 이만 가 봐도 되겠지요?"

똥글똥글하고 포동포동한 남자가 유쾌한 자기 목소리에 어울릴 만하게, 방긋이 웃으며 고개를 까딱였다. 그러자 은실이 가볍게 고개를 끄덕여줬다.

"노 프로브럼?"

"…!…"

포동포동한 남자가 몸을 굽히며 얼굴을 들이대자, 여전히 어리둥절하여 눈을 동그랗게 뜨고 있던 빨간 털모자에 하얀 누비옷 차림의 꼬마아이가 수줍은 듯이 은실의 등 뒤로 숨었다.

"으째요? 시방 가실라고라?"

옥분이 똥글똥글한 남자에게 물었다.

"네. 빨리 가봐야 합니다. 눈이 온 바람에, 비행기가 연착돼서 많이 늦어졌어요. 눈치 없이 가족 간의 오붓한 시간을 방해하면 안 되잖아요. 아참~! 제 전화번호 아시요?"

"……"

은실이 고개를 끄덕였다.

"궁금한 게 있거나, 제 도움이 필요하면 언제라도 전화 주세요. 조금도 어려워 마시고요."

똥글똥글한 남자가 가방을 반대쪽 어깨로 바꿔 메고 가방끈을 바짝 당기며 사람 좋은 얼굴로 웃어보였다.

"아이고~ 으째‥, 벌써 가실라고라? 추운디 따순 커피라도 한잔 허고 가시잖고서."

"아닙니다. 맛있게 잘 먹은 걸로 하겠습니다. 할머니! 따님하고 손녀분과 좋은 시간 보내세요. 그럼 저는 이만 가보겠습니다. 꼬마, 안녕 또 보자~! 오 르봐르!"

"오 흐브와흐Au revoir~!"[1]

검정 코트 차림의 똥글똥글하고 포동포동한 남자가 손을 흔들며 나름 애쓴 발음으로 인사하자, 빨간 털모자에 하얀 누비옷 차림의 여자아이도 수줍은 듯이 손을 살랑 흔들며 인사했다.

"고맙‥, 습니다."

갈색 서류 가방을 윈 어깨에 메고 현관으로 향하는 똥글똥글한 남자에게 은실이 발끝을 돋우듯이 한 걸음 내디디며 미소 지어주었다.

"에구~ 바쁨께로 오자마자 물 한잔을 못 마시고 그냥 가네. 조심해서 가시오. 길 미끄러울 텡께~!"

바깥에 부는 찬바람을 미리 느끼기라도 한 듯이, 옥분이 팔짱을

---

[1] 안녕, 또 만나요~!

끼면서 목을 움츠렸다.

"네~ 할머니. 안녕히 계세요."

"허이고~ 저 양반이 은인이네, 은인⋯."

검정 코트 차림의 똥글똥글하고 포동포동한 남자가 큰 소리로 대꾸하고 현관문을 '덜크렁!' 닫자, 옥분이 혼잣말하듯이 말허두를 떼었다.

"첨엔 으디⋯, 입양인 복지회 코딘지 코친지 웬 쭉정이 같은 놈이 연락이 와가지고⋯, 잠결에 봉창 뚜드리는 소리마냥 너가 어매 찾는다고⋯, 어매 만나고 싶어 헌다고 혔을 때는⋯, 웬 그지 깡깽이 같은 놈이 으디 씨알도 안멕히는 소리허고 자빠지는가, 욕을 한 바가지 혔었는디⋯, 하이구메~ 이게 꿈이여, 생시여? 긴가민가허다가 '에라~ 속아나 보자.' 헌 것인디⋯, 나가 참말로 저 양반 덕에 죽기 전에 우리 은실이를 만나게 되었구나. 하이구메~ 고마운 거⋯! 은혜를 으떻게 갚는다냐? 순댓국이라도 따끈허게 한 그릇 말아 멕여 보냈어야 혔는디⋯."

38년 전 입양 보냈던 딸과의 재회라 감개무량하면서도 서먹할 듯하였으나, 그런 긴 시간도 핏줄에게는 아무 의미 없다는 듯이, 마치 엊그제 헤어졌다 만난 사람인 양, 옥분은 조금의 거리감이나 어색함도 없이 살갑게 굴어댔다. 그러나 갑작스럽게 설정된 관계와 스스럼없이 구는 옥분의 태도에 어지럽다는 듯이, 은실 관자놀이에 오른손가락을 대고 눈을 감아보았다.

"잉⋯? 왜 그려? 머리 아프냐?"

살피듯이, 옥분이 낮은 목소리로 물었다.

"아‥, 아니‥예요."

은실이 껑충한 몸을 뒤로 '움칫‥!' 하고서 왼손으로 가볍게 손사래 치더니, 통증을 가라앉히기라도 하려는 듯이, 손가락으로 관자놀이를 지그시 누르고 왼손으로 옆에 서 있는 여자아이의 어깨를 짚었다.

"뱅기 오래 타갖꼬 그르냐? 멀미하는겨? 으쩌냐? 어매가 물 갖다 줄까? 시방 어지러우냐? 여짝에 쪼까 앉을텨? 으떻게 해줄까?"

"……"

옥분이 근심 어린 호들갑을 마저 다 떨어대기도 전에, 얼쯤하게 서 있던 은실은 이 빠진 밥상 닮은 탁상 앞에 앉았다. 그러자 옥분이 "에구~차차‥!" 기운차게 발걸음을 떼서 선풍기 닮은 전기난로 앞에 쪼그려 앉더니, "춥지? 이놈 쪼까 틀면 금새‥," 하고는 선풍기 닮은 전기난로를 앞으로 끌어당겨서 스위치를 켰다.

"…?!?!…"

별안간 후끈한 열기와 시뻘건 불빛이 화장기 없는 민얼굴에 달려들자, '이런‥! 뭐지? 뭐, 이런 게 다 있지?'라고 당혹스러워하듯이, 은실이 미간을 찌푸리며 양팔을 들어 얼굴을 가리고 고개를 틀었다.

"에구~! 요놈이 얼굴로 곧장 갔네‥! 싫으냐? 끌까? 안 춥냐? 꺼? 말어? 괜찮어?"

"……"

다소 수선스러운 옥분의 물음에 은실은 말에 앞서는 몸짓으로, 얼굴을 가렸던 양팔을 앞으로 뻗으며 고개를 가로젓는 것으로 대꾸했다. 그러자 옥분이 선풍기 닮은 전기난로 스위치를 얼른 내리고 뒤쪽 벽에다 도로 밀어 넣었다. 얼굴을 가렸던 양팔을 내리며 고쳐 앉은 은실이 오른손으로 앞 얼굴에 드리운 머리카락을 귀 뒤쪽으로 쓸어 넘기고 거실을 둘러보는 듯하자, 그제야 하얀 누비옷 차림에 빨간 털모자를 눌러쓰고 어리둥절한 얼굴로 서 있는 여자아이가 눈에 들어왔는지, 옥분은 옴츠렸던 몸을 활짝 펴듯이 손을 내밀었다.

"하이고~ 아가! 너 누구냐? 너 누구여? 너가 너그매 딸이여?"

"…!…"

옥분이 손을 잡으려고 무릎걸음으로 다가들었다. 그러자, 하얀 누비옷 차림의 여자아이는 놀란 듯이, 깡충대며 얼른 은실의 등 뒤로 숨었다.

"을라라~! 자 좀 보소? 으디‥? 도야지뼈다구 삶은 냄시 나냐? 아까참에 씻는다고 깨끗허게 씻었는디…."

"쏘피Sophie, 쎄 따 그헝 메흐c'est ta grand-mère."[2]

옥분이 킁킁대며 자기 몸 이곳저곳 냄새 맡아보는 시늉을 해대는데, 제 등 뒤에 숨어서 어깨너머로 옥분을 넘겨다보는 빨간 모자 여자아이의 손을 잡고, 은실이 고개를 까닥였다.

"마 그헝 메흐Ma grand-mère?"[3]

"잉~ 그려. 거시기‥, 아가~! 나가 너 할매여. 할매."

눈을 동그래진 빨간 모자 여자아이가 머리를 삐죽 내밀며 되묻자, 은실과 여자아이의 대화를 알아듣기라도 한 것처럼, 옥분이 재빨리 끼어들었다.

---

2) 소피, 네 할머니야.
3) 소피 할머니?

"소피~"

"......"

어서 가서 인사드리라고 이야기하듯이, 제 어깨를 짚고 앙가조 촘 서 있는 소피라는 여자아이의 손을 잡고서, 은실이 눈짓과 고갯 짓을 했다. 그러나 그랬음에도 소피는 앙증맞게 고개를 가로젓고 엉덩이를 뒤로 빼며 한걸음 뒷걸음쳤다. 그러자 옥분이 무슨 생각 이 퍼뜩 떠올랐는지, 평퍼짐한 몸빼바지춤에서 사탕 하나를 얼른 꺼내어 들어 보였다.

"아가, 요놈 봐라. 요놈! 요놈 겁나 맛난 놈이여!"

"......"

사탕이라는 것을 알지만 경계하듯이, 그러나 그러면서도 겸연쩍 어하듯이, 소피라는 여자아이는 새침데기처럼 은실의 등 뒤에서 갈듯 말듯 몸을 살짝 비틀고 흔들었다.

"으메~ 양‥! 저것 좀 보소! 숫기 읎는 것이, 저그매 어릴 때랑 영판 꼭 같구만, 잉! 왕대밭서 왕대 난다더니만‥, 하이구메~ 으쩜 저렇게‥,"

"소피~"

옥분이 귀가 입에 걸릴 만치 환하게 웃으며 손뼉을 치고 말을 이 어가려는데 그 말허리를 자르듯이, 그러나 부드러운 목소리로, 은 실이 새침데기 빨간 털모자 여자아이를 불렀다. 그러자 소피라는 아이가 빨간 털모자를 벗어서 두 손으로 쥐고 우물쭈물 내키지 않 아 하는 걸음으로 옥분에게 다가섰다.

"그랴, 아가, 어여~ 어여~, 그리어~ 그리어~"

옥분이 내미는 제 손 위에다 말랑말랑한 목소리를 얹었다.

"아가~! 나가 바로 너 할미여. 외할미~! 아가, 너 시방‥, 할미 말
허는 것 들리냐? 야가 들리는겨? 아야~! 나 말허는 것 야헌티 다
들리는 거냐?"

말하던 중간에 문득 귀가 좋지 않아서 잘 듣지 못했던 어릴 적 은실
이 떠오르고 그래서 그 시절 은실에게 했었던 손짓이 자기도 모르게 나
온 모양이다. 옥분은 자기 가슴팍을 두들기고 또 소피를 가리켜가며
말을 이어나가다 고개를 돌리며 은실에게 목소리를 높였다.

"쏘피Sophie, 디 봉쥬흐 아 따 그헝 메흐dis bonjour à ta grand-mère.
비뜨Vite."[4]

콧잔등이를 찌긋거리면서 '혹시‥? 아니지‥?'라고 걱정스러워하는
얼굴로 쳐다보는 옥분에게 그렇지 않다는 대답조차 하지 않고, 은실
은 소피에게 나긋나긋한 목소리로 말했다. 그러자 소피가 무릎을 살
짝 굽히고 딱 그만큼만 옆으로 고개를 까딱이며 입을 떼었다.

"봉쥬흐 그헝 마멍Bonjour grand-maman."[5]

"아이구~ 다행이네! 그려~! 이 할미가 봉쥬르 할미여."

옥분이 소피의 손을 붙잡고 어루만지며 물었다.

"아가, 너 이름이 뭐냐?"

"소피‥에요. 쏘피Sophie, 돈느 엉 꺌랑 아 따 그헝 메흐donne un
câlin à ta grand-mère."[6]

소피를 대신해서 옥분에게 대답한 은실이 소피에게 한마디 건넸

---

4) 소피, 할머니한테 인사해야지. 어서.
5) 할머니 안녕하세요.
6) 소피, 할머니 안아드려야지.

다. 그러자 소피는 내키진 않지만 어쩔 수 없이 해야 하는 행동에 어울릴만하게, 엉덩이를 빼면서 옥분을 안아주고는 제 뺨을 옥분의 뺨에 살짝 가져다 댔다.

"하이구~ 이쁜 것…! 참말 이쁘다! 아가, 소피야! 너 여짝에 앉어라, 잉? 여그 할미 옆에…,"

"…?!?…"

옥분이 사탕을 쥐여 주며 손을 꼭 붙잡았다가 한 손을 떼고 옆에 앉으라는 시늉으로 거실 바닥을 두들겨대자, 소피는 몸을 틀며 손을 빼고 다시 은실이 등 뒤로 가서 숨었다.

"하이구~ 저것 쫌 보소. 양지마당 병아리마냥 쫑쫑쫑!"

낯가리고 수줍어하는 그 모습이 예쁘기만 했는지, 옥분이 앉은 채 양팔을 등 뒤 바닥에 대고 몸의 중심을 뒤로 옮겨 펑퍼짐하게 앉으며 허허거렸다.

"대체 조런 것이 으디서 나왔을까, 잉~? 아야~, 아가 쟈 하나라 했냐? 늦게 나왔네, 잉."

"한국말, 몰라요, 소피는…. 어려워요, 사람, 친한 것….

은실이 소피를 제 오른편에 앉히더니, 사랑스레 머리를 쓰다듬어주며 띄엄띄엄 말을 떼었다.

"아녀, 아녀! 괜찮여! 시방 막 뛰댕길 나인디, 찬찬히 배우면 되지 뭘…. 그란디, 너는 으짜쿠롬 우리말을 그라고 잘한다냐?"

몇 마디 아니었고 그나마도 어색한 억양과 어투였건만, 옥분은 말 배우기를 이제 막 시작한 어린아이가 말 따라 하는 것을 보고 신기해하는 엄마처럼 흐뭇한 표정을 지었다.

"어머니가…."

"어매가? 누구…? 너 프랑스 어매가?"

"네…. 프랑스 어머니가, 한국말…, 잊지 말라…, 해서, 한국말…, 썼어요…. 어릴 때. 그리고…, 많아요, 한국 사람. 빠리에. 잠자는 곳…, 빌려주고…. 프랑스 어머니와 아버지가…, 어울렸어요. 많이…. 한국 사람들과…."

"아이구~ 장허다…! 참말 잘혔다! 나가 워쩌쿠롬 말 쪼까 배워볼래두 으디 미국말도 아니고, 헐 줄 아는 사램이 있어야지…! 참말루 고마우셔라…! 자식 한 놈 키우는 디는 오만 자루의 품이 든다는데, 하물며 넘의 새끼를! 너 빠리 어매 아배가 박사님이고 참말 부처님이시다. 그랴, 빠리 어매는 잘 기시고? 거 아부지도?"

"돌아가셨어요. 두 분…, 모두."

"잉? 은제?"

예상치 못했던 대답이라 깜짝 놀란 옥분이 은실에게 다가들듯이 고쳐 앉더니, 목구멍 너머로 "꼴깍~" 하는 소리가 날만치 생침을 삼켜 넘겼다.

"삼년, 전에…."

"으메으메~ 아까워서 으째스까, 잉~ 쯔쯔쯔쯧…. 으쩌다가? 두 분이 같이? 한날에?"

안타까움에 가슴을 치며 한숨을 내쉰 옥분이 미간을 찌푸리고 혀를 차더니, 혀끝에 잇달아 물음표를 달았다.

"네. 여행 중에…, 자동차 사고로…."

"을매나 무서웠을까나? 하이고~ 끔찍스러라…."

"……"

"나이가 을매나 되셨는디? 아적 창창헐 나이들 아녀?"

"네‥. 아~! 그런데, 저‥,"

"잉‥? 왜??"

"죄송‥, 해요. 저‥,"

"잉‥?? 뭣이??"

눈을 동그랗게 뜨고 코를 훌쩍인 옥분이 기웃거려보듯이, 모가지를 길게 빼고 은실의 갸름한 얼굴을 살폈다.

"저‥, 쉬고, 싶어요‥."

정말 골치가 지끈거려서 그랬다기보다는, 생각 없는 푼수처럼 자꾸 캐묻고 엉뚱한 소리 해대는 옥분을 피하고 싶어서 그랬을 것이다. 은실이 자못 피곤한 목소리로 대답하더니, 고개를 기울이고 오른손바닥으로 관자놀이를 무겁게 누르고는 뒷머리 쪽에 손을 가져다 대었다.

"머리 아파서 그르냐?"

"……"

그만하면 알아들을 만도 했을 텐데 여전히 눈치 없이 딴소리해대자, 주변을 둘러본다기보다는 지금의 상황을 - 예컨대 분위기를 바꾸고 싶다는 의도를 - 내비치려고, 은실이 시선을 피하듯이, 고개를 옆으로 돌렸다.

"…?…"

옥분은 눈치도 없이 은실의 눈길을 따라가며 '왜 그러지? 저기 뭐가 있나‥?' 싶어 주변을 두리번거려댔다. 그러다 문득 '아차‥!'

하고 "아이쿠~!" 손뼉을 치고서 목청을 높였다,

"삼순이마냥‥, 너그매 정신머리 좀 봐라! 먼 길 날아오느라 피곤했을 것인디, 하도 반갑다봉께 나가 나 생각으로만‥, 주책바가지를 뒤집어쓰고 자빠져갖꼬 깜박했네~! 여는 거와 낮밤이 까꾸로라지? 그리어~! 얼릉 쉬어야겄다. 어매가 저짝 안방 깨끗허게 치워났응께, 얼릉 드가 한잠 자라, 잉? 푹 자고 인나갖꼬 같이 밥 먹자. 어매가 맛난 놈으로다 한상 차려놓을라니께. 아가~! 너도 너그매랑 냉큼 싸게 드가갖꼬 한숨 자고 나오너라, 잉? 아참‥! 근디 시방 어띠어? 머리는 쪼까 나아졌냐? 약 안 먹어도 괜찮겄어?"

대꾸에 앞서 은실이 몸을 일으켰고, 그 옆의 소피도 은실의 옷소매를 잡고 따라 일어섰다. 그러자 옥분도 무릎을 잡고 "끄응차~!" 힘을 주어 구부정하게 몸을 일으켰다.

"네, 괜찮‥, 아요. 피곤‥, 해서‥. 쉬면‥ 좋아요."

"잉‥, 그려‥. 다행이네. 그려야지‥."

은실이 억지 미소에 기운 없는 목소리로 대답한 것만 같아서, 옥분이 근심 어린 표정을 지으며 귀한 아씨를 모시는 몸종처럼 아니, 유모처럼 몸을 굽실거렸다.

"네. 그럼‥."

은실이 고개를 살짝 까딱거리고서 현관 쪽에 세워둔 커다란 여행용 가방을 잡아끌었다. 거실을 가로지르려던 은실이 정면과 오른편에 있는 방문 가운데 어느 곳으로 들어가야 할지 몰라 망설거리려는데, 옥분이 대뜸 얼른 다가들었다.

"아‥! 이짝이여. 그짝 말고, 이짝 안방."

“……”

옥분이 앞쪽의 안방 문을 가리키자, 은실이 그쪽을 향해 발걸음을 떼었다. 은실이 손을 내밀었건만, 소피는 은실의 손 대신 은빛 누비 옷자락을 붙들고 은실을 쫓아서 안방으로 향했다. 그렇게 쫄래쫄래 몇 걸음 쫓아 걷던 소피가 '힐끔‥!' 고개를 돌려서 옥분을 쳐다보았다.

“잉~ 그려‥. 아가. 너도 얼릉 쉬어라, 잉?”

옥분이 환하게 웃으며, 그러나 아쉬워하는 눈빛을 보이며 손짓했건만, 은실은 가방을 끌면서, 소피는 고개를 돌린 채 옥분을 쳐다보면서, 안방으로 들어갔다.

“……”

은실과 소피가 안방에 들어가자, 옥분은 큰일을 치르느라 몸의 힘이 죄다 빠져나간 사람처럼 숨을 길게 “휴우~우~~~” 내쉬었다. 그리고는 콧물을 “훅~” 들이마시고 콧잔등이를 찌긋찌긋 거리며 거실을 휘 둘러보더니, 입맛을 “쩝‥” 다시고 콧김을 짧게 “킁!” 내뿜고 베란다 창 쪽으로 고개를 돌렸다. 옥분이 내다보려는 창밖은 벌써 어둑어둑해져 있었고, 솟대처럼 골목 입구에서 좁다란 골목길을 밝혀주는 전봇대 주위에는 눈송이가 너풀너풀 꽃잎처럼 흩날리고 있었다.

"아~ 몰러‥! 열흘을 있다가 갈라는지, 달포를 있다가 갈라는
지‥, 아적까정 거까정은 잘은 모르겄지마는서도‥,"

꼬질꼬질한 레이스를 기다랗게 깔아놓은 둥그스름한 탁상을 앞
에 놓고 앉아 전화 통화하던 옥분이 몸을 앞으로 기울여 탁상 가운
데께 놓아둔 거무튀튀한 나무 그릇에다 손을 뻗었다. 한 무더기 수
북이 담겨있는 귤 더미에서 어린애 주먹만 한 것을 골라잡아 탁상
위에 내려놓더니, 한 손으로 깨작깨작 쉬이 까서 입에 넣고 게걸스
레 씹어 삼키며 옥분은 말을 이었다.

"이~잉‥?? 아따~! 거기 으디 핵교서 애덜 가르치다가 방핵이라
고 왔다는디‥, 것을 으째 대놓고 물어본당가? 때 되면은 가지 말라
고 붙잽어도 가겄지. 냅두시오! 서른허고도 여덟 해만에 저그매 얼
굴 보겄다고 하룻밤을 꼬박 새고 날아온 딸년헌티다 온지 며칠이
나 되었다고, '아야 너 은제 가냐?' 가는 날짜 물어본다요? 것도 경
우는 아니지라. 뭐‥? 뭣을‥? 잉‥. 뭐‥, 것은 나도 잘은 모르겄소.
뭣이‥? 아~ 왜 모르긴? 말을 안헝께 모르지‥."

세우고 앉았던 무릎을 왼 무릎에서 오른 무릎으로 바꿔 앉으며
가까운 탁상다리 하나에 칭칭 감아둔 노끈 묶음을 손톱 끝으로 까
드득까드득 손 거스러미 뜯어내듯이 괜히 긁어대고서 심드렁한 목

소리로 말을 이었다.

"낮뿌닥도 겨우 알락말락인디, 그 맴까정 나가 으찌 알겄는가? 거시기 뭐‥, 꿩 새끼도 제 길을 찾아드는 법이라니께‥, 사람의 새끼니께, 저도 나이 먹고 새끼 놓고 이러저러 살다보니, 어매아비 생각이 났는갑지. 뭐‥. 한 옛날에‥, 어렸을 적 말고는 같이 살아본 적이 읎응께‥, 긍께 쪼까 서먹해갖꼬 그런갑다 허고는 있는디‥."

옥분이 탁상 위에 까놓은 귤껍질을 만지작댔다.

"가물가물허더래두 옛 기억이 있으니께, 같이 지내다보면 뭐‥, 차츰 가차와지고 살가워지고, 그러겄지‥. 아~ 핏줄이 으디 가겄는가? 그라고 아닌 말로다‥! 나가 나 살자고 저 보냈는가? 저 잘되라고! 이짝 땅서 병신으로 평생 손꾸락질 받고 사느니 차라리 그짝 가서 수술 받고, 싹 다 고치고 잉‥? 그래갖꼬 성한 몸으로 저 편히 살라 그란 것이지. 갸가 나이 여섯에‥, 여섯인가? 다섯인가‥?"

자신의 바람처럼 힘을 주어 말꼬리를 치세웠던 옥분이 고개를 갸우뚱거려가며 생각을 더듬어보더니, 대화하는 사람이 바로 눈앞에 있다는 것처럼 손사래를 쳐댔다.

"아‥! 아녀‥! 거 아녀~! 하여튼 간‥, 뭣이‥, 긍께 그때쯤에 갔었는디‥, 외국서 선상질헌다는 똑똑한 아가 것을 모르겄는가? 저도 저 새끼까정 놓았는디? 것을 아니께로 저그매가 으찌 사나 디다보러 온 것 아니겄소? 잉‥? 뭣을? 누구‥? 갸 서방?"

갑자기 뒷골이 뻣뻣하다고 느꼈는지, 옥분은 턱을 앞으로 내밀며 목덜미에 힘을 주어 누르듯이 뒤로 젖혔다 한 바퀴 돌리고 눈을 끔뻑였다.

"뭐··, 것은···, 나도 잘 몰러···."

김빠진 듯이 힘없이 사그라지는 목소리로 대꾸하고 옥분은 목덜미를 가볍게 두들겨댔다.

"왜 모르기는? 야그를 안허는디 으찌 알겄는가? 쌧바닥이 꼬부라져갖꼬 쏼라쏼라 알랑들롱 해쌌는 손녀딸년헌티다 물어볼 수도 읎는 노릇이고··, 흐이그~ 참말로··! 아~! 그리고 말이 나왔응께 허는 말이지만서도··!"

팔을 걷어붙이고 본격적으로 따지기라도 한 것처럼 침을 꿀꺽 삼키고 모가지를 기다랗게 빼보더니, 옥분이 양 손목을 번갈아 어루만져댔다.

"기집애가 이름이 고와야지, 소피가 뭐여, 소피가! 몸에서 찌릉내나게끄름··. 안그려? 이잉~? 에이구~ 염병허고··! 뭣이라고라··??"

이맛살을 찌푸리며 주먹을 쥐어 볼록 튀어나온 집게손가락 마디께로 콧구멍을 비비적거리고 - 자기 말대로 지린내가 난다는 듯이 - 콧잔등이를 찌긋거려대려던 옥분이 전화기를 반대쪽 귀에 가져다 대며 엉덩이를 들썩이더니, 삐친 투로 툴툴거리기 시작했다.

"옘병··! 말꼬라지허고는···. 그러녀도 '깜장머리여서 참말로 다행이다.' 부처님께 감사했구만, 뭐··뭣이라··? 을라라~?? 아~, 아가 하나토 안 까만데, 뭔 놈의 깜둥이 소리랑가? 평생 속고만 사셨는가··! 아~ 그리어! 참말이랑께··! 나도 말로만 들었을 땐 얼굴 허연 놈이나 까만 놈허고 섞였으면 으쩌스까 걱정혔는디··, 거 아니라니께~! 아, 그려~! 아가 참말 볼수록 은실이 어릴적이랑 꼭 같당께. 우짤 때는 자는 놈을 이라구 디다보면, 입 벌리고 자는 것도 영락

없이 저그매‥, 아녀! 영판 저 할애비랑 판박이랑께. 참말이여~! 뭐‥? 뭣이여?? 째~보??”

눈을 동그랗게 뜨더니, 주변에 아무도 없건만 버릇인 양 반사적으로, 누가 있나 살피기라도 하려는 것처럼 두리번거리고 목소리를 낮추었다.

“이런 예미~! 푼수마냥 으디 가서 그딴 소리 허덜 말어. 이모가 조카헌티 째보가 뭐여 째보가! 나가 너헌티 그런 소린 들을까봐 안 데꼬가는 것이여. 이잉~?? 아~아니랑께‥! 미스코리아가 나자빠질 만치 아조 깜쪽같이, 흔적도 읎당께! 말도 거시기‥, 닭알통변을 하더래두 번듯허니‥, 으디 새는 소리 하나 읎이 또박또박 말도 잘허고, 귓구멍도 겁나 잘 뚫린갑고! 뭐? 뭣이‥? 뭣이라고라? 이런 염병‥! 개 풀 뜯어 먹는 소리허고 자빠졌네‥! 벼룩이도 낯짝이 있지, 개뿔‥, 이모라고 뭣을 해준 것도 읎음서 바라기는‥! 아~ 씨잘데읎는 소리말고 얼릉 끊어! 전화비 많아 나와! 비싼 놈의 돈 내가며 뭔 놈의 헛소리를 삐약삐약 해쌓고 지랄이랑가? 나가 너랑‥”

까놓은 귤껍질을 탁상 위에 패대기치고 목청 높였던 옥분이 눈알을 부라리면서 수화기 너머 누군가에게 - 이제까지의 통화내용으로 보건대, 언니나 여동생쯤 되는 이에게 - 뭐라 한마디 쏘아붙이려는데, 갑자기 ‘쪼르르릉~’ 하고 새소리 닮은 벨 소리가 울렸다. 그러자 안방에서 딴짓하다가 주인마님 기침 소리 듣고 깜짝 놀란 종년처럼, 옥분이 동그라진 눈을 하고 목소리를 낮추었다.

“으메으메~ 왔는갑네. 고만 얼릉 끊자, 잉? 나가 나중에 또 할라니께. 잉‥? 뭣을? 을라라‥? 아~ 으딜 오겠다고? 으메~ 양‥! 속보

이게끄롬…! 아~ 안되야! 담에…! 담에 야그하자니께. 아~ 지랄말
고 고만 끊어요, 잉~? 몰러몰러~!"

그다지 쪼글쪼글한 얼굴도 아니건만, 걸쭉한 남쪽 사투리 때문
일까? 생판 모르는 사람이 언뜻 말하는 것만 들었다면 '나이가 좀
많으신 분인가?'라고 고개를 갸웃거릴 만도 했으나, 조금 더 들어
보면 말투에 담긴 드센 기운으로 추측하건대, '예순 후반쯤…?'이라
고 생각할 만한 옥분이 서둘러 전화기 폴더를 닫고 몸빼바지 허리
춤에 쑤셔놓더니, 탁상을 짚으며 "에구구구~! 아구구구…!" 몸을 일
으켜서 뒤뚱뒤뚱 걸음을 현관 쪽으로 옮겼다.

"은실이 왔냐~?"

현관문에 손을 대며 옥분이 반가워하는 목소리를 내던졌다.

"밖에 춥지? 밥은 먹었냐?"

옥분의 물음에 대답하듯이, 현관문이 '끼이익~!' 열리었다.

"어여 들어와라. 잘 댕겨왔냐? 길 안 미끄러웠고?"

"네…."

은실이와 소피를 안으로 들이면서 옥분이 물었고, 은실은 대답
하며 안으로 들어섰다. 은실이 등 뒤를 살짝 밀어줘서 먼저 앞서
한 걸음 들어선 소피는 발목까지 오는 새하얀 털 부츠를 가볍게 홀
렁 벗고 뛰듯이 폴짝대며 거실 안으로 들어섰는데, 이마가 훤히 드
러나 보이도록 머리 뒤쪽으로 푹 눌러쓴 빨간 털모자와 그것에 잘
어울리는 빨간 털목도리를 턱 주변까지 칭칭 감아 두른 하얀 누비
옷 차림에 백화점 쇼핑백을 흔들듯이 들고 있었고, 은회색 누비옷
차림에 검은색 털실로 짠 살구만 한 방울 달린 모자를 눈썹까지 눌

러쓴 은실은, 가지고 들어온 쇼핑백 네댓 개를 현관 발판 위에 내려놓고서 무릎까지 오는 기다란 가죽 갈색 부츠를 벗으려고 한 손으로는 벽을 짚고 다리 한 족씩을 번갈아 들어가며 뒤뚱거려댔다.

"저짝 아래서 올라올라면 솔찬히 힘들었을 것인디‥."

"괜찮‥, 아요. 잘‥, 다녀, 왔어요."

종아리에 꼭 끼는 갈색 부츠를 벗겨낸 은실이 빨간 가죽 장갑을 벗어서 누비옷 주머니에 집어넣으며 대꾸했다.

"어이구~ 우리 소피~! 징그럽게 춥지? 으디 보자‥!"

옥분이 소피의 발그스름한 뺨을 두 손으로 감쌌다.

"하이구메~! 요 뺨따구가 양‥, 아조 얼음이네. 얼음‥! 몸꼴 내려다가 얼어디진다는디‥, 우리 애기 따숩게 허고 댕겨야지~! 안 그리어? 그리어? 그려? 안 그려?"

돌배기 아이를 달래고 어르듯이, 소피의 뺨을 비비고 어루만지며 옥분이 웃는 얼굴로 고개를 끄덕였다.

"쏘피Sophie, 디dis, '다, 녀, 왔, 습, 니, 다.' 아 따 그헝 메흐à ta grand-mère."[7]

은실이 소피에게 말했다.

"응‥?"

소피가 초롱초롱한 눈을 깜박였다.

"다, 녀, 오~앙, 스, 니다‥."

소피가 빨간 털모자를 벗어 배꼽 위로 가져가더니, 두 손을 가지런히 모아 쇼핑백을 든 채 옥분에게 고개 숙이며 앙증맞으면서도

---

7)   소피, '다녀왔습니다.'라고 할머니께 인사해야지.

어색하게 말을 내뱉었다.

"아이구메~ 징그럽게 깜찍스러워라…! 잘혔다. 잘혔어~!"

얼굴 환해진 옥분이 소피의 양 뺨을 어루만지고 머리를 쓰다듬어주려는데, 소피가 두 손으로 들고 있던 쇼핑백을 옥분에게 건네었다.

"잉~?? 이게 뭐여? 할미 주는거?"

"서둘러서··, 한국에··, 오느라··,"

옥분의 말을 알아들었다는 것처럼 소피가 고개를 끄덕이려는데, 은실이 끼어들었다.

"못··, 샀어요. 선물을··,"

"잉~?? 뭔 선물을…?"

"친척들··, 누구, 누구··, 줄 것··, 샀어요. 몇 개··. 여기…."

"아이구~ 아이구~! 이게 다 뭐여~??"

은실이 쇼핑백들을 건네자, 옥분이 아니라고 손사래 치면서도 두 손으로 받아들고 촉새처럼 입을 떼었다.

"하이구메~ 쓸데없이 뭔 놈의 것을 이라고 비싼 놈으로다가··! 너가 뭔 돈이 있다고, 고맙게스리··! 가만··, 가만··, 요걸 으디에 둔다냐··? 요것이··, 무엇··?"

내려놓고 풀어보기 전에 무엇일까 슬쩍 알아보려고 쇼핑백을 살짝 들추고 들어보려던 옥분이 문득 '채신머리없이 이건 아니다.' 싶었는지 고개를 가로저었다.

"아녀, 아녀··! 요놈의 건, 낭중에 차츰 보고 나눠주도록 허고··, 일단 얼릉 여짝 따순 데 쫌 앉어라. 잉?"

"네."

옥분이 거실 가운데 놓인 평상을 가리켰지만, 은실은 소피를 데리고 스탠드형 옷걸이 쪽으로 걸음을 옮겼다. 거기서 소피의 하얀 누비옷과 새빨간 목도리와 털모자를 벗겨주고 받아들어 스탠드형 옷걸이에 걸쳐놓더니, 자신의 겉옷과 검은색 털모자도 벗어서 나란히 걸어놓았다.

"그라녀도 시방 너 오기 전까정 큰이모랑 전화로다 너 야그허고 있던 참이었는디‥. 너, 큰이모 기억나냐? 너 어릴 쩍에 너 데꼬 목욕탕 가갖꼬, 때 밀어주고 우유 사주고 그랬다는디‥."

"……"

땀에 붙어서 헝클어진 소피의 머리칼을 정리해주느라 옥분이 한 말을 못 들었는지, 아니면 들었어도 할 말이 없거나 별로 말하고 싶지 않아 못 들은 체한 것인지, 은실은 대꾸도 없이 소피를 앞세우고 둥그런 밥상 닮은 이 빠진 탁상 앞에 앉았다.

"근디, 입양인 센터에는 뭔 일로 댕겨온 것이냐?"

"…|…"

옥분이 특별한 의도 없이 - 스탠드형 옷걸이 아래에다 쇼핑백을 놓아두며 대수롭지 않게 툭 던지듯이 - 물었건만, 은실의 동공이 순간 커다랗게 흔들렸다.

"아‥아니‥! 긍께, 내 말은‥, 혹시래두 그짝서 헌금이나, 사례비 쪼까 달라고 그러냐?"

은실이 예기치 못한 반응을 보이자 가슴이 철렁 내려앉은 옥분이 재빨리 말머리를 틀었다.

"……"

터무니없는 이유를 생각해낸 옥분에게 굳이 설명할 필요를 느끼지 못했을 은실이 말 대신에, 자신이 거기에 다녀온 걸 어떻게 아냐며 불쾌해하는 것처럼 미간을 찌푸렸다. 그러자 옥분은 섭섭했는지, 콧잔등이를 찌긋거리고서 입을 떼었다.

"이상헌 생각 말어라. 너 점심 먹고 나가자마자 전화 왔었다. 몇 시쯤 방문하느냐고. 긍께 알지 나가 으찌 알겠냐. 너 쫓아댕기며 몰래 감시허는 것도 아니고‥."

"……"

"……"

"밥‥, 먹었어요‥?"

"그럼, 시방 시간이 몇신디‥."

괜한 의심을 한 것 같아 미안한 마음이 들기도 했고 서먹해지려는 분위기를 바꿔보려고 그랬을 것이다. 은실이 옥분에게 나긋나긋한 말덩이를 부드럽게 던졌다. 그러자 옥분은 은실의 그 마음을 알면서도 다소 무뚝뚝하게 대꾸했다.

"으찌까나? 어매가 달달하게 커피 한 놈 타줄까나?"

"커피‥, 먹었어요."

서운함이 누그러진 말투로 가까이 다가오려는 옥분에게 은실이 빙긋 웃으며 고개를 끄덕였다.

"그려~? 하이구~ 너 큰이모가 너가 겁나 보고 자픈 모양이다. 너 자꼬 데꼬 내려오라고‥, 너 바빠서 못 오면은 이모가 올라 오겠다고 아조 쌩 난리다~!"

말 돌리기에 불과한 은실의 물음과 대꾸였지만 그것만으로도 힘을 얻었나 보다. 옥분이 어깨를 으쓱이더니, 미끄럼 타며 마룻바닥을 쓸듯이 엉덩이를 끌고 은실에게 다가들었다.

"너‥, 옛날 살던 동네 기억나냐?"

"‥‥‥"

"허기사, 뭣이 퍼이나 좋은 것 있었던 것도 아니고‥,"

겨우 몇 마디였지만 옥분에게는 그것이 호응이라고 느껴질 만하게 대꾸해주던 은실이 다시 거리를 두려는 것처럼 말없이 오른뺨에 드리운 머리칼을 귀 뒤로 쓸어 넘기자, 옥분도 눈치 빠르게 슬그머니 바깥쪽으로 말머리를 틀었다.

"인자는 그짝도 아조 싹 다 바껴갖꼬서, 너는 봐도 암껏도 알아보지 못할 것이여‥. 흠흠~~"

군기침하고 억지 미소 짓느라 옥분의 입술꼬리가 부자연스럽게 올라가려는데, 소피가 은실의 무릎 위에 폴짝대며 올라앉더니, 안기듯이 가슴팍으로 파고들었다. 그 광경을 보며 옥분이 환해진 얼굴로 "아니, 이게 누구여? 거서 뭐하는겨?"라고 가벼운 말투로 얼러보더니, 이내 탁상 위에 놓아둔 귤껍질을 괜히 하나씩 손으로 만져가며 어눌하게 입을 떼었다.

"하도 오래됐응께 뭐‥, 가물가물헐런지도 모르겠다마는서도‥, 너 큰이모가 너를 참말로 이뻐했었다. 많이도 챙겨주고 업어주고….."

"‥‥‥"

큰이모 이야기를 꺼내는 것으로 친척들도 한번 만나보는 게 어떻겠냐고 간접적으로 권할 것 같은 옥분에게 그러고 싶은 마음이 없다는 것을 역시 간접적으로 보여주려고 그랬을 것이다. 은실은 별다른 반응 없이 무덤덤하고 무심한 태도를 보였다. 그래서 분위기가 다시 어색해지려는데, 소피가 거무튀튀한 나무 그릇에 담아 놓은 귤을 하나 만지작거려댔다.

"하이구~ 요 이쁜 놈…! 아가, 그 놈 한 놈 까먹어봐라. 고 조막만한 놈이 바로 조생귤이라는 것인디‥,"

옥분이 귤을 하나 집어서 은실의 눈앞에 들어 보였다.

"뵈기는 이리 봬도, 겁나 달달하당께. 아가, 자~! 얼릉 이놈 한 뉴 먹어봐라."

말하면서 익숙한 손으로 벌써 귤은 깐 옥분이 깐 귤을 손에 쥐고 소피의 입안에 넣어주려고 몸을 기울이고 팔을 뻗었다. 그러자 은실의 무릎 위에 앉아있던 소피가 '흠칫‥!' 몸을 움츠리며 고개를 들어 엄마 은실을 쳐다보았다.

"…!…"

어서 받아먹으라는 뜻이었을 것이다. 은실이 눈을 동그랗게 뜨며 고개를 끄덕이자, 소피가 썩 내키지는 않지만 그렇다고 울며 겨자 먹는 것은 아닌 정도로 - 그러니까 불안감에 호기심과 떨떠름함이 적당히 섞인 얼굴로 - 옥분이 내민 귤을 받아서 제 입안에 넣었다.

"하이구메~ 기특한 것. 저그매 말도 참 잘 듣고‥. 꼭 강아지 새끼 같은 것이 뭣을 하나 할라 쳐도 저그매한티 꼭 물어보고 저러는구마, 잉~! 저그매 걱정할까봐."

말랑말랑한 것을 오물오물 씹기 시작한 소피를 보며 옥분이 빙긋이 웃어 보였다. 그러자 신통하게도 옥분의 말을 알아들었다는 듯이, 그리고 입안의 귤이 달고 맛있다는 듯이, 소피가 고개를 들어 은실을 쳐다보았다. 소피도 웃는 얼굴로 고개를 끄덕여줬다.

"으떠냐~! 맛있지? 아나~! 여, 한 놈 더‥!"

흐뭇한 얼굴로 소피와 은실을 바라보던 옥분이 귤을 하나 집어서 까더니, 소피에게 건넸다.

"아야~, 은실아. 근디 말이다‥."

옥분이 꺼내려던 말머리를 머금었다가 풀었다.

"너‥, 근디, 너 시방…,"

"…?‥"

왠지 옥분이 옥분답지 않게 망설이는 듯하자, 무슨 말을 하려고 저러는 건가 싶어서 은실이 고개를 돌려 옥분을 쳐다봤다.

"너‥, 너가부지한테 함 안 가볼 티냐‥?"

"……"

살짝 뜸 들이다가 마음을 다잡고 내뱉은 말이 친아버지한테 가보자는 것이니, 경우에 크게 어긋나거나 잘못된 말도 아닐 텐데, 옥분은 짐짓 어려워하는 태도를 보였다.

"암만 그랴도 너가분진 너가부진디‥. 죽었다고 너가부지가 아닌 것도 아닐 것이고…."

"……"

은실은 대꾸 없이 제 무릎 위에 앉아있던 소피를 들어서 제 오른편 옆에 내려 앉혔다.

"뭐‥, 것도 허기사, 뭣이…, 흐유~~"

은실이 대답하지 않는 것으로 내키지 않는다는 의사를 드러냈으나 강한 부정은 아니었기에, 한 번 더 찔러볼 만하다고 생각한 것인지도 모르겠다. 옥분이 고개를 들면서 한 호흡 머금어보더니, 얼굴빛을 고치고 넋두리하듯이 말을 이어나갔다.

"그때까정만 혀도 너가부지가 속 못 채리고 한창 놀러댕기실 땐디‥, 다섯 살 백이 머릿속에 뭔 놈의 좋은 꼴이 남아있겠느냐마는서도‥, 그랴도 너가부지가 너 보내놓고서 자슥 팔아먹었다고 을매나‥, 아‥! 아니‥! 긍께, 것이 말이다, 것이 긍께‥!"

저도 모르게 생각 없이 내뱉어진 말에 제 발이 저려서 '흠칫‥!' 하더니, 나오려던 말을 목울대 너머로 꿀꺽 삼켜 넘겼다.

"그게 말이다. 뭐‥, 별 대단찮은‥, 별 딴 놈의 것이 아니라, 그‥, 위로금 차원으로다‥. 아~ 어매는 그런 놈이 있는 줄도 몰랐당께~! 참말이여‥!!"

소극적으로 상황을 모면해보려고 말꼬리 내리던 옥분이 진정으로 억울함을 하소연하는 사람처럼 돌연 적극적으로 말머리를 치세웠다.

"그 교회 목사라는 놈이 중간서 거마비다 소개비다 헌금이다 뭐다 해갖꼬 아조 홀랑 싹 다 빼 처먹고 남은 찌끄레기 몇 푼 받은 거랑께‥! 어매는 그저 너 윗짝 입술 이짝으로다‥, 콧구멍 아래까정 기다랗게 짜개진 거랑 귓구멍 맥혀갖꼬 안 들리는 거‥, 고놈 둘 다 싹 다 고쳐준단 말에 홀랑 넘어가갖꼬 그런 거랑께! 그때 너가부지가 을매나 서럽게‥,"

묻지도 않은 사연을 먼저 꺼내더니, 당황한 듯이 손짓해가며 목청 올리고 열 올리던 옥분이 입술을 실룩거려댔다.

"그랴도 너는 댓살까정 키운 것이 있어갖꼬‥, 너 놓기 전에 나왔

다가 을마 살도 못허고‥, 돌 되기 전에 홍역으로 죽은 너 언니 때
보담도 을매나 서럽게 울었는디‥. 사우디건 중동이건 저가 대신
갔어야 허는 거 아닌지 모르겄다고 지랄염병을 떨다가도‥, 그라고
도 낭중에는 테레비에 그‥, 에펠탑만 나오면 자다가도 인나갖
꼬, 너 지나가는 놈 보일지도 모른다고 아조 눈깔을 부라리고 떼굴
떼굴 테레비 앞에만 붙어앉아있었당께~!"

"‥‥‥"

"그땐 너가 영 어려갖꼬 잘 몰라 그라지‥, 너가부지는 겉만 뺀질
뺀질 나이롱 뽕이지, 속창새기는 순둥이에 영 물러터진 허당이었
어, 허당‥! 그랴도 말이다, 너가부지는 기똥찬 날라리에 소문 짜한
멋쟁이셨다. 집구석에 쌀이 떨어졌는지 연탄이 떨어졌는지 당최
도처춘풍으로다 나 몰라라 허시긴 허셨지마는서도‥, 기따란 기지
바지를 손꾸락이 베일만치 날씬허게 줄잡아 입고 빤질빤질 광나는
빽구두에‥!"

어려서 죽은 첫째 딸 이야기를 꺼냈으니 슬플 법도 했건만, 남편
의 젊었을 적 모습을 떠올리자니 가슴에 꽃바람이 일었는지, 옥분
의 얼굴은 어두운 기색 한 점 없이 환해졌다.

"너가부지는 복더위에도 긴 팔 카라셔츠에 가다마이만 입으셨당
께~! 미역줄거리마냥 찰랑찰랑 거려대는 머리카락은 또 으땠었
구‥! 참말 멋져부러야~! 닷새를 굶더래두 풍잠 멋으로 굶으신다
고‥, 너가부지가 영락없이 그런 양반이셨다. 가진 것은 쥐뿔도 읎
음서말이다. 어매가 너가부지를 으떻게 만났는지 아냐? 긍께, 그
때가 으땠는가면 말이다‥. 흐이구메~!"

처녀 적 보았던 신파극 한 장면을 방금 본 것처럼 생생하게 기억하듯이, 들뜬 호흡으로 웃음 짓던 옥분이 눈알을 반짝였다.

"어매가 방송국서 연속극 맹그는 일을 했었드라면 틀림없이 그 양반의 것··, 그 왜 그··, 콧수염 난 양반의 노래를 썼을 것이다. '그건 너~! 뚜르르르 뚜르르르~!' '바로 너~! 뚜르르르 뚜르르르~!' '그건 너! 뚜르르르~ 너 때문이야~!' '모두들 잠자는 고요한 이 밤에~, 어이해 나 홀로 잠 못···,' 아이구~차··! 너, 이 노래 모르냐? 모르지··? 그려, 그려··!"

70년대 초반에 유행했던 노래라 은실이 알 리가 없을 것이건만, 흥을 내던 옥분이 당연스레 뜻밖이라는 듯이, 고개를 끄덕여댔다.

"어쨌거나 그띠 너가부지가··, 대갈님은 이따만 한 양반이 쫄쫄이마냥 겨드랑이랑 어깨가 꽉 끼는 청 카바에 빨강 땡땡이 수건을 모가지에 꽉··! 쩐매놓고 머리칼은 또 이따만치··, 날라리 여고생마냥 징허게 기르고서 바지는 또, 발목까정 껑충한 나팔바지에 삐까뻔쩍 깜장 구두 위짝으로 쎄하얀 면양말을 쫙 올려 신고 삐딱하게 서갖꼬는 담배 한 놈 꼬나물고 어매를 딱 쳐다보는디··! 허이구메~~"

손을 들어 머릿속에 떠오른 남편의 머리 크기를 커다랗게 재 보이고 어깨와 목 뒤를 가리켰던 옥분이 입을 씩 벌리며 해맑은 처녀처럼 웃어 보였다.

"그때는 어매가 식당 배달을 다니느라··, 긍께 그때 어매가 육이오 난리 통에 애비도 모르게 태어나갖꼬, 시방은 얼굴도 기억 안 나는 너 외할미가 어매 네 살 띤가 죽고 나서··, 너 큰이모랑 외할미 먼 친척네서 밥허고 청소허고 식모마냥 살다가··, 학교도 못 댕

기고 열일곱 열여덟에 곧 스물인디 허드렛일은 안 되겄다 싶어갖
꼬서 너 큰이모는 공장댕기고, 어매는 식당서 한창 일 배울 땐디‥,
우짰거나 그래갖꼬 어느 날 그띠 어매가 바빠갖꼬 쟁반을 이짝 옆
구리에 딱 끼고 공터 앞을 막 지나가려는데‥, 근처 미싱 공장 댕기
던 너가부지가 전봇대에 삐딱허게 기대갖꼬서 휘파람을 삑~ 불고
어매한테, '어데 가나?' 물어쌌는디‥!"

흉내를 내어가며 일인이역으로 연기하듯이, 옥분이 그 당시 남
편과 자신이 했던 말과 행동을 몸짓과 눈짓을 섞어서 보여주었다.

"짧막허게 뭔 말을 허다만 것 같응께 어매가 첨엔 몰라갖꼬‥, 어
매한테 그러능가 싶어갖꼬 두리번거리는디, 또 짧게 '와?' 하고 그
러싱께‥, 어매가 고개를 싹 돌리고서 '야‥? 지한테 말씀이서유?'
다소곳허게 물어봉께, 너가부지가 생전에 읎으시던 쌍까풀이 생길
만치 눈깔에다 힘을 팍! 줌서 쳐다보는디‥, 으메~ 양‥, 심장이 막
콩닥콩닥 하이구~~!"

마음이 화하게 풀어진 옥분이 양손으로 엉덩이 뒤쪽을 짚고 몸
을 뒤로 젖히며 숨을 크게 내쉬더니, 몸을 앞으로 내밀었다.

"그랑께 이‥, 어매가 조근조근허게 '시방 배달가는디요‥.' 대꾸
항께, 너가부지가 말씀은 안허시고 눈깔에 힘을 빡~! 줌서 어매 낯
뿌닥에 빵꾸가 나라고 쳐다보는디‥, 아~ 남들은 뭣이‥, 느끼허다
으떻다 말들이 많을는지 모르겄지만‥, 어매 눈에는 것이 신성일이
보다 멋있어갖꼬 가슴이 벌렁벌렁 으쩔 줄을 모르겄구먼, 너가부
지가 눈깔을 착~ 내리깔고 어매를 내려다봄서, '괜안나?' 하싱께 어
매가 부끄러워갖꼬 '야‥? 야‥.' 거림서 옆구리에 쟁반 차고 얼룽

가야겄다 쫑쫑쫑쫑 지나가려는디‥, 흐메~ 양‥! 너가부지가 또 낚시 갈구리마냥 '봐라!' 부릉께 어매 뒷꼭지가 고놈한테 탁 꿰여갖꼬서 기어들어가는 목소리로 '야~?' 허고 조신허게 대답헝께, 너가부지가 턱을 탁! 들어갖꼬 어매 뒤짝을 떡! 가리키시는디‥,"

손톱 부스러기만 한 어색함도 견디지 못해서 잠시도 쉬지 않고 떠들어대는 사람처럼 - 게다가 은실이 그다지 흥미를 느끼지 않고 있다는 눈치를 보였음에도 - 수다스럽게 말을 쏟아대던 옥분이 이제부터가 진짜 시작이라는 듯이, 입맛을 다시고 입술에 침을 발랐다.

"어매 속맴이 들킬까봐 부끄러운께 얼릉 가느라고 젓가락 흘린 놈의 것을 너가부지가 가르쳐줘갖꼬 어매가 '오메오매~ 요것이 으짜쿠롬‥!' 줏어들고는 '고맙습니다~.' 인사를 할라는디, 너가부지가 고개를 요라고‥, 요라고 좌우로 흔들어대고 머리카락을 양짝 손으로다 찰랑찰랑 쳐 넘기고 손을 배꼽 아래짝으로다 쑥~ 허고, 바지 속에 싹 다 집어넣고 짝다리 짚고 다리를 떠시는디‥, 으메~ 망측시럽지만 징그럽게 멋져부러갖꼬는‥!"

남편의 그 모습이 또렷이 떠오르자 그 시절 그 감정이 솟아나는지, 옥분이 너무 좋아서 몸을 배배 꼬아보고는 찌릿찌릿 몸서리치는 시늉을 해 보였다.

"……"

옥분이 열여덟 열아홉 처녀 때 일이니 자신은 태어나기도 전의 일이라 기억이 있을 리 만무하건만, 듣다 보니 어렴풋하게나마 네댓 살쯤의 아버지 모습이 떠올랐는지도 모르겠다. 은실이 고개를 돌리며 기억을 더듬어보듯이 - 아니면 '드디어 끝난 건가?'라고 안

도의 숨을 내쉬듯이 - 지긋한 눈길을 허공에 던지었다. 그러자 옥분이 그 눈길을 도로 잡아 오려는 것처럼, 앞에 그랬던 것처럼, 다시 연기하려는 것처럼, "봐라~!"라는 말을 던져 주의를 끌었다.

"그라고서 너가부지가 어매를 또 부르니께‥,"

은실이 고개를 돌리자, 옥분이 싱글벙글 말을 이었다.

"어매가 너가부지한티 또 '야‥?'허고 대답헝께, 너가부지가 대가리를 까딱허시고 '커피 한잔할래?' 긍께로 어매가 또 놀라갖꼬 더 크게, '야??'허고 물응께 너가부지가 징그럽게 쳐다봄서 '읍내서. 내하고.' 이래놓고는 '온나. 내 간다.' 그라고 싹 돌아서는디‥, 오메~양‥! 너가부지 그 뒷꼭지가 말이다‥. 캬~~!! '사으~랑이~ 무어냐고~오 물으~으신다으~면~,' '누운~물의 씨앗이라고 말하겄써어~요~!' '머~언 훗나알 다앙~시이니~이 나~아를~, 버어리이~이지 않겄지요~오~. 서로가 헤어지이~면~, 모두가 괴로워서~어 울테에~니까아~요~"

"…?…"

말투와 억양을 바꾸고 표정까지 더해가며 구연동화를 들려주는 것처럼 맛깔나게 이야기하던 할머니 옥분이 뜬금없이 노래까지 불러대자 흥미롭다는 듯이, - 만약 그것이 연극이었다면 무대 장치와 조명 그리고 음향으로 표현했어야 할 시공간의 변화를 오로지 말만으로 술술 풀어내는 것이 신기하다는 듯이, - 은실의 무릎 위에 앉아서 귤을 까먹어가며 또랑또랑한 눈으로 쳐다보던 소피가 입을 동그랗게 벌렸다.

"어매는 말이다, 에휴~휴~~"

그리움이 지나쳐 한순간에 서러움이 되어버린 것처럼 옥분이 갑자기 한숨을 깊이 내쉬더니, 소피의 동그랗게 벌어진 입에 고였던 침이 밖으로 흘러나올 것만 같았는지, 오른손을 내밀어 소피의 입술 주변을 닦아주고는 덤덤하게 말을 이었다.

"너가부지 하나토 원망 안헌다. 너가부지는 말이다··,"

소피의 침이 묻었을 오른손 엄지손가락과 집게손가락을 엉덩이 뒤쪽에 슥슥 문질러 닦더니, 옥분이 콧물을 훌쩍이고 콧잔등이를 찌긋찌긋 거려댔다.

"참말 불쌍허신 양반이여. 흐이구~ 우라질 놈의 것··! 손꾸락에 꽃반지 끼워줌서 시상 다헐 때까정 죽자고 살아 보자더니 참말로··!"

"……"

돌연 숙연해지는 듯하자, 익숙하지 않아 멋쩍은 듯이 어깨를 움찔거리고 하품을 크게 해대는 소피의 머리를 은실이 쓰다듬어주었다.

"은실아, 너··."

옥분이 사뭇 달라진 목소리로 말을 꺼냈다.

"너가부지 으떻게 가신 줄 아냐?"

"……"

"너가부지가 너 보내고 맴이 거시기헝께 만날 천 날 술만 퍼마시다 디질 때가 된 것인지··, 쌩판 골방서 꼼짝 않고 뒹굴대던 양반이 광주에는 뭔 또 좋은 일이 생겼다고, 아닌 밤중에 홍두깨마냥 야밤으로 트럭타고 가시더니만··, 아~ 이틀 만에 난리가 터져갖꼬 총 맞아디졌어야~! 흐이그~ 오지랖은 오살맞게 넓더니만··, 경상도 양반이 뭣을 얻어먹을 것이 있다고 전라도까정 가서 쳐 다진당가?

술만 처드시면 그러고 오만상을 다 써갬서 가슴팍을 쳐대더니··,
아예 시원허게 뚫리라고 천불을 맞은 것이여. 천불을··! 긍께 사램
은 그저 생겨먹은 대로··, 허던 대로 허고 살아야 제 명대로 사는
것인디··, 저 죽을 줄 모르고 뭔 놈의 팔자에도 읎는 돈을 벌었다고
험살 돋친 쑥대밭 같은 디를 가갖꼬 재수읎이 참말로···.”

“……”

옥분이 혀를 차며 왼 무릎을 세우고 앉자, 은실도 고쳐 앉으며 소
피를 끌어안아 머리를 가슴에 기대게 해주었다.

“그래갖꼬 어매하고 승핵이가 너가부지 송장이라도 찾겠다고 사
흘 밤낮을··, 미친년에 개아들마냥 울고불고 돌아댕기다 거적떼기
밑에 자뿌라져 있는 놈의 것을 겨우 모셔갖꼬 으디 알지도 못하는
디다 합장으로 묻었어야. 것도 한참 지나 낭중에 말이여. 그란디,
허이구~ 그 염병헐 것들··! 그래놓고 집구석엘 왔더니만 한동네 산
다는 것들이··, 어이구메~ 어이구메··!”

생각하자니 울화가 치밀고 기가 찼는지, 옥분이 가슴을 치고 쌕
쌕거리며 숨을 골랐다.

“날송장을 묻고 와서 억울해갖꼬 온 창새기가 죄다 끊어질라는
디, 이웃이라고 기껏 찾아와서 눈깔을 요라구 뜨고 헌다는 소리가
글씨, 아~ 빨갱이새끼로 몰리지 않은 것만으로도 을매나 다행이냐
고 개나발을 불어쌌는디··, 고것이 사람새끼의 말뽄샌지 개똥구멍
에서 나오는 소린지, 정나미가 똑 떨어징께 그 즉시 딴 동네로 이
사간 것이구먼. 흐이구~ 나가 그담부터는 그짝으로는 오줌도 싸기
싫어야! 나가 그띠 받은 설움을 생각허기만 허면은··!”

아무리 세월이 흘렀어도 상처받은 감정이란 손닿지 않는 곳에 켜켜이 쌓여있는 먼지와 같은 것이어서, 안에서건 밖에서건 거칠게 흔들리는 숨결을 따라 다시 뽀얗게 일어나는 모양이다. 눈앞이 침침하게 가리어졌는지, 옥분이 고개를 뒤로 젖히며 눈을 뻑뻑하게 끔벅거려대더니, 콧물을 한차례 훌쩍 들이마셨다.

"허이구~ 엠병헐‥, 망헐 놈의 시상‥! 으디 부엌에 고구마 쪄놓은 놈 있을 것인디, 그놈이나 가져와야 쓰겄다."

"……"

뭐랄까? 왁자지껄한 시장 한복판에서 이런저런 사람들을 매일 수십 수백 상대하는 순댓국 장사를 수십 년째 하고 있지만, 마음 터놓을 사람이 늘 그리워서, 그래서 어쩌다 그런 사람 하나 만나면 밤새도록 마주 앉아 소주잔 기울이며 이야기하고파 하는 외로운 사람처럼, 주절주절 수다를 떨어대던 옥분이 콧물을 "훅~" 들이마시고서 한 손으로 무릎을 짚고 다른 손으로는 거실 바닥을 짚으며 "끄응차~!" 몸을 일으키더니, 행뚱행뚱 부엌 쪽으로 걸음을 옮기었다.

"엄마?"

"응~?"

옥분의 뒷모습을 쳐다보던 소피가 앙증맞은 발음과 억양으로 엄마를 부르자, 은실이 곡조를 맞추듯이 부드러운 목소리를 내었다.

"할머니 화났어?"

"화‥? 아닐걸?"

은실이 소피와 눈을 마주치며 웃어 보였다.

"그럼 슬퍼?"

"음‥, 글쎄‥?"

"……"

소피가 시무룩하게 양 볼을 불룩댔다.

"왜? 슬픈 것 같아?"

"안 슬픈데 왜 울지‥?"

"응‥, 그건…."

"…?…"

뭐라 말해 줄까 대답을 찾으려고 은실이 잠시 머뭇거리는데, 소피가 고개를 갸우뚱거려댔다. 환한 얼굴로 재잘대듯이 유쾌하게 이야기하던 할머니가 어느 순간부터 화를 내며 분해하다가 갑자기 슬퍼하고 낯빛마저 어두워지자, 어리둥절했던 모양이었다.

"할머니가 왜 그러셨을까?"

"여기가 아파서?"

은실의 되물음에, 소피가 두 손가락의 끝을 모아서 자기의 자그마한 가슴팍을 가리켰다.

"글쎄‥? 엄마도 잘 모르겠는걸‥."

소피의 말처럼 그럴지도 모른다는 듯이, 그러나 그래도 절반쯤은 맞을 거라는 듯이, 은실이 빙긋 웃으며 소피의 손을 꼭 붙들었다.

"울었잖아."

소피가 입술을 동그랗게 말며 삐죽였다.

"음‥, 글쎄, 그건…,"

은실이 한차례 뜸을 들이더니, 입을 떼었다.

"엄마도 할머니를 오랜만에 만난 거라 잘은 모르겠지만‥, 아마 하늘나라에 있는 할아버지가 생각나서 그랬을 거야."

"할아버지가? 보고 싶어서?"

"응‥, 뭐‥, 음~~ 그렇지 않을까‥?"

"……"

은실이 싱긋 웃어 보이며 어깨를 으쓱이고 가볍게 고개를 갸웃거렸다. 그러자 무슨 생각이 떠올랐는지, 소피의 얼굴이 갑자기 어두워졌다.

"소피~"

왜 그러는지 알고 있는가 보다. 은실이 다독이듯이 나직한 목소리로 불렀다.

"……"

소피는 대꾸도 하지 않고 고개를 돌리더니, 풀죽은 눈으로 은실의 얼굴을 물끄러미 쳐다보았다.

"……"

한 호흡, 두 호흡. 잠시 그러고 가만히 있던 은실이 고개를 끄덕이며 웃어 보였다. 그러자 소피가 은실의 품으로 안겨들었다.

"엄마‥."

"……"

소피가 부름에 은실이 소피의 머리를 쓰다듬어주었다.

"둘이 끌어안고 시방 뭣 하는 것이냐?"

자기네들만 통하는 언어로 - 그래서 '옥분도 없는데 이런 대화를 군이 프랑스어로 적어야 하나? 말아야 하나?' 작가를 고민하게 했을 - 이야기를 나누고 있는 말미께에, 옥분이 부엌에서 나오며 웃음기 어린 말덩이를 던졌다.

"아나~! 이놈 쪼까 먹어봐라!"

소피에게 가까이 다가온 옥분이 쟁반에서 찐 고구마와 묵은김치 담은 사발을 소피 앞에 내려놓았다.

"올라라Oh là là~!! 마멍Maman, 쎄 꾸아c'est quoi?? 싸Ça?"[8]

"싸 바Ça va. 쓰 네 히앙Ce n'est rien."[9]

갑자기 소피가 기겁하여 몸을 틀고 소리치자, 은실이 소피의 등 뒤를 어루만져주었다.

"메 농Mais non! 엉르베 르Enlevez-le!!"[10]

"소피~"

"농Non! 쥬 데떼스뜨 싸Je déteste ça!"[11]

은실의 달램에도 불구하고 소피는 코를 쥐면서 바퀴벌레라도 본 것처럼 벌떡 일어나 은실의 품으로 파고들었다.

"아가 이것 맛난 놈이다. 이거 고구마여, 고구마!"

옥분이 동그스름한 밥상 닮은 탁상 앞에 앉으며 탁상 위에다 양철 쟁반을 올려놓더니, 고구마를 하나 집어 건네려고 소피 앞으로 들어 보였다.

---

8) 으앗~!! 엄마, 저것 뭐야??
9) 괜찮아. 아무것도 아니야.
10) 싫어! 저것 치워줘!
11) 싫어! 싫어!

"께스 껠 라 디Qu'est-ce qu'elle a dit?"[12]

피하듯이, 몸을 더 움츠리면서 소피가 은실에게 물었다.

"엘 라 디 끄 쎄 뛴 빠따뜨 두쓰Elle a dit que c'est une patate douce."[13]

"농Non! 쓰 네 빠 윈 빠따뜨 두쓰Ce n'est pas une patate douce. 농 Non! 쥬 넴 빠 싸Je n'aime pas ça!"[14]

뒷걸음질로 도망이라도 가고 싶은 것처럼 은실의 허벅지를 밟아 가며 안절부절못하던 소피가 고개를 가로젓더니, 은실의 가슴팍에 고개를 파묻었다.

"아따 고년 참‥, 겁나 까탈스럽구만, 잉~. 묵은지 쉰내 땜시 그런 갑네. 아나~ 알았다. 요놈만 치우면 되는 것이지?"

"농Non~! 농Non~!!"[15]

프랑스어를 몰라도 느낌만으로도 왜 그러는지 알 수 있었기에, 옥분이 묵은김치 담은 사발을 들어 올리며 불편함을 해결해 주겠다는 의사 표현을 했건만, 자기에게 들이미는 것으로 알았나 보다. 소피가 화들짝 놀라서 강하게 손을 휘저어댔다.

"으메~ 우라질 년‥! 승질머리허고는‥. 저그매는 영판 순둥이였는디 누굴 탁해갖꼬‥?"

말하다 '아차, 실언이구나‥!' 싶었는지, 옥분이 얼른 말꼬리를 삼키며 김치 사발을 소피로부터 멀찍이 치웠다.

"아~ 알었응께! 도로 갖다 치울라니께 걱정 말어."

---

12) 저게 뭐라고?
13) 이거 고구마래.
14) 아냐! 저거 고구마 아냐! 나, 저거 싫어! 싫어!
15) 싫어~! 싫어~!!

옥분이 몸을 일으키더니, 절듯이 뒤뚱거리며 부엌으로 향했다.

"엄마는 괜찮아‥?"

옥분이 묵은김치 사발을 부엌으로 가져가자 진정되는지, 소피가 한결 부드러워진 목소리로 - 그러나 아직도 고약한 냄새가 코끝에 남아있다는 듯이 - 코를 감싸 쥐고 물었다.

"응, 엄마는 괜찮아."

"소피는 저 냄새가 너무 싫은데."

코를 감싸 쥔 소피가 코맹맹이 소리 내며 미간을 찌푸렸다.

"사실, 엄마도 좋지는 않아."

은실도 생긋~ 웃는 표정으로 미간을 찌푸려주었다.

"그런데 어떻게 가만히 있어?"

"엄마가 소피만큼 어렸을 때 먹었던 적 있어. 그리고, 음~~"

은실이 어깨를 한차례 가볍게 으쓱댔다.

"할머니가 엄마랑 소피에게 맛있게 먹으라고 가져다준 건데, 엄마도 얼굴 찌푸리면 할머니가 슬퍼할지 모르잖아?"

"……"

은실이 방긋이 웃어 보이자 소피가 그 말을 이해한다는 듯이, 미안함이 깃든 어린 눈을 깜박이고서 고개를 끄덕였다.

"그래서 말인데, 소피‥."

"응~?"

"이제 이것 좀 안 하고 있어도 되지 않을까?"

"…!…"

여전히 코를 꼭 쥐고 있는 소피의 손등을 은실이 손가락으로 톡톡 두들기며 방싯거렸다. 그러자 알아들었다는 듯이 소피가 코를 싸쥐었던 손을 슬며시 내렸다.

"아가~! 할매가 쏘리다! 몰라서 그런 거여."

옥분이 거실로 나오며, 자기가 없는 동안 자기네 말로 속닥거렸던 소피에게 소리쳤다.

"할매가 참말로 미안 베리 쏘리여, 잉~."

"미안…, 해요. 몰라서, 소피가…. 못, 먹어요. 김치…."

평상 가까이 앉는 옥분에게 은실이 띄엄띄엄 말을 건넸다.

"너들 거서 김치 안 먹고 사냐?"

"네…."

"그럼 뭐 먹고 산디야? 한국 사람이…?"

"…?!…"

한국 사람이라니! 짧은 순간이었지만, 은실은 자신에게 어울릴 만한 단어가 아니고 물음조차 생뚱맞다고 생각했을지도 모르겠다. 뭐라고 대꾸해야 할지, 아니! 대꾸해야 할지 말아야 할지 머뭇거려대는데, 옥분이 "킁! 킁~!" 소리 나게 콧구멍으로 짧은 숨을 내쉬더니, 눈길을 소피에게 돌리었다.

"허이고~ 고년 참…! 너가 그르냐…? 너가 그랬어~?"

눈에 넣어도 아프지 않을 것이라는 말이 어울릴 만큼 사랑스레 쳐다보면서 어르듯이 고개를 까닥대자, 소피가 부끄러워하는 듯이 다시 은실의 허벅지를 밟아가며 품속으로 파고들었다.

"에고~에고~! 저년 저··, 저 또 저 지랄~! 또 저 지랄~! 너 그러다 너그매 말고, 내 딸 죽이겄다, 이년아~"

내던지는 욕지기와는 다르게, 미소 띤 얼굴로 소피를 바라보며 다가들던 옥분이 양팔로 거실 바닥을 짚어서 몸의 중심을 뒤로 옮기더니, 뒤통수를 긁적이고 허허거려댔다.

"고년 참···! 아까 참에 쌩떼부리는 꼴을 봉께, 언뜻 언뜻 승핵이 놈 생각이 나는구먼. 아참···! 어매가 전번 짝에 편지로다 야그했지? 너 동생 진즉에 죽은 것?"

"……"

대수롭지 않게 툭 던진 옥분의 말투와는 다르게, 은실은 침울해진 듯이 무겁게 입을 다물고 고개를 끄덕였다.

"살았더라면 '누이~ 누이~' 환장을 허고 댕길 텐데··."

"……"

"세상천지 하나뿐인 동상인디··. 나 죽고 나면 너는 사고무친··, 피붙이 하나 없는 천애 고아가 될 것인디··. 흐이구~ 야속헌 놈···."

옥분이 던지던 말끝에다 삭히는 숨을 매달더니, 눈길을 좇아 베란다 큰 창 귀퉁이에 있는 고무나무 화분에 던지었다. 그러자 가라앉으려는 분위기에서 빠져나오려는 듯이, 은실이 삶은 고구마를 하나 집어서 소피에게 건넸다.

"에쎄이 라Essaie-la, 쏘피Sophie."[16]

"···|···"

은실이 집어주자 엉겁결에 받아들기는 했으나, 소피는 차마 입

---

16) 소피, (이것) 먹어봐.

에다 가져가지 못하고 손끝에 쥔 채 머뭇거려댔다.

"바지Vas-y. 쎄 두 에 쉬크헤C'est doux et sucré."[17]

"……"

은실이 한 차례 더 권하자, 소피가 콧구멍 아래로 고구마를 가져다 대고 냄새를 맡아보았다.

"소피~"

"…!…"

예의에 어긋나는 행동이니까 그러지 말라고 은실이 타이르듯이 불러대자, 어린 마음임에도 뜨끔해진 소피는 눈길을 옥분에게로 돌리었다. 그러나 소피의 미안함과는 다르게, 내가 언제 시무룩했었냐는 듯이, 소피가 어서 고구마 먹기를 기대한다는 듯이, 옥분이 환해진 얼굴로 고개를 끄덕거려댔다.

"옳지…! 그라지…!"

소피가 마지못해 한 입 소심하게 깨물자, 옥분이 눈가에 기쁜 빛을 띠며 손뼉을 쳐댔다.

"다람쥐 밤 까먹듯이…, 옳지…! 옳지~!"

옥분의 추임새에 맞추듯이, 소피가 깨물어서 입안에 떼어둔 고구마를 오물거려댔다.

"생각나요…. 겨울…, 눈 왔던 날…."

구름 위에 말을 얹어놓듯이, 은실이 띄엄띄엄 목소리를 내었다.

"잉~??"

오물거려대다 입술 위에 묻어있는 고구마까지 혓바닥으로 핥아

---

17)   부드럽고 달콤해. 먹어봐.

먹는 소피를 보던 옥분이 주의가 끌렸는지, 꺼벙해 보이는 눈을 껌벅였다.

"추워서‥, 손을 호호~ 불고‥, 놀다가‥, 이렇게‥,"

눈사람을 묘사하듯이, 은실이 손을 둥그렇게 저어 보였다.

"이만한‥, 눈사람 만들고‥, 손이 차가워서‥, 집에 와서‥, 따뜻하게‥, 이불 아래‥, 손 넣고‥, 손가락으로‥, 장난치다‥, 아빠 밥‥, 이렇게‥, 이런 것‥,"

역시 손을 가슴팍까지 들어 올려 밥그릇 모양을 만들어 보이더니, 그것이 뒤집히고 엎어지는 시늉을 해 보였다.

"넘어져서‥, 이불에‥, 밥알이‥, 얼굴에‥, 붙어서‥, 손으로‥, 밥알을‥, 이렇게‥, 먹고‥, 그랬던 것‥, 생각나요‥."

은실이 제 얼굴에 붙었던 밥알을 떼고, 동생 얼굴에다 그 밥알을 붙이고 떼어내 먹는 시늉을 해 보였다.

"에구~ 그랬냐? 그러‥. 그랬나보다‥‥."

옥분이 희미하게 웃으며 고개를 까닥였다.

"봄에‥, 마당에‥, 빨간 꽃과 요만한 콩을‥‥,"

"잉~! 사루비아 꽃이었을 것이다. 긍께‥, 그때 살던 철뚝길 아레께 집에‥, 대문 옆 쓰레기통 안쪽으로다‥,"

머릿속을 더듬다 보니 자기로 모르게 상기되었는지, 더듬거려대던 말투가 살짝 높아진 은실이 손 모양을 만들어 보이려는데, 옥분이 앉은뱅이걸음으로 다가들었다.

"요로코롬 기다랗게 옆집 담벼락 따라 맹글어 둔 화단에다가 심어둔 놈의 것을‥, 너그 둘이 오고가며 똑 똑 따다 쪽쪽거리며 맛나

게 빨어먹고 그랬응께. 어매도 고것은 기억난다. 그때 주인아줌씨
가 맘씨 좋은 고향사람이라‥, 고짝 화단에다 강남콩도 심으라 했
었응께."

"네‥. 손으로, 내가‥, 땅에 놓고‥, 흙을 덮고‥, 두드리면‥,"

은실이 고개를 끄덕이면서 잘린 말허리를 이었다.

"밟았어요. 발로‥. 그러고서는‥, 물 담은‥, 이렇게 노란‥,"

"잉~! 주전자여, 주전자‥!"

"네‥."

그렇다 치자는 듯이, 아니어도 상관없다는 듯이, 은실이 고개를
끄덕이고 말을 이었다.

"그것‥, 그‥, 주전자 가져와서‥, 물을 뿌리고‥, 밤에‥, 이불 위
에‥, 누워서‥, 물었어요‥. 몇 밤 자야, 꽃이 피고‥, 몇 밤 자야, 먹
냐고‥. 한 밤? 두 밤?"

"……"

젊어서 잃은 자식의 어릴 적 그 모습이 떠오르니, 기쁨과 슬픔이
앞서거니 뒤서거니 하는가 보다. 옥분이 그렁그렁해지려는 눈가에
웃음을 머금었다.

"아‥, 그리고 기찻길‥!"

"…!…"

무엇이 떠올라 높아진 은실의 목소리에, 옥분이 '흠칫‥!' 하며 눈
을 동그랗게 떴다.

"밟으면‥, 짤각짤각‥, 동글동글‥, 작은 돌‥, 기찻길 옆에‥, 하
얗게‥, 작은 꽃‥, 생각나요‥."

"그럼 너, 그 위짝 철뚝길도 기억허냐? 굴다리 개구녕 까시철망 밑구녕으로 허구헌 날 들락달락 거려쌌던‥?"

옥분이 콧물을 훌쩍이며 다가들듯이 물었다. 그러자 물론 기억한다는 듯이, 은실이 고개를 끄덕였다.

"레일 위에‥, 동그란 코인 놓고‥, 숨어서‥, 기차 지나가면‥, 동전 줍고‥, 앗~ 뜨거‥! 하며 콱‥! 찌그러진 모양 보고‥, 함께 웃었던 것‥,"

"에휴~~"

은실이 웃으며 말하는데, 옥분이 얕은 숨을 내쉬고서 몸을 살짝 틀어 비껴앉으며 바람 빠진 풍선처럼 몸을 옴츠렸다.

"염병헐 놈‥. 나가, 그짝 가서 놀지 말라고 부지깽이로 그렇고 많이 뚜드러 팼었는디….”

"…!…"

내용보다는 옥분의 말투에서 왠지 좋지 않은 예감을 느꼈는지, 은실의 눈망울이 흔들렸다.

"거가 너들하고 뭔 놈의 악연이란 것이 있었나 보다."

"…?…"

은실이 이맛살을 찌푸리면서 '무슨 말일까?' 귀 기울이는 준비를 하려는 듯이, 고개를 비스듬히 옆으로 기울였다.

"에휴~ 긍께‥, 너 입양간 담에 승핵이 놈이, 누나야가 기차 타고 갔다고서‥, 그놈 타고 글루 다시 올꺼라고‥, 저가부지도 없응께, 허구헌 날 그짝 가서 해질 때까정 혼차 놀더니만‥, 으째 안 그러던 아가 언 놈이 꼬드겼는지‥, 괜한 심통을 내갖꼬서 지나가던 기차에다 짱돌멩이를 던져쌌더니··, 하루는 들켜갖꼬 누가 잡으러오는 것 같응께··, 철뚝 따라 도망치다 발모가지가 선로에 쏙 끼어갖꼬는··"

갑자기 '빠아아앙~!' 하고 타이밍도 절묘하게 요란한 경적 소리가 골목에서 들려왔다. 그러자 그것이 기차의 그것처럼 들렸는지, 그래서 동생 승학이가 사고를 당하는 모습이 그려졌는지, 은실이 소스라치게 놀라며 귀를 틀어막았다.

"아니~, 오밤중에 으떤 놈이 지랄이다냐? 시방 해 떨어져갖꼬 이불 처덮고 잘 시간에··!"
왼손으로 거실 바닥을 짚고 몸을 일으킨 옥분이 쿵쿵거리며 베란다로 가서 큰 창문을 열어젖혔다.
"야~이 우라질 놈아~! 너만 처먹으면 대낮이냐? 으째 시끄럽게 빵빵대고 지랄이여, 지랄은~!! 이 동네에 너만 사냐? 너가 이 동네 전세 냈어??"
"···!?···"
할머니 옥분이 창밖의 누군가에게 - 아마도 피자나 치킨을 싣고 와서 주문한 이에게 넘겨주고 있을 오토바이 운전자에게 - 고래고래 욕설을 퍼부어대자, 은실의 무릎에 앉아 가슴에 기댄 채 꾸벅꾸벅 조는 듯했던 소피가 깜짝 놀라 눈을 휘둥그렇게 떴다.
"에이~ 오살헐 놈··!"
옥분이 베란다 큰 창문을 '쾅~!' 소리 나게 닫더니, 팔짱을 끼고 몸을 떨며 혼잣말로 "으메~ 추운 거··." 중얼거리면서 은실과 소피에게 되돌아왔다.

"에이구메~ 에이구메~! 우리 애기 자다 깬겨? 저 염병헐 놈의 새끼가 하도 빵빵거려싸서?"

"……"

눈을 깜박깜박 거러대는 소피를 어르려는 듯이 옥분이 고개를 꺼덕대며 다가들자, 그 말뜻을 알아듣는다는 듯이 소피도 고개를 끄덕댔다.

"아나~ 요놈 한 놈 더 먹자. 요놈 겁나 맛있자?"

옥분이 평상 위에 놓인 고구마를 하나 집더니, 껍질을 까서 소피에게 권했다.

"으째 또‥, 괜한 애기는 또 꺼내갖꼬서 으휴~."

"……"

"뭣이‥, 지 명이 거까징께 그런갑다 허는디도‥, 으쩌다라도 철뚝길만 생각허면 아직도 심장이 벌렁벌렁 해야‥. 아나~ 너도 한 놈 먹어봐라."

식은땀이라도 났는가 보다. 옥분이 오른손등으로 이마를 훔쳐보더니, 그 손으로 고구마를 집어서 은실에게 권했다. 은실이 고구마를 받아들고 껍질을 벗기려는데, 거실 바닥에 놓아둔 스마트폰이 옆에서 '왱왱~' 몸통을 떨어댔다.

"…!…"

고개를 갸웃거려 스마트폰을 내려다본 은실이 미간을 찌푸렸다. 그러자 소피도 목을 빼며 전화기를 넘겨다보더니, 눈치를 살피듯이 고개를 들고 은실을 쳐다봤다. 은실은 턱선이 도드라질 만치 어금니를 꽉 깨물며 입술을 다물고 있었는데, 무슨 결심이라도 한 것처럼 왼손에 힘을 주어 전화기를 꼭 쥐더니, 일어나서 베란다 쪽으로 걸음을 옮겼다.

"알로Allô?"[18]

베란다 큰 창문 앞에서 밖을 내다본다기보다는 시커먼 유리창에 비친 자신의 어두운 모습을 바라보며 마지못해 대꾸하듯이, 은실이 말을 내뱉었다.

"위Oui··. 위 싸 바Oui ça va··, 제 비앙 도흐미J'ai bien dormi. 농Non··싸 바ça va··. 위Oui··. 쥬 넝 에 빠 브주앙Je n'en ai pas besoin. 농Non··싸 바ça va! 느 부 장끼에떼 빠Ne vous inquiétez pas. 농Non··. 느 부 정 멜레 빠Ne vous en mêlez pas. 위Oui··. 쎄 수피정C'est suffisant. 농Non··. 쥬 넝 에 빠 브주앙Je n'en ai pas besoin. 농Non··. 느 부 정 멜레 빠Ne vous en mêlez pas··. 뿌흐꾸아Pourquoi? 위Oui··. 농Non··. 하크호세Raccrochez··. 빠흐동Pardon?"[19]

마뜩하지 않아 하는 얼굴에 어울릴만한 무뚝뚝하고 건조한 목소리로 짤막하게 대꾸하던 은실이 고개를 돌리더니, 자신을 말똥말똥 쳐다보고 있는 소피를 바라보았다.

"싸 바Ça va. 아떵데Attendez. 소피Sophie~."[20]

---

18)　여보세요?

19)　네··. ··· 그래요. ··· 잘 잤어요. ··· 아니, 괜찮아요. ··· 좋아요. ··· 아니, 그럴 필요 없어요. ··· 아니, 싫어요. ··· 괜찮다고요. ··· 아니요. 걱정하지 말아요. 신경 쓰지 말아요. ··· 네, 그래요. ··· 충분해요. ··· 아니, 싫다고요. 아니, 상관하지 말아요. ··· 왜? ··· 알았어요. ··· 아니요, 그만 끊어요. ··· 네?

20)　알았어요. 잠깐만 기다려요. 소피~

은실이 소피를 불렀다. 그러자 기다렸다는 듯이 소피가 종종대며 빠른 걸음으로 다가가더니, 은실에게서 스마트폰을 건네받았다.

"알로Allô? 빠빠Papa~!"[21]

소피의 얼굴이 아이답게 환해졌다.

"위 쥬 베 비앙Oui je vais bien. 위Oui‥. 쎄 따뮤정C'est amusant. 쎄 떼 엉 뿌 에프헤이엉 메 싸 바 망뜨넝C'était un peu effrayant mais ça va maintenant. 위Oui. 위Oui. 제 비앙 멍제J'ai bien mangé. 위Oui. 에 뚜와 빠빠Et toi papa? 위 싸 바Oui ça va. 뛰 므 멍끄 오씨Tu me manques aussi, 빠빠papa. 쥬 뗌 오씨Je t'aime aussi. 위Oui. 위Oui. 마멍Maman? 위 쥬 뜨 라 빠쓰Oui Je te la passe. 마멍Maman~?"[22]

소피가 은실에게 스마트폰을 건넸다. 그러나 전화기를 받아든 은실은 통화상태도 확인하지 않고 그냥 꺼버렸다. 미소 지으며 가벼운 마음으로 전화기를 건넨 소피가 당황스러워하는 표정을 지었건만, 은실은 개의치 않으며 고개를 돌려 베란다 밖을 내려다보았다.

"뭔 놈의 말이 으찌 죄다 알롱달롱 콧구멍으로 물방귀 새는 소리 같다야? 근디 누구냐? 너 서방이냐?"

어색하게 벌어지려는 사이를 메우려는 것처럼, 그래서 대수롭지 않다는 투로 가볍게 한마디 내던진 옥분이 은실에게 물었다.

"싸웠냐‥? 싸우지들 말고 살어. 사이좋게‥. 암만 웬수 같아 봬도 읎어봐라‥. 것도 아숩지. 너 새끼한티도 거시기형께, 너가 참고 이

---

21) 여보세요. … 아빠~!
22) 응~! 잘 있어. … 응, 좋아. 재밌어. … 처음엔 조금 무서웠는데, 지금은 안 무서워. … 응, 응. 먹었어. 아빠는? … 응, 좋아. … 응~ 나도 아빠 보고 싶어. 응, 나도 사랑해. 응. … 엄마? 응, 알았어. 바꿔줄게. 엄마~?

해허고‥. 자고로 여자가 큰 맴으로 참아줘야 두루 집안이 편한 법이여. 쟈가 쪼깐해서 모를 것 같애도‥, 눈치가 뻔헝께 싹 다 알 것이구만. 아가~ 일루‥, 일루 와라."

표정 없는 얼굴을 한 채 아무 대꾸도 하지 않는 은실의 뒤통수에 대고 친정엄마다운 말랑말랑한 충고를 해준 옥분이 웃는 얼굴로, 소피에게 가까이 오라고 손뼉 치고 손짓하며 손바닥을 펴서 앞으로 내밀었다. 그러자 소피가 망설임 없이 쪼르르 달려가더니, 옥분 옆에 앉았다.

"에고~ 자, 이짝으로‥, 할미 앞에‥!"

알을 품는 암탉처럼 옥분이 소피를 안듯이 하여 제 무릎 앞에 앉히더니, 땋아줄 것처럼 소피의 머리를 쓰다듬어가며 입을 떼었다.

"어매가 너가부지 머리끄댕이 잡고 그 집 큰마당서 떼굴떼굴 뒹굴고, 너가부지가 지 승질을 못 이겨갖꼬 밥그릇 집어던지고 허리띠 끌러서 막 때릴라 그럴 띠‥, 너가 너가부지 바짓가랭이 붙들고 악써대던 것 기억나냐? 허이구~ 그띠 참말로 볼만했었는디‥. 너랑 어매랑 붙들고 꼬집고 하도 악을 써댕께, 동네사람들이 죄다 나와갖꼬 장독대 너머로 싹 다 디다보는디, 너가부지 바지가 벗겨져갖꼬는‥, 하이고메~ 넘우세스러버라‥! 구경허던 사램들도 모다 웃겨죽겄다는디‥, 차마 웃을 수는 없응께, 서로 주둥이 싸감추고 키득키득‥"

"그런 얘기는‥,"

"잉~?"

웃음기 가득한 얼굴이었던 옥분이 '뭔 소리여‥?' 하는 표정으로 눈을 껌벅이더니, 턱을 살짝 들어서 은실을 치어다보았다.

"모르는, 얘기는‥, 안, 듣고‥, 싶어요‥."

"잉?? 잉~~! 그랴~! 그랴‥! 으메~ 양‥! 어매가 주착시럽기 별소
릴 다허고 자빠졌다. 옛날 고리짝 일인디‥, 다 큰 놈 한티 쓸디읎
이‥. 그라지 아가? 그라지~?"

낯가리는 사람이 낯모르는 이에게 마지못해 건네는 말처럼 목소
리는 공손하면서 차분했지만, 은실이 진심으로 듣고 싶지 않아 한
다는 것을 느꼈기에, 옥분은 당혹하여 허공에다 손을 휘휘 저어 보
이며 말을 이었다. 그러나 그러면서 저 자신도 겸연쩍었던지, 소피
의 뺨을 두 손으로 어루만져주며 어르듯이 부러 웃어 보였다.

"저‥, 음식점에‥,"

"잉‥?"

"며칠‥, 못, 가셨는데‥."

옥분의 그런 태도에 어느 만큼은 미안하였던지, 은실이 공손하
게 말꼬리를 누그러뜨렸다.

"으디를‥? 어매 가게?"

"……"

"아녀! 아녀~! 괜찮어‥!"

은실이 고개를 끄덕이자, 옥분이 손사래를 쳐댔다.

"간 놈의 것 뭐‥, 가봐야 뭐‥, 벨것 읎어. 도야지뼈다구 삶아서
국물 내고 머릿고기허고 순대만 썰어 넣으면 되는 놈의 것을 뭘‥!
깍두기야, 담가둔 놈 있고‥, 부추도 그때그때 싱싱헌 놈으로 아랫
집서 가져오면 되어야. 걱정 말어. 어매가 너 있는 동안엔 너허고

만 있을라고 일하는 아줌씨헌티 아예 맡겨부렀웅께. 조선족이라 쪼까 시끄럽고 우왁살시러워도 사램은 진국잉께 염려 붙들어 매어 도 되야."

"······"

자신과 많은 시간을 보내고 싶어 하는 옥분의 마음이 이해되었 지만, 다른 한편으로는 부담스럽고 불편했을지도 모르겠다. 은실 이 무덤덤한 표정으로 멀리 베란다 밖을 내려다보려는데, 갑자기 요란한 전화벨 소리가 울렸다.

"에쿠쿠~! 이 시간에···! 대체 뭔 일이랴···??"

제 무릎 앞에 앉혀두었던 소피를 얼른 살짝 앞으로 밀면서 몸의 중심을 뒤로 기울인 옥분이 몸뻬바지춤을 뒤적여 전화기를 꺼내더 니, 폴더를 열어젖혀 오른쪽 귀에 가져다 대었다.

"여보시오~! 누구시오~? 영감님~?? 으메~양···! 이 시간에 또 으 짜쿠롬···! 아가 욜루 쪼까···,"

어쩔 줄 몰라 하던 옥분이 제 무릎 앞에 바싹 붙어 앉아있던 소피 를 옆으로 비껴 앉히더니, 반대편으로 몸을 틀었다.

"아~ 으쩔라고 전화질이시요? 뭣이요? 시방요? 누가···? 누가누가 요···? 그려요? 잉~ 그라고요 또··, 잉~. 잉~. 아~ 그려요?"

전화기를 귀에 댄 채 목을 길게 빼서 이리저리 위아래로 고개를 돌려가며 대꾸하던 옥분이 힐끔 은실을 살폈다.

"근디··, 아··참말로··! 곤란헐 것인디··.아··, 알알응께, 잠깐만 요··, 은실아, 너 거시기, 흠흠~~ 너, 나갔다왔는디 안 피곤허냐?"

"······"

옥분이 전화기 든 손을 내리더니, 말하는 부분을 한 손으로 가리며 은실에게 물었다. 그러나 옥분이 정확하게 무엇을 말하는 것인지 알지 못해서, 은실은 자신이 뭐라 말해야 할지 몰라서 머뭇거려대는데, 옥분이 성질 급하게 알겠다는 듯이, 고개를 끄덕대고 전화기를 다시 들었다.

"멜겁시 전화허지 말랑께, 으째 자꼬 전화질이시오!"

종로에서 뺨 맞고 한강에서 눈 흘긴다는 말이 어울릴까? 제 의도대로 혹은 바람대로 되지 않았기 때문에 그랬을 것이다. 옥분은 처음 전화 받았을 때와는 다르게, 괜히 엄한 사람에게 짜증 부리듯이, - 들으란 듯이, 듣고 알라는 듯이, - 투덜거려댔다.

"뭣이요? 뭣이라고라고라…? 아~ 몰러요! 이잉~? 으메, 참말로…! 아~ 시방 거시기허당께요! 아…! 아녀~! 너한테 그런 것 아녀! 아~ 넘의 사정도 모름서…, 으딜…? 이잉~??"

소피가 눈이 휘둥그레져서 자신을 쳐다보자, 옥분이 전화기를 오른손에서 왼손으로 바꿔 들며 소피의 머리를 어루만지더니, 전화기를 두 손으로 싸쥐며 안달하듯이 목소리를 높였다.

"아~ 안된당께요! 여보시오~! 여보시오…!! 이런 망헐 놈의 영감탱이, 저 헐 말만 허고 똑 끊어부렸네! 뭔 일 났다고 초저녁부터 술은 또 처자셔갖꼬…. 안 되겠네…. 거시기…, 은실아~!"

혼잣말하듯이 뒷말을 내뱉다가 문득 뭔가 해야겠다는 생각이 났는지, 그래서 무르팍에 힘이 났는지, 옥분이 은실을 부르며 몸을 일으켰다.

"가게에 누가 왔다는디, 암만 해도 어매가 시방 얼릉 쪼까 다녀와야 쓰겠다. 소피랑 둘이 집에 문 잠그고 있을 수 있지? 늦을지도 모릉께, 어매 기둘리지 말고…"

말을 하며 벌써 옥분은 거실 안쪽에 있는 스탠드형 옷걸이에서 외투를 찾아 걸치더니, 현관 쪽으로 걸음을 옮겼다. 두어 걸음이나마 떼었을까? 자신을 처다보는 느낌이 들었는지, 옥분이 거실 한 가운데로 눈길을 돌렸다.

"…!…"

옥분은 은실과 소피가 자신을 물끄러미 올려다보고 있는 것을 보고서 일순 '멈칫…!' 거리더니, 목울대가 볼록해질 만치 침을 꿀꺽 삼키고 멋쩍은 듯이 씨익~ 웃어 보였다. 그러고는 고개를 빳빳이 세우며 "흠흠~~" 거리더니, 잰걸음으로 종종종종 현관 쪽으로 향했다. 현관문 손잡이를 잡은 채 고개를 돌리더니, 입을 주욱 벌리며 어색한 미소를 환하게 지어 보이고는 현관문을 열고 도망치듯이 후다닥 밖으로 나섰다.

옥분이 나가자 횅한 느낌이 들었던지, 은실은 말없이 소피의 손을 잡고 살며시 당겨 제 무릎 앞에 앉혔다. 그러고는 머리칼을 쓰다듬어주고 가슴으로 품듯이, - 아니 자신이 기대려는 듯이 - 소피를 뒤에서 꼭 안아주고는 옛 생각에 잠겨 드는 사람처럼, 베란다 창에 비친 소피와 자신의 모습을 그윽한 눈으로 바라보았다.

"시방 귀헌 손녀딸년과 오붓헌 시간을 보내는디, 으째 야밤에 사람을 오라마라 불러쌌고 그러시오?"

절반 윗부분은 뿌옇게 김이 서린 손때 묻은 유리창이고 절반 아랫부분은 시커멓게 발때 묻은 알루미늄 섀시chassis로 된 미닫이문을 열면서, 옥분은 밉지 않게 거드럭대는 목소리를 내었다.

"뭐여~? 아적 끓이고 있는겨?"

가게 안으로 들어서자마자 고개를 오른편으로 돌리더니, 요강단지처럼 동그스름한 가스버너 위에서 은은한 수증기를 모락모락 피어 올리는 싯누런 들통을 쏘아보며 옥분이 미간을 찌푸렸다.

"지금 막 끌라고 그랬드래요."

가게 가운데쯤 놓여있는 연탄난로 바로 옆 식탁에 앉아있던 아주머니 한 분이 후다닥 일어나더니, 미닫이문 옆 구석으로 가서 가스버너와 연결된 밸브를 잠갔다.

"인자 파장헐 시간인디 여적까정 뭣하고 있느라‥, 까스값 아깝게시리‥, 가만, 가만‥? 것은 또 뭔 냄새여?"

맑아 보이는 물방울이 송골송골 맺혔음에도 위생이라는 관점에서 보면 미간을 찌푸릴만한, 반투명비닐로 순대와 간덩어리와 허파를 꾸깃꾸깃 사분의 삼쯤 덮어둔 누런 양은 대야와 반쪽으로 잘

려나간 귀때기가 가소롭다는 듯이 눈감은 채 히죽거려대는 돼지머리를 하늘을 보게 하여 담아둔 시멘트 바닥의 널따랗고 빨간 플라스틱 대야, 그리고 돼지 뼈다귀가 보글보글 고아지는 은색의 커다란 들통까지 단번에 쭉 훑어본 옥분이 눈을 부릅떴다.

"시방··, 부침개 해 먹었냐?"

코를 킁킁거려가며 돼지 뼈다귀 고는 냄새와 돼지고기 삶는 냄새에 오묘하게 어우러져서 퀴퀴하면서도 고소하고 비릿하면서도 달달한 냄새를 만들어냈던 부침개 냄새를 기막히게 찾아낸 옥분이 입술 끄트머리를 실룩였다.

"이··, 교장선생님이 막걸리를 잡숫고 싶다 해서리·· 내가··, 이··, 이··, 김치 한 포기 씻어서 호박 좀 썰어 가지고 전을 쫌 부쳐 드렸드래요."

뒤로 넘겨 묶은 말총머리에 까무잡잡하고 예쁘장한 얼굴이었지만 주름이 자글자글하고 피부도 거칠어서, 시쳇말로 빈티나 보이는 50대 후반의 아주머니가 옥분의 눈치를 살펴 가며 대꾸했는데, 말투를 들어보니 앞에서 옥분이 언급했었던 그 조선족 아주머니인 모양이었다.

"이잉~? 이 아줌씨가 넘의 장사 말아자실라고 작성을 하셨는가. 순댓국밥집에서 돼지고기 안 팔고서 뭔 전을 부쳐준다요?"

"내가 부탁했어요."

옥분이 눈을 모로 뜨며 가볍게 - 그러나 그러면서도 예의 그 성정대로 뒤끝 없을 - 타박을 주려는데, 가게 한가운데서부터 굵직한 목소리가 끼어들었다.

"내가 먹고 싶다고, 내가 해달라고 졸랐어요. 내가!"

"…l…"

옥분이 대답 대신 입언저리를 실룩였다.

"이런 제미~! 명색이 단골이고 브이 아이 핀vip데, 그 정도 서비스도 못 해주는가?"

"단골은 개뿔…! 공것으로 뜯어먹을 라고만 하지, 뭣하나 비싼 놈으로 팔아주지도 않음서 식탐만 있어갖꼬는….."

앞의 웃음기 머금은 목소리와는 다르게, 불콰한 얼굴에 어울릴 만한 시크름한 문뱃내 풍기는 목소리가 괄괄하게 들려오자, 옥분이 들으란 듯이 중얼거리고는 연탄난로 옆의 식탁으로 휘적휘적 다가섰다.

"깟놈의 거, 거 얼마나 한다고…."

깐깐하고 까다로운 성품이 겉으로 드러나 보일 만큼 단정하게 빗어 넘긴 이대팔 가르마에 눈썹은 염료 바란 잿빛 머리칼보다도 허옇고, 불그죽죽한 얼굴 가운데서 주먹만 한 코가 유난스레 돋보이는 쑥색 양복 차림의 영감님 한 분이 입술을 삐죽이더니, - 이삼십 년 전쯤 유행했을 누리끼리한 무스탕 코트를 되는대로 접어 놓아둔 자기 옆자리를 피해서 그 맞은편에 앉으려는 옥분이 꼴 보기 싫다는 듯이, - 몸을 확 틀었다.

"뭣이라고라? 거 말씀 한번 잘 허셨소. 얼마 안항께, 공으로 먹지 말고 돈 내고 가시오."

옥분이 자리에 앉으며 푸접없이 맞받아쳤다.

"허허~ 그럴게요. 내가 내고 갈게요."

동그스름한 갈색 뿔테 안경을 쓰고 검정 두루마기 비스름한 개량 한복 차림에 속칭 도리우찌 모자를 걸쳐놓은 듯이 머리 위에 올려놓은 - 그러니까 일제강점기를 배경으로 하는 영화나 드라마에서 왜놈 순사 끄나풀들이 많이 쓰고 다녔던 헌팅캡hunting cap을 이마가 보일 만큼 위로 올려 쓴 - 영감님이 옥분의 옆자리에서 허허~ 웃어 보였다.

　"여기 있는 거 내가 다 계산할 테니까 걱정하지 말고, 아주머니한테 뭐라 야단하지 말아요."

　"흐이그~ 그놈의 오지랖에 점잖은 척까정···! 아~ 교장선상님이 먹고 잡다 해갖꼬 맹글었다는디, 으째 영감님이 돈을 낸대요? 먹자헌 사람이 내야지?"

　옥분이 목꼬리를 높이면서 주둥이를 삐죽이더니, 눈꼴시다는 듯이 맞은편에 앉아있는 교장이라는 불그죽죽한 얼굴의 주먹코 노인에게 눈을 흘겼다.

　"그거야 농으로 한마디··, 아주머니가 우리 교장선생님한테 '영감님, 영감님' 부르니까 벌칙으로 김치전 하나 부쳐오라고 했던 거지요. 자자~ 그 얘긴 그만하고 기왕 나오셨으니까, 나 여사도 막걸리나 한잔하십시다. 거기 아주머니~!"

　서글서글한 인상의 뿔테 안경 영감님이 도리우찌 모자를 살짝 올렸다가 내려쓰고 생글생글 웃으며 주전자를 들더니, 가게 출입문 뒤에 서서 밖을 내다보고 있는 아주머니를 불렀다.

　"거기 혼자 그러고 있지 말고, 막걸리 사발 하나 가지고 어서 이리 와 앉아요."

"왜 거기서 그러고 있어? 기죽지 말고 어서 이리 와 앉아! 임자가 장사 잘한 거야. 이 양반이 김치전 값 낸다잖아. 깐 놈의 것! 그냥 줄 수도 있는 거지. 그걸 가지고…!"

개량 한복 비스름한 검정 두루마기 차림의 뿔테 안경 영감이 제 편을 들어주는 듯하자 힘을 얻었는지, 주먹코에 얼굴 발그스름한 교장이라는 양반이 조선족 아주머니 쪽으로 몸을 틀며 수럭스레 목청을 높였다.

"일 없습네다. 많이들 즐겁게 드시라요."

아주머니가 손을 내저으며 버너 위의 싯누런 들통과 양은 대야 쪽으로 몸을 틀더니, 앞치마에 손을 비벼 닦았다.

"예미럴 것…. 괜히 나만 나쁜 년 되게끄롬…."

옥분이 입술을 실룩였다.

"아~ 단골손님이라는디…, 단골손님이 오라면은 싸게 싸게 올 것이지, 혼자서 뭔 놈의 청승을 떨고 자빠졌는가? 아~ 월급서 제하지 않을 텡게, 얼릉 이짝에 와 앉어!"

"…!…"

제 눈치를 보는 것만 같아 마음이 편치 않아 그랬는지, 옥분이 툴툴거리듯이 타박을 놓았다. 그러자 말은 저따위(?)로 해도 마음만은 따뜻하다는 것을 겪어 봐서 잘 알고 있다는 것처럼 조선족 아주머니가 잠깐 쭈뼛거려대는 듯하더니, - 발을 옮기려다가 물컹물컹 씹히는 청포묵 덩어리처럼 묽고 희읍스름한 때깔의 널찍한 도마 위에 놓여있던 하얀 플라스틱 통에서 깍두기를 두 국자 꺼내어 큰 종지에 퍼 담고 막걸리 사발도 하나 쟁반 위에 챙겨 놓더니 - 옥분과 영감님들 쪽으로 발걸음을 옮겼다.

"자자~ 여기 앉으라구. 여기."

조선족 아주머니가 쟁반을 받쳐 들고 다가오자, 교장이란 주먹코 영감이 얼른 제 오른편 의자에 놓았던 무스탕을 제 뒤편 의자 위로 올려놓으며 오른편 의자 위를 두들겨댔다.

"그거 이리 주고, 자~ 이리 와서 어서 한잔…,"

교장이라는 주먹코 영감이 조선족 아주머니가 앉기도 전에 쟁반을 받아들고 깍두기 담은 큰 종지와 사발을 탁자 위에 내려놓더니, 막걸리를 따라주겠다고 주전자를 집어 들었다.

"하여간 응큼해갖꼬, 밝히기는…."

꼴같잖고 마뜩찮았는지 옥분이 입을 삐죽거려댔다.

"부침개값은 길수 영감님이 낸다고 허셨응께, 막걸리값은 교장 선상님이 내시오."

"이런 젠장~! 꼴사납게 편들기는…."

옥분이 비아냥거리듯이 말을 던지자 맞대꾸하듯이, 들으란 듯이, 교장이라는 주먹코 양반도 빈정거려댔다.

"듣다 보니 벨놈의 소리 다허시네…! 나가 누구 편을 든다 그러시오? 만날 아는 척에 있는 척, 폼은 혼자 다 잡으시고, 돈 낼 때만 싹 빠져나갱께 그러는 것이지."

"아무나 내면 어떻습니까? 얼마 되지도 않는데, 조금 더 여유 있는 사람이 내면 되지요. 나야 혼자 사는 몸이고, 교장선생님이야 마나님말고도 딸린 혹이 하나 더 있으니…."

"…!…"

길수 영감의 '딸린 혹'이라는 말에 언뜻 주먹코 교장의 눈동자가 흔들린 것 같더니, 이맛살을 찌푸리고 입맛을 '쩝~' 다셨다. 이미 모두 다 알고 있을, 그러나 틀림없이 이야깃거리가 될 만한 사연이 있을 것이건만, 주먹코 교장은 별다른 반응 없이 막걸리 사발을 만지작거려댔다. 그러자 길수 영감이란 양반이 자신의 실언(?)을 얼버무리고 어벌쩡하게 무마시키려는 것처럼 막걸리 사발을 앞으로 내밀었다.

"자자~ 그런 말씀들은 이제 그만들 하시고, 다들 같이 한잔 마십시다. 자~ 잔들 드시고, 건배, 건배~!"

길수 영감이란 양반이 옥분과 얼굴 불그죽죽한 주먹코 교장과 조선족 아주머니의 사발에다 제 사발을 한 차례씩 부딪치더니, 단숨에 벌컥 들이켰다. 그리고는 "캬~! 좋으네‥!" 하고 목청을 시원스레 울리고 빈 사발을 내려놓더니, 맨손으로 엄지손가락 마디 하나 크기의 깍두기를 집어서 입에 넣고 우적우적 씹어댔다.

"아삭하고 새콤하고 달달하고‥, 거 참‥, 기가 막히네~! 이러니 우리가 다른 안주 시켜 먹을 필요를 못 느끼지. 안 그래요?"

"낯 간지럽게 되도 않을 놈의 흰소리는‥. 그랑께 시방 김치전값 못 내겄단 말씀이시오?"

분위기를 바꿔보려고 길수 영감이 눈웃음을 지으며 칭찬과 핑계를 절반씩 섞은 우스갯소리를 내뱉었건만, 옥분이 뚱한 얼굴로 맞받아쳤다.

"어허~! 아니라니까요. 내가 계산한다니까요. 가만‥, 나 여사하고 아주머니가 오셨으니‥, 뭣 좀 먹어볼까요? 어디 보자~ 무엇을 먹을까요…?"

사람 좋은 얼굴의 길수 영감이 구부정했던 어깨를 펴더니, 안경을 추켜올려 쓰고서 눈을 껌뻑거리며 벽에 붙어있는 메뉴판을 쳐다보았다.

"오소리감투를 먹을까? 푸짐한 술국을 먹을까?"

"나가 차라리 벼룩이 간을 내먹지…. 되았소! 쓸데읎이 엄헌 데다 돈 쓰지 마시오."

"아니에요. 출출하기도 하고, 따뜻한 국물도 좀…,"

"아~ 됐당께요! 엎드려 절 받을 일 있소? 아줌씨, 거시기…, 가서 머릿고기허고 우덜 먹던 시래기국 쪼까 데워갖꼬 오시오."

"네."

"이런 젠장~! 누구한테는 공짜로 주고, 누구한테는 써비스도 악착같이 받아먹고…, 사람 차별하는 거야 뭐야?"

"으째…? 벨 꼴리시오?"

조선족 아주머니가 자리에서 일어나 미닫이문 옆의 설거지대로 가는 사이, 주먹코 교장이란 영감이 난로 쪽으로 몸을 틀고 손을 뻗으며 평소의 그답게 뾰족하게 내던졌으나, 옥분도 지지 않고 대거리하듯이 이기죽거려댔다.

"아니꼬우시면 여서 껄떡대들 말고 얼릉 집에 드가갖꼬 마나님 발꼬락이나 주물러주시오. 괜히 혼자 싱숭생숭…, 고향땅에 서방 있는 울 아줌씨 외롭다고 김칫국이나 자시지 마시고. 으메~ 잠깐…! 그라고 봉께 시방 오늘은 뭔 일로다 교장선상님이 이 시간까정 앉아기시오? 호랭이 같으신 마나님헌티 안 혼나시오?"

"이런 젠장~! 누가 들으면 진짠 줄 알겠네. 아~ 누가 혼이 나고 누가 싱숭생숭··, 무슨 김칫국을 껄떡대고 마신다 그러는 게야?"

"하이고~ 눈 똥그랗게 뜨고 아닌 척허시긴. 울 아줌씨 쉬는 날이 은젠지 캐묻고서, 찜질방에 같이 가자셨다면서요?"

찔리는 데가 있었는지, 불그죽죽한 얼굴의 교장이란 영감이 목에 핏대를 세우며 막걸리 사발을 쥐고 흔들어댔다. 그러자 밀고 당기는 것을 노련하게 조절하듯이, 옥분이 뒤로 몸을 빼서 움츠리고 할기시 흘겨보았다.

"아··아니! 그거야 그··, 다른 뜻이 있어서가 아니라, 추우니까··! 응~ 그래··! 요즘 날이 추우니까, 추위를 많이 탈까 봐··, 따뜻한 데서 더운 기운으로 몸 좀 보하려고··, 여자 혼자 외지 나와 고생하니까··, 중국에는 이런 데가 있나··, 겸사겸사 구경시켜주려고 그랬던 게지. 아~ 왜 그렇게 웃고만 있어! 내 말이 맞잖아?"

"암~ 그럼. 그렇지. 맞지. 맞고말고."

당황하여 우물쭈물 더듬거리던 불그죽죽한 얼굴의 교장이라는 주먹코 영감이 편들어주기를 바라는 얼굴로 길수 영감에게 말꼬리를 드리었으나, 길수 영감은 난처해하는 그 꼴이 우스웠는지, 고개를 까딱대며 건성으로 대꾸했다.

"엥~? 왜··? 아니라는 게야? 아니~ 이 사람이 참··!"

"아니, 아닐세. 맞아. 맞아. 그렇지. 그래."

"염병허고··. 아~ 겨울인디 춥지 아무렴 더운가? 아이고~ 되았소! 말 같잖은 소리 듣고 싶지도 않소. 아줌씨 오니께, 고만허십시다. 오밤중에 낯 뜨거울라 그러니께. 거시기, 아줌씨~!"

답답하고 억울하다는 것을 강조하려고 부러 눈에 힘을 줘서 치뜨고 깔뜨며 시쳇말로 버벅거려대려는 교장이란 주먹코 영감에게 옥분이 하찮다는 것처럼 손사래 치더니, 시래깃국 데운 것을 받침대에 담아서 가져오려는 조선족 아주머니에게 소리쳤다.

"거 빡스에서 쏘주도 한 놈 꺼내오시오. 잔허고."

"왜요? 소주 드시려고요?"

헤헤거려대던 웃음기가 마저 가시지 않은 얼굴이었으나, 길수 영감의 말투에는 그만한 걱정스러움이 은근히 묻어있었다.

"일하려면 깔끔허니 소주가 나서요. 막걸리는 배부르고 속에 깨스만 차니께⋯. 내일 일찍 물건 들어올 것도 있고⋯."

"⋯⋯"

말리고 싶으나 차마 그러지는 못하는 얼굴로 길수 영감이 입을 꾹 다물고 고개를 끄덕이며 알아들었다는 시늉을 해 보이는데, 조선족 아주머니가 쟁반을 받쳐든 오른손 약손가락과 새끼손가락에 소주병을 끼고 세 사람 쪽으로 다가들었다.

"그거 이리 줘. 그건 여기 이쪽에 놓고⋯."

교장이라는 주먹코 영감이 얼른 몸을 일으키더니, 자상하게도(?) 조선족 아주머니가 쟁반에 담아온 것들을 엉거주춤하게 서서 받아들고 탁자 위에 하나씩 내려놓았다.

"어서 여기 앉아."

제 옆의 의자를 자기 쪽으로 가까이 당기면서 주먹코 교장은 누런 앞니가 드러나 보이도록 씩 웃어 보였다.

"수고하셨어. 자~ 막걸리 한잔해."

"······"

사양하려는 기색이 없어서 강권할 필요도 없음이었다. 불그죽죽한 주먹코 교장 옆자리에 바짝 붙어 앉은 조선족 아주머니는 교장이 따라주는 대로 막걸리를 받아서 대번에 쭉 들이키더니, 입맛을 "캬~!" 다셨다.

"이야~! 잘 마시네!"

"나는요, 이‥, 한국 술 중에서 이‥, 막걸리가 제일 좋아요. 소주는 심심하이 취하지도 않고 나중에 이‥, 이‥, 골만 아픈데, 막걸리는 들부드레해요. 든든하이 배도 부르고."

"쌀로 빚은 곡주라서 그렇지."

조선족 아주머니가 정수리와 배꼽 주변을 차례로 두들겨대며 옥분과 반대로 이야기하는 것을 보고서, 꼭 자기가 좋아하는 사내가 자신이 마련한 음식을 맛있게 먹는 것을 바라보며 기분이 좋아진 여인네처럼, 주먹코 교장이 만면에 웃음을 띠고 대꾸했다.

"자~ 한잔 더 하지."

"자꾸 멕일라 그러지 마시오. 것도 술은 술잉께."

"걱정마시라요. 내‥, 아침에 늦지 않고 나올 테니끼니."

"그려~?"

오른손으로 주전자를 들고 막걸리를 따라주던 주먹코 교장과 두 손으로 사발을 들고 받아 마시려던 조선족 아주머니가 멈칫거리고 망설거리게끔, 옥분은 두 사람 사이로 말리듯이 내뱉었다. 그러자 조선족 아주머니는 '장사에 지장 없을 테니까 사장님께서는 걱정 붙들어 매시라'는 투로 - 뭐랄까‥? 과음하면 몸이 힘들고 술기운에 혹시라도 사달이 나면 어쩌나 걱정하여 말했건만, 조선족 아주머니는 단지 내일 아침 장사에 지장이 있을까 봐 그러는 것으로 받아들여 은근히 섭섭하다는 듯이 - 무뚝뚝하게 대꾸했다. 그런즉, 그랬기에 마음이 상했을 것이건만, 옥분은 감정을 드러내지 않고서 알아들었다는 듯이, 고개를 끄덕댔다.

"그려, 그럼…. 근디 시방 뭔 얘기들 허고 기셨소?"

말끝에 부언을 달듯이 옥분이 혼잣말로 중얼거리더니, 말머리를 길수 영감에게 틀었다.

"아~ 그건 내가…."

길수 영감이 움츠렸던 몸을 젖히듯 일으키며 대꾸했다.

"알고 지내는 분 아드님이 이달 말에 장가를 가는데 주례를 봐달라고 해서…, 계속 사양했는데, 원체 부탁을 해서…, 자꾸 그러는 것도 예의가 아닌 것 같아서 일단 맡기는 맡았는데…, 내가 언제 주례를 서봤어야지. 그래서 우리 교장선생님한테 조언을 좀 얻고 있던 참이었어요."

"허이구메~ 뉘신지 어리숙허기가 꼭 누구마냥 엔간허신 모양이시네. 우리 영감님한테 주례를 다 봐 달라허고요, 잉?"

"그러게나 말이에요."

길수 영감이 자기를 깎아내리면서도 사람 좋게 허허 웃어 보였다.

"여하튼간 출세하셨소. 긍께 시방 여기 것은 암만해도 영감님이 쏘기는 쏘셔야겠네."

"암요. 그래야죠."

"근디 주례가 뭐 벨놈의 것‥, 잘허고 못허고가 따로 있소? 결혼식장 가보면은 백 날 천 날 똑같더만. 식사나 언릉 허시라고 싸게 싸게 끝내주면 장땡 아니요?"

"으이그~ 생각하는 거 하고는‥. 거, 모르는 소리 말아! 결혼식이 신랑 신부랑 하객을 위한 건 줄 아나? 결혼식의 진짜 주인공은 혼주라고, 혼주! 그러니 주례사라 그래 봤자 뭐 있겠어? 신랑 신부 학력 이력 소개하고, 부모님께 효도하고 이웃 친지 공경하고 기쁠 때나 슬플 때나 검은 머리 파뿌리가 될 때까지 서로 아끼고 또 사랑해라‥, 덕담이나 몇 마디 해주는 게 다지. 그런데 요는 말이지‥!"

"요는‥?"

침을 삼키듯이, 옥분이 눈을 끔뻑였다.

"혼주 면을 세워주려면, 주례서는 양반 간판이 제법 그럴듯해야 한다는 거야. 좀 꾸며서라도."

"꾸며요? 뭣을?"

"직함이나 경력, 이력 같은 거 말이지."

"으떻게요?"

"이런 답답한 사람하고는‥! 아~ 왜 그런 거 있잖아. 돈놀이는 금융업, 노가다는 건설업, 공공근로는 구청이나 시청 계약직."

"이~잉‥! 그랑께 여‥, 영감님 앉혀놓고서, 예식장 가갖꼬 사기를 치시라고 가르쳤단 말씀이시오? 시방??"

옥분이 고개를 삐죽 쳐들었다.

"아니, 그게 왜 사기야? 좋게 말하는 거지. 목욕탕 때밀이는 세신사, 청소부는 환경미화원, 요즘 다를 그렇게 부르잖아. 그렇지 않으면‥,"

옥분이 미간을 찌푸리며 목꼬리까지 높였건만, 주먹코 교장은 선생다운 태도로 천연덕스럽게 말을 이어나갔다.

"이 친구야 젊어서 기능직 말단으로 들어갔다가 삼십 년 근속하고 쥐꼬리만 한 연금 타먹고 사는데‥, 하객 모셔다 놓고 그걸 그대로 얘기할까? 뭐‥, 국가공무원으로 오랫동안 봉직하셨다. 공직에 몸담으셨다. 공직자의 길을 걸으셨다. 그리고 목하‥! 지금 현재는, 마을 시니어클럽에서 지역발전을 위해 여전히 애쓰고 계신다. 듣기 좋잖아? 그럴듯하고! 이 친구 목에 힘들어가서 좋고, 양쪽 혼주 체면 서서 좋고‥! 그러니까 돈푼깨나 있다는 사람들이 서로 유명인사 모셔다가 주례 세우고 그러는 거 아니겠어? 비싼 돈까지 찔러줘 가며 말이야."

"하여간 그놈의 허세는‥."

가까운 사이니 얕잡아본 것은 아니겠지만, 그래도 길수 영감에게 '이 친구'라고 손가락질하며 은근히 자기가 뭘 좀 안다는 우월감 비스름한 것을 드러내는 것만 같아서 아니꼽살스러웠는지, 옥분이 눈 흘기며 입술을 삐죽였다.

"어허~! 이 정도는 아무것도 아니지. 내가 전에 고종사촌 동생 아들놈 결혼식엘 갔었는데‥, 거기 주례 보는 양반이 발명가에 사업가에 청소년 선도위원에, 새마을 운동본부, 잘살기 운동본부, 바르게살기 운동본부, 민족통일 운동본부, 나라 사랑 평화 운동본부 등등, 직함이 한‥, 열댓 개쯤 되었나 봐. 그런데 결혼식 사회 보는 녀석이 그걸 별로 중요하지 않다고 생각했는지, 깜박 까먹었는지,

소개를 두어 개 밖에 안 했거든? 그랬더니 이 양반이 혼례식 끝나고 일가친척 사진 찍고 신랑 신부 친구들 사진 찍고 부케를 막 던지려는데 와서는 화를 내는 거야. 자기가 분명히 하나도 빼지 말고 몽땅 소개해 달라고 했는데 왜 안 했냐고, 자기야 괜찮지만, 신랑 측 부모님이 섭섭해할 거라면서."

"모지른 놈이 남 핑계대고 자빠졌네··. 고것 참 쌤통일세. 나 같아도 안 했었어. 얄미워갖꼬. 을랄라~? 거기 보시오~! 거, 뭣이요??"

입술을 삐죽거려대던 옥분이 가게 미닫이 유리창에 어른대는 그림자라도 본 모양이다. 돌연 앉은 채 목을 길게 빼며 소리쳤다.

"시방 막 문 닫을 참이요! 오늘 장사 끝났응께, 다음에 오시오, 잉~! 아줌씨, 얼릉 가서 간판불 좀 끄고 오시오."

"예."

옥분의 말이 끝나기 무섭게 몸을 일으킨 조선족 아주머니가 미닫이문으로 달려가 구석 벽에 붙은 간판 스위치를 내리고 돌아왔다.

"허이구메~ 번갯불에 갈비 구워서 된장 찍어 자시겠네. 국밥 나를 때도 좀 그럴 것이지."

"교장선생님은 이··, 뭐라, 뭐라 말씀하세요?"

쏜살같이 다녀와 자기 자리에 앉는 것을 보며 옥분이 한마디 던졌건만, 조선족 아주머니는 듣지 못한 것처럼 개의치 않고, 불그죽죽한 얼굴의 주먹코 교장에게 물었다.

"나야, 여중, 여고 교장 지낸 것 말고도··, 서울시 교육위원회 자문위원, 공교육 실천 학부모 연대, 국가 미래 교육 발전 연합회, 바른 배움터 재단 비상근 이사··,"

"영감님은요?"

채 다 듣지도 않고 막걸리 사발을 단숨에 비우더니, 쭉 뻗어 나가다 휘어진 난초이파리처럼 가느다랗게 그려 넣은 눈썹이 더 짙어 보이고 도드라져 보이도록 - 그래서 언뜻 성깔 있을지 모르겠다는 생각이 들게끔 - 조선족 아주머니가 눈을 옆으로 치켜뜨며 길수 영감에게 물었다.

"글쎄요? 나는 뭐··, 변변하게 내세울 만한 게 없어서··."

"아~ 그러니까 공무원 생활한 것하고, 내무부장관 표창하고 대통령표창 받은 것도 꼭 이야기하라니까 그러네!"

길수 영감이 허허거리며 도리우찌 모자를 한번 들썩여보려는데 주먹코 교장이 답답하다는 듯이, 막걸리 사발을 쥐고 탁자를 두들기며 소리쳤다.

"아따~ 시끄럽게끄롬···! 치사시럽게 지가 지 얼굴에 금칠헌다고 금부처 된답디까? 솔직허게 꾸미지 않고 있는 대로 야그하면 되는 것이지."

"쯔쯔쯔쯧~ 이렇게 답답하기는··. 그게, 그게 아니라니까. 세상을 좀 더 넓고 다른 관점에서 봐보라니까."

"예미~ 별놈의 것을 다 갖고 세상타령허시네··. 그렁께 그 댁 큰 아드님은 남허고 한참 다른 관점잉께, 한겨울에도 늘상 쓰레빠에 반바지 입고 돌아댕기는 갑소, 잉~. 넬모레가 쉰이람서."

"···?!···"

"···!···"

뇌꼴스럽게 잘난 체하는 것만 같아서 얄밉게 한마디 쏘아붙였건만, 뭐라 대꾸도 하지 못하고 어안이 벙벙한 표정을 짓는 주먹코 교장을 보자니, '아차…!' 싶었나보다. 옥분이 마른 콧물을 훅~ 들이 마시고 '어쩌지…?' 하는 눈길을 길수 영감에게로 돌렸다. 그러자 길수 영감이 눈치 빠르게 들으란 듯이, 부러 눈살을 찌푸리고 타박 을 놓듯이, "거…! 왜, 사람이 쓸데없이…!" 하고 혀를 차면서 목청 을 살짝 돋웠다.

"거, 왜‥, 괜한 얘기를 꺼내고 그래요!"

"……"

웬만해선 기가 죽거나 말발이 밀리지 않는 옥분이겠건만, 내심 미안하기는 했는가 보다. 길수 영감의 의도된 핀잔을 들은 옥분은 머쓱한 듯이, 입맛을 다시고서 버릇인 양 콧잔등이를 찌긋찌긋 거 려댔다. 주먹코 교장의 아픈 부분이 - 조금 모자랄 것으로 추측되 는 그의 큰아들 이야기가 - 나왔기에 사이가 뜨는 듯하자, 힐끔거 리며 주먹코 교장과 옥분의 눈치를 살펴대던 조선족 아주머니가 "아차…! 저‥, 그런데요‥," 하고 입을 뗐었다.

"그‥, 군인 할아버지 어떠시데요?"

딴에는 어색하고 서먹서먹한 상황에서 벗어나려고 의도적으로 화제를 바꾼 것일 테니, 굳이 잔머리 굴렸다는 부정적 편견을 가질 필요는 없을 것이다. 조선족 아주머니가 길수 영감을 보며 대꾸해 달라는 듯이, 연달아 고개를 끄덕거려댔다.

"응‥? 누구? 누구요‥?"

눈치로 알아차린 길수 영감이 되물었다.

"그‥, 왜 있잖아요. 아들은 미국 살고, 교장선생님하고 앞뒷집에 사셨고, 이‥, 이‥, 귀가 잘 안 들리시는‥."

"아~! 최영감‥!"

"예, 최씨 할아버지요."

"뭐가 할아버지야. 우리랑 동갑내긴데."

주먹코 교장도 무뚝뚝하게 말문을 열었다.

"동갑요? 이야~! 참말요? 나는 그 할아버지가 우리 교장선생님보다 열 살쯤은 더 많을 줄 알았는데요."

"별소리를‥. 나도 낼모레 팔십이구만."

누구보다 젊어 보인다니 듣기 싫지 않은 소리라, 마음이 이미 그렇게 된 것처럼, 불그죽죽한 주먹코 교장이 기분 좋게 누그러진 목소리를 내었다.

"팔십요? 이제 겨우 환갑 지난 걸로 보이는데요."

"팔십은 아니고 일흔여섯. 여기 영감님은 한 살 더 많은 일흔일곱. 우리 나이로."

차려진 밥상에 숟가락을 놓듯이, 옥분이 슬쩍 끼어들었다.

"그러면 영감님이 교장선생님보다 형님이시네요?"

"같이 늙어가는 처지에 무슨‥. 원래 나도 일흔일곱이야. 그것도 만으로. 왜정倭政 때 일본놈들 때문에 호적이 잘못돼서 그런 거지."

"아~!"

"아는 뭐‥, 그때는 다들 그러고 저러고 했어."

"……"

조선족 아주머니가 알아들었다는 듯이 고개를 끄덕여주자, 주먹코 교장이 오른손으로 주전자를 집어 들었다. 그러자 조선족 아주

머니가 "제가··!" 하며 얼른 엉덩이를 떼고 엉거주춤 일어나 두 손
으로 주전자를 쥐어 들더니, 주먹코 교장의 사발에다 막걸리를 따
라 주었다. 교장은 받자마자 단숨에 들이켜 마시고는 잘 쓰는 표현
인 양 "그 친구··" 하며 입을 떼었다.

"치매가 심해져서···."

"······"

"깟놈의 거··! 뭐, 요즘은 치매가 하도 많아서··."

"아~ 차라리 더러운 꼴도 안 보고 잉? 봐도 아예 기억을 못항께,
속 편헐지런지도 모르겠네. 안 그렇소?"

주먹코 교장이 씁쓸하게 뒷말을 삼키자 모두 숙연해지려는데,
옥분이 가라앉으려는 분위기를 띄우려는 것처럼 목소리를 높였다.

"돌볼 사람이 없다는데 어쩌겠나··."

옥분의 의도를 알아차렸을 것이건만, 이미 자기감정에 깊이 빠
져버린 주먹코 교장이 한숨을 흐릿하게 내쉬었다.

"밑의 동생이란 놈이 어디 요양원인가를 보냈다는데··."

"아들놈 있다지 않았어?"

여태 잠자코 있던 길수 영감이 물었다.

"있으면 뭐하나? 얼굴 뵈기는커녕, 해가 바뀌고 명절 때나 지 애
비 생일날에도 전화 한 통 없는 놈인데, 남보다도 못하지."

"저런 나쁜 놈을 봤나! 그런 고얀 놈한테는 한 푼도 남겨주지 말
아야 해. 유산이고 뭐고 몽땅 쓰고 죽어야 한다니까. 먹을 거 안 먹
고 입을 거 안 입고 공부시키고 결혼까지 시켜줬더니, 기껏 한다는
짓이 늙고 병든 애비 팽개치고 저만 살겠다고, 지 마누라하고 새끼

만 데리고 쏙 빠져나가? 에~잇! 천하의 후레자식 같으니‥! 저가
혼자 잘나서 저 잘된 줄 아는가! 그러니까 자식새끼고 뭐고 다 필
요 없다니까!"

"하이구메~ 영감님이 그런 말도 할 줄 아시오?"

속에서 열불이 치솟아 평소엔 입에 담지도 않았을 말이 튀어나
왔건만, 옥분은 그런 길수 영감이 귀엽고 기특하다는 듯이, 싱글거
리며 쳐다보았다.

"저만 아는 못된 놈이라면, 욕이라도 해주지. 이건, 마흔여덟이
나 처먹은 놈이 빤스가 다 비치는 헐렁이 반바지에 운동화나 신고
반편이마냥 실실거리고 다니니‥, 에휴~"

남의 못된 아들 흉보는 중에 조금 모자란 자기 아들이 생각나서
가슴이 답답해졌나 보다. 주먹코 교장이 한숨을 내쉬더니, 풀죽은
목소리를 이어나갔다.

"부모가 돼서 그렇게밖에 못 낳아준 게 미안하고, 온전치 못하게
세상에 내놨으니 책임을 져야 하는데‥, 나는 곧 가더라도 저 혼자
먹고살게는 해주고 가야 하는데, '저게 혼자 어떡할까, 저걸 두고
우리가 어찌 갈까‥,' 그 생각만 하면 가슴이 먹먹하니….."

"사모님이 이‥, 이‥, 마음고생을 많이 하셨겠네요."

"……"

얼굴 불그죽죽한 주먹코 교장이 힘을 주어 입을 꾹 다물고 죄인
처럼 고개를 떨어뜨리며 구두 벗은 오른발을 양반다리 모양으로
허벅지 위에 올려놓더니, 발가락을 주물럭주물럭 만져댔다. 그 모
습을 보자니, 안쓰러운 마음이 들었나 보다. 조선족 아주머니도 아

래턱에 힘을 주어 입을 꾹 다물더니, 교장의 얼굴을 갸웃이 들여다보았다.

"그렇지…. 그러니 얼굴은 늘 그늘져서…."

"아~ 사지육신 멀쩡헌디 뭘 그러셔요!"

조선족 아주머니의 눈길을 느낀 주먹코 교장이 발가락을 만지며 힘없이 주억거려대던 고개를 쳐들어 천장을 바라보려는데, 옥분이 그녀답게 씩씩한 목소리를 내었다.

"나는 시방 그런 아들놈도 하나 읎구먼…."

"……"

위로가 되지 않을 말을 위로랍시고 던졌으나, 그래도 그 한마디에서 위로를 찾으려는 듯이, 주먹코 교장이 옥분을 물끄러미 쳐다보았다. 그러자 옥분이 주둥이를 삐죽이고는 양은 사발을 들어 입에 대고 홀짝거렸다.

"에미~ 막걸리네…. 아나~ 쏘주나 한 잔 주시오."

옥분이 사발을 내려놓고 소주잔을 집어서 길수 영감 앞으로 들이밀었다. 길수 영감이 따라준 소주로 잔이 절반쯤 채워지자 그만 되었다고 술잔으로 소주병을 툭 쳐올리더니, 단숨에 홀짝 들이켰다.

"캬~! 으메 좋은 거…. 자, 내 술 한잔 받으시오."

옥분이 주먹코 교장의 손에 소주잔을 쥐여 주더니, 술 받을 기대를 하고 있었을 길수 영감의 손에서 소주병을 가로채듯이 가져왔다.

"따님은 좀 어떠신가?"

주먹코 교장은 옥분이 따라주는 소주를 받으면서, 달라질 이야깃거리의 말머리를 옥분의 딸 은실에게 돌렸다.

"뭣이가요?"

소주잔을 채워준 옥분이 떨떠름한 자기감정처럼 소주병을 탁자 위에 '탁…!' 내려놓으며 심드렁하게 되물었다.

"아~ 뭐, 뭐든…, 뭐든 간에."

"엊그저께 짝은 엄마네 댕겨온 어린애마냥 헤헤거림서 잘 지내지 뭐…, 별다른 뭣 있겄소?"

"그래? 다행이네. 다행이야."

"뭐가요?"

불그죽죽한 얼굴의 주먹코 교장이 낮은 소리로 혼잣말하듯이 뇌까렸건만, 그 말이 예민하게 귓속으로 파고들었나 보다. 옥분이 미간을 찌푸렸다.

"응…? 아니, 잘 지내니 다행이라고."

"음마~? 싱겁기는…. 아~ 당연헌 것이지. 뭣이, 못 지낼 이유라도 있소? 그리고도 그리다가 삼십하고도 팔 년 만에 만난 핏줄인디?"

"……"

말은 그렇게 했지만, 옥분의 달뜬 듯한 말투에서 오히려 부정의 기운을 느꼈는지도 모르겠다. 주먹코 교장이 '그래, 그렇겠지…'라고 말하는 듯이 소리 없이 고개를 주억거리는데, 곁의 길수 영감이 안경 너머로 옥분을 힐끔 쳐다보았다.

"왜요?"

그 곁눈질과 낌새가 왠지 꺼림칙했는지, 옥분이 길수 영감에게 턱 끝을 치켜들었다.

"응…? 뭐가요?"

"……"

"…|…"

잠자코 쏘아보는 옥분에게 속이 들킨 듯이, 그러나 아닌 척 시치미 떼듯이, 길수 영감이 낮은 코 옆으로 흘러내린 안경을 올려 쓰며 눈을 껌벅였다.

"긍께, 거‥,"

"아~ 그러니까 마나님한테 잘 좀 해주라니까! 그 돈 뒀다 뭐에 쓰려고 그래? 아무렴 마누라가 중하지, 자식 놈이 중한가!"

옥분이 자기 쪽으로 몸을 기울이며 뭔가 따져볼 것처럼 입을 떼려고 하자, 길수 영감이 미리 막아서듯이, 말머리를 주먹코 교장에게 치세웠다.

"맛있는 것도 사주고, 응? 정신머리 붙어있고 그나마 움직일 수 있을 때 어디 좋은 데 좀‥, 여행도 좀‥, 같이 다니시고!"

"여행은 예미~, 그러잖아도 엊그제 그것 때문에 한바탕 난리를 쳤는데. 에이~ 빌어먹을 놈의 할망구 같으니‥."

"난리요? 뭔 난리래요?"

주먹코 교장이 입술을 일그러뜨리자, 깍두기를 콕 찍어서 앞니로 우적우적 베먹고 어금니로 어썩어썩 깨물어 먹던 조선족 아주머니가 양은 사발 위에 젓가락을 올려놓으며 물었다.

"가자고 해도 당최 안 가겠다잖아. 뭐라더라‥? 가족여행은 꼭‥, 죽기 전에 인생 마무리하는 것 같아서 싫다나 어쩌나. 말 같잖은 소리 하면서도 또 뭔 생각인지‥, 상조 가입은 지가 먼저 다해놓고, 영정사진은 또 해마다 바꿔 찍어요."

"마나님께서 오래 살고자픈 갑네. 영정사진 찍어놔야 오랜 산단 말, 못 들어보셨소?"

"폐 끼치기 싫어하는 그 깔끔한 성격이 어디 가시겠나? 다 알아서 준비하시는 것이지."

"죽을 때가 되니까 괜히 고집만 세어지고, 뭐라 한마디만 하면 그냥 서운하다고 종일 삐져서 말도 안 하니, 이건 원…."

옥분이 농 섞은 말로 달래주려는 것을 헛일로 만들 의도는 아니었겠지만, 길수 영감의 진지한 말투가 마음을 무겁게 만들었는가 보다. 주먹코 교장이 물기가 배어나올 것만 같은 목소리를 내뱉고 담배를 찾으려는 것처럼 양복 주머니를 뒤적이는데, 갑자기 '띠리리리링~!' 하고 스마트폰 벨 소리가 울렸다.

"네~ 여보시오."

몸을 기우뚱거려 양복 오른편 윗주머니에서 스마트폰을 꺼낸 주먹코 교장이 발신 번호를 확인도 하지 않고 귀에다 가져다 대더니, 나이 지긋한 사람답게 '하오체'로 대답했다.

"뭐라고요? 먹었지 그럼…. 지금 시간이 몇 신데…."

다소 퉁명스럽게, 그러나 부러 그런다는 것을 누구라도 알아차리게끔, 여유롭게 몸을 뒤로 젖히고 다리를 벌려 앉으며 화색이 만연해진 얼굴 위에다 심드렁한 표정을 지어 보였다.

"왜요? 누구요? 예, 같이 있어요. 어디냐고요?"

길수 영감을 힐끔 쳐다보더니, 무뚝뚝하면서도 나긋나긋한 목소리로 말을 이었다.

"어디기는…, 뻔하지…. 걱정은 무슨…, 뭐가 걱정이란 말이에요?

알았어요. 아~ 술 안 먹는다니까, 자꾸 그러시네. 그래요. 그렇게 할 테니까, 걱정하지 말아요. 안 자고 뭐 하고 있어요? 잤어요? 뭐, 먹고 싶은 거 없어요? 군고구마…? 이 시간에 아직 안 들어갔으려나?"

오른편으로 고개를 돌려서 메뉴판 위쪽에 걸려있는 네모난 전자 시계의 빨간 숫자를 갸름한 눈으로 치어다본 주먹코 교장이 왼팔을 앞으로 쭉 뻗고 흔들어서 소매 속의 누리끼리한 금장 손목시계를 새하얀 형광 불빛 아래로 꺼내 보더니, 고개를 끄덕끄덕 거려댔다.

"알았어요. 그렇게 할게요. 아~ 걱정하지 말라니까요. 무스탕 입고 나왔는데 뭐가 춥겠어요? 조금만 걸어도 땀이 줄줄 나는데. 길도 다 녹아서 미끄러운 데 없어요. 괜찮아요. 열쇠? 아~ 가지고 나왔으니까 걱정하지 말고…. 그래요. 곧 일어날 테니까, 기다리지 말고 먼저 자고 있어요. 알았어요. 곧 일어날게요."

이따금 수화기 밖으로 삐죽이 튀어나온 칼칼한 여자 목소리가 아니더라도 충분히 짐작할만한 사람과 훈훈한(?) 대화를 마친 주먹코 교장이 스마트폰을 양복 윗주머니에 집어넣더니, 통화하는 내내 눈짓으로 흥을 보며 속닥거려댔던 옥분과 길수 영감에게로 눈길을 돌렸다.

"망할 놈의 할망구가 자다 일어나 가지고서는 괜히…."
"옘병허고…! 또 자랑질이시네…."

투덜대고 삐죽이는 태도와 말의 내용과는 다르게, 애틋함이 묻어나오는 주먹코 교장의 따뜻한 목소리였다. 그래서였을까? 옥분도 팔짱을 낀 채 밉지 않게 주먹코 교장을 흘겨보며 쏘아붙였다.

"술 냄새 많이 나는가? 얼굴도 빨간가?"

"왜? 회초리 맞을까 걱정되시오?"

확인해달라는 듯이 발그스름한 얼굴을 들이미는 주먹코 교장에게 옥분이 제 얼굴을 들이밀며 이맛살을 찡그리고 이죽댔다.

"술 안 먹는다고 했는데…."

"얼릉 인나 후딱 들어가시오. 걱정 많으신 마나님께서 안 주무시고 기다리고 있을 텡께."

입 앞에 가져다 댄 손바닥에 입김을 하~ 불어대고 킁킁대며 혹시라도 날지 모를 냄새를 맡아본 후 입맛을 쩝~ 다시는 주먹코 교장에게 옥분이 솜뭉치 같은 말덩이를 내던졌다.

"아~ 어서요! 인자 시방, 나도 치우고 인날라니께."

"일어나셔야지요?"

"예…??"

옥분과 장단에 맞추려는 길수 영감의 엉뚱한 물음에 조선족 아주머니가 눈을 동그랗게 뜨며 되물었다.

"아~ 예…. 일어나야지요."

주먹코 교장이 이제 일어날 것이니 따라서 일어나라는 것인지, 길수 영감이 옥분과 둘만 남고 싶어서 그러는 것인지, 아니면 혼자 가는 자신의 밤길이 염려되어서 주먹코 교장과 함께 가라는 것인지, 갈피를 잡지 못해서 잠시 머뭇거려대던 조선족 아주머니가 곁눈질로 주먹코 교장을 힐끔 치어다보더니, 뭔가를 퍼뜩 알아차렸다는 듯이 몸을 얼른 일으켰다.

"이…, 이거는요? 다 갖다 치울까요?"

조선족 아주머니가 자기가 마셨던 막걸리 사발을 들더니, 턱짓으로 탁자 위에 놓여있는 안주 그릇들을 가리켰다.

"아니어. 나가 대충 덮어놓고 갈라니께, 걍 냅두고 얼릉 들어가드라고. 아침에 일찍 나와야 헝께. 낼 괴기 들어오는 거 알지?"

"예."

"혹간에나 나가 못 나오더래도 알아서 잘 허고 잉‥? 부위별로 따로 두는 거, 알지? 뼉다구는 저짝 바깥 들통에 두고‥."

"내일 안 나오시려구요?"

"그건 아닌디‥, 몰러서 그랴. 나이를 먹어서 그른지, 인자는 술만 한잔 들어가면 몸이 겁나 무거운께‥. 잠자는디 새벽녘에 인나갖꼬 부스럭대면 갸들 깰까 거시기허고‥."

평소 누구에게 맡기는 일 하나 없이 일일이 확인하고 간섭하는 깐깐이가 어쩐 일이냐고 묻는 눈으로 바라보는 조선족 아주머니에게 옥분이 눈을 껌벅대며 대꾸했다.

"아~ 가자고, 그럼! 어쩔 테야? 더 있다 올 테야?"

널찍한 목둘레와 두툼한 소맷자락 쪽에 짙은 밤색 털이 북실북실한 무스탕 코트를 무겁게 걸쳐 입으며 조선족 아주머니를 채근한 주먹코 교장이 길수 영감을 향해 희끗희끗한 눈썹과 목소리를 치올렸다.

"글쎄‥,"

길수 영감이 어깨를 으쓱이고 콧잔등이를 찌긋거려서 동그란 뿔테 안경을 움찔거려 보더니, 둥글둥글한 얼굴처럼 반들반들한 목소리를 내었다.

"누구야, 집에 가면 바가지 긁어주고 엉덩이 두들겨줄 마나님이

라도 계시지, 나야 뭐··, 썰렁하고, 아무도 없는 빈집에서 혼자 덩
그러니 뭐하겠나? 숨겨둔 꿀단지가 있는 것도 아니고··. 나는 여기
조금 더 있다가 정리하는 것 도와주고 갈 테니까, 두 분 먼저 들어
가시라고."

"그래~? 그럼 그렇게 하지. 자, 우리 먼저 가자고."

"거··, 것이 뭐요? 예미럴 것··! 으디 붙일 데가 읎어갖꼬 엄한
허리띠에다가··! 시방 월남서 돌아온 김상사요??"

바지춤을 추켜올리며 허리띠 쥐쇠(buckle) 한가운데 커다랗게 새
겨진 태극기문양을 만지작거리고 똥배 내미는 주먹코 교장을 못마
땅하게 흘겨보더니, 옥분이 입언저리를 실룩댔다.

"뭐가? 아~ 이거? 이게 어때서 그래? 이게 요즘 대센데."

"대세는 예미··! 작년 소한小寒 때 다 얼어디졌는갑네··. 늙어갖꼬
젊은 애들헌티 손가락질당헐라고 추잡시럽게 무리지어서 태극기
흔들고 빨갱이 타령허지 말어요. 쪼까 맘에 안 들어도 뒤로 한 발
짝 물러나갖꼬 진중하게 지켜봄이 으른스런 일잉께."

"뭔 소릴 하는 게야? 뭘 어쨌다고?"

"나가 암만 무식해도요··,"

애써 가라앉히려는지, 옥분의 목소리가 외려 살짝 떨렸다.

"살다보니께 누구마냥 노랭이 되는 법은 있어도, 밥 먹고 살자는
디 빨갱이 퍼랭이 구별헐 것 읎읍디다. 긍께, 되도 않을 트집으로
괜헌 사람 못살게 굴지 말고··"

"아이구, 아이구~! 자자~! 골치 아픈 얘기는 그만들 나누시고··.
갈 사람은 어서 가십시다."

높아진 목소리에 어울릴만하게 눈알을 부라리려는 주먹코 교장에게 목소리를 낮게 눌러가며 타이르려는 옥분의 이야기가 갑자기 이상한(?) 방향으로 흐르려는 것만 같아지자 - 그도 그럴 것이, 오월 광주 땅에서 남편을 잃고 저 자신도 빨갱이 가족 아니냐는 곱지 않은 시선을 받았던 경험이 있던 터라, 여기저기에 태극기 붙이고 몰려다니는 우악살스러운 노인네들을 보면 옥분의 눈초리가 절로 모로 서고 치켜떠진다는 것을 잘 알고 있기에, 그것을 막아서려는 듯이 - 길수 영감이 옥분의 말허리께를 낚아챘다.

"아~ 안 갈 테야? 아주머니 기다리시잖아."

"거‥"

"자자~ 그만! 그만하고 어서 가자구!"

"아니‥! 왜 말을 못 하게 하고 그러는 게야?"

길수 영감이 미닫이문 옆 설거지대 앞에 서 있는 조선족 아주머니를 가리키며 채근해봤건만, 주먹코 교장은 아랑곳하지 않고 옥분에게 뭐라 뭐라 맞대꾸하려 들었다. 그러자 길수 영감이 의자에서 몸을 일으켜 주먹코 교장에게 다가서더니, 미닫이문 쪽으로 몰듯이 데려갔다.

"사장님, 먼저 들어갈게요. 선생님, 어서 그만 가요."

"아~ 알았어. 알았으니까 밀지 말어. 넘어지겠어."

눈치 빠른 조선족 아주머니가 굽실거리고서 미닫이문을 '드르륵~' 열더니, 이쑤시개로 이빨 사이를 쑤시며 "싯싯~" 추저분한 소리 내는 주먹코 교장의 등짝을 떠밀어서 밖으로 내몰았다.

"전에 교직에 같이 있던 양반 따라서 재미 삼아 쫓아나갔는데,

막 나눠주니까 받아온 거래요. 폼이에요. 그냥 폼."

배웅하려고, 아니, 서둘러 내보내려고 미닫이문까지 따라나섰던 길수 영감이 시장 골목을 지나 큰길 가로등 아래편에 씩씩거리는 모습을 드러냈다가 갈지자로 활보하면서 어두운 차도 쪽으로 사라지려는 주먹코 교장과 조선족 아주머니를 바라보며 나직한 목소리를 내었다.

"배웠다는 양반이 모지리 칠푼이마냥‥, 그딴 디가 뭣이 좋다고 칠렐레 팔렐레 쫓아댕기고 지랄이랴‥?"

"아직까지 힘이 뻗쳐서 그런 거예요. 마음 쓸 것 없어요."

"……"

구시렁거리고 코를 "훅~!" 들이마신 옥분이 떨떠름한 얼굴로 대꾸도 없이 앉아있는 동안 - 자기가 말해놓고도 그게 바로 그렇다는 것처럼 - 고개를 연신 까닥거려대던 길수 영감이 이제야 미닫이문을 닫더니, 이번엔 손사래 치며 탁자 쪽으로 걸음을 떼어 옥분의 맞은편에, 그러니까 조선족 아주머니가 앉았던 자리에 앉았다. 앉자마자 "으이차‥!" 하고 엉덩이 떼고 일어나더니, 자신이 앉았던 자리 앞에 있는 사발과 소주잔을 제 앞으로 가져다 놓았다.

"으디 허딴 데로나 새지 않을랑가 모르겄네‥."

혼잣말하듯이 허공에 말을 던져놓고 소주를 홀짝거린 옥분이 제 손위에서 소주잔을 굴리듯이 만지작거려댔다.

"그럴 리가요! 그럴 사람들 아니라는 거, 알잖아요."

"……"

"뭐‥, 그럴 수 있으면‥, 그럴 수도 있는 거지만‥."

"응큼허기는…."

여태껏 보였던 점잖았던 태도와는 어울리지 않게, 어깨를 굽실대며 양손으로 소주병을 들고 능글맞은 얼굴로 소주잔을 채워주는 길수 영감이 밉지만은 않았는지, 옥분이 눈을 흘기며 주둥이를 삐죽댔다.

"허긴, 이나저나 저 아줌씨가 나보다는 낫겄네. 여서 한 십년, 설거지함서 번 돈으로 중국에 있는 아들놈 공부시키고 쪼깐한 집도 한 채 장만했다니께…."

"뭘 또 그렇게까지…."

듣고 옮긴 그 얘기가 어느 만큼은 사실이었나 보다. 옥분이 쓴웃음 섞인 한숨을 내쉬었다. 그러자 위로인 듯 아닌 듯, 길수 영감이 뭐라 뭐라 말을 이어나가려다가 멋쩍어하며 뒷말을 머금어버렸다. 그러나 그러지 말라는 말이었기에 도리어 더욱더 그렇다고 느꼈는지 모르겠다. 겨우 혀끝을 적실만치 소주잔을 홀짝거린 옥분의 어깨가 축 처져 보였다.

"한 잔 주잖고, 뭘 그라고 기시오?"

"아…! 예! 그래요! 알았어요!"

옥분이 소주잔을 내밀자, 길수 영감이 얼른 술을 따랐다. 그러고는 꼿꼿한 닭대가리 모양으로 모가지를 길게 빼 내밀고 소주잔이어서 비워지기를 기다리는 것처럼 침을 꼴깍 삼키더니, 옥분을 빤히 쳐다봤다.

"왜요? 인자 고만 자실라고요?"

물끄러미 아니, '멍하니' 혹은 '멀거니'라는 어감이 더 어울리게끔 우두커니 자신을 지켜보는 길수 영감에게 옥분이 물었다.

"응··? 아니, 잠깐만·· 가만있어보자·· 그럼 한잔 마셔볼까? 자~ 어디, 한 잔 줘봐요. 아니, 나는 그놈 말고 막걸리로."

길수 영감이 빈 사발을 내밀었다.

"더··, 더··, 그렇지, 더··, 좀 더, 조금만 더··, 아니, 뭐 하는 거예요? 가득 채워주지 않고?"

"딱 고만큼만 잡수시오. 나이를 생각허셔야지. 그라고 노상 술만 자싱께로, 매날 '속 아프다. 물똥 쌌다. 약 먹는다.' 그러는 거 아니요."

"그깐 놈의 것·· 살면 얼마나 더 산다고."

"을매를 더 살더래도 아프지는 말아야지요."

길수 영감이 미간을 찌푸리거나 말거나, 옥분은 개의치 않고 주전자를 내려놓았다. 그러자 그 잔소리가 싫지만은 않았을 길수 영감이 아직 정정하다는 모습을 보이고파 그랬는지, 목울대를 꿀렁대며 벌꺽벌꺽 단숨에 들이켰다. 그러고는 "이리 줘요." 하고 주전자를 집더니, 보란 듯이 높이 들고는 '콸콸콸콸~' 사발 가득히 막걸리를 따랐다.

"먹으랄 땐 언제고·· 등 치고 배 만진다더니·· 이 나이에 여기저기 아픈 거야 당연한 거지. 그래도 아직까지 끄떡없으니 걱정 말아요."

쓴맛을 다시며 말을 마치기가 무섭게 단숨에 아니, 숨도 쉬지 않으며 막걸리를 들이키더니, 탁자 위에 사발을 내려놓고서 트림을 "그으윽~" "끄르륵~!" 해댔다.

"아이구~ 좋다··! 이봐요, 나사장! 아니, 나 여사!"

늙은이로 취급하는 것만 같아 언짢거나 서운한 감정이 들었다기 보다는, 기력 넘치는 모습을 보이고파 그랬을 것이다. 머릿고기를 한 조각 집어서 입안에 넣은 길수 영감이 불뚝성 내듯이 말머리를 치세웠다.

"나는 말이요, 먹고 싶은 것 다 먹고! 하고 싶은 것 다 하고! 몸이 되는 한, 마음이 하자는 대로, 나 하고픈 것 다 하고 갈 거요. 늦게 자고 늦게 일어나고, 술 담배도 다 하고, 가고 싶은 데로 여행도 다니면서‥, 얼마 되진 않지만, 있는 돈 없는 돈 남김없이 다 쓰고 갈 거요. 사람 좋은 척하지 않을 거고, 세상 달관한 어른처럼 굴지도 않고, 심술부리고 싶을 때는 심술도 부리고 화도 좀 내가면서 솔직하게 살다 갈 거요. 내가 나이가 몇인데, 남들 눈치 보기에는 남은 시간이 너무 아까워서, 그딴 생각하며 점잔 빼며 살지는 않을 거란 말이요. 나요~! 여기 이 사람이요‥!"

"…!…"

술의 힘을 빌려서인지, 술기운 탓인지, 아니면 교활하게도 술기운을 빙자해서 그런 것인지는 모르겠지만, 입안의 머릿고기를 씹어가며 말을 뱉던 길수 영감이 머릿고기를 삼키고 손바닥으로 탁자를 힘차게 '탁~!' 내려치자, 옥분이 깜짝 놀란 토끼처럼 눈을 동그랗게 떴다.

"이, 이~ 박길수가요‥! 돈 자랑하는 변두리 알부자도 아니고, 되지도 않게 건강 자랑하는 늙은이도 아니지만요‥,"

궁금증을 자아내려는 듯이, 침을 꼴깍 삼키며 말끝 머금은 길수 영감이 입을 꾹 다물고 짐짓 심각한 얼굴로 자기 사발에 막걸리를 따르더니, 목구멍에다가 곧장 들이부었다.

"이런 젠장~! 기력이 덜하지, 아무렴 늙었다고 순정이 덜할까? 청포도 사랑만 사랑인가? 뚝배기 사랑은 사랑 아닌가? 이봐요, 나 여사! 아니, 나옥분씨!"

"…!…"

길수 영감의 목청이 커졌기 때문이라기보다는, 말에 실린 감정의 힘을 느꼈기 때문일 것이다. 제 이름 부르는 소리를 듣는 순간 부끄러울(?) 마음이 들킨 것처럼 옥분은 뺨에 볼그족족하게 홍조를 띠는 것처럼 보이더니, 이내 아무렇지도 않은 양 "흠흠~" 거리고서 태연스레 '왜요?'라고 묻는 얼굴로 길수 영감을 바라보았다.

"내‥, 나이 마흔여섯에 혼자되어, 두 딸년 치우고 늦둥이 아들놈 장가보내는 데까지 삼십 년쯤 걸렸으니‥, 이만하면 평생 수절은 못 하더라도 나중에 저승 가서 애들 엄마 만나면‥, 잘했단 소리는 못 들어도, 못했다고 야단맞지는 않을 것 같소. 그렇게 저렇게 슬픔도 외로움도 느껴볼 겨를 없이 돈 벌 궁리만 하고 살다가 내일 모래 팔순을 바라보는 나이가 되었는데‥, 애들 출가시켜놓고 썰렁한 집구석에 혼자 있다 보니‥, 어느 날인가 나한테 남아있는 게 뭐가 있을까 싶더라고요. 사는 게 다 그런 거다. 다 그렇게 살다 가는 거지, 나라고 뭐 별 것 있겠느냐 싶다가도‥, 앞으로 어떻게 살아야 하는가, 왜 이렇게 살아야 하는가, 이렇게 살다 가면 좀 억울하지 않을까 싶어서‥."

"……"

길수 영감이 억지 숨을 삼키듯이 목구멍 너머로 뒷말을 꿀렁이더니, 말없이 탁자 위에 올려둔 스마트폰을 만지작거렸고, 옥분은 동그란 안경 너머에서 말갛게 반짝이는 길수 영감의 눈망울을 바라보았다.

"늙으면 괜히 별것도 아닌 것에 서운하고 서럽고‥, 쓸데없이 허전하고 이런저런 걱정만 많아진다는데‥. 돈 있으면 뭐 하나? 죄다 뜯어가려는 놈들뿐이고‥. 공수래공수거요, 혼자 왔다 혼자 가는 게 사람으로 태어난 몫이라고, 곱게 받아들이기야 하겠는데‥, 그런데, 으휴~~"

잦아들듯이 길수 영감의 목소리가 가라앉았다.

"……"

"임 없는 밥은 돌도 반, 뉘도 반이라 했던가‥? 거짓말 같지만 어떤 때는‥, 차라리 없이 살아도, 리어카 끌고 폐지 주우러 다니는, 저 아랫동네 사글셋방 내외가 부러울 때가 있어요‥. 인생 황혼녘을 덜 쓸쓸하게, 혼자 앉아서 햇볕만 쬐며 하릴없이 죽을 날 기다리기보다는, 얼마 남지 않은 황혼을 여한 없이, 아닌 척 감추지 않고, 내 님과 함께 보고 싶은 마음이네요. 인생 마무리 미련 없이, 멋지게 말이요. 거~ 왜‥, 자식이 아무리 귀하고 중해도, 자식하고는 나누지 못하는 것이 있잖소. 그러니 나 여사도 외롭게 늙지 말고 서로 의지하고 함께 살만한‥"

"하이고~ 사내요? 사내라면 먹고 놀다 먼저 가신 우리 집 양반부터 요짝 시장 저짝 공사판 잡놈들까정, 아조 신물이 나요, 신물이‥!"

"…!…"

넌지시 옥분의 속을 떠보려던 길수 영감의 미간이 찌푸려졌다. 옥분의 말대로 실로 그럴지도 모를 일이라고 얼핏 생각했는지도 모르겠다. 서른 즈음에 과부가 되어 식당에서 일 배우며 먹고 자고 악착같이 돈을 모아 국밥집을 차리고 보니, 이놈 저놈 괜히 찔러대는 놈씨들이 어찌 없었을까마는, 차라리 낯모르는 뜨내기와 어쩌다 하룻밤 술김에 춘정이 동하여 살을 섞은 적은 있을지라도, - 그것도 일(?)을 마치면 어김없이 야멸치게 내쳐버렸을 것이니, 그것이 바람을 피우며 먼저 실컷 놀다간 남편에 대한 야릇한 복수인 동시에, 조금이나마 생길만한 께저분한 죄책감을 덜어내는 것이었기에 - 누구와도 살림을 차리지 않았다는 이야기를, 예컨대 어느 술자리에선가 지나가는 말이었지만 또렷이 들었었던 적이 있었을는지도 모르기 때문이었다.

"왜요?"

잠시 딴생각(?)을 하느라고 입을 떡 벌린 채 멀뚱히 앉아있는 길수 영감에게 옥분이 등을 구부정하게 굽히며 눈을 크게 뜨고 물었다.

"예…? 아…! 아닙니다. 살다 보면 뭐…, 그건 일이야, 숱하게…, 누구에게나…, 충분히 그럴 수 있는 거니까요. 아~ 예, 그럼요. 그럼요."

"뭣이가요?"

켕기는 게 있는 사람처럼 속이 뜨끔했을 길수 영감이 당황한 기색을 보이며 말을 얼버무리자, 옥분이 한쪽 눈썹을 찌푸리며 말끝을 치올렸다.

"아…! 아니에요. 미안합니다. 내…, 잠시 딴생각을 하느라. 미안

해요. 미안. 하하하~"

"……"

길수 영감이 말한 '딴생각'이란 것이 '자못 얼뜨기 같은 말실수로 - 남자라면 이제 신물이 난다는 얼마쯤 실없는 자신의 말로 - 말미암은 것 아닐까?'라는 생각이 들었는지도 모르겠다. 옥분이 뜨악한 표정을 지어 보이더니, 콧잔등이를 찌긋찌긋 거려댔다.

"나 여사~!"

"으메~! 시방 왜 이러시오?"

서먹해질 것만 같은 순간에, 길수 영감이 기습적으로 오른손을 뻗어서 옥분의 왼손을 덥석 쥐었고, 화들짝 놀란 옥분은 아무도 없는 주변을 반사적으로 두리번거리며 손을 빼내려고 오른손으로 길수 영감의 오른 손목을 잡고 밀어댔다. 옥분이 힘껏 밀어서 빼내려고 하자, 길수 영감은 안 밀리고 안 빠지려고 왼손으로 옥분의 오른손을 감싸 쥐고 힘을 주었다.

"…!…"

서로의 손목을 겹쳐 쥐고 채 옥신각신해보기도 전에 가슴이 콩닥거렸나 보다. 옥분이 양손에 주었던 힘을 뺐다. 그러자 억지힘을 쓴 것 같아 멋쩍기도 하고 뻘쭘하기도 했는지, 길수 영감도 손아귀에서 힘을 빼고 - 옥분의 오른 손목을 쥐었던 왼손을 빼며 오른손에다 지그시 힘을 주어서 옥분의 왼손을 한차례 쥐어보고 - 입을 꾹 다물고서 옥분을 처다보았다.

"아이구~ 아파요! 노인네가 뭔 놈의 힘이 세어갖꼬…."

"저기, 나 여사…!"

"아이구~ 되않소! 쓰잘데기 읎이 엄한 소리는 그만허시고, 술이나 한잔 허십시다. 자~ 언능 받으시오."

의자에서 엉덩이를 떼며 한 발짝 다가들려는 길수 영감의 느슨해진 손아귀로부터 왼손을 빼낸 옥분이 주전자를 집어 들자, 길수 영감은 마지못해 도로 앉으며 사발을 들어서 주전자 주둥이 아래로 가져다 대었다.

막걸리를 따라준 옥분은 자기 소주잔을 채우더니, 같이 마시자는 말도 하지 않고 혼자 홀짝 들이켰다. 그러고는 무슨 생각이 떠올랐는지, 꼬질꼬질한 천장의 침침한 형광등에다 눈길을 던지었다. 길수 영감은 입에다 사발을 가져다 대고서 그런 옥분을 말없이 바라보았는데, 곧 정적이 내려앉을 것만 같은 가게 안으로 "찹쌀~떠억…!" "메밀~무욱…!" 하는 소리가 멀리서부터 들리는 듯 마는 듯, 시간을 거스른 메아리처럼 정겹게 들려왔다.

아래께 좁다란 골목길에서 오르막길을 '휘이잉~' 맨발로 내달려 온 바람이 앙상한 살구 나뭇가지 그림자에 매달려서 발 시리다고, 옥분의 거실로 어서 들어가고 싶다고, 덜그럭덜그럭 창틀을 흔들어대는 깊은 밤이었다.

이 빠진 탁상 아래쪽으로 길쭉하게 늘어진 옅은 그늘 탓인지 모르겠지만, 거실 삼분지 일을 파르스름하게 비추는 달빛이 닿지 못한 - 그래서인지 왠지 횡하다는 느낌을 자아내는 - 베란다 귀퉁이에서 '치이익…' 하고 담배 타들어 가는 소리가 들리고 손톱만 한 불빛이 벌겋게 달아오르는가 싶더니, 곧이어 "후우~~" 하고 내쉬어진 담배 연기가 뿌얗게 날아올라 차가운 유리창에 부딪혔는데, 바로 그 베란다 귀퉁이에 묶어놓은 철 지난 흰색 커튼 뒤에서 은실은 고개 숙이고 스마트폰을 만지작대고 있었다.

스마트폰 액정의 불빛이 어른거렸음에도 - 아니, 도리어 그 불빛 탓에 - 은실의 갸름한 얼굴은 더욱 어두워 보였다. 무슨 생각을 혹은 결심을 했는지 은실은 어금니를 앙다물 듯이 입술을 꾹 눌러 보더니, 담배를 쥔 왼손으로 얼굴 왼편에 흘러내린 머리칼을 쓸어 넘기고 엄지손톱을 잘근잘근 깨물었다. 그러고는 담배를 깊이 한 모금 "훅~" 빨아 마시더니, 후련해지고 싶다는 것처럼 큰 숨으로 담배 연기를 "후우~우~~" 내뱉었다.

 노리끼리한 가로등 불빛 받은 나뭇가지 그림자가 거뭇거뭇 드리운 거실 천장으로 새하얗게 날아오르는 담배 연기를 은실이 고개를 든 채 물끄러미 바라보고 있으려는데, '덜컥덜컥' 하고 현관 열쇠 구멍에 열쇠 끼우는 소리가 들리더니, '쩔걱~!' 하고 현관문 자물쇠 돌아가는 소리와 '끼이익~!' 하고 현관문 열리는 소리가 들렸다. 그러나 그랬음에도 은실은 별로 놀란 기색 없이 덤덤하게, 베란다 창틀 위에 올려놓은 귤껍질에다가 담배를 비벼 껐다.

 "에이구~ 다리야‥! 에이구~ 허리야‥! 으디 엘리베이터 있는 디로 이사를 가던가, 아래층으로 내려가던가를 해야지, 이거야 원‥."
 늦은 밤길을 서둘러 걸어왔기에 더욱더 높고 가파르게만 느껴졌을 계단을 올라와서 현관문을 열어젖힌 옥분의 목소리였다.
 "으메~ 속 쓰려라‥. 대체 술을 을매나 처먹은겨? 꼬꼽쟁이에 쌩‥, 말라비틀어진 영감탱이 같으니! 겉만 늙었지 속은 여적 새파래갖꼬‥. 실컷 쪼물락거려놓고는 손꾸락이 거치네‥, 마디가 으쩌네‥, 염병허고‥! 으디 은가락지래도 하나 끼워줌서 그람 또 몰러‥. 내내 샛똥빠진 소리만 해쌈서 언감생심‥. 으이구~ 지랄‥!!"
 혼자 살았기에 혼잣말이 익숙해서 그런 걸까? 물론 은실이 베란다 한쪽 구석에 서 있다는 것을 알 리는 없겠지만, 현관 안에 들어서서 열쇠를 외투 주머니에 집어넣으며 투덜거려대던 옥분이 "에고고‥!" 하며 현관 앞 마룻바닥에 주저앉듯이 걸터앉았다. 그리고서 "으찻차‥!" 두 손으로 털 장화를 잡아 벗기더니, 거실 바닥을 짚고 일어나 안쪽으로 들어섰다.

"가만‥, 가만‥, 저것이‥?"

거실을 가로지르려다가 스탠드형 옷걸이 옆에 놓여있는 쇼핑백을 - 어제 오후, 은실이 사온 선물꾸러미를 - 발견하고 콧물을 훌쩍 들이마신 옥분이 눈을 반짝였다.

"으디 보자! 요놈이 무엇이다냐? 방정맞은 향단이년 비단구두냐? 때깔 좋은 춘향아씨 때때옷이더냐? 으디 한번 보자꾸나. 으디 보세~ 으디 봐~"

기분 좋게 콧노래 부르며 엉금엉금 기어가 쇼핑백을 집어 들고 부스럭대던 옥분이 인기척을 느꼈다.

"누‥누구여~! 거기 뭣이여?"

깜짝 놀란 옥분이 몸을 움츠리며 그 반작용으로, 놀란 크기만큼 긴장된 목소리를 내던졌다.

"뭣이여? 뭣이냐니께??"

옥분이 소리를 높여서 재차 묻자, 은실이 베란다 구석진 어두운 곳에서 달빛이 드는 밝은 창가로 나오며 왼손을 살짝 들어 보였다.

"너‥, 은실이냐‥?? 컴컴한디 너 거서 시방, 뭣하냐? 불도 안 켜고? 불 켜줘? 말어??"

"‥‥‥"

"아야~ 은실아~!"

은실이 아무런 대꾸를 하지 않자 답답했는지, 옥분이 한 걸음 다가들며 목소리를 높였다.

"밝을‥,"

"…?…"

"보고…, 있었어요….."

"바깥을? 으디를? 왜? 뭐 땀시?"

"……"

"…!…"

외국인 혹은 외국 생활을 오래한 사람 특유의 발랄함이나 상냥
함 혹은 살가움 같은 것이 있을 법도 하건만, 어찌된 사연인지 그
런 것이 좀처럼 보이지 않는 은실이 목소리를 가라앉혀가며 띄엄
띄엄 대답하였고, 옥분은 높은 소리로 꼬치꼬치 따지듯이 물었다.
그러다 문득 '내가 혹시 다그친 건가?' 싶었는지, 옥분이 "으흠~" 하
고 헛기침을 하고 코를 훌쩍 들이마셨다.

"밖에서 다 디다다보이는구만, 커튼 쪼까 치고 있지 그랬냐?"

"저‥어~,"

괜히 그랬나 싶어 계면쩍어지려던 옥분이 커튼 쪽으로 누그러뜨
린 말머리를 슬쩍 돌리려는데, 이번에는 은실이 먼저 말머리를 꺼
냈다.

"응‥? 뭣이? 어여 말혀봐."

"내일…."

"내일? 내일 뭐?"

"내일‥, 혼자…,"

"……"

"혼자‥, 있고‥, 싶어요."

"…?…"

"바깥에…"

"바깥에??"

"……"

뜻밖의 말이라 호기심 어린 눈으로 재촉하듯이 되물어대는 옥분에게, 은실이 천천히 고개를 끄덕였다.

"혼차? 혼차 으디를? 너 혼차 으디 갈라고?"

"……"

옥분이 목소리를 높였건만, 은실은 대꾸가 없었다.

"그려? 그럼, 뭐‥, 알었다‥."

궁금하지 않은 것은 아니었겠으나, 길수 영감을 만나러 가게로 나가기 전에, 프랑스에 있는 사위와 은실이 통화했던 것을 떠올리고 찜찜했을지도 모르겠으나, 옥분은 더 묻지 않았다. 아니, 괜히 따지거나 캐묻는다는 인상을 주지 않으려 했다는 것이 정확할 표현일 것이다.

"소피는‥,"

"소피가 왜? 으째서‥? 안방서 안 자냐??"

옥분이 안방을 쳐다보고 주변을 두리번거려댔다.

"내일‥, 소피는‥,"

"날도 추운디‥. 데꼬갈껴? 아니지?"

"……"

은실이 고개를 가로저었다.

"데꼬 간다고?"

"……"

이번에도 은실이 고개를 가로저었다.

"안 데꼬 간다고?"

"……"

"뭐여, 시방? 데꼬 간다는겨, 안 데꼬 간다는겨?"

세 번째 물음에도 은실이 고개를 가로저어대자, 옥분이 답답해하며 다시 물었다.

"소피는‥,"

"그랴~ 소피는?"

은실이 고갯짓 대신 말을 꺼내자 답답함이 가셨는지, 옥분이 목을 길게 빼며 되물었다.

"여기에‥,"

"그라지! 집에 있을 꺼지?"

"……"

그제야 은실이 고개를 끄덕였다.

"알았웅게, 걱정 붙들어 매고 댕겨라. 나가 우리 소피를‥, 가만‥! 시방 뭔 냄새여?"

"…!…"

"너‥, 담배 피웠냐?"

옥분이 코를 킁킁거리며 주변을 둘러보다가, 베란다 창틀에 있는 귤껍질과 그 안에 납작하게 짓눌려있는 담배꽁초를 발견하고는 미간을 찌푸렸다.

"이그~ 좋지도 않은 놈의 것을 뭐 달라고 배워갖꼬서‥. 뼈 삭는디‥. 냄시도 겁나 고약시런 놈의 것을…."

"……"

던지듯이 뒷말을 은실 앞에다 띄워 올린 옥분이 뒤뚱거리며 부엌으로 향했고, 은실은 오른손으로 슬그머니 귤껍질을 주워들었다.

"아나~ 여기 이놈 갖다 써라. 아무 데나 놓으면 불나니께. 저짝 화분 아래 놓아두고‥."

옥분이 부엌에서 나오며 간장 종지보다 조금 큰 주발을 내밀었다.

"……"

"…?!…"

간장 종지만 한 주발을 건네받은 은실이 담배꽁초를 감싼 귤껍질을 오른손에 꼭 쥐어보더니, 입을 떼고 뭐라 말하려다가 옥분을 물끄러미 바라보았다. 그러자 얼굴에 뭐가 묻었냐는 듯이 옥분이 제 뺨을 긁으며 눈을 동그랗게 떴다. 잠자코 그러는 중에 갑자기 '뎅~! 뎅~! 뎅~!' 하고 새벽 세 시를 알리는 괘종시계 종소리가 울렸다.

"으메~ 깜짝이여! 애 떨어지는 줄 알았네! 시방 세시여? 으째 겁나 피곤하더라니‥."

"……"

딴에는 객쩍은 소리라고 내뱉고서 옥분이 하품하는 시늉을 해 보였으나, 은실은 대꾸는커녕 아무런 반응조차 하지 않았다. 그러자 무안해졌는지 옥분이 어색하게 웃어 보이더니, 콧잔등이에 주름이 잡히도록 찌긋찌긋 거려댔다. 은실은 그런 옥분을 빤히 바라보았고, 옥분은 그런 은실의 눈길이 부담스러워 제 눈을 어디에 두어야 할지 모르는 것처럼 머뭇거려댔다.

"......"

"......"

　거실에 괘종시계가 있다는 것을 알게 되자, 시계추 흔들리는 소리가 '틱…! 틱…! 틱…! 틱…!' 점점 더 크게 들릴 것이었건만, 두 사람에게는 외려 시간이 멈추고 공간이 진공 상태가 되어버린 것처럼 - 그래서 거실 삼분지 일을 갈라놓듯이 비춰주는 달빛 아래 굳어버린 석상처럼 - 생각을 알 수 없는 눈과 그 생각을 알지 못해 어색해하는 눈으로, 서로를 물끄럼말끄럼 바라보며 서 있을 뿐이었다.

햇살이 거실 안쪽을 환히 비출 무렵까지 늦잠 잤던 은실은 옥분이 칼칼하게 끓여준 바지락 칼국수를 먹자마자 서둘러 자리에서 일어났다. 은실은 두툼한 누비옷을 걸치면서, 거실 한 가운데 엎드려 콧노래 부르며 스케치북에다가 크레파스를 끼적대는 소피에게 뭐라 뭐라 이야기하더니, - 뭐··, 기껏해야 할머니랑 잘 지내고 있으라고 당부했거나, 올 때 뭐 사올 테니 먹고 싶은 것 없냐고 물었을 것이겠지만, - 설거지하다 말고 젖은 손을 엉덩이에 비벼대며 부엌을 나서는 옥분에게 다녀오겠다는 간단한 말을 남긴 채, 건물의 중앙 통로 계단을 내려와 아래층 현관 입구로 나섰다.

햇살을 받아 반짝이는 은빛 누비옷 주머니에 양손을 찔러 넣고 연립주택 입구의 난간 없는 네 개짜리 시멘트 계단을 내려온 은실은, 가지런함과는 거리가 멀지만 나름의 방식으로 통행에는 큰 불편이 없게끔 주차된 차들 사이를 지나쳐가다가 걸음을 멈추더니, 오른편에 서 있는 삐쩍 마르고 키 큰 나무를 쳐다보았다.

"······"

3층 베란다 유리창까지 닿을락 말락 뻗쳐오른 앙상한 나뭇가지를 아득한 듯이, - 그러니까 발 딛는 곳이 군데군데 파손되어 떨어져 나간 네 개짜리 시멘트 계단 양옆으로 겨우 두 채씩 세 개 층밖

에 되지 않는 야트막한 연립주립 세 개 동이 엉성하게 낯가리듯이
서로 비스듬히 등 돌리며 서 있는 가운데께 제법 너른 터에서 높다
랗게 - 올려다보던 은실은, 앞쪽과 왼쪽의 연립주택 화단에 드문드
문 서 있는 키 큰 나무들에게로 눈길을 돌렸다.

"그놈~ 살구나무다!"

"…!…"

은실이 고개를 돌려서 둘러보듯이 구저분한 화단의 - 사실, 연탄
재와 폐가전제품을 위시한 온갖 잡동사니를 쌓아두어서 화단이라
고 말하기에도 차마 민망해 보이는 구저분한 땅 위의 - 키 큰 나무
들을 쳐다보고 '저건 무슨 나무일까?' 궁금해하기라도 할거라 생각
한 걸까? 옥분의 목소리가 제법 너른 터를 둘러싼 건물들의 벽을
치고 쩌렁쩌렁 울렸다.

"봄이 되서 꽃이 피면 벚꽃보다도 이쁘당께~! 농약 안 치고 냅둬
놔서, 순 자연산이여! 맛도 기똥차고!"

"……"

베란다 창가에 서서 아래쪽을 내려다보고 있는 옥분을 쳐다본
은실은, 할까 말까 망설였던 것처럼 어색하게 어깨높이로 손을 들
고 멋쩍게 살짝 흔들어 보였다. 그러자 옥분은 은실의 그 작은 손
짓에도 기분 좋아졌는지, '그려, 어여 다녀와~'라고 입안에서 중얼
거렸을 말에 어울릴만한 고갯짓과 손짓을 해주었고, 은실은 제법
너른 터에서 꼬불꼬불한 내리막 골목길로 바삐 걸음을 옮겼다.

세 사람이 나란히 걸으면 양측 벽에 어깨가 스치거나 닿을락 말

락 할 좁다란 골목과 마주 오는 차들이 서로 조심조심 아슬아슬 지나쳐갈 만한 골목을 지나 널따란 차도로 나선 은실은, 지나치려는 택시를 손을 흔들어 잡아탔다.

앉자마자 작은 목소리로 목적지를 이야기한 은실은 택시의 왼쪽 유리창을 내렸다. 그러자 나이 지긋해 보이는 택시기사가 허허거리며 '담배 냄새 때문에 그러는 거냐. 내가 피운 게 아니라, 먼저 탔던 손님이, 안 된다고 했는데 막무가내로 그런 거다. 한마디 할까 했는데 싸움 날까 봐 참았다. 조금 지나면 괜찮아질 테니까, 아직은 바람이 차니까, 오래 열어두면 감기에 걸릴 수 있다.' 등등의 괜한 말들을 - 은실로서는 그다지 듣고 싶지 않았을, 담배 냄새가 텁텁하게 배어있는 잔소리를 - 어깨너머로 건넸다.

룸미러로 훔쳐보듯이 연신 흘끔 혹은 힐끔 거려대는 나이 지긋한 택시기사의 행동이 마음에 들지 않았는지, 은실은 대꾸도 하지 않고 뒷좌석에 몸을 기대었다. 그리고서 왼쪽 어깨와 옆얼굴을 삼분의 일쯤 열어놓은 유리창에 콧김이 뽀얗게 번질 만큼 가까이 가져다 대더니, 지나쳐가는 차창 밖을 내다보았다.

두 줄짜리 노란 중앙선 너머의 2차선 차도와 그것의 반의반쯤 되는 인도, 아직 녹지 않은 가로등 주변의 지저분한 눈 더미에 거꾸로 처박혀있는 플라스틱 컵과 담배꽁초들, 그리고 전신주를 따라서 끝 모르게 이어진 새까만 전깃줄과 나무둥치처럼 뭉뚝하게 가지치기 당한 볼썽사나운 가로수들을 비껴가는 헝클어진 전선 다발을 고개를 틀며 올려다보던 은실은 택시가 횡단보도 앞에 멈춰 서자, 길을 건너가려고 종종거려대는 사람들에게로 눈길을 돌렸다.

"……"

　그다지 춥지 않은 햇살 좋은 오후였기에, 가벼운 발걸음으로 길을 건넌 사람들 몇몇은 신호등 아래의 붕어빵 가판대를 왼쪽으로 끼고 지나가면서 붕어빵 먹으며 서 있는 아주머니와 기다란 검정 패딩 차림의 여자아이를 웃는 얼굴로 쳐다보았고, 택시가 출발했음에도 고개를 돌려가며 보이지 않을 때까지 그 광경을 쳐다보던 은실도 갸름한 제 얼굴에 흐릿하게 - 어쩌면 어렸을 때 시장 골목에 쪼그려 앉아 동생 승학이와 국자에다 설탕 뽑기나 달고나를 해먹었던 까마득한 기억을 떠올렸는지도 모르겠지만, 여하튼 - 저 혼자만 알 수 있는 미소를 짓고 가만히 고개를 끄덕댔다.

　고가 도로 아래의 그늘진 차도를 싸늘하게 달려가던 택시가 왼쪽으로 방향을 틀고 얼마 가지 않아 차도는 4차선으로 넓어졌다. 넓어진 차도와 인도 오른편에는 오륙 층짜리 상가건물이 줄지어 있었는데, 마구잡이로 재개발된 변두리 번화가답게 도대체 어디에 뭐가 있다는 건지 도무지 알 수 없을 만치 제각각인 간판들이 덕지덕지 붙어있어서, - 색상, 크기, 모양, 위치가 되는 대로 뒤죽박죽 알록달록 들쑥날쑥 조악하고 조잡하며 난삽하여서, - 눈앞이 핑핑 돌고 머리가 지끈거렸는지, 은실은 왼손가락 끄트머리로 관자놀이를 짚은 채 고개를 갸웃이 젓고 주머니를 뒤적거려 스마트폰을 꺼내 들었다.

　왼손으로 스마트폰을 집고서 엄지손가락을 움직여가며 한동안 무엇을 - 아마도 가고자 하는 곳을 적어둔 메모가 아닐까 생각되는 것을 - 찾아보려는데, "자~ 거의 다 온 것 같은데요‥." 라는 말소리가 은실의 눈길을 스마트폰에서 떼어놓았다.

"어디에 내려드릴까요?"

"……"

룸미러로 쳐다보며 싱글거려대는 택시기사의 눈길을 피하여, 은실은 엉덩이를 움찍거려 오른편으로 옮겨 앉고 차창 밖을 내다보더니, 거리를 가리키는 표지판을 쳐다보며 스마트폰 화면을 확인하고 지갑을 꺼냈다.

"여기‥, 멈출게요."

백 원짜리 잔돈까지 꼼꼼히 거슬러 받은 은실은 불과 이삼십 분 전 지나쳐왔던 변두리 번화가와는 다르게 말끔하게 정비된 거리로 나섰다. 초행길에 들어서 자신의 위치와 찾아가려는 장소를 두리번대며 비교해보는 사람처럼, 깔끔하고 세련된 간판과 스마트폰을 번갈아 확인하고 걷던 은실은, 아래쪽 삼분지 일쯤은 값비싼 원목으로 되고 위쪽 삼분지 이는 두꺼운 통유리로 된 여덟 쪽짜리 분합문처럼 생긴 유리창을 바깥벽으로 삼은 카페 앞에 멈춰 섰다.

아직은 바깥쪽이 훨씬 더 밝은 오후라, 아늑한 분위기 연출을 위해 몇 곳에 실내등을 켜두었음에도 카페 내부가 잘 들여다보이지 않았기에, 기웃거려대는 제 모습만 비추는 유리창 앞에서 잠깐 얼쩡대던 은실은 걸음을 옮겨서 분합문처럼 생긴 유리 벽 한가운데 듬직하게 서 있는 나무로 된 출입문을 힘껏 밀었다.

"땡그랑~딸랑‥!"

나무로 된 출입문에 매달아둔 작은 종소리에 이어 향긋한 커피 냄새와 보사노바풍의 경쾌한 피아노 선율이 사람보다 반갑게 - 카운터Counter? 바Bar? 여하튼 음료beverage와 먹을거리를 주문하는 곳 안쪽 벽에 기대듯이 삐딱하게 서 있던 노랑머리 사내가 고개를 삐죽이고 잠깐 쳐다보더니, 이내 관심 없다는 얼굴로 제 스마트폰만 만지작거려대는 것과는 다르게 - 들뜬 듯이 은실을 맞아주었다.

안쪽으로 내딛는 발걸음에 나무로 된 바닥이 '삐거덕…!' 소리 내자 잠깐 주춤거렸던 은실은, 눈에 띄지 않으려고 해서 되레 눈에 띄게 어색해진 걸음걸이를 보이며 카페 왼편으로 향했다.

은실은 커튼을 걷어둔 안쪽 구석진 자리에 나란히 앉아 작은 티스푼으로 초콜릿 케이크를 한입씩 떠먹어주고 시시덕시시덕 뺨 비벼대는 젊은 남녀가 있는 창가 쪽으로 향하더니, 맞은편 의자에 은빛 누비옷을 걸쳐놓고 카페 전체와 거리풍경을 볼 수 있도록 남녀를 등지고 앉았다.

점심때가 지난 평일 오후라 그런지, 카페 안에는 사람이 그다지 많지 않았다. 은실은 창가 쪽 자리에 앉자마자, 눈에 띄게 하얀 맞은편 벽에다 검은 먹으로 초서처럼 흘려 쓴, '貴妃'라는 글자를 쳐다보았다.

"……"

카페 이름이라고 생각했을까? 아니면 어떤 문양이거나 문장이라고 생각했을까? 환한 햇살이 얼룩처럼 반들대는 타원형 테이블 위에 왼 팔꿈치를 올려놓고 몸을 앞으로 기울여 왼 손바닥으로 턱을 괴고 골똘히, 머릿속에 무엇을 떠올려보는 눈으로 동그란 원 안에 그려 넣은 '貴妃'라는 글자를 쳐다보던 은실이, 턱 주변과 양 뺨을 쓰다듬으며 주변을 둘러보았다.

천장에서 바닥으로 베일veil처럼 하늘하늘 드리어 놓은 하얗디하얀 커튼과 하얗게 칠한 모퉁이와 기둥 주변에 놓아둔 새뽀얀 화분과 화병들, 로코코Rococo풍의 화장대 위에 네모지게 깔아둔 레이스 달린 새하얀 테이블보와 그 위에 놓아둔 여인네 얼굴만 한 은회색 탁상거울, 그리고 고풍스러운 장식장에 층층이 놓아둔 우윳빛 찻잔과 난초가 그려진 뒤쪽 하얀 벽 앞에 우아하게 자리 잡은 흔들의자와 원목 테두리의 타원형 전신 거울 등등…. 원목 의자와 테이블, 장식장 위의 축음기 같은 소품 몇 개를 제외하면 온통 하얀색 일색이었기에, '저 정도라면 가히 하얀색에 대한 병적인 집착 아닐까?' 라고 생각했는지도 모르겠다. 은실은 쓴웃음을 지으며 설레설레 고개를 가로젓더니, 짧은 머리를 샛노랗게 염색한 젊은 사내가 서 있는 카운터 쪽으로 눈길을 돌렸다.

왼쪽 귓불 뒤쪽에서 쇄골 부근까지 레터링 타투lettering tattoo를 세로로 멋들어지게 그려 넣은 스무 살가량의 노랑머리 젊은 사내가 무료한 얼굴로 스마트폰을 만지작거려대는 카운터 앞쪽은 보통의 카페와는 다르게 - 예컨대 색색의 동그란 마카롱이나 세모난 케이크, 그리고 딸기, 키위, 오렌지 따위와 값비싼 수입 탄산수를 비치한 유리 냉장고를 놓아둔 것과는 다르게 - 내용물이 보이지 않는 허리 높이의 원목 가구와 흰 갓을 씌운 전등을 가져다 두었고, 뒤쪽에는 시커먼 로스팅-머신roasting-machine이 출발을 기다리는 증기기관차처럼 씩씩거리며 기다란 연통으로 향긋한 커피 냄새를 뿜어대고 있었다.

"……"

카운터 쪽을 둘러보며 '그래, 여기는‥, 이렇구나‥.'라고 생각하듯이, 가만히 고개를 끄덕대던 은실이 테이블 위에 놓여있는 상아색 냅킨을 한 장 집어 들고서 도톰하게 새겨 넣은 동그스름한 꽃다발과 그 꽃다발에 둘러싸인 '貴妃'라는 황금색 글자를 손끝으로 매만져 볼 때였다. 출입문에 달아놓은 작은 쇠붙이가 '딸랑~!' 흔들렸다. 짤막한 종소리 자체는 은실이나 카페 안의 누구도 신경 쓰지 않을 만큼 평범한 소리로, 은실이 문을 열고 들어왔을 때보다도 작은 소리였건만, 스무 살가량의 노랑머리 젊은 사내의 귀에는 전혀 다르게 들렸나 보다. 노랑머리 젊은 사내가 눈알을 반짝이더니, 스마트폰을 얼른 뒷주머니에 쑤셔 넣고 양손을 아랫배 앞쪽에 다소곳이 모으며 똑바로 섰다.

"나오셨습니까?"
노랑머리 젊은 사내가 긴장된 목소리를 출입문 쪽에 던졌다.
"별일 없나요?"
"네, 사모님."
"네, 좋아요."
쉰 살에서 대여섯 살쯤 더 먹어 보이는 까만 외투 차림의 여인네가 콧대를 세우듯이 눈을 내리깔며 카페 안으로 들어섰다. 그녀는 노랑머리 젊은 사내에게 턱을 들고 나직한 목소리로 내리누르듯이 말을 건네더니, 자기 영역을 어슬렁거려보는 암사자처럼 카페 안을 거닐었다.
"필요하신 건 없나요?"

"네~ 없습니다."

"물 한잔 드릴까요?"

"아니요. 괜찮습니다."

"불편하신 건 없나요?"

"예?? 아니요, 사장님. 여기 너무너무 좋아요!"

빗살무늬 주름이 세로로 빳빳이 잡힌 까만 외투 차림의 여인네가 맞은편 하얀 기둥에 가려져서 은실에게는 보이지 않았던 여자 손님과 구석진 자리의 젊은 남녀에게 묻더니, 팔랑팔랑한 걸음새로 은실에게 다가섰다.

"안녕하세요?"

"네‥, 안녕하세요."

"필요하신 것‥?"

"커피‥, 주세요."

"아‥! 아직 주문을 안 받았군요. 여기~!"

은실에게 묻던 까만 외투 차림의 곱상하게 생긴 여인네가 카운터 쪽으로 고개를 돌리더니, 쌀알만 한 루비 귀걸이를 새빨갛게 반짝이며 노랑머리 젊은 사내에게 무엇을 가리키는 것처럼 네모난 손짓을 해댔다.

"어떤‥?"

메뉴판 들고 다가오는 노랑머리 젊은 사내를 쳐다보지도 않고, 곱상하게 생긴 까만 외투 차림의 여인네가 도도하게 왼손을 뻗어 내밀며 은실에게 물었다.

"……"

은실은 고개를 들고서, 단정하게 틀어 올린 새까만 머리 타래에 매화 꽃가지 금박을 입힌 까만 비녀를 비스듬하게 꽂아둔 - 그래서 이곳을 찾아오는 이들이 '아~, 그래서 카페 이름이 귀비구나…!'라고 고개를 끄덕일만한 - 돈푼깨나 있어 보이는 여인네를 쳐다보았다. 노랑머리 젊은 사내로부터 메뉴판을 건네받은 까만 외투 차림 여인네가 은실의 눈길은 아랑곳하지 않으며 고개를 옆으로 갸웃대고 테이블 위에 펼쳐 보이면서 여유로운 미소를 지어 보였다.

"자, 무엇을…?"

"이것‥, 주세요."

은실이 메뉴판을 손가락으로 가리켰다.

"다른 건‥?"

윤기 흐르는 쪽진머리에 매화 꽃가지 금박을 새겨 넣은 까만 비녀를 비스듬하게 꽂아둔 쉰 중후반의 곱상한 여인네가 빙긋거리며, 그러나 주름이 거의 보이지 않는 팽팽한 피부여서 가식적이라고 느껴지는 표정을 지어 보였다.

"……"

"네~ 알겠어요."

돈푼깨나 있어 보이는 혈색 좋은 여인네가 고개를 까닥대며 한 손으로 메뉴판을 집고 절반을 접어서 왼 옆구리에 끼더니, 네모난 뿔테 안경에 감색 양복 차림의 꼬장꼬장한 교감 선생님처럼 허리를 꼿꼿이 펴고, 젊은 노랑머리 사내가 되돌아가 서 있는 카운터 쪽으로 향했다.

곱상하게 생긴데다 생글생글 웃으며 친절하게 굴었으나, 왠지

자연스럽지 못하다는 느낌을 받았는지 모르겠다. 은실은 활기차게 걸어가는 쉰 중후반 곱상한 여인네의 뒷모습을 - 매화 꽃가지가 금빛으로 반짝이는 새까만 비녀를 꽂아둔 머리끝에서부터 치맛자락에 가려져서 보이지도 않는 발끝과 걸음걸이까지 - 의미심장한 눈으로 훑어보았다.

카운터로 다가간 여인네는 원목 가구 앞에 서서 한 손으로 노랑머리 젊은 사내에게 메뉴판을 건네더니, 뭐라 뭐라 이야기하기 시작했다. 가깝지 않은 거리여서 말소리가 들리지 않을 텐데도 그 말의 내용이 궁금했는지, 이따금 몸에 밴 짓거리처럼 손을 휘젓기도 하고 손가락으로 불특정한 곳을 가리키며 이야기하는 여인네와 듣는 것에 집중하느라 미간을 찌푸린 채 고개를 주억이는 노랑머리 젊은 사내를 은실은 가만히 쳐다보았다.

타박이거나 질책이거나 여하튼 그럴만한 잔소리들을 깐깐하게 쏟아냈을 쉰 중후반의 곱상한 여인네가 "그럼, 수고해줘요~."라고 목소리를 부드럽게 굴려서 혹시라도 일어날지 모를 노랑머리 젊은 사내의 반감을 미리 누그러뜨리더니, 카페 한가운데의 나무 출입문을 기준으로 은실의 테이블과 대칭되는 창가 쪽으로 걸음을 옮겼다.

은실의 눈길이 까만 외투 차림의 곱상한 여인네보다 먼저 창가 쪽을 향했다. 돈푼깨나 있어 보이는 여인네가, 그러니까 여태까지의 행동과 상황으로 미루어 보건대 카페의 주인 아닐까 싶은 쉰 중후반의 곱상한 여인네가 향하는 창가 테이블에는 빨갛고 파릇파릇한 꽃송이 하나를 가느다랗게 꽂아둔 우윳빛 화병과 손잡이에 금박을 입힌 새하얀 커피잔이 바로 그녀만을 위해 마련된 것처럼, 역시나 눈처럼 하얀 테이블보 위에 얌전히 포개져 있는 몇 권의 책들 옆에 나란히 놓여있었다.

입 모양을 동그랗게 내밀어서 들키지 않게 큰 숨을 내쉬고 연꽃 문양을 시커멓게 그려 넣은 오른손등으로 이마 위에 송송히 맺혔을지 모를 땀방울을 훔쳐대는 노랑머리 젊은 사내를 뒤에 남겨두고 창가 테이블로 향한 쉰 중후반 곱상한 여인네는, 빗살무늬 주름의 까만 외투를 벗어서 맞은편 의자에 걸쳐두었다.

까만 외투 속에 더 까만 개량 한복 저고리 비스름한 옷을 입은 여인네가 은실과 서로 마주하여서 카페 출입구를 바라보고 앉더니, 무엇을 해야겠다고 마음먹은 사람처럼 입술을 야무지게 다물고는 책 위에 놓인 빨간 뿔테 안경을 쓰고 두툼한 책을 집어 들었다. 그러고는 어디까지 읽었는지 찾아보려는 사람처럼 책장을 넘겨보다가 갑자기 무슨 생각이 떠올랐는지, 빨간 뿔테 안경을 벗겨 안경다리를 손에 쥔 채 미간을 찌푸리고 카운터 쪽을 쳐다보았다.

"……"

얼쯤이 서 있다가 퍼뜩 긴장한 것처럼 눈알을 휘둥그렇게 떠 보이고 쭈뼛쭈뼛 거려대는 노랑머리 젊은 사내를 보고 헛웃음 지으며 절레절레 고개를 가로저어보더니, 곱상한 여인네는 다시 빨간 뿔테 안경을 쓰고 펼쳐보려던 책으로 눈길을 돌리었다. 오른손 검지와 엄지 끄트머리에 침을 발라 책장을 넘기려던 쉰 중후반의 여인네가 자신을 쳐다보고 있는 은실의 눈길을 느꼈는지, 고개를 수그리며 돋보기 너머로 '흘깃!' 은실을 쳐다보았다.

"……"

"……"

　처음 보는 얼굴인 데다 딱히 누구를 만나기로 한 것 같지는 않고, 그렇다고 카페 '귀비'만의 특별한 커피를 맛보려고 왔다거나, 혼자만의 시간을 갖기 위해 온 것도 아닌 것처럼 보이는데··, 묘한 눈으로 자신을 유심히 쳐다보고 있는 은실의 낯선 눈길이 반갑지만은 않았나 보다. 쉰 중후반의 곱상한 여인네가 은실에게서 눈을 떼지 않은 채 헛기침을 "흠흠~~" 해 보이고는 - 그렇게 쳐다보지 말라고 말 대신 몸짓으로 이야기해주고는 - 입술 끄트머리를 실룩이고서 부러 그런 척, 시큰둥한 눈길을 손에 쥔 책으로 돌렸다. 그러자 그제야 은실도 관찰(?)하던 눈길을 거두더니, 왼손으로 턱 주변을 어루만지다가 턱을 괴고는 무엇을 생각해보려는 듯이, 아니 그것과 반대로, 떠오르려는 생각을 지우려는 듯이, 창밖 풍경과 길 건너편에 머다랗게 보이는 버스 정류장 쪽을 멀거니 쳐다보았다.

　노랑머리 젊은 사내가 가져다 놓은 하얀 커피잔을 앞에 두고, 머다란 건너편 버스 정류장에 서 있는 몇 안 되는 사람들의 머릿수를 세어볼 만한 시간이나마 지났는지 모르겠다. 부드럽게 꾸며본다고 꾸몄으나 특유의 젠체함은 감추지 못한, "저기요~"라는 목소리가 유리창을 때리고 은실의 귓전을 울렸다.

　"맞죠?"

　"…?…"

　언제 왔는지 모를 쉰 중후반의 곱상한 여인네가 빨간 뿔테 안경다리를 손에 쥐고 까딱까딱 흔들어대며 은실을 내려다보고 물었다. 말의 뜻이 무엇인지 몰라서라기보다는 알맞은 대답을 찾지 못한 사람처럼 - 그렇다고 당황스러워하는 기색을 보인 것도 아니었지만 - 미소 띤 얼굴로 내려다보는 곱상한 여인네를 올려다보며 은실은 입을 꾹 다물어 보였다.

"맞군요. 잠깐 앉아도 괜찮겠죠?"

앉으라는 대꾸도 없었건만, 새까만 개량 한복 차림의 곱상한 여인네가 선뜻 테이블 건너편 의자를 빼서 은실과 마주 보고 앉았다.

"프랑스에서 오신 분이죠? 겉으로 보기엔 그다지 티가 나지 않아서 못 알아봤어요. 저기··, 여기~! 내 것도 이리로 가져다줄래요? 자~ 어떤가요?"

쉰 중후반의 곱상한 여인네가 말허리쯤에서 고개를 돌려 카운터의 노랑머리 젊은 사내에게 가게 주인다운 손짓을 해 보이더니, 말머리를 다시 은실에게 돌렸다.

"나름 신경을 쓴다고 쓴 건데. 그쪽 눈으로 보기엔 아직 좀, 많이 부족하죠?"

"......"

카페를 둘러보는 손님에게 카페 주인이 '전혀 그렇지 않다'는 대답을 내심 기대하면서 묻는 것처럼 여유롭게 쉰 중후반의 곱상한 여인네가 웃어 보였고, 은실은 '뭐, 괜찮아요.' 혹은 '나쁘지 않아요. 봐줄 만해요.'라고 말하듯이 어깨를 살짝 으쓱대며 고개를 끄덕거려댔다.

"놀랄 것 없어요. 어제 그쪽, 입양 일 하는 곳에서 전화 받았어요. 원래 입양아 가족의 신원을 노출하면 안 되는 건데··, 이쪽에서

원하지 않는다면 말이죠. 그런데 아무것도 모르는 신입직원이 생각 없이 그런 실수를 저질렀다더군요. 뭐, 그건 그렇다 치고…."

부러 만만하지 않게 보이려는 듯이, 친절하지만 똑 부러지는 목소리를 내었던 쉰 중후반의 곱상한 여인네가 어깨를 으쓱댔다.

"듣자니 그쪽도 한국계라던데…, 우리말은 알아듣죠? 그럼 편하게 물어볼게요. 뭐…, 반갑다는 거짓말은 못 하겠고. 여긴 왜 온 거죠? 무슨 목적으로? 알고 싶은 게 뭐예요? 그쪽이 원하는 게 뭐죠?"

"…!…"

말이 거슬렸으려나? 쉰 중후반의 곱상한 여인네를 쏘아보는 은실의 미간이 살짝 꿈틀거리며 찌푸려지는가 싶더니, 이내 바로 펴졌다.

"내 말에 기분 상했나요?"

곱상하게 생긴 여인네가 고개를 갸웃거리더니, 따지듯이 딱딱했던 목소리를 싱글거리는 얼굴에 어울리도록 부드럽게 누그러뜨렸다.

"그럴 의도는 없었지만, 그렇다면 유감이네요."

"이유가 있어서…, 꼭…, 원하는 게 있어서…, 오지, 않았어요…. 궁금해서…, 소피처럼, 나도…, 입양된 엄마여서…"

"소피가 그쪽 따님 이름인가요?"

살짝 떨리면서 점점 높아지려는 은실의 목소리를 쉰 중후반의 곱상한 여인네가 부러 꾸며낸 냉랭하고 무감한 목소리로 막아섰다.

"그쪽이 방금 소피라 하지 않았나요?"

은실이 놀란 표정을 마저 지어보기도 전에, 쉰 중후반의 곱상한 여인네가 꾸미듯이 입가에 가느다란 미소를 띠며 어깨를 으쓱댔다.

"아닌가요?"

"네, 소피는…, 제 딸이에요."

"……"

쉰 중후반의 곱상한 여인네가 그러냐는 듯이 눈썹을 올리며 고개를 옆으로 가볍게 까닥거려보고는 빨간 뿔테의 안경을 머리띠처럼 머리 위에 올려 쓰고 팔짱을 끼더니, 피곤하다는 듯이 왼손 엄지와 집게손가락 끄트머리로 눈자위를 어루만지고 눌러댔다.

"네, 그쪽 딸이에요. 그런데요? 그래서요?"

"…ㅣ…"

쉰 중후반의 곱상한 여인네가 뭐가 문제냐는 듯이 천연한 표정으로 빤히 쳐다보자, 뭐라고 대꾸할지 말문이 막힌 은실은 테이블 위에 올려놓았던 오른손을 꽉 쥐어보았다.

"아니요…. 문제…, 없어요…."

"문제라뇨? 무슨 문제 말하는 거죠?"

여인네의 곱상한 얼굴이 말투만큼 굳어졌다.

"혹시나 해서 미리 말씀드리는 건데…, 괜히 우리랑 엮으려거나, 연관시키려 들지 말아요. 낳기만 했다뿐이지, 젖 한번 먹이지 않은…,"

자기 목소리가 행여 테이블을 벗어나 남의 귀에 들어갈까 봐 그랬을 것이다. 곱상한 여인네가 은실의 뒤쪽에서 시시덕대는 젊은 남녀를 살펴보며 목소리를 낮추었다.

"뭐랄까요? 생물학적 측면에서만 엄마였을 뿐이지, 사회학적 측면에서는 남과 다르지 않은…, 아니~! 이미 남이지요. 그 아이는 확실히 그쪽 딸이잖아요? 그렇죠?"

"그 아이는…."

"네~~"

말을 꺼내려는 은실에게 쉰 중후반의 곱상한 여인네가 어서 이야기해보라고 추임새 삼아 꾸미듯이, 고개를 까닥였다.

"소피예요."

"상관없어요. 뭐든. 그 아이는 내 딸 인생의 장애물일 뿐이었어요. 원해서 낳은 아이도 아니고. 철부지 시절 한때의 불장난으로, 어울리지도 않는 녀석과 대책 없이 사고치고…, 아~ 여기 이쪽으로! 네, 고마워요~"

뒤쪽에서 다가오는 노랑머리 젊은 사내를 어떻게 봤는지, 곱상한 여인네가 자기 말허리를 삼키더니, 새까만 비녀에 새겨진 금빛 매화 꽃가지가 반짝거리게끔 고개를 휙 돌려보고는 다소 크다 싶은 목소리로 말을 건넸다.

"오늘 풍미는 어떤가요? 로스팅은 알맞게 잘 됐나요? 브랜딩 비율도 잘 맞춘 거죠?"

"네, 사모님."

귓불 뒤에서 쇄골까지 레터링을 멋들어지게 그려 넣은 노랑머리 젊은 사내가 제법 절도 있게 대답하고 손잡이와 윗부분이 금빛으로 도금된 새하얀 커피잔을 테이블에 내려놓더니, 깍듯이 고개 숙이며 쟁반을 옆구리에 끼고 카운터로 향했다.

"요즘 애들은 죄다 영악해서 눈앞에서나 하는 척이지, 잠깐이라도 눈을 떼면 저 편한 대로 눈 가리고 아웅이지요. 아예 모른 척해주거나, 일일이 체크를 해야 하니‥, 이건 도대체 누가 상전인지, 쯔쯧‥. 아차‥! 그건 그거고‥!"

노랑머리 젊은 사내가 카운터로 되돌아가자마자, 절레절레 고개 흔들며 혼잣말하듯이 혀를 차던 곱상한 여인네가 갑자기 말머리에 힘을 주어 은실에게로 틀었다.

"할머니가 되기엔 아직 좀 이르지 않아 보여요?"

"……"

"괜한 걸 물었나? 농담이에요. 농담! 쪼크. 알죠?"

"……"

"뭐, 어쨌거나‥, 애니웨이~!"

은실로부터 대꾸가 없자 곱상한 여인네가 어깨를 으쓱대더니, 정색하고 말을 이었다.

"방금 이야기했듯이, 우리는 새삼‥, 그 아이와 연관된 일로 엮이고 싶지 않아요. 그 아이는 이제 우리와 하등 상관없는‥, 조금 더 냉정하게 말하자면, 우리에게는 존재하지 않아야 하는 아이니까요."

나이답지 않게 생기 넘치는 얼굴로, 곱상한 얼굴에 생글생글 웃음을 띠고 은실에게 물었던 쉰 중후반의 여인네가, 모가 나고 각이 진 말투를 뾰족하게 내뱉었다.

"나는‥, 오로지‥,"

"네~ 말씀하세요~."

"소피의 친엄마도‥, 가난 때문에‥, 할 수 없이‥, 그랬으리라 생각하고‥, 소피는, 잘 지낸다고‥, 걱정하지 말고‥, 슬퍼하지 말라고‥, 이야기해주려고‥"

"뭐라고요?? 아하하하~!"

은실이 차분차분 말을 이어나가려는데 곱상한 여인네가 실소를 피식 터뜨리더니, 배꼽을 잡고 큰소리로 웃어댔다.

"뭐라고요? 가난해서 그랬을 거라고요? 아니, 여보세요! 요즘 세상에도 돈 때문에 아이를 버리는 부모가 있나요?"

"……"

"아~아~ 미안··, 미안해요. 말도 안 되는 소리라 너무 어이가 없어서··. 내가 너무 정신없이 웃었어요. 자~ 어서 들어요. 커피 다 식겠어요."

가당치도 않은 일로 괜히 기분 나빠할 것 없다고 손사래 친 여인네가 곱상한 웃음기를 가느다란 눈 끝에 매단 채 은실 앞의 커피잔을 가리키더니, 엄지손가락과 집게손가락으로 금빛 커피잔 손잡이를 집고 가뿐히 들어 올렸다.

"……"

어쩌면 모멸감 같은 것을 느꼈을는지도 모르겠다. 은실은 커피를 맛보기 위해서라기보다는 얼굴에 드러날 적대감을 감추려는 것처럼 커피잔을 입에 가져다 대었고, 새하얀 커피잔 너머로 새까만 눈동자를 반짝이며 곱상한 여인네를 쳐다보았다.

"……"

흔들림 없이 쏘아보는 은실의 눈길을 느끼지 못했을 것도 아니겠건만, 곱상한 여인네는 아랑곳하지 않으며 - 뭐랄까··? 정면으로 밀려오는 힘을 맞상대 않고 교묘하게 옆으로 빗겨나가게 하는 노련함을 보인다고나 할까? 여하튼 느긋하게 - 그저 커피의 맛과 향을 음미하고 그럭저럭 나쁘지는 않다는 듯이, 입술을 꾹 다물고 느리지만 가볍게 고개를 까닥거려댔다.

누구라도 먼저 어떤 말도 꺼내기 쉽지 않을 그런 시간이 얼마만큼 흘렀을까? 왼 손바닥 위에 커피잔과 받침대에 올려놓고 홀짝거려대며 창밖을 바라보던 곱상한 여인네의 눈동자가 갑자기 동그랗게 커지는가 싶더니, 커피잔을 테이블 위에 내려놓았다.

"더 할 말 없으면, 그만 가줬으면 좋겠네요."

"……"

"나는 궁금한 것 없고, 더 할 말 없는데. 굳이 여기 더 있을 필요 있나요? 그쪽은 궁금한 게 더 있어요?"

틀림없이 '더'라는 말이 예민하게 귀에 와 닿게끔, 그래서 '묻고 싶었던 게 있었던가?'라고 은실이 생각해보기도 전에, 곱상한 여인네가 재촉하듯이 서둘러댔다.

"이봐요! 지금 내 말 듣고 있어요? 내 말 알아들어요?"

"……"

"여기~! 이것 좀, 내 자리로 옮겨줄래요?"

아무런 대꾸도 없었건만 조바심 내고 서둔다는 느낌을 주게끔, 곱상한 여인네가 몸을 오른쪽으로 틀어서 카운터를 향해 손 흔들며 소리치고 은실을 쳐다보더니, 고개를 왼쪽 어깨너머로 돌려서 창밖을 내다보았다.

"……"

은실도 무심결에 여인네의 눈길을 좇아 창밖 카페 출입구 쪽을 내다보았다. 그리고 누군가 다가서는 것을 확인한 찰라, 쉰 중후반의 곱상한 여인네가 몸을 일으켰다.

"그럼 나는 이만‥,"

곱상한 여인네가 은실을 등지고 카페 가운데께로 채 두어 걸음 옮겨가기도 전에, '땡그랑~! 딸랑~!!' 소리에 이어 '삐거덕~!' 하고 나무로 된 카페 현관문이 열렸다.

"왔니~?"

곱상한 여인네가 지금까지와는 사뭇 다르게, '어쩌면 저럴 수가 있을까?' 싶을 만치 다정함이 묻어나오는 목소리를 부드럽게 내더니, 반갑게 마중 나가듯이 카페 현관 쪽으로 발끝을 틀었다.

"수고했다. 뭐래니? 별일 없다지?"

"응. 너무 잘 커서, 애가 너무 클까 봐 더 걱정이래."

뒤뚱거리며 카페 안으로 들어선 북실북실한 은회색 밍크코트 차림의 임산부가 허리를 짚고 서서, 잰걸음으로 살갑게 다가드는 쉰 중후반의 곱상한 여인네에게 숨찬 듯이 대꾸했다.

"에고~ 병원에만 있었더니 배고프다. 먹을 거 없어?"

"먹을 거? 이봐, 여기 뭣 좀‥, 아니‥! 그럴 게 아니라, 밖에 나가서 먹자. 엄마가 맛있는 거 사줄게. 뭐 먹고 싶니?!"

임산부가 목을 빼서 카운터 쪽을 넘겨다보며 속눈썹에 뭉쳐있는 마스카라가 도드라져 보이게끔 눈을 깜박거려대자, 곱상한 여인네가 커피잔을 옮기려고 은실의 테이블 쪽으로 다가가는 노랑머리 젊은 사내에게 뭔가를 부탁하려다 생각을 바꿨는지, 임산부의 통통한 팔을 붙잡고 밀듯이 카페 출입구로 발을 떼려고 하였다.

"아휴~! 방금 들어왔는데, 어딜 나가! 힘들어! 귀찮아! 밖에 추워! 그냥 여기서 간단히 뭐 쫌 먹으면 돼. 곧 저녁 먹을 건데 뭐. 그때 맛있는 거 먹자."

한눈에 봐도 여기저기 손댄 것 같은, 그래서 눈 코 입 하나하나를 따로따로 떼어내 보면 각각의 것은 예쁘다고 할지도 모르겠지만, 모아놓고 전체를 봤을 때는 부자연스럽다고 할 만한 얼굴을 가진 임산부가 콧잔등이를 찌긋대고 혀짜래기소리를 내었다.

"그래‥? 그럼 그럴까? 그럼, 뭐 갖다 줄까? 따끈한 우유하고 수풀레 치즈 케잌 좀 갖다 줄까? 커피는 말고."

"몰라~몰라! 아유~ 피곤해. 그냥 아무거나 갖다 줘."

곱게 자란 응석받이 임산부가 어리광 피우듯이, 새까만 손톱이 어지럽게 보이게끔 손사래 치고 오른편으로, 그러니까 카페 주인만의 지정석이 아닐까 싶었던 테이블로 향했고, 곱상한 여인네는 떼쟁이 어린아이를 이기지 못하는 순둥이 엄마처럼 임산부의 뒤를 봐주듯이 졸졸거리며 걸음을 옮겼다.

따끔한 눈길이라도 느꼈던 걸까? 아니면 괜히 제 발이 저려서 그런 걸까? 북실북실한 은회색 밍크코트 차림의 임산부를 뒤따르던 쉰 중후반의 곱상한 여인네가 서너 걸음 만에 고개를 돌리더니, 무엇을 확인하려는 듯이 뒤돌아보았다.

"…!…"

고개를 갸웃이 기울인 채 무덤덤히 쳐다보고 있는 은실의 눈과 마주치자 당황스러워하더니, 입술을 꼭 깨물고 말없이 뭐라 말하고 싶어 하는 눈으로 고개를 가로저어댔다. 추측건데 아마도 곱상한 여인네가 은실에게 말없이 간청하는 눈으로 전하려 했던 말은,

"내 딸아이는 임신 중이에요. 충격받을지 모르니까…, 그럼 잘못될지 모르니까, 당신이 누군지, 왜 여기 왔는지, 무엇보다도 그 아이 이야기는 절대 꺼내지 말아요. 아니…! 그것보다 차라리 우리를 모르는 척해주세요."라는 지극히 이기적인 모성 어린 부탁이었을 것이다.

"……"

은실은 테이블 위에 올려놓았던 양손을 가슴께 가져가서 주무르고 비비더니, 고개를 들면서 팔짱을 끼었다. 그러고는 카페 천장에 드리운 새하얀 커튼을 쳐다보고 무슨 생각을 하려는지 몸을 까딱까딱 거려대려는데, 맞은편 테이블 쪽에서 북실북실한 은회색 밍크코트를 벗으며 "왜? 왜 그래? 아는 사람이야?"라고, 철부지 임산부가 곱상한 여인네에게 던지는 천진한 목소리가 들렸다.

친밀한 반말 투로 거리낌 없이 엄마를 대하는 딸을 보며 은실은 옥분과 소피를 떠올렸을지 모르겠다. 그래서 복잡해진 그 심경을 드러내듯이 고개를 살짝 수그리며 팔짱을 풀어 왼손가락 끄트머리로 이마를 문질러댔고, 은실이 소피의 양모養母임을 상상조차 못 했을 소피의 친모親母 임산부는 은실을 흘깃 보고 별다른 관심 없다는 듯이 어깨를 한차례 으쓱거리더니, 카운터를 향해 손 흔들며 커피를 블랙으로 가져오라고 소리쳤고, 소피의 외할머니인 쉰 중후반 곱상한 여인네는 커피가 임산부에게 안 좋다며 가져오지 말라고 말렸다.

딸과 엄마가 '된다! 안 된다!' '괜찮다! 안 괜찮다!' 티격태격하는 것을 지켜보던 은실이 지갑에서 지폐를 꺼내어 테이블 위에 내어놓더니, 은빛 누비옷을 들고 가만히 일어나서 - 그러나 그랬음에도 신경 쓰고 있던 터라 분명히 기척을 느꼈을 텐데, 등지고 앉은 채 모르는 척하는 쉰 중후반의 곱상한 여인네를 지나쳐서 - 카페 출입구로 향했다.

카페 밖으로 나서 은빛 누비옷을 걸쳐 입은 은실은 뽀얀 입김을 내뿜어가며 빠르게 걸었다. 오래 걷지 않아 정차해 있는 택시에 다가가 문을 열고 타려다가 마지막으로 다시 한번 보려는 듯이 카페 〈귀비〉 쪽을 쳐다보았다. 그러고는 이내 무엇을 결심한 듯이, 결연한 얼굴빛에 입술을 꾹 다물고는 택시에 올랐다.

"프릉 하눌 으~응하슈~ 하양 쪼오~배엥~~"

은실이 잡아탄 택시가 고가 도로 아래 그늘진 차선을 서늘하게 달리다 밝은 햇살이 따사하게 드리운 4차선 갈림길로 접어들 즈음일 것이다. 거실 바닥에 도화지를 펼쳐놓고 크레파스로 색칠 놀이하던 소피는 이 빠진 밥상 닮은 둥그스름한 탁상 앞에 앉아서, 귤보다 작은 손으로 사발 안의 귤을 하나씩 집어내어 탁상 위에 쌓아가며 어색한 한국말을 흥얼대고 있었다.

"개~에수 나아~무 하~안 나무 토오~끼 하~안 마리~~, 조옷~대도 아~앙 다고 사앗~대도 어~업시~~, 까기도 잘도 까~앙다, 서~어쪼 나~아라로~~"

"하이구메~ 이쁜 놈의 것! 뭣이라 삐약삐약 꼭 알깐 병아리마냥‥. 저깐 것이 뜻이나 알랑가 모르겠네만, 참말로 이뻐 죽겄네‥. 아가~ 너 노래 그 으디서 배웠냐? 너그매한티 배웠냐?"

머리 여기저기에 분홍빛 구루쁘(hair-roll)를 더더귀더더귀 말아 올린 옥분이 앉은뱅이처럼 엉덩이를 미끄러뜨려 가며 베란다 쪽과 현관문 바닥을 지나 스탠드형 옷걸이 바로 아래 바닥까지 - 쇼핑백을 놓아두었던 바로 그 자리까지 - 말끔히 닦고서, 안쪽의 낡고 낮은 서랍장으로 엉금엉금 기어가며 물었으나, 무슨 말인지 알아들을 리 없는 소피가 눈을 깜박댔다.

"아니~ 긍께…! 너 시방 그 노래…, 그놈…! 으서? 누구헌티? 잉? 누구한티 배웠느냐고?"

"…?!…"

딴에는 그렇게 하면 소피가 알아들을지도 모를 거라고 생각한 모양이다. 옥분이 몸을 틀고 엉덩이를 밀며 다가와 걸레 쥔 손을 휘둘러가면서, 거기에 고개 까닥임과 눈알 부라림까지 곁들여서 이야기했건만, 소피는 눈을 동그랗게 뜨고 딴판으로 귤을 하나 집어서 옥분에게 건네주었다.

"아니, 아가! 그놈 말고…! 그놈은 너, 얌얌허고…, 푸른 허늘~ 으~은하수! 요놈 말이여. 노래! 푸른 허~어늘 으~은하수~!!"

"프릉 하눌 으~응하슈~ 하양 쪼오~배엥~~"

옥분이 거실 바닥에 걸레를 내려놓고서 소피의 손에 귤을 도로 쥐여 주며 어르듯이 고개를 까닥대고 노래를 불러보자, 소피도 옥분을 빤히 쳐다보고 이걸 말하는 거냐고 묻듯이, 그러나 조금은 소극적으로 - 맞는지 틀리는지 확신을 갖지 못해서 그러는 것처럼 - 고개를 까닥대며 〈반달〉의 첫 소절을 불렀다.

"잉~! 바로 그놈…! 푸른 허~늘 으~은하수~!"

"프릉 하눌 응하슈~ 하양 쪼~배엥~~, 개~에수 나~무 하~안 나무 토~끼 하~안 마리~~"

"옳지! 아이구~ 잘헌다! 아이구 잘헌다~!"

"조옷~대도 아앙 다고, 사앗~대도 어~업시~"

"뭣이라? 으메~양! 거시기허게끄롬…! 아가! 거시기…, 거 아녀!

좆대 아녀. 좆대 아녀! 여‥, 할매 쫌 봐라 잉?"

소피가 고개를 까닥거리며 노래 부르자, 환한 얼굴로 소리 없는 손뼉을 쳐가며 소피가 내는 박자를 따라서 고개 끄덕대던 옥분이 양손으로 소피의 엉덩이를 잡고 몸을 돌려 자신과 마주 보게 앉히더니, 집게손가락을 소피의 눈앞에 세우는 것으로 소피의 주의를 잡아끌었다.

"도~옷대도 아니 다~알고, 사앗~대에~도 읎이‥, 아니, 아니‥! 흠흠~ 흠흠~~"

손가락을 옆으로 흔들어가며 어린아이 소리로 노래를 부르다가 목구멍이 간질거렸던지, 옥분이 목청을 가다듬었다.

"다시!"

"…|…"

"도~옷대도 아니 달고, 사~앗대도 읎이~"

"조옷~대도 아앙 다고, 사앗~대도 어~업시~"

"아녀! 아녀! 봐라 잉? 도 옷 대~! 도 옷 대!"

옥분이 손사래를 치고 또박또박 목소리를 내었다.

"조 옷 때~!"

"도~ 옷 대!"

"조~ 오 때~!!"

"아니랑께! 아가, 다시 혀보자. 도 옷~ 대~!"

"조 옷~ 대~!!"

"도! 오! 때~!!"

"조! 옷! 때~!!"

옥분이 나름 또박또박 입 모양까지 정확히 만들어서 보여주고 따라 하도록 했건만, 소피에게는 별 소용이 없었다.

"으메~ 남사시럽꾸로. 누가 들으면 으쩔라구…! 저그매가 으디서 욕부터 가르친갑네…. 아녀…! 아니다. 알았다. 너는 시방 좋대 혀라. 가져보도 못허고 만져보도 못헌 놈의 것을…, 좋대면 으떻고 갈대면 또 으떠냐?"

"조옷~대도 아앙 다고, 사앗~대도 어~업시~ 까기도 잘도 까~앙 다 서~어쪼 나~아라로~"

"그려. 예미럴 것…. 깔려면은 까지기도 낼름 까질 것이다. 으메~ 잘헌다! 우리 손녀딸이 젤루 잘헌다. 하이구~ 이쁜 놈…."

고개를 까닥대고 목소리까지 꾸며서 노래하는 모습이 신통방통했는지, 옥분이 소피의 머리를 쓰다듬었다.

"연분홍 치마~아가 봄바아~람에~ 휘날리~이더어~라~! 아가! 할매가 우리 아그헌티 여…, 노래 한 자락 가르쳐줄까나? 흠~흠~"

즐거운 마음에 콧노래가 절로 일어난 옥분이 소피에게 다가들어 얼굴을 들이밀더니, 목청을 가다듬으며 몸을 뒤로 빼고 앉았다.

"함 들어봐라, 잉~? 연분홍 치마가 봄바람에~ 휘날리~이더라~ 오늘도 옷고름 씹어가며~ 산 제비 넘나드는 성황당 길에~! 으떠냐…? 할매도 잘허지?"

"…?…"

옥분이 양손을 머리 위에서 바람 물결치듯이 살랑살랑 흔들어가며 노래를 불러대자, 소피가 멀뚱멀뚱한 눈으로 치어다보았다.

"자~ 따라혀 봐라, 잉~? 연분홍 치마아가 봄바람에~"

"…?!…"

옥분이 지휘자처럼 손가락을 흔들어가며 - 어설펐지만 가르쳐주고 싶어서, 함께 나누고 싶은 마음으로 - 먼저 노래를 불렀다. 그러자 알듯 모를 듯 알쏭달쏭한 가운데서도 따라 불러야겠다는 생각이 들었던 모양이다. 고개를 까닥거려대려는 소피의 눈알이 반짝였다.

"다시 잘 봐라, 잉~! 연분홍 치마가 봄바람에~"

"여부호 치마아 보바라이~"

"옳지‥! 잘한다! 휘나~알리이~더어~라~"

"흐나리이드나~"

"아이구 잘한다‥! 오늘도 옷고름 씹어가며~"

저도 입양 보냈으면서도 소피가 입양된 아이라는 것을 상상조차 하지 못했을 옥분은 자기가 부르는 노랫가락을 따라 부르는 소피가 그저 기특하기만 했을 것이다. 옥분이 손뼉을 쳐가며 소피의 얼굴에 자기 얼굴을 바싹 들이대고 가락에 맞춰 고개를 까닥댔다.

"산 제비 넘나~아~드는 성황다~앙 길에~, 꽃이 피면~ 짜자자잔~! 같이 웃고~짜자자잔~! 꽃이 지면 짜자자잔~! 같이 울던~,"

"…!…"

노래 뒷부분에서 옥분이 목소리에 힘을 주고 음정을 높여서일까? 아니면 익숙하지 않은 한국말이 갑자기 어렵게 느껴져서 그런걸까? 옥분의 노래가 들리는 대로, 되는대로 따라 부르던 소피가 갑자기 입을 헤~ 벌린 채 옥분을 쳐다보았다.

"알뜰한 그 매앵~세에 보~옴나~알은 가아~안다~. 새파란 풀잎이 물에 떠서~ 흘러어 가아더어라~ 오늘도 꽃 편지 내던지며~

"……"

일흔을 바라본다 했으니 요즘 기준으로 보자면 그리 많은 나이
도 아니련만, 옥분은 살면서 겪었던 무수한 사연을 풀어내는 것처
럼 꺾어지는 가락과 깊은 한숨으로 - 소피가 따라 부르는 것을 멈
췄건만, 아랑곳하지 않으며 - 노래를 불렀다. 그러고는 아련해진
제 사연의 짙은 여운을 맛보려는지, 돌연 노래도 말도 눈앞의 소피
도 잊은 듯이, 감상에 젖어버린 멍한 눈으로 허공을 바라보았다.
그러자 할머니의 그런 모습이 심상치 않았는지, 소피가 탁상 위에
있던 귤을 하나 집어서 껍질을 까더니, 반으로 나눠서 옥분에게 건
넸다. 옥분이 귤 반쪽을 받아들자, 소피는 아무 일 없었다는 듯이
귤껍질을 탁상 위에 펼쳐놓고는 제 손가락만 한 크기로 찢어서 모
자이크 놀이하듯이, 제가 생각한 어떤 그림이나 모양을 만들듯이,
찢어놓은 귤껍질 조각들을 이리저리 갖다 붙여 보았다.

"하이고~ 고것 참…! 으서 저런 것이 나왔스까, 잉?"

환해진 얼굴처럼, 귤 한 조각 머금은 옥분의 입에서 새콤달콤한
말이 배어 나왔다.

"지렁이 갈빗대마냥 말랑말랑헌 손꾸락으로 꼬물꼬물…, 먹을 것
갖꼬 장난치는 것 봉께 천상 만석지기 마나님 팔잔갑네… 아조 볼따
구니에 밥알맹이가 덕지덕지 붙은 것이 복시러워갖꼬…, 틀림읎이
부자로 살겄어! 아가~ 일루 쪼까 와 봐라. 여…, 할미헌티 와서…!"

옥분이 양손을 엉덩이와 허벅지에 슥~슥~ 문질러 닦더니, 속바
지에 손을 넣고 휘적거려댔다.

"으디 갔냐? 이놈이…?? 아닌가…? 옳지…! 여깃네. 엇따~! 아가,

요놈 쪼까 받아라, 잉~."

옥분이 꼬깃꼬깃한 지폐를 꺼내 보였다.

"…?…"

"어여 와, 어여~! 할매가 주는 놈은 '고맙습니다.' 허고 얼릉 받는 것이여."

"…!…"

옥분이 꼬깃꼬깃한 오만 원짜리 지폐를 펼쳐 보이자, 눈을 동그랗게 뜨고 빤히 쳐다보기만 했던 소피는 두 손을 내밀어서 - 돈을 모를 테지만, 그래도 그것이 돈이라는 것을 알아차렸는지 - 돈을 받아 들고 제 주머니에 집어넣었다.

"하이구메~ 야무진 놈…! 일루 와서 여‥ 여짝에‥,"

옥분이 앉은 채 엉덩이를 들썩여서 몸의 중심을 뒤로 빼더니, 제 앞의 바닥을 두들겨댔다.

"일루‥, 할매 앞에 앉아봐라. 잉? 긍께‥, 옛날에 말이다. 할매가 너 그매도 꼭 그라고 머리 따주고 그랬어. 긍께 어여 일루 와, 앉어 봐."

"…?…"

"이짝에‥, 이라구‥. 할매가‥, 잉~"

"……"

옥분이 거실 바닥 두들기는 것을 오라는 말로 알아들은 소피가 엉금엉금 무릎걸음으로 두어 걸음 옥분에게 다가들었다. 그러자 옥분은 다가온 소피를 등 돌려 앉히더니, 머리카락을 묶었다 땋았다 올렸다 내렸다 매만져대며 말을 이었다.

"너그매 머리를 요라구 쌍갈래로 기다랗게 땋아갖꼬 장에 데꼬

가면 말이다. 사램들이 죄다 나와갖꼬 이쁘다고 한 번씩 맨져보고‥, 까까 사먹으라고 돈도 주고 그랬어. 아나~ 요놈‥! 요놈 한 놈 먹어보고. 옳지~! 한 놈 더‥! 옳지~! 아이구~ 잘 먹는다! 아이구~ 우리 소피 이쁘다!"

옥분이 탁상 위에 까놓은 귤을 집어서 소피의 입안에 넣어주고 제 입에도 하나 집어넣더니, 오물오물 씹어가며 얼러대고 소피의 머리를 매만져댔다.

"아가~ 우짰건간 말이다. 남 눈치 보덜 말고 무조건 잘 먹어야 쓴다. 너만헐 쩍에는 한 숟가락에 오르고 한 젓가락에 내려가는 법잉게. 그저 되는 대로 많이, 잉? 징그럽게 많이 먹고 문실문실 쑥쑥, 장마 뒤의 오이마냥 쭉쭉 커야헌다. 알긋냐? 알긋지? 그려~ 암만‥! 그려야지! 그래야 이 할매 손녀딸이지."

그럴 리 없겠지만 알아들었다는 것처럼 소피가 고개를 끄덕대자, 기특하다는 생각이 들었던 모양이다. 옥분이 소피의 엉덩이를 또닥또닥 두들겨주었다.

"인자 다 되았다. 으디~ 우리 소피 함 보자!"

옥분이 소피의 몸을 돌려서 자신과 마주 보게 앉혔다.

"으메~ 이게 누구여? 시방 할매 앞의 이놈이 누구여? 참말 우리 소피 맞는겨? 으메~ 양‥! 연예인이 따로 읎네! 하이구 이쁘다! 참말 이쁘다! 허면 으쩔까나‥?"

말똥말똥한 눈으로 자신을 쳐다보는 소피의 뺨을 주무르고 쓰다듬어주다가 무슨 생각이 떠올랐는지, 옥분도 소피처럼 눈을 동그랗게 떠 보였다.

"날도 푹헌디 집에만 있지 말고 마실 함 나가볼까나? 그려! 밥이 분이고 옷이 날개라니께‥. 할매가 요짝 시장에 가서 이쁜 꼬까옷 하나 사줄라니께, 후딱 인나갖꼬 너그매 오기 전에, 얼릉 싸게 댕겨오자. 깜깜해지기 전에 말이여. 이‥, 시장이란 디가 말이다‥."

옥분이 엉덩이에다가 슥슥 손을 문질러 닦더니, 손가락에 침을 묻혀서 소피의 입술 주변을 닦아가며 말을 이었다.

"요상꾸리 소독약 냄시나는 마트허고는 구수허니 냄새부터가 틀리당께. 그라고 또 이‥, 우리 소피도 가보면 알겄지마는, 그짝 서는 이 할매가 대장이여. 인기 대장! 그랑께 어여 가보자, 잉? 자, 어여~!"

"……"

소피는 하나도 알아들을 수 없었을 것이건만, 다 알아들었을 거라고 생각한 듯이 아니‥, 그러거나 말거나 상관없다는 듯이, 저 혼자 신이 나서 이야기해대던 옥분이 제 침 묻은 소피의 입술 주변을 옷소매를 문지르고 머리에 말아뒀던 구루쁘(hair-roll)를 풀어내려 평상 위에 올려놓더니, 소피의 겨드랑에 양팔을 끼우고 "웃차~!" 힘을 주어 일으켜 세웠다. 그러고는 스탠드형 옷걸이 쪽으로 데려가서 옷걸이에 걸어둔 하얀 누비옷을 입히고 빨간 목도리를 목에 칭칭 감아주고 털모자를 씌워줬다.

"입성이 날개라고‥, 잘 입고 댕겨야, 누가 으디서건 우숩게 보지 않는 법이여. 으디 보자‥? 우리 소피헌티는 뻘건 색이 겁나 잘 어울리는구먼, 잉~. 허면 이 할매도‥."

소피의 옷매무새를 매만지며 여며주고 확인해주던 옥분이 잠깐만 기다리라더니, 부엌에 가서 호주머니 입구 쪽이 묵은 때로 거무죽죽하게 반들대는 빨간 조끼를 입고 나왔다. 그러고는 "으떠냐? 할매랑 쌍으로다···! 멋지지?"라고 히죽거리고 크레파스 무더기와 도화지와 손걸레를 탁상 위에 대충 올려놓고는 그 탁상을 거실 안쪽 한 귀퉁이에 밀어놓더니, 어서 가자며 소피의 손을 잡고 뒤뚱뒤뚱 거실을 가로질러 현관문으로 빠른 걸음을 옮기었다.

그날의 일이 연극공연이었더라면, 그래서 극장이라는 공간에서 연출해야 했었다면, 어느 연출가는 장면 전환을 위해 옥분이 소피의 손을 잡고 거실을 활기차게 걷다가, - 그러니까 객석에는 〈시장에 가면〉이라는 건전가요를 틀어놓고 무대를 집 앞 골목인 양 돌아다니게 하다가, - 객석을 장바닥이라 여기고 관객이 손님이나 시장 상인이라도 되는 것처럼, 무대와 객석을 종횡무진 누비고 다니도록 만들었을는지도 모르겠다.

　옥분의 연립주택을 나와 지붕 낮은 집들이 더덕더덕 붙어선 꼬불꼬불한 골목길을 오른편과 왼편으로 두어 차례 꺾으면 보이는 큰길 건너편 시장은, 변두리 재개발이다 도시정비사업이다 뭐다 하여 죄다 때려 부수는 통에 그나마도 몇 군데 남지 않은 재래시장이었는데, 알록달록한 파라솔이 삐뚤빼뚤 늘어선 올망졸망한 틈새로 겨울 볕이 샛노랗게 무더기로 쬐어 내린 시장 골목에는, 저녁 찬거리 사러 나온 아주머니들과 흥정하는 가게주인들로 제법 왁자지껄하게 북적대고 있었다.

　소피의 손을 잡고 횡단보도를 건너 시장 입구에 들어서자마자 여기가 내 세상이다 싶었는지, 화색이 도는 얼굴은 물론이거니와 걸음걸이마저 활기찬 팔자걸음으로 바뀐 옥분은 벌써 아는 척해대는 사람들과 인사하느라 고개를 연신 두리번거려댔다.

"잉~ 그려, 그려…. 일 봐…. 일 봐…."

이깟 겨울바람쯤이야 우습지도 않다는 듯이, 얼음과 기름 파는 가게 앞의 등받이 없는 의자에 앉아서 - 얼음 '氷빙' 자가 새하얗게 그려진 파란 나무 문짝에 기대어 볕을 쬐다가 - 무료한 표정으로 하품하고 콧구멍을 후비적거리다 일어나 인사하려는 방한모 차림의 덥수룩한 중년 사내를 손짓으로 주저앉히고서, 옥분은 느릿한 발걸음을 옮겼다.

"여가 도시 그릇가게여, 화투방이여? 아~ 장사들 안 혀!"

볕 잘 드는 얼음 가게 옆쪽으로 - 그러니까 딱딱하게 굽은 오렌지 빛깔의 플라스틱 호스와 둘둘 말아놓은 파랗고 말랑말랑한 고무호스, 튼튼한 도어록doorlock과 허술해 보이는 쥐덫, 개 목줄과 수도꼭지와 샤워기, 빗자루, 쓰레받기 등등의 온갖 잡동사니를 밖에다 늘어놓은 철물점을 지나 불그스름한 불빛이 는실난실 야시시한 느낌을 주는 골목 안쪽 푸줏간 맞은편으로 - 빨갛고 파랗고 크기도 가지가지인 플라스틱 양동이와 양은 냄비, 항아리와 프라이팬, 각종 고무 대야와 양철 대야를 무더기로 쌓아두고 그 위쪽에 바가지와 국자와 밥주걱을 주렁주렁 매달아 놓은 그릇가게 안으로 옥분이 소리쳤다.

"오셨어요?"

"나오셨습니꺼?"

그릇가게 안에서, 무릎 높이쯤 되는 네모난 구들장에 빙 둘러앉아 카키색 군용 담요를 깔아놓고 화투 치던 몇 사람이 엉거주춤 몸을 일으켰다.

"너덜은 으찌된 놈들이 일들은 안 허고 허구헌 날 화투치기냐? 대낮부터…! 오늘은 누가 땄냐? 멸치 대가리가 땄냐? 소도적놈이 땄냐?"

"따기는요~? 이제 막 본전치긴데."

"이기 뭐, 돈 딸라고 하는 깁니까? 시간 죽이는 재미로 하는 기지예. 고마, 여 앉으이소."

"들어오세요, 형님. 커피 한잔 드시고 가세요."

옥분의 말마따나 멸치 대가리처럼 비쩍 마르고 낯빛이 거무튀튀한 사내와 머리는 벗겨졌는데 눈썹은 새까만 사내의 능글맞은 대꾸에 이어서, 볼따구니 토실토실한 올림머리 아주머니가 골목에서 가게 안을 들여다보는 옥분에게 무거운 엉덩이를 들썩대며 손짓했다.

"나가 커피 먹는 것 봤냐? 율무차라면 몰러두…. 아녀, 되았어. 나 시방 얼릉 가야 혀."

"아이~ 잠깐만 앉았다 가세요. 할 얘기도 있는데. 어머~? 얘가 누구예요? 얘가 그럼 바로 그…? 얘~! 네가 바로 그 애구나! 그렇지? 이야~ 예쁘게 생겼네? 얘, 너 이름이 뭐니? 홧츠 유어 네임?"

"…?!…"

볼따구니 토실토실한 아주머니가 올림머리를 추켜올리고 미끄러지듯이 엉덩이 밀며 구들장에서 내려와 손을 내밀었다. 그러자 가게 안으로 폴짝 뛰어 들어와 반짝이는 유리그릇들을 휘둥그레진 눈으로 쳐다보던 소피가 놀란 듯이, 옥분의 바짓가랑이를 붙들고 등 뒤로 숨었다.

"어머, 어머~! 쟤, 예쁜 짓 하는 것 좀 봐!"

"야가 은실이 딸이여. 내 손녀딸, 내 외손녀."

옥분이 환해진 얼굴로 소피의 머리를 쓰다듬었다.

"아이~ 예쁘다. 깜찍한 게, 꼭 인형 같네."

"와? 하나 낳을라꼬?"

"아직 쌩쌩한데, 좋지! 언제? 내가 도와줄까?"

"맞나? 자신 있나? 평생 업으로 쌓아둔 기 이불이다 보이, 원앙금침 깔고 앉은 팔자시라 억수로 힘들 낀데, 괘안나?"

"고럼고럼~! 까딱까딱~! 불끈불끈~!"

"진짜가?"

"당연하지. 남아도는 게 시간하고 힘인데!"

"하이구야~ 이··, 장사장 이··, 어데 뭐··, 쓸 곳도 없는 홀아비가 좋은 거 많이 묵었는 갑네. 마카 어물전에 혼차 다 숨카놓고!"

"쓸 곳이 없다니~? 어허~! 그런 말씀마쇼! 언제 쓸지 몰라도 쓸 데가 있으니 늘 대비해야지. 아직 팔팔한데··, 유비무환 몰라? 유비무환??"

분홍빛 감도는 볼따구니 통통한 아주머니가 가랑이 사이에 긴 치맛자락을 싸매고 주저앉아서 말랑말랑한 눈웃음을 지어 보이자, 벗겨진 머리통에 눈썹 새까만 경상도 말투의 사내와 비쩍 마르고 얼굴 거무튀튀한 사내가 농지거리 주고받으며 키득거려댔다.

"어린애 앞에서 주책없이 말 같잖은 소리는··. 아~ 시끄러워요! 형님, 얘 이름이 뭐예요?"

평소에도 이런 농담을 자주 주고받았나 보다. 볼따구니 포동포동한 올림머리 아주머니가 두 사내에게 눈 흘겨 주더니, 옥분에게 나긋나긋한 목소리로 물었다.

"소피라고‥, 것이 프랑스에서 젤루 좋은 이름이랴."

말은 그렇게 했지만 뭔가 마땅찮고 마뜩하지 않다는 듯이, 옥분이 "쩝‥!" 소리 내고 입술 끄트머리를 틀어 올렸다.

"소피요‥. 얘~! 소피야! 너 우리말 할 줄 아니? 한국말, 코리아! 유, 유 캔 코리아 스픽? 언더스탠?"

"…?…"

볼따구니 포동포동한 올림머리 아주머니가 제 또래 아이처럼 눈을 동그랗게 뜨고 오른손과 왼손 집게손가락으로 - 모르는 사람이 보면 '저게 혹시 수화인가?'라고 생각할 만치 - 되는 대로 비비적거리고 까닥거려대자, 옥분의 등 뒤에 숨었던 소피가 고개를 삐죽이 내밀고 빤히 쳐다보았다.

"화투 치다 말고 다들 뭐 하고 있어? 뭘 자꾸 물으려고, 귀찮게시리‥. 그렇지 애기야?"

"요런‥, 먹다 말은 배추꽁댕이 같은 놈이‥! 너, 얼릉 담배 안 끄냐? 우라질 놈이, 시방 어린애 앞에서‥!"

화투장을 손에 쥐고 책상다리하고 앉아 어금니로 담배를 꼬나문 채 좌우로 몸을 흔들어대던 파마머리 사내가 - 담배 연기 때문에 눈이 따가워서인지, 화투패가 마음에 들지 않아서인지, 여하튼 고개를 삐딱하게 돌리고 찡그린 눈살로 - 손짓해가며 소피에게 말 붙여 보려는 볼따구니 통통한 아주머니에게 말을 건네며 소피를 쳐다보자, 옥분이 눈알을 부라렸다.

"아이구~ 죄송합니다. 자~ 애기야, 까까 사 먹어라."

배추꼬랑이 같이 생겼다는 파마머리 사내가 네모진 턱을 앞으로 당기며 입에 물었던 담배를 손에 쥐고 재떨이에 비벼 껐다. 그러고는 제 앞에 놓인 만 원짜리 지폐를 한 장 집어서 소피에게 흔들어 보이며 건네주려고 하자, 옥분이 눈알을 부라렸다.

"이게 으따 대고…! 너, 그놈 빨랑 안 치우냐?"

"어이구~ 해가 서쪽에서 뜨려나? 돈이라면 환장을 하는 양반께서 웬일이시래? 적어서 그러시나? 자~ 아가, 엇따~! 두 장이다."

"이잉~? 이놈이 낮술을 처먹었나…. 시방 으디 드럽게 화투판 굴러댕기던 돈을…."

"거~ 듣는 사람 거북스럽게 별말씀을 다 하시네. 싫으면 관두시오. 화투판 굴러다니던 돈이나 누님 일수놀이로 번 돈이나, 돈이면 다 같은 돈이지. 어느 놈 것에선 꼬린내 난답니까? 십일조로 헌금 내면 선량하신 목사님도 얼씨구나 좋다구나 잘만 받아서 좋은 데 쓴다드만."

"뭣이여?"

"아이고~ 형님! 마음 몰라주니 섭섭해서 한마디 한 것 가지고 뭘 그러세요. 그러니까 교회 좀 나오시라니까요."

옥분이 불뚝성 내며 핏대 올리려는 것을 볼따구니 포동포동한 올림머리 아주머니가 말리고 나섰다.

"나가 그랑께로…, 저깐 놈 꼬라지 뵈기 싫어서 안 가는 것이다. 단돈 천만 원짜리 계를 해도 저들끼리만 짝짜쿵 꿍짜쿵…. 으찌된 것들이 교회 댕기는 것들은 저들만 알아갖꼬, 나만 쏙 빼놓고 쏙닥

쏙닥‥."

"글쎄 그러니까요. 그러니까 그러지 말고 한번 좀 나와 보세요. 장로님하고 목사님께서도 꼭 나오셨으면 하시더라고요. 아는 사람 많아지면 형님한테도 좋잖아요. 돈도 더 놀리시고."

"염병허고‥! 뭣이 그러니까 그러지 말어? 암만 변놀이 할 데가 읎어갖꼬 교회까정 나간다냐? 일 없어야~! 나 갈껴. 가자, 소피야."

"아이참~ 형님. 잠깐만요. 뭐 하나만 물어볼게요."

"아~ 몰러! 몰러~! 묻지 말어. 귀찮여~!"

"형님~!"

"아, 됐어~! 몰러!"

마음 상한 옥분은 손사래 치며 볼따구니 포동포동한 올림머리 아주머니가 붙잡으려는 것을 뿌리치더니, 소피의 손목을 잡고 끌다시피 하여 가게 밖으로 나섰다.

"염병헐 놈들이 사램 가는 디 인사도 안 허고‥. 화투치다가 손꾸락에 돈독 올라서 칵 다 디져부려라~! 똥구녕에 치질 걸려서 디져불던가. 에라이~ 퉤이~!!"

눈 흘기듯이 가게 안을 들여다보며 중얼거리던 옥분이 침을 내뱉고서 소피와 시장 골목 안쪽으로 향했다.

"아가, 이짝으로‥, 흠흠~ 으떠냐? 고소허지?"

옥분이 걷다 말고 멈춰 서서 얼굴을 들이밀고 코를 킁킁거려대자, 소피도 옥분을 쳐다보고 "흠흠~" 소리 내며 코를 킁킁거려댔다.

"하이구~ 이쁜 놈의 것‥! 머리가 좋은 께로 말 아녀도 다 알아듣는 갑네. 아가, 저것 쫌 보자. 저것이 뭣이냐면‥."

　얼굴 환해진 옥분이 소피의 어깨에 양손을 얹고서 밀고 또 몰고 가듯이, 왼편에 있는 기름가게로 뒤뚱뒤뚱 발걸음을 옮겼다.

　"거 한 놈 줘봐. 아가, 요놈 함 먹어봐라."

　노르스름했던 기름때가 찌들어서 거무죽죽하게 얼룩진 앞치마를 턱밑까지 두르고 팔목에는 그 못지않게 지저분한 토시를 끼고 김을 굽는 아주머니에게 말을 던지더니, 옥분은 마치 제 것인 양 허락도 얻지 않고 가판대에서 김을 한 장 집어 들고는 귀퉁이 쪽을 크게 '투~둑‥!' 뜯어내어 소피에게 권했다.

　"누구예요? 아‥! 형님 따님의‥?"

　"잉, 나 손녀딸이여. 아가, 요놈 한번 먹어봐라."

　연탄불 위에서 뒤집어대던 김을 손에 든 채 까치발로 소피를 내려다보는 기름가게 아주머니에게 옥분이 쳐다보지도 않고 건성으로 대답하더니, 고개를 까닥대며 소피의 손에 김을 쥐여 주고는 따라 하라는 듯이, "아~" 소리 내어 제 입을 벌리며 손을 소피의 입에 가져다 대었다.

　"‥‥!‥‥"

　소피는 김을 입안에 넣고 살짝 뜯어먹어 보았는데, 낯선 맛이라서 어색했는지 ─ 혓바닥에 올려놓은 김에서 짠맛이 느껴지고 들기름 냄새도 콧속으로 확 들어왔는지 ─ 처음엔 인상을 찌푸리더니, 이내 인상을 펴며 쩝쩝거려댔다.

　"으뗘냐? 고소허고 짭쪼름허지?"

　"애가 아주 잘 먹네요. 이것도 줘보세요. 이거, 아니‥! 이거는 애가 먹기에 좀 딱딱하려나? 그럼 요걸로‥?"

다소 뚱뚱해 보이는 기름가게 아주머니가 가판대 위에 있는 미역귀튀각을 집으려다가 다시마튀각을 작은 것으로 하나 골라 집더니, 옥분에게 건넸다.

"그랴, 줘봐 봐. 아가 이놈도 함‥,"

"……"

처음 먹어봤을 김 맛이 썩 괜찮았나 보다. 소피는 옥분이 건네주는 다시마튀각을 오른손으로 받아 쥐더니, 망설임 없이 곧장 입으로 가져갔다. 그러고는 입안에서 "오도독오도록" 소리가 나게 씹어 먹으면서 뭐가 또 있나 살펴보려는 것처럼 턱을 들고 가판대를 훑어보았다.

"아가, 맛나냐? 맛이 썩 괜찮여? 으띠어? 그럼 요거‥, 요놈 한 놈이랑 아까 것‥, 조것, 조 놈 한 톳 사다 먹어 볼려?"

소주병에 들어있는 참기름과 들기름, 갓 구워낸 김과 투명 비닐에 포장된 김, 방금 입안에 넣은 다시마튀각과 미역귀튀각, 바삭바삭할 것 같은 김부각과 양념이 잔뜩 묻은 고추부각을 차례로 쳐다보며 코를 킁킁거려대는 소피에게, 옥분은 비닐에 포장된 다시마튀각과 김을 한 톳 집어 들어 보이며 고개를 까닥대고 물었다. 그러자 그것만으로도 정말로 의사소통이 됐는지, 소피가 고개를 까닥이고는 오른손가락을 빨며 왼손으로 김을 쥐고 만지작댔다.

"요거? 요놈? 알았다. 아야~ 이거 을매냐?"

"아이고~ 됐네요. 손녀따님 선물이다 생각하시고, 그거랑 그 옆의 튀각도 한 봉지 그냥 가져가세요."

"옘병허네‥! 그르다 은제 돈 벌라고‥. 아~ 을매나니께?"

"괜찮다니까요. 까짓 돈은 못 벌어도요, 저는 즐겁게 살랍니다요. 자~ 어서 가져가셔서, 예쁜 손녀따님과 맛있게 드세요. 애기도 많이 먹어라."

시커먼 비닐봉지에 김과 튀각을 집어넣고 시원하게 웃으며 옥분에게 건넨 뚱뚱한 기름가게 아주머니가 고개를 내밀고 소피에게 어르듯이 말을 건네자, 고소하고 짭조름한 맛이 입맛을 당겼는지 왼손가락을 빨고 있던 소피가 오른손으로 옥분의 손을 잡고는 수줍은 듯이, 기름가게 아주머니에게 몸을 비틀며 고개 숙여 인사했다.

"아이~ 참 예쁘다!"

"그려‥. 그럼, 많이 팔고, 잉."

"네네, 고맙습니다. 먹고살려면 많이많이 팔아야지요. 추운데 어서 들어가세요."

"고맙긴, 나가 고맙지. 잘 먹을께. 아따‥! 요놈 실헌 것이‥, 맛나게도 생겨부렀네. 여, 고추가 으디‥? 아이구~아이구! 이런 망헐 놈의 여편네가 눈깔을 으찌 뜨고 댕기는겨‥!!"

짠순이답게 '공짜라는데, 하나 더 챙겨갈까‥?'라는 생각이 고개를 후딱 쳐들었나 보다. 옥분이 걸음을 떼면서도 '뭣 좀 더 얻어갈 것 없을까?' 하는 눈치를 보이며 가판대에서 기웃기웃 눈을 떼지 못하고 있었는데, 어깨를 움츠리고 바삐 걷던 밍크 조끼 차림의 아주머니가 장바구니로 소피의 머리를 치고 지나가는 바람에 소피가 "아이Aïe‥!" 소리치며 넘어질 것처럼 휘청거리자, 화들짝 놀란 옥분이 눈알을 부라리며 소리쳤다.

"아가, 괜찮으냐? 으디 쫌 보자! 으디냐? 여기여? 으메~ 참말로‥! 하이구하이구~! 여, 뻘건 것 쫌 봐~야‥! 흉지지 않을랑가 모르겄네‥. 야~이‥, 이‥, 오살헐 놈의 예편네야‥!"

길게 땋은 소피의 머리카락을 헤쳐가며 여기저기 살펴보고 울먹대는 소리 내던 옥분이 밍크 조끼 차림 아주머니를 씩씩거리고 쏘아보았다.

"아‥, 예. 모르고 그랬습니다. 죄송합니다. 미안해요~"

눈알이 툭 튀어나오고 비쩍 마른 강아지를 밍크 조끼에 품은 아주머니가 부자연스럽게 쌍꺼풀진 눈으로 어색한 표정을 지어 보이며 한마디 던지더니, 강아지 머리를 눌러서 품 안에 집어넣고는 가려던 길로 재빨리 발걸음을 옮겨갔다.

"저런 저‥, 우라질 놈의 예편네가 시방, 야가 누군지 알고! 아~ 혹이라도 나면 으쩔 것이여! 저 빌어먹을 년, 저거‥, 개새끼 끌어안고 댕기는 꼬라지 봉께 저것도 틀림없이 교회 댕기는 년이겠네‥. 에이~ 재수가 읎을라니까‥"

"그헝 메흐Grand-mère~~"[23]

"…!…"

구부정하게 허리 굽히고 소피의 머리를 매만지던 옥분이 몸을 일으켜서, 피하듯이 등 보였던 밍크 조끼 차림의 여자 뒤통수에다 일상에서 얻어졌을 - 절반쯤은 맞고 절반쯤은 틀릴만한 - 편견 섞인 욕이라도 한 바가지 퍼부어주려는데, 소피가 옥분의 옷소매를 잡아당겼다. 소피는 머리를 긁적이고 옥분이 알아들을 수 없는 프

---

23)   할머니~~

랑스어로 - 아마도 '나는 괜찮아요. 아프지 않아요. 그러니까 화내지 말아요.' 이런 말일 테지만, 여하튼 작은 목소리로 - 뭐라 뭐라 말하고는 씩 웃어 보였다. 그러자 기특하기도 하고 미안하기도 했는지, 옥분은 소피를 꼭 안아주며 등을 두들겨주고 머리도 한차례 쓰다듬어주더니, 허리를 시원스레 펴며 몸을 일으켰다.

"으이구~ 이쁜 놈의 것. 승질도 저그매를 닮아갖꼬 명주고름마냥 고와서는…. 그려, 알았다. 얼릉 가자. 우덜 간다. 수고혀라, 잉~. 아가, 어여 가자~."

옥분은 이런 광경을 지켜본 똥글똥글한 기름가게 아주머니에게 인사말을 던지더니, - 짤막한 모가지를 길게 빼서 안녕히 가시라고 대꾸하는 기름가게 아주머니를 처다보지도 않은 채 손만 흔들어주더니, - 소피의 손을 잡고 시장 안쪽으로 향했다.

걸으면서도 영 께름칙했는지 옥분은 소피의 머리카락을 몇 차례 헤쳐보고 어루만져댔으나, 소피는 입을 헤~ 벌린 채 오로지 눈앞의 낯설고 진기한 풍경에 - 깃털이 몽땅 뽑혀서 알몸이 되어버린 생닭과 튀김옷을 하얗게 뒤집어쓴 눈사람 닮은 닭, 기름 솥에서 노랗게 튀겨져 나온 닭들이 끼리끼리 무리 지어 누워있는 노르스름한 가판대와 붉은색 일색인 젓갈과 깍두기, 배추김치, 총각김치, 파김치에 오이소박이 등등의 갖가지 김치와 먹거리에 - 눈알을 반짝반짝 굴려대다가, 고추장과 된장과 간장, 이런저런 양념에 너더분하게 버무려져 있는 장아찌와 밑반찬들, 마른오징어와 대구포, 뱅어포, 쥐치포와 멸치, 말린 새우가 놓여있는 건어물 가게 가판대 위에 매달아 놓은 홍어와 황태, 눅눅한 코다리와 기다란 문어 다리를 쳐다보고는 갑자기 미간을 찌푸리며 입을 꾹 다물고 코를 틀어쥐었다.

"아가 왜 그려? 꼬린내 나서 그르냐?"

기특하고도 귀여웠는지 옥분이 웃으며 소피의 콧등을 살짝 누르자, 소피가 고개를 도리도리 흔들어대며 어서 이곳에서 벗어나자는 듯이, 옥분의 옷소매를 잡아끌었다.

"아이쿠~아이쿠…! 알었다. 알었어…. 아야~! 여…, 할매 넘어지겠다. 찬찬히 쫌 가자."

옥분의 입에서 이런 소리가 날만치 기운차게 옥분을 끌고 가던 소피가 몇 발짝 만에 걸음을 멈칫댔다.

"아가, 왜 그랴? 으디, 뭣이 있간…?"

한 걸음 뒤에서 끌려오듯이 뒤뚱거리며 따라오던 옥분이 "에고고…!" 하며 무릎을 굽히더니, 소피가 쳐다보고 있는 쪽으로 눈길을 돌렸다.

소피가 호기심 어린 눈으로 바라보고 있는 곳은 떡볶이와 순대, 삶은 달걀과 어묵, 만두와 튀김 종류를 파는 분식점이었는데, 주변의 다른 가게들보다 길 쪽으로 한 걸음쯤 더 튀어나온 가판대 뒤편에는 불그우리한 고추장이 서너 군데 진하게 묻어있는 말끔한 흰색 두건을 머리에 두른 땅딸막한 아주머니가 빨간 고무장갑을 팔꿈치까지 올려 낀 손에다 나무 주걱을 쥐고 네모난 떡볶이 판을 휘휘 저어가며 덩어리진 고추장을 풀고 있었고, 가판대 바깥에는 소피 또래의 사내아이가 김이 모락모락 나는 어묵꼬치를 호호 불어

가며 간장을 찍어서 한 입씩 베먹고 있었다. 입안에서 물컹거릴 것
처럼 요상하게(?) 생겨 먹은, 난생처음 보는 음식을 아주 맛있게 먹
는 광경이 신기하거나 기이했는지, 소피는 그 사내아이에게서 눈
을 떼지 못하고 있는 것이었다.

"야가 출출해서 그러는가··? 아야, 소피야~, 저놈 먹고 싶으냐?
할매가 저놈 한 놈 사줄까?"

"···!···"

"알었다. 가자, 잉~"

옥분의 표정과 말투, 뉘앙스로 알아들었나 보다. 소피가 초롱초
롱한 눈을 깜박이자, 옥분이 소피의 손목을 붙들고 횡허케 걸음을
떼었고, 소피도 잰걸음으로 쫄래쫄래 옥분을 뒤따랐다.

"으디 보자~ 우리 소피가 먹을 만한 놈의 것이··! 장사 잘되냐?"

뒤뚱거리며 떡볶이 가판대 앞에 다가선 옥분이, 자글자글한 주
름에 주근깨가 까뭇까뭇한 얼굴의 아주머니에게 물었다.

"늘 그렇죠, 뭐. 오셨어요?"

비쩍 마른 아주머니가 손에 쥔 나무 주걱을 내려놓더니, 가판대
를 짚고 주근깨투성이 얼굴을 피하듯이 옆으로 슬쩍 돌리며 시무
룩하게 대꾸했다.

"왜 그르냐? 너, 또 은어맞았냐? 쯔쯔쯧··, 그리고 사는 너도 참말
로 팔자소관이다··."

"사는 게 다 그렇죠, 뭐··. 손녀따님이에요?"

왼 손목으로 이마를 훔친 주근깨투성이 아주머니가 오른손으로
나무 주걱을 바꿔 쥐더니, 까치발을 딛고 떡볶이 판 귀퉁이를 득득

늙으며 시들한 목소리로 물었다.

"그럼 나 손녀딸이지 며느리겄냐? 그 염병헐 놈의 새끼…! 사내놈이 을매나 못났으면 지 마누라한테 손찌검이여, 손찌검은…! 함 걸리기만 혀봐라. 그놈의 새끼 손모가지를 아조 콱 뽀샤뜨려 버릴라니께!"

"술 먹고 취해서 그런 건데요, 뭐…. 밖에서 마음대로 일이 잘 안 풀리니까…"

"음마마~?? 긍께 너가 더 나뻐! 자꾸 그라고 받아주니께 저 잘못인지도 모르고 그 지랄인 것이여. 바깥 일 힘들다고 집구석서 술 처먹고 지 마누라, 새끼 뚜드려 패는 놈이 시상 으딨냐? 누구는 밖에서 피똥 싸고 일 안 혀?"

"아이고~ 고정하셔요. 애들 놀라겠어요. 국물 좀 줄까? 뭐 먹고 싶니? 뭣 좀 드릴까요? 뭣 드실래요?"

옥분이 목청을 높이자, 깡마른 주근깨투성이 아주머니가 다 먹은 어묵꼬치 꼬챙이를 오른손에 세워 든 채 입을 오물거려대며 쳐다보는 사내아이와 그 사내아이를 오도카니 쳐다보는 소피에게 묻더니만, 떡집에서 가래떡 썰어놓은 것과 인절미를 사서 방금 돌아온 아이 엄마와 옥분에게 번갈아 물었다.

"염병허네…. 말 돌리기는…. 아가, 뭐 먹을터?"

"…?…"

"떡볶이랑 요거, 뎀뿌라허고…, 오징어튀김이랑, 거…, 옆에 김말이냐? 그거허고…, 너가 쫌 알아서 줘봐. 고구마튀긴 놈도."

뭘 먹을지 고르지 못할 소피를 대신해서 이것저것에 손가락질하고 턱짓하더니, 옥분은 지갑을 꺼내려는 것처럼 속바지에 손을 넣고 뒤적였다.

"네, 알았어요. 손녀따님이 먹을 만한 걸로…. 애가 참 예쁘게 생겼네요. 몇 살이에요?"

"잉? 아…! 야가…! 다섯이여! 다섯…! 만으로 넷!"

"예. 이것 좀 받으세요. 그 앞에 놓고."

가슴이 뜨끔거릴 질문이었을까? 찰나지간 열었던 말문이 비어버린 것처럼 어색하게 큰 소리로 대꾸하더니, 옥분은 속바지에서 손을 꺼내 소피의 머리를 쓰다듬었다. 그러자 모를 수도 있는 거지 뭘 그걸 그렇게 버벅대고 당황스러워하냐는 듯이, 주근깨투성이 아주머니가 태연스레 떡볶이 담은 접시를 옥분에게 건넸다. 옥분은 얼떨결에 접시를 받아서 가판대 위에 내려놓더니, 기다란 순대를 꺼내서 썰기 시작한 분식점 아주머니를 쳐다보았다.

"왜요? 간하고 허파 좀 드려요? 소주 한잔 드시게?"

순대 더미를 덮은 께저분한 비닐을 휘적거리며, 분식점 아주머니가 까무잡잡한 주근깨가 깨알처럼 도드라져 보이도록 천연덕스럽게 물었다.

"잉…? 아…아녀. 아야, 것 쫌…, 흘리지 말고 먹어야지. 칠칠맞게 죄다 흘리고 그러냐? 아가, 일루…, 이짝으로 오니라."

소피 옆에 서서 소피를 쳐다보며 떡꼬치 베먹던 사내아이가 고추장 국물을 윗도리와 운동화 위에 방울지게 떨어뜨리는 것을 보고서, 옥분은 소피를 제 옆으로 끌어당겼다. 그러자 옥분의 그런 말과 행동이 핀잔인 것만 같아서 비위에 거슬렸는지, 사내아이의 엄마가 가느다랗게 새겨 넣은 짙은 눈썹을 쌍그랗게 올려 보이더니, 가판대 위에 걸어놓은 두루마리 휴지를 손에 둘둘 말아 끊어내서는 아이의 윗도리에 묻은 고추장 국물을 슥슥 문질러 닦아냈다.

"계산 아까 했죠?"

"예."

"가자."

사내아이의 엄마가 모가지 꼿꼿이 세우고 분식점 아주머니에게 쌀쌀맞은 말을 던지며 갈고리 모양으로 눈을 떠서 옥분과 소피를 흘근번쩍 쏘아보더니, 사내아이의 손목을 낚아채고 시장 안쪽으로 걸음을 떼었다.

"허~ 거‥, 싹퉁머리허고는‥. 못 보던 년인디, 뭣 하는 년이랴? 옷 입은 꼬라지를 봉께, 돈은 쫌 있는 가본데‥."

"글쎄요‥. 저도 몇 번 본 적이 없어서. 요것 좀 받아주세요."

비싼 가격표가 붙었음 직한 옷차림과 윤기 자르르 흐르는 아이 엄마의 새까만 뒷머리를 훑어보고 물었건만, 분식점 아주머니는 심드렁하게 대꾸하며 순대 접시를 옥분에게 건넸다.

"얘기야, 너 이거 먹어봤니? 어서 먹어봐."

분식점 아주머니가 가판대를 짚고 어깨를 으쓱이며 소피를 향해 몸을 기울이더니, 주근깨가 넓게 퍼져 보이게끔 미소를 띠어 보였다.

"어‥어‥? 매울텐데‥??"

"…!…"

주근깨가 고르게 퍼져서 또렷하게 반들대는 분식점 아주머니의 미소 띤 얼굴을 믿었을(?) 소피가 어른 집게손가락만 한 떡볶이를 포크로 찍어서 그대로 입안에 집어넣자, 분식점 아주머니가 입을 동그랗게 모으며 걱정스러운 듯이, 자신이 이미 그 매운맛을 느끼고 있다는 듯이, 이맛살을 찌푸렸다. 아니나 다를까, 입안에서 오물오물 씹어대던 소피가 이내 눈썹을 찡그리며 입을 헤~ 벌리더니, 숨쉬기도 힘든 것처럼 목구멍으로 숨을 후후~ 내쉬었다.

"아이구메~ 매운 갑네. 이를 워쪄? 아가, 열루··, 열루 얼릉 뱉어봐라, 잉?"

매운맛에 쩔쩔매는 모습이 앙증맞고 귀여울 만도 했으나, 옥분은 웃지도 못하고 손바닥을 허벅지에 박박 비벼 닦더니, 소피의 턱 밑에다 양 손바닥을 받쳐대었다.

"하아~ 하아~~"

옥분의 손바닥 위로 입안의 떡볶이를 "퉤퉤~" 뱉어낸 소피는 침이 잔뜩 묻어서 뱉어지지도 않은 떡 부스러기가 여전히 올려져 있는 혓바닥을 내밀면서 - 불타는 혓바닥을 바람으로 끄려는 듯이 숨을 몰아쉬며 - 울상을 지었다.

"하이고메~ 겁나 매운 갑네. 으쩐다냐?"

"이것 좀 줘보세요."

눈물이 그렁그렁한 눈으로 쳐다보며 도와달라는 듯이, 소피는 손을 뻗어 옥분의 소맷자락을 붙잡았다. 옥분이 어찌할 바를 몰라 무슨 수를 내보라는 것처럼 분식점 아주머니를 쳐다보는데, 분식점 아주머니가 제 몸보다 커다란 냉장고에서 요구르트를 하나 꺼내 들더니, 빨대를 꼽아서 옥분에게 건넸다.

"그거 먹으면 좀 나아질 거예요."

"그려? 아야~, 아가, 이거 쪼까 얼릉 먹자."

소피가 씹다 뱉어낸 손 위의 떡볶이 조각을 제 입에 후루룩~ 털어 넣은 옥분이 요구르트를 받아 들더니, 소피의 턱에 가져다 대었다.

"……"

말귀를 알아들었다기보다는 되는 대로 뭐라도 하고픈 심정이어서 그랬을 것이다. 소피는 빨대를 입에 물고 자기가 뱉어낸 떡볶이 조각을 오물오물 씹어대는 옥분을 말똥말똥한 눈으로 쳐다보면서, "쪽쪽~" 소리가 날만치 힘껏 요구르트를 빨아 마셨다.

"잘 먹네. 하나 더 줘봐."

"예."

"아나~. 아가, 요놈 한 놈 더 먹어라."

달달한 요구르트가 얼얼한 혓바닥을 달래는 데 도움이 되었나 보다. 분식점 아주머니에게서 건네받은 요구르트를 권하자, 날름 받아든 소피는 분식점 아주머니의 깡마르고 까뭇까뭇한 주근깨투성이 얼굴을 쳐다보면서 이전보다 더 힘차게 쪽쪽 빨아 마셨다.

"애가 많이 놀랐겠어요. 우리 집 고추장이 태양초라, 시골에서 직접 따서 말린 걸로 담근 거라, 진짜 매울 텐데."

"야가, 도마토 케챱쯤 되는 줄 알은 모양이네."

다행이다 싶은 데다가, 어깨를 움츠린 채 두 손으로 앙증맞게 요구르트병을 꼭 쥐고 빨대로 쪽쪽 빨아먹는 모습이 사랑스러웠는지, 옥분이 푸근한 미소를 내비쳤다.

"그거 이리 주고… 자~"

소피에게 팔을 내밀어 빈 요구르트병을 건네받은 주근깨투성이 아주머니가 가판대 아래쪽에 그것을 던져두더니, 이쑤시개를 집어서 썰어놓은 순대 한 조각을 콕 찍어서 들어 보였다.

"방금 찐 거라 쫄깃쫄깃할 거다. 어서 먹어봐라."

물론 자기 말을 알아들으리라고 생각하지는 않았겠지만, 분식점 아주머니는 소피에게 친근한 눈웃음까지 곁들여가며 순대를 권했다. 그러자 소피는 낯선 음식에 방금 혼이 났음에도 - 그러나 아이다운 호기심 때문일까? 아니면 화끈거렸던 혓바닥을 달달하게 달래준 아주머니에 대한 신뢰 때문일까? 여하튼 - 언제 그랬냐는 듯이, 아직도 그렁그렁했던 흔적이 남아있는 물기 젖은 눈으로 순대와 옥분을 갈마보더니, 슬머시 손을 내밀어 순대를 받아들었다.

"디스‥, 코리아 쏘세지 이즈‥, 맛이 베리 굳! 오케이?"

"……"

주근깨투성이 아주머니가 웃는 얼굴을 하고서 엄지손가락을 앞으로 척 내밀며 대충 알아들을 만한 영어를 내뱉자 어느 정도 안심했는지, - 그러나 그랬음에도 뭔가 켕기는 게 있었는지 떡볶이처럼 한입에 집어넣지는 못하고, - 소피는 조심스럽게 한입 작게 뜯어먹었다. 그리고서 오물오물 거리대다가, 가판대 위로 투두둑‥! 떨어져 내리는 - 아주머니의 이쑤시개에 찔리고 소피의 앞니에 뜯겨버린 - 시커먼 순대 부스러기를 내려다보더니, 묘한 표정을 지으며 옥분을 바라보고 얼굴을 찌푸렸다.

"으메~ 쓴가 보네‥!"

표정으로 소피가 어떤지 알아차린 옥분이 얼른 손을 뻗어서 뱉어내게 하더니, 소피가 뱉어낸 순대를 얼른 제 입안에 털어 넣었다.

"…?…"

혓바닥을 빼 내밀었다가 윗니에 긁히게 집어넣는 것으로 혓바닥 위에 붙어있는 순대 소 쪼가리들을 떼어내 바닥에 "퉤, 퉤이…!" 뱉어낸 소피가, 그랬음에도 여전히 입맛 떨떠름한 얼굴로 윗니에 혓바닥을 긁어대면서 - 앞에서 뱉어낸 떡볶이 쪼가리와 마찬가지로 - 자기가 뱉어낸 순대를 아무렇지도 않게(?) 먹고 있는 옥분을 신기한 듯이 쳐다보는 중이었다. 갑자기 어느 골목에선가 악머구리처럼 악악거려대는 여자아이 울음소리가 들려왔다.

"아이구메~ 듣기 싫어라. 쪼깐헌 것이 벨시럽게 다랑귀 뛰는 갑네. 것도 기집애가…. 아가, 너는 너그매헌티 뭣 사달라고 저러면 안 되어야. 잉? 알겠지?"

여자아이 울음소리가 들려오는 쪽으로 소피가 눈길을 돌리자, 옥분이 그 눈길을 끌어오려고 양손으로 소피의 얼굴을 어루만지고 가슴 앞에서 손을 가로저으며 고개를 까딱댔다.

"으이그~ 저 우라질 놈이…. 시끄러웅께 절대루 크게 틀지 말랐는데도, 말을 안 들어 처먹고 또 지랄이네…."

"…?!…"

잡소리가 하도 지저분하게 지직거려대는 바람에 정확히 어디서 나오는 것인지 알 수 없었지만, 떼쓰는 여자아이의 찢어지는 울음소리가 들려온 골목의 반대편쯤 되는 곳일 것이다. '갑자기 할머니가 왜 내 얼굴을 어루만지는 걸까?'라고 소피가 생각해보기도 전에, 여자아이의 악악거리는 소리에 호응하듯이 - 각설이 타령인가? 트로트 메들리인가? 여하튼 - 잡음 심한 저성능 앰프에서 뽕짝 반주가 흘러나오고, 꿍짝거리는 가락에 맞춰 음정도 박자도 맞지 않는 노래를 부르며 쩔겅쩔겅 가위질하는 소리가 들려왔다.

"저 양반도 먹고살아야지요. 가는 귀가 먹어서··, 십몇 년 저러다 보니, 저러지 않으면 소리가 안 들린다네요. 그렇다고 보청기 끼고 엿장사 할 수는 없잖아요."

"예미럴 것··. 누가 먹고살지 말라 그랬냐? 소리 쪼까 줄이면은 좋겠다는 것이지."

저보다 이해심 많은 분식점 아주머니의 말에 수긍한다는 듯이, 그러나 멋쩍어하면서도 여전히 마땅찮다는 듯이, 옥분이 미간을 찌푸리며 높였던 말머리를 낮추고 입맛을 쩝~! 다셨다. 바로 그때였다. 여자아이가 억지 울음을 짜내느라고 악을 써댔던 골목에서 부터 "뻥이요~!" 하고 늙수그레한 외침 소리가 들려오고, 달궈진 시커먼 쇳덩이가 "뻥~!!" 하고 강냉이 뱉어내는 소리가 들리더니, 이어서 고소한 냄새가 와글와글 배여 있는 즐거운 비명과 왁자지껄 조잘대는 소리가 시장 한 가운데로 넘치듯이 쏟아져 나왔다.

"으메~ 양··! 아조 양쪽서 쌍으로다··!"

옥분이 목을 움찔거리고 양손으로 귀를 틀어막으며 짜증스러운 목소리를 내뱉는데, 소피가 옥분의 조끼 주머니를 잡아당겼다.

"잉··? 왜? 왜그랴··?"

"……"

"으째··? 저짝으로 가보자고··?"

아이들이 재잘거리는 소리로 시끌벅적한 뻥튀기 아저씨 쪽이나

노랫가락에 맞춰 가위를 쩔그렁대는 엿장수 쪽으로 가보자는 것이
라고 생각했나 보다. 말은 없었지만 흥미롭다는 듯이 초롱초롱한
눈알을 반짝대는 소피를 내려다보며, 옥분은 묻는 시늉으로 두 골
목의 가운데쯤 되는 곳을 손가락으로 가리켰다. 그러자 알아들었
다는 듯이, 바로 그것이라는 듯이, 소피가 어깨를 으쓱이며 옥분을
빤히 쳐다보았다.

"알았다. 가자~! 가서, 각설이타령 보면서 엿이나 사먹자. 아야~
시방‥, 나, 간다. 요놈은 나중에 줄텡게 달아놓고, 잉~!"

옥분이 소피에게 고개를 끄덕여 보이고 주근깨투성이 분식점 아
주머니에게 말을 던지더니, 소피의 손목을 붙들고 시장 골목 안쪽
으로 성큼 발걸음을 떼었다.

"예~ 예. 그러세요. 애기도 잘 가라~!"

"…!…"

깡마른 주근깨투성이 아주머니가 몸을 일으켜 떡볶이와 순대 담
긴 접시를 양손으로 겹쳐 들며 소리치자, 소피가 고개를 돌리면서
손을 살짝 흔들어주었다.

"아가~! 너, 저놈이 뭔지 아냐?"

예쁘게 포장된 색색의 절편들과 인절미, 모양 좋은 이바지 떡과
먹기 좋게 썰어놓은 떡국용 가래떡, 알록달록한 제수용 사탕과 한
과, 유과, 약과, 강정이 무더기로 놓여있는 떡집 가판대를 쳐다보
려는 소피에게 옥분이 반대편 가게 가판대를 가리키며 물었다.

"…?!…"

온전한 돼지의 발을 본 적이 없어서 그랬을까? 아니면 언뜻 보기에 초콜릿 빛깔인 것 같아서 흥미를 느껴 그랬을까? 소피는 멋모르고 돼지 족발 가게 가판대 쪽으로 몇 걸음 다가갔다. 그러다 문득, 앞에 놓인 그것이 짐승의 발이라는 것을 알아차리고 기겁하여 "올라라Oh là là~!" 소리치며 뒷걸음치더니, 옥분의 바짓가랑이를 붙들며 매달리듯이 뒤로 숨었다.

"놀래기는! 아가, 저놈 먹는 것이여. 맛난 놈. 얌얌 짭짭이~!"

옥분이 쩝쩝거리고 먹는 시늉을 해 보이자, 무섭다기보다는 징그럽다는 듯이, 소피가 눈썹을 찌푸리고 제 입안에 그 무엇이 있는 것처럼 쓴 입맛을 다셔보더니, 그랬음에도 처음 보는 것이라 신기했는지 넘어다보듯이, 돼지 족발에다가 눈길을 돌렸다.

"모냥이 거시기해서 그러냐? 여‥, 할매가 일년 삼백육십오일 맨져대는 것이 저놈 창새기허고 머릿고긴디?"

옥분이 환한 얼굴로 중얼거리며 소피의 머리와 어깨를 비벼대듯이 쓰다듬어주었다. 바로 그때였다. 김 서린 족발 가게 유리문이 '드르륵~!' 열리더니, 호리호리한 사내가 밖으로 나섰다.

"어이~ 누이! 나오셨소?"

은발의 파마머리를 어깨 아래까지 치렁치렁 늘어뜨린 테 없는 안경 차림의 중년 사내가 손을 얼굴께로 들어 올리더니, 딸랑이를 흔들어대는 것처럼 가볍게 흔들었다.

"우라질 놈이‥. 너, 인사 똑바로 못허냐?"

"아따~! 같이 늙어감서 얼굴 뵈는 거이 인사지‥, 뭘 또 그라고 뻑뻑허게 따져 쌌소? 같은 동종 업종 씨이오CEO끼리."

은발의 파마머리에 서글서글한 인상을 주는 호리호리한 사내가 누리끼리한 순금으로 된 고리 모양의 귀걸이가 반짝이게끔 고개를 살짝 내밀어 보이더니, 생글생글 웃었다.

"뭣이요? 거시기‥, 짜해 보이는 거이‥, 손녀딸이요? 잉‥, 그라 겠구마, 잉~. 요라구 디다봉께, 누님허고 안 닮아 다행이요. 안 그렇소?"

"엠병허네‥. 시끄러, 이놈아~!"

"아따, 농담 한마디 한 것 갖꼬 또 발끈해쌌고 그러시오. 아니요! 이뻐요! 누님을 닮아갖꼬 겁나 이뻐부러요!"

은발이 꼬불꼬불하고 치렁치렁한 중년 사내가 호리호리한 옆구리에 손을 얹으며 예쁘장하게(?) - 바람기가 있다면 바로 저런 건가 싶을 만치 고운(?) - 눈웃음을 쳤다.

"지랄헌다. 우라질 놈‥!"

"아이고~ 누님, 거시기‥, 잠깐만요."

말 같잖은 소리는 듣기 싫다며 옥분이 눈을 흘기고 소피의 등을 떠밀어서 시장 안쪽으로 걸음을 옮기려 하자, 치렁치렁한 은발의 파마머리 사내가 비위를 맞추려는 것처럼 굽실거리며 목소리를 낮추고 다가오려는 것으로 옥분을 멈춰 세웠다.

"아~ 왜, 또~!!"

"전번짝에 지가 말헌‥"

"아~ 전번에 뭐? 빨랑 말혀."

옥분이 미간을 찌푸리며 입술을 삐죽였다.

"조선족 아줌씨말이어요."

"이잉~? 염병허고 자빠졌네.. 야 이, 미친 놈아··! 나가 미쳤냐? 이 나이에 뚜쟁이질허다가 욕먹을 일 있냐?"

"아녀요. 거 아니랑께요!"

"정신 차려, 이놈아. 너도 낼모레가 환갑이여. 기집에 미쳐갖꼬 틈만 나면 자빠트릴 생각만 허덜말고."

"어허~! 이번 참은 참말로 아니라니께요. 홀에서 조신허게 서빙 허실 아줌씨 구할라는 거랑께요. 긍께 누님 가게 아줌씨헌티 친구 나 아는 사람 있음, 이쁘징한 아줌씨 쪼까··"

"일 읎어. 이놈아! 있어도 너 같은 놈헌티는 안 뵈죠. 가자."

"아따! 누님~! 누님~!!"

목청 돋워 불러대는 호리호리한 은발의 파마머리 사내를 뒤로하고서 - 잘 생긴 족발 가게 사장이 그의 말마따나 동종업계의 라이 벌이어서 그랬을까? 왠지 쌀쌀맞게 대하고서 - 옥분은 시장 안쪽으로 발걸음을 떼었다.

"우라질 놈이 동네 망신으로 모잘라서··, 아조 나라 망신을 시킬라고 조선족헌티까정 껄떡댈라 지랄이네. 안 그르냐, 아가?"

"……"

왼쪽 손목을 잡혀서 시장 안쪽으로 - 엿장수와 뻥튀기 아저씨가 있는 곳과 점점 더 멀어지는 곳으로 - 걸어가며 알지 못할 말을 들은 소피가, 맹물 같은 표정을 지어 보였다.

"쩌그 쩌짝 보이냐? 쩌짝으로 곧장 내려가다 왼쪽으로 꺾어갖꼬 쪼까 더 내려가면, 바로 할매 가게여. 쫌 이따 함 가보자, 잉~? 알었지?"

가라앉았던 호기심이 다시 일어났는지, 엿장수 가위질 소리와 왁자지껄한 노랫가락이 흘러나왔던 골목과 아이들 웃음소리와 고소한 뻥튀기 냄새가 풍겨 나왔던 골목 쪽을 기웃거려보려고 눈길을 돌리는 소피에게 - 소피가 그러고 있다는 것을 전혀 눈치채지 못하고 - 옥분은 오른손을 들어 시장 안쪽의 먼 골목을 가리키고 자신의 가슴팍을 짚어가며 자기 이야기를 해댔다.

"……"

그랬더니 딴생각을 하다가도 무슨 말인지 알아들었던 걸까? 고개를 빼 내밀어서 얼굴을 들이대고 빤히 쳐다보는 옥분에게 소피가 눈을 깜박이고 고개를 끄덕댔다.

"그려, 어여 가자, 이그~ 이쁜 놈의 것‥!"

옥분이 두 손으로 소피의 뺨을 비벼대다가 오른손으로 소피의 왼 손목을 쥐더니, 야들야들한 속살이 훤히 내비칠만한 하늘하늘한 상아색 가운을 걸친 마네킹과 검정 바탕에 빨강 물방울무늬가 앙증맞게 그려진 속옷을 깜찍하게 차려입은 마네킹들이 유리창 안에 뽐내듯이 서 있는 속옷가게 앞을 지나쳐서, 두툼한 방한화에서부터 유명상표를 도용한 싸구려 운동화와 작업용 고무장화, 앞이 막힌 슬리퍼와 앞이 트인 슬리퍼, 발등에 리본이 붙어있는 빨간 구두와 촌스런 느낌을 주는 분홍빛 구두, 반짝이를 뿌려놓은 합성피혁 단화와 애니메이션 캐릭터가 그려져 있는 운동화를 종류별로 진열해 놓은 신발가게 앞으로 향했다.

"여는 요런 놈들 파는 것이고, 저 짝이‥,"

손짓으로 신발가게 가판대를 가리킨 옥분이 턱짓으로 바로 옆 옷가게를 가리켰다.

"…?!?!…"

붉은색으로 굵게 '솜 틀어드립니다.'라고 멋들어지게 써놓은 종 잇장을 붙여둔 맞은편 이불가게 유리창 안쪽을 까치발로 들여다보 려던 소피가, 고개를 돌려서 신발가게 가판대에 진열된 각양각색 의 - 알록달록하면서도 촌스럽고, 칙칙하면서도 화려하고, 조잡하 면서도 대담하고, 유치찬란하면서도 휘황찬란한 - 신발들을 휘둥 그런 눈으로 쳐다보고 어리벙벙한 표정을 지으려는데, 옥분이 큰 숨을 들이키며 젖히듯이 허리를 펴고는 "으메~ 참말로‥! 고것 참 말 이쁘네‥!" 소리치더니, 가판 위에 늘어놓은 머리띠와 머리핀, 브로치 등의 반짝이는 액세서리와 가게 안 왼편, 오른편, 맞은편 벽에 매달아 놓은 형형색색의 아동복들을 만족스러워하는 눈으로 훑어보며 환하게 웃어 보였다.

"아야~ 안에 있냐?"

거들먹거려대려는 사람처럼 뒷짐을 지더니, 옥분이 행똥행똥 걸 음을 가게 안쪽으로 옮겼다.

"장사 잘되냐?"

"하아~하~아~~ 오셨‥어요?"

노란 양은 냄비에서 라면 한 젓가락을 둘둘 말아 입안에 막 집어 넣었던 아주머니가, 손으로 가렸어도 김이 폴폴 나는 것이 보이게 끔 입안의 면발을 굴리면서 엉덩이를 들썩였다.

"인자 밥 먹냐? 뭣 하다가?"

"아니에요. 출출해서, 간식으로…"

무릎 높이의 구들장에 펑다리치고 - 엉덩이 아래께를 덮었을 불그죽죽한 담요를 한쪽 구석에 밀어놓고 그 자리에 가져다 놓았을 - 소반 위에 젓가락 내려놓은 짧은 파마머리 아주머니가, 구들장 위에 내려두었던 네모진 검정 뿔테 안경을 걸치며 입을 오물거렸다.

"밥을 먹어야지. 그놈 갖꼬 되겠냐?"

"금방 저녁 먹을 건데요, 뭐. 그런데 어쩐 일이세요?"

"으짠 일은… 옷 보러왔지. 아따~ 멋진 놈 많네, 잉!"

어지간한 배짱과 용기를 가진 엄마가 아니라면, '만화영화에 나오는 별나라 공주도 아니고…, 저런 걸 입힐 수 있을까?'라는 생각이 들만치 촌스러운 레이스로 장식된 아동용 원피스 쪽으로만 눈길을 돌려가며 옥분이 물었다.

"조고 을매냐?"

"어떤 거요?"

아래쪽 눈언저리 속눈썹에 덩어리져 있는 시커먼 마스카라가 네모진 뿔테 안경 속에서 눈에 띄게 짙은 듯이 보이는 옷가게 아주머니가, 구들장을 내려와 신발을 신으려고 발을 비비적대며 물었다.

"조기 위에 허연 놈, 원피스."

"십이만 원요."

"고 아래 왼짝에 깜장색 어깨띠 달린 놈은?"

"그것도 똑같아요. 십이만 원."

"저놈, 저 돕빠는?"

"그건 좀 많이 비싸요."

"그럼 저짝 저거‥, 고리땡이냐? 저놈하고‥, 저 노랑 치마는?"

"그거랑 그 위 마이랑 세트로 십오만 원에 드릴게요. 백화점에 납품 들어가는 거라 가격대가 높아요. 백화점 가보시면 알겠지만, 똑같은 상표 하나 붙여놓고 이십오만 원까지 받는다고요. 여긴 동네시장이니까 비싸게 안 받는 거지, 물건은‥"

"바깥에 머리핀하고 머리띠도 비싸냐?"

"어떤 거요? 꽃무늬요? 아니면 밤색 민무늬요? 머리핀은 비싸요. 명품 그대로 카피한 거라, 삼만 원 넘어요."

"뭣이라고라? 머리핀이 하나에 삼만 원‥? 하이고메~! 돈이 썩은 갑네. 새앙쥐 발싸개만 한 것이 뭣이 그라고 비싸다냐? 죄다 중국산 아니어? 그라믄 고짝에 고‥, 리본 붙은 놈은?"

"‥‥‥"

중국산 아니냐는 말에 마음이 상했을까? 가로로 나란히 기다랗게 파란 줄과 빨간 줄을 그려 넣은 새하얀 옷깃을 바짝 세운 자줏빛 티셔츠 위에 북슬북슬한 토끼털 조끼를 덧입은 네모진 검정 안경테 아주머니가 옆구리에 손을 가져다 대더니, 대꾸도 하지 않고 쌔무룩이 옥분을 쳐다보았다. 그러자 그 눈길에 속이 뜨끔해지고, 뜨끔해지니까 머쓱해졌는지, 옥분이 콧잔등이를 찌긋거려대고 슬그머니 고개를 돌렸다.

"깐놈의 것을‥, 뭣이 또 그라고 섭허다고 도끼눈을 뜨고 째려보고‥, 고로코롬 그래 쌌냐‥. 거시기‥, 사람 무안시럽게시리‥. 잉‥? 얼랄라~??"

딴청을 부리듯이 가게 밖을 내다보며 혼잣말로 궁시렁대던 옥분의 눈이 갑자기 동그래졌다.

"우리 아그 못 봤냐?"

"누구요?"

"여‥, 요만헌‥, 겁나 이쁜 꼬맹이말여."

"모르겠는데요?"

"아니! 거시기…, 나허고 같이 여‥, 들어온…,"

말하다 '아차‥!' 싶었고 불길한 느낌이 등줄기로 확 뻗히며 머리 끝이 쭈뼛해졌는지, 옥분이 말꼬리를 사리며 몸을 움츠렸다.

"참말 못 봤어??"

"…?…"

모가지를 길게 빼며 침을 꿀꺽 삼킨 옥분에게 정말 못 봤다는 듯이, 옷가게 아주머니가 네모난 검정 뿔테 위로 눈썹을 으쓱였다.

"으메~ 양‥! 것이‥, 긍께‥, 시방 것이‥,"

옷가게 조명 탓일까? 얼굴이 하얗게 질린 것처럼 보이는 옥분이 쿵쾅쿵쾅 거려대는 가슴을 누르려고 침을 꿀깍 삼켜 넘기더니, 가게 입구 쪽으로 발걸음을 떼었다.

"아가~?? 아야~! 소피야~! 아가~! 소피야~!!"

갑자기 다리에 힘이 쪽 빠져서 놓치면 쓰러질 것만 같았나 보다. 옥분은 옷가게 문지방에 올라서서 가게 문설주와 유리 문짝을 꼭 붙잡더니, 새하얘진 얼굴을 내밀어서 골목을 살펴댔다.

"시방, 금시까정 여 있었는디‥, 야가 대체 으딜 간겨? 하늘로 솟은겨, 땅으로 꺼진겨??"

목을 길게 빼서 맞은편 이불가게 안쪽을 들여다보던 옥분이 바깥으로 나서 신발가게 안쪽을 기웃거리다 족발가게 쪽으로, 왔던 길을 되돌아가려던 걸음을 멈춰 세우더니, 무슨 생각이 떠오른 것처럼 - '어쩌면 또래 아이들 외침 소리에 귀를 쫑긋거렸던 뻥튀기 아저씨 쪽이나 노랫가락과 가위질 장단이 시끌벅적했던 엿장수 쪽으로 구경하러 간 것 아닐까?'라고 생각했거나, 조금 전 자신이 손짓으로 가리켰던 곳으로, 그러니까 '할매 가게가 바로 저쪽이라고 가리켰던 손짓을 그쪽으로 가라는 말로 잘못 알아듣고서 혼자 먼저 갔거나, 아니면 뒤가 급한 나머지 말도 못 하고서 왔던 길을 되돌아 집 쪽으로 간 것은 아닐까?'라고 생각이라도 한 것처럼 - 고개를 갸웃거렸다.

"하이구메~! 야가 혹시…? 으딴디를 섯들어갖꼬 길 잊어뿌랐음 으쩐다냐…?? 으메~ 으쩌쓰까, 잉~!! 환장허겄네…! 아가! 아가~! 소피야~! 소피야~!!"

불안함이 걷잡을 수 없이 커져서 어느 쪽으로든 서둘러 찾아보고 싶었으나, 이쪽으로 갈까 하면 저쪽에 있을 것 같고, 저쪽으로 갈까 하면 또 이쪽에 있을 것 같은 데다, 혹시라도 이 자리를 비운 사이 돌아오면 어떡하나 싶어서 이러지도 저러지도 못하는 사람처럼, 옥분은 근처에서만 서성거리며 발을 동동 구르고 불안스레 목소리를 높여댔다.

"거시기…, 우리 손녀딸 못 보셨소? 키가 딱 요만치 헌디요…. 이름은 소피고요…, 인형마냥 깜찍허고요…, 께끔발로 깡총깡총 뛰댕기고…, 연예인 저리 가라 헐만치…, 징그럽게 이뻐부러요…. 근디 갸가 외국서 와갖꼬요…, 쁘랑스서 오래 살다 와갖꼬, 외국말은 기똥차게 잘허는디요··, 우리말을 헐 줄 몰라요. 혹간에나 저짝 길로 오시다가··, 겁나 이쁘고 우리말 못허는 아, 못 보셨소? 야? 야?? 아 ~ 못 봤냐고요~!! 으메~ 양! 니미럴 것··! 으째 대꾸도 안 허고 서··! 시방, 미치고 팔짝 뛰겄네··!!"

옥분은 시장 골목을 지나며 자신을 쳐다보는 사람이나 눈 마주 치는 사람을 붙잡아 세워놓고 물었다. 난데없고 뜬금없는 행동에 사람들이 왜 이러냐는 듯이 쳐다보자, 급한 성정의 옥분은 답답하 여서 제 가슴을 마구 쳐댔다.

"아이구메~! 아이구메··! 디지겄네··. 디지겄어~!! 아가! 소피야~! 소피, 으딨냐? 할매 여 있다. 시방··, 누가 우리 손녀딸 못 보셨소? 오 다가다 겁나 이쁜 꼬맹이 한 놈 못 보셨소? 소피야! 소피야~! 하이구 메··! 이를 으쩐다냐? 이를 으찌어?? 소피야~! 소피야~!!"

눈깔이 뒤집힌 사람처럼 허둥지둥 허겁지겁 갈팡질팡 우왕좌왕 진둥한둥, 뭐 이런 표현들이 어울릴만하게 - 앞서 시장 입구에 들 어섰을 때 이미 언급했었던바, 만약 이것이 연극이었다면 옥분이 객석을 돌아다니며 관객에게 물어보는 장면으로 만들거나, 영화였 다면 적당한 기교를 써서 흔들리는 모습이 보이게끔 카메라를 손 에 들고 옥분의 동선動線을 쫓아다니며 찍었거나, 아예 강조하겠다 고 느린 그림(slow motion)으로 처리했을지도 모를 장면이 연상되게 끔 - 옥분은 시장 골목과 사람 사이를 비집고 또 헤집으며 소리쳤 다. 그러자 골목과 가게 안에 있던 사람들도 무슨 일인가 싶어서 밖으로 고개를 빼 내밀거나, 강아지를 품에 안고 다니는 밍크 조끼 차림의 젊은 여자처럼 미용실 유리창 너머로 내다보았다. 졸지에

구경거리가 됐을 테지만, 옥분은 그런 것에 신경 쓸 겨를이 없었다. 두려움과 불안감이 가득 찬 눈으로 도움을 갈구하듯이, 두리번 두리번 주변을 둘러보았다.

"누님, 거시기‥, 손녀 따님이 읎어졌어요?"

"…!…"

걱정스러워하며 조심스러워하는 나긋나긋한 목소리가 머리 뒤쪽에서 들려오자, 옥분이 고개를 돌려 쳐다보았다. 은발의 파마머리가 치렁치렁한 족발 가게 사장이 팔을 걷어붙이며 옥분에게 다가섰고, 흰색 두건을 두른 주근깨투성이 분식점 아주머니와 몸집도 얼굴도 오동통한 기름집 아주머니가 종종걸음으로 다가서는 것이 보였다.

"아이고~ 어쩌다가요?"

"어디서요?"

"언제부터요?"

"마지막으로 본 데가 어디에요?"

"어디 계셨는데요?"

"본 사람은요? 아무도 모른데요?"

팔 토시 차림의 오동통한 기름집 아주머니가 누리끼리한 앞치마에 손을 비비면서, 깡마른 주근깨투성이 분식점 아주머니는 흰색 두건을 벗어 내리면서 번갈아 물었다.

"아니, 것이‥, 긍께 말이다‥. 나가 저짝에…,"

옥분이 침덩이처럼 눅눅해진 숨덩이를 눌러 삼키며 턱짓과 손짓으로 옷가게 쪽을 가리켰다. 그러자 가게 문지방을 밟고 옥분을 지켜보던 네모진 검정 안경테 아주머니가 목구멍으로 마른기침을 "흠흠~~" 내뱉고서 가게 안으로 물러섰다.

"쟈~! 쟈‥! 쟈 가게로다‥, 나는‥, 옷이라도 한 놈 예쁜 놈으로 골라줄라고‥, 부러 생각해갖꼬‥, 쩌까정 데꼬간 것인디‥. 잠깐 옷 고르느냐고 눈 깜짝할 시에‥, 은제‥? 으디께서‥? 으디로 가뿌렀는지‥, 본 다고 본 것인디‥, 것이‥!? 으메으메~ 으쩐다냐? 큰일 나부렀네! 하이구~ 소피야‥! 너 시방‥, 이 할미는 으쩐다냐~? 으메~ 참말로‥, 환장허겄네‥. 환장허겄어~어‥! 나는‥? 나는 으쩌‥?? 잉?? 나가 환장을 해부르‥, 아이구~ 아이구~~"

목청을 높이려다가 갑자기 맥을 잃고 까부라질 것만 같았는지, 옥분이 통통한 기름집 아주머니의 팔 토시를 붙들고 골목 맨바닥에 주저앉았다.

"아이고, 은실아~야‥! 아이고 소피야~! 아이고~ 내 새끼‥! 이를 으쩐다냐? 잉? 잉~?? 소피야~ 은실아야~~"

헷갈려서 그랬을까? 소피와 은실이 피붙이로 동일화된 인물이라서 그랬을까? 옥분은 은실과 소피를 뒤섞어 불러대며 벌렁거리는 가슴을 진정시키려는 것처럼 오른손을 왼 가슴 위에 올려놓았다.

"걱정마쇼! 암만‥, 고 쪼깐헌 것이 으디 멀리 갔을라고요? 가봤자, 기껏 요 앞 으디께서‥"

"가만~!! 가만!!"

꼬불꼬불한 은발에 호리호리한 족발 가게 사장이 위안이라도 줘보려고 한마디 꺼내려는데 옥분이 두 아주머니에게 비켜나라는 손짓 시늉을 해 보이더니, 그 사이로 모가지를 쭉 빼 내밀고 미간을 찌푸리며 눈을 가늘게 뜨고서 시장 입구 쪽을 살폈다.

"쩌그~ 쩌‥, 쩌거 은실이년 아니냐? 맞지?? 잉?"

"…?…"

"아야~ 은실아~! 은실아~야~!!"

은실의 얼굴을 알 리 없는 두 아주머니가 확인해주기는커녕 대꾸도 하지 못하고 옥분이 가리키는 곳으로 똥그래진 눈길을 던지려는데, 옥분이 소리를 질러댔다. 그러자 시장 입구 쪽의 푸줏간과 그릇가게 앞을 기웃거리다 지나치며 골목 안으로 들이시려던 은실이 순간 '멈칫‥!' 거려대더니, - 어쩌면 '못 들은 척하고 그냥 지나쳐버릴까?'라는 생각을 하였을는지도 모르게 잠깐 망설거리는 것 같더니, - 이내 옥분이 있는 곳으로 걸음을 떼었다. 그러자 자신을 향해 다가오는 은실을 맞이하려고 옥분도 무르팍에 힘을 주어 몸을 일으키더니, 콧물을 훌쩍이고 울먹거리며 다가들었다.

"아이고~ 은실아‥! 은실아, 이년아‥! 너 으째‥, 으디서 뭣하다가 인자 오는 것이냐? 잉‥? 아~ 뭣하고 자빠졌다가~아~!!"

"…?…"

보자마자 다짜고짜 악다구니를 부리는 것만 같아 어리벙벙하였을 것이다. 도톰한 은빛 누비옷이 반들거려 보이게 어깨를 들썩거리더니, 은실은 네댓 걸음쯤 옥분을 뒤쫓아 오는 두 아주머니와 은발이 치렁치렁하고 호리호리한 족발 가게 사장을 쳐다보았다.

"너 시방‥, 워서 오는 것이냐? 쩌짝, 아래짝 큰 길서? 아님, 윗짝 갈랫길서‥? 으서 온 것이여? 오다가 못 봤냐? 은실이‥, 아니, 너 말고 너 딸 은실이‥, 아니! 아니‥!! 그놈 말고, 이런 염병허고‥!

• 282 •
동시상연집 同時上演集

혓바닥이 꼬였는가‥? 니미럴 것이 왜 자꾸 헛소리디야? 너‥, 시방 거시기‥, 잉~ 소피‥! 소피 못 봤냐고?"

"‥‥?‥‥"

"따님이 오셔서 다행이에요."

"그럼요‥, 그럼요‥."

"아이구~ 따님이 형님하고 아주 똑같으시네‥."

"그러게 말이야. 너무 걱정하지 말아요. 곧 찾을 테니까."

밑도 끝도 없는 소리라 영문을 몰라 하는 은실에게 한가로이 인사치레할 상황이 아니었기에 어정쩡하게 서서 쭈뼛쭈뼛 거려대는 호리호리한 족발 가게 사장과는 다르게, 오동통한 기름집 아주머니와 주근깨투성이 분식점 아주머니는 엊그저께 봤었다는 듯이 넉살 좋게 말을 붙였다.

"아이구메~ 큰일 났네‥! 큰일 났어~! 으쩌스까, 잉~? 대체 이를 으쩌‥!! 아이구~ 소피야‥! 소피야~ 은실아~ 잉‥!"

"‥‥!‥‥"

옥분이 제 팔을 붙들며 금방이라도 울음이 쏟아질 것 같은 심상찮은 얼굴로 가슴을 치고 몸부림치며 소피를 불러대자 모골이 송연해졌을 것이건만, 은실은 옥분의 양어깨를 두 손으로 단단히 붙잡고 침착하게 숨 고르는 법을 보여주듯이 숨을 쉬어 보였다.

"천천히‥, 천천히‥, 말해‥, 주세요."

"것이 긍께‥, 그러니까‥, 그놈이‥, 으찌 된 일이냐면 말이다‥‥."

은실이 보여준 들숨과 날숨 리듬을 따라 어깨를 들썩대며 숨 고르기를 해본 옥분이 헛바닥을 날름거려서 초들초들 메마른 입술에 침을 잔뜩 묻히더니, 말을 이어나갔다.

"긍께 쫌 전까정‥, 나가 고놈 팔목을 꼭 붙들고‥, 같이 있었는디 말이다‥. 근디 머리핀이나 옷이나‥, 이쁜 놈으로다 한 놈 골라줄라고‥, 나가‥, 이놈 저놈 고르다가 잠깐 뭣 쪼까 물어 볼라는 새‥, 으메~ 양‥! 저 망헐 놈의 예편네가 십 년 넘게 한 시장서 얼굴 맞대고 살면서 징그럽게 빡빡하게 굴어갖꼬는‥! 틀림읎이 중국산인 것을‥, 새앙쥐 붕알만 헌 놈을 비싸게 팔아먹을라고 막 사기를 칠라니께‥, 나도 막 거시기해갖꼬‥, 맘이 그렁께‥, 에라이~ 퉷~!! 망헐 놈의 예편네야~! 그거나 처먹고 콱 디져부러라‥!"

말하다 보니 분한 마음이 생긴 걸까? 아니면 면피하고픈 마음에서 그런 걸까? 옥분이 옷가게 쪽을 향해 침을 뱉었다.

"나가 그라고 한마디 헐려다가 관두고서 돌아봉께, 아가 읎어져 갖꼬‥, 으디를 갔는지 통 뵈지가 않어야‥. 그래갖꼬 이짝저짝 댕기면서 요 근방은 싹 다 뒤져봤는디‥, 걸음도 빠르지 않을 아가 그새 으디를‥? 가만‥, 가만있어봐‥, 으메~으메~!"

옥분이 눈을 동그랗게 뜨며 손뼉을 쳐댔다.

"아가 쪼깐헌 것이 인형마냥 겁나 이쁜 게로‥, 혹간에나 언 놈이 냅따 업고, 후딱 내뺀 것 아니여? 잉?"

"아이고~ 무슨 말씀을 그리 무섭게‥"

"아냐! 아냐! 일단 모든 가능성은 열어둬야 해. 그럴 수도 있을‥, 꺼라고는‥, 절대! 함부로! 말해서는 안 되지만‥, 그래도 조금은 신중해야 하니까‥,"

오동통한 기름집 아주머니가 주근깨투성이 분식점 아주머니의

말을 자르며 아는 척 말하다가 옥분의 찌푸린 눈살을 보았는지, -
아닌 게 아니라 절대로 그럴 리 없다는 말을 듣고 싶었을 것이 당
연했기에 옥분이 재수 없는 소리 말라는 것처럼 눈썹을 치올리자,
잠깐 슬쩍 말꼬리를 말았다가 다시 힘을 줘서 반대 방향으로 비틀
더니, - 은발이 치렁치렁한 족발 가게 사장에게 눈길을 돌렸다. 그
러자 호리호리한 족발 가게 사장도 어느 정도 수긍한다는 듯이, 짐
짓 심각해 보이는 얼굴로 고개를 끄덕댔다.

"그럼 어쩌죠? 경찰에 신고할까요?"

"경찰서에‥?"

깡마르고 주근깨 자글자글한 분식점 아주머니의 말을 받아서 의
견을 물어보려는 듯이, 콧물을 훌쩍거린 옥분은 오동통한 기름집
아주머니와 은발이 치렁치렁한 족발 가게 사장 그리고 은실에게
눈길을 돌려보았다.

"저‥, 그럼‥, 그러면…"

"그려, 알았다. 그르자. 근디 너 시방 으디 짝에서 왔다 혔지? 쩌
짝 웃길이랬냐, 아랫길이랬냐? 그럼 인자 이짝 큰 길 가는 짝은 갈
랫길 짝 가보자. 파출소도 그 짝에 있응께. 근디 가만‥! 시방 우덜
끼리만 이러고 댕길 것이 아니라…,"

어찌할 바 몰라 하다 이제 겨우 뭐라 한마디 꺼내려는 은실에게
지레짐작으로 대답하고 혼자 물어보며 결론까지 내린 - 이렇게 하
는 것이 은실을 나쁜 생각에 덜 빠지게 할 수 있을 거라고 생각한
듯이, 의도적으로 말을 막고 딴소리해댄 - 옥분이, 허리춤을 뒤적
거려 전화기를 꺼내고는 폴더를 열어젖혔다.

"흐이구~ 니미럴 것‥! 뵈덜 않아갖꼬‥."

팔을 길게 뻗어서 전화기를 멀리하더니, 미간을 찌푸리면서 눈을 가늘게 뜨고 전화기 액정을 들여다보았다.

"요건가‥? 요거? 으메~ 이건 갑네‥. 으디‥?"

입력된 전화번호를 찾으려고 눈을 휩떴던 옥분이, 두 아주머니와 은실을 쳐다보았다.

"너들 시방 뭣허냐? 냉큼 얼릉 앞장서잖고?"

"아니‥, 저는‥, 제가‥, 가게를 비울 수가 없어서요."

"저도 애가 올 때가 되서‥, 가봐야 해서요."

"그려‥?"

"예, 죄송해요. 저녁 전이라‥."

"쫌 있으면 저녁 장사 끝날 테니까‥, 그때 또‥"

"저도 얼른 애 아빠 밥만 챙겨주고 나올게요."

"‥‥‥"

"아따~! 되는 사람은 되는 거고, 안 되는 사람은 안 되는 것이지, 뭣을 또 그라시오? 시간 아까웅께 싸게 싸게 가갖꼬 신고부터 허십시다. 거시기‥, 아줌씨‥!"

마음 같아서는 팔 걷어붙이고 도와주고 싶었으나 그럴 수가 없어서 어색하게 우물쩍주물쩍 거려대는 두 아주머니를 옥분이 물끄러미 바라보려는데, 은발이 치렁치렁한 족발 가게 사장이 주근깨 투성이 분식점 아주머니를 불렀다.

"나가, 여‥, 누이 모시고 경찰서 갔다올라니께, 가게 쪼까 봐주시오. 인자 쫌 있으면 저녁 먹을 시간이라 손님들이 몰려올 것잉

게, 간략허게 자초지종 설명하고 조까 기둘리시라고 잉? 것이, 맨
날 오는 놈덜만 올 것잉께, 술은 냉장고서 각자 알아서 꺼내 처먹
고, 거시기 안주는‥, 아줌씨가 순대 쪼까 썰어주고, 고놈 먹음서
기둘리라 허시오. 나가 많이 늦잖게 갈 것잉께."

"예. 그럴게요."

"아녀, 가만있어봐봐."

은발이 치렁치렁한 족발 가게 사장의 이야기를 듣고 있던 옥분
이 전화기를 귀에 가져다 댔다.

"예~ 예, 여보시오. 잉~ 계셨소? 나요, 나옥분이‥! 하이고메~ 이
를 으쩐다요, 잉? 나‥, 시방 으쩌요‥?"

목소리를 듣자니, 갑자기 반가운 설움이 밀물처럼 밀려든 모양
이다. 옥분이 울먹이기 시작했다.

"거시기‥, 큰일 났소‥! 큰일요‥. 예‥? 아니요‥, 나 말고요‥, 아
니! 아니~ 긍께‥! 나 일인디요‥. 아니, 나가 아니고라‥‥. 뭣이
요‥? 목소리요? 아니오‥, 나가 시방 오금이 저려갖꼬요‥,"

옥분이 전화기 아랫 부분을 손으로 가리더니, 두 아주머니와 은
발이 치렁치렁한 족발 가게 사장에게로 고개를 돌렸다.

"너덜은 인자 그만 안 와도 될 것 같다. 나가 알아서 해볼탱게,
어여 드가 각자 일들 봐라, 잉? 예?? 예, 그려요. 아‥, 아녀요, 긍께
것이 아니고요‥,"

여느 때와 다르지 않은 목소리로 두 아주머니와 족발 가게 사장
에게 이야기하며 어서 들어가라는 손짓을 해 보이더니, 옥분은 태
도를 바꿔서 몸을 틀고 다시 울먹대는 목소리로 전화기에 속닥거

려대기 시작했다.

"긍께‥, 나 손녀딸 아시죠? 에히고~~ 갸가 말여요‥,"

옥분은 통화하는 내용을 감추려는 것처럼 몸을 틀고 행똥행똥 걸음을 떼었고, 은실은 깡마른 주근깨투성이 아주머니와 똥글똥글한 기름집 아주머니 그리고 은발이 치렁치렁한 중년의 사내를 쳐다보고 어색하게 눈인사하는가 싶더니, 옥분을 쫓아 걸음을 떼었다. 그러자 은발이 치렁치렁한 족발 가게 사장과 두 아주머니는 어딘지 떨떠름해 보이는 - '이게 뭐지‥? 젠장‥! 가만히 앉아서 장사나 할 걸, 괜히 나섰나?'라는 생각에 사로잡혀있는 것 같은 - 얼굴들을 하고서 멀어져가는 옥분과 은실을 멀거니 바라보다가 그래도 마음 한구석이 어두워졌는지, "설마‥, 별일이야 읎겠지요?" "그럼요. 금방 찾을 거예요." "아무렴요, 그래야죠‥."라고 무사하길 바라는 목소리들을 내더니, 입술을 꾹 다물고서 느릿느릿 고개를 끄덕여댔다.

한때 자식을 잃었던 어미가 그 자식의 자식을 잃어버렸으니, 머릿속이 하얘지고 눈앞이 캄캄해져 지랄발광 떨다가 입에 게거품 물고 자빠지지 않은 것이 그나마 다행이라고 여겨질 것이기에, 아무리 냉철하고 차분한 성정을 지녔더라도 이런 상황에서 어미라는 인간이 어쩌면 저렇게 대책 없이 안일한(?) 모습을 보일 수 있는지, - 혹시나 옥분이 워낙 쌩난리를 쳐놔서 기가 죽어 가만히 있는 것이거나, 낯선 땅에서 무엇을 어떻게 해야 할지 알지 못하여 옥분에게 의존하는 것이거나, 아니면 소피의 친모를 보고 무거운 걸음새로 돌아오다 맞닥뜨린 상황이라 머릿속이 텅 비워져 손놓고 있는 것이거나, 그것도 아니라면 말하고 싶어도 생각과 동시에 튀어나오는 프랑스어가 혓바닥에 엉겨 붙어버려서 입안의 것들을 몽땅 뒤죽박죽 엉망으로 만들어버리기에 그랬을는지는 모르겠지만, 어쨌거나 - 누군가는 이해할 수 없다고 고개를 갸웃거릴지도 모르겠다.

거실 가운데께 이 빠진 밥상 닮은 동그스름한 탁상 위에 왼팔을 걸쳐놓고 앉아 타성에 젖어 흘러나오는 진 빠진 소리와 남아있는 기운으로 갈구해대는 질긴 소리가 절반씩 섞인 목소리로 "아이고~ 소피야…! 아이고 은실아…!" 연이어 끙끙대며 불러대는 옥분과는 다르게, 은실은 베란다 큰 창 앞에 기대듯이 서서 어두워진 바깥의 뒤틀어진 살구 나뭇가지를 내다보며 스마트폰을 손에 쥔 왼 엄지 손톱 끄트머리만 물어뜯고 있었다.

"으메~ 나 죽겄네~! 나, 죽겄어‥! 아조 환장허겄~어~!"

몸으로 악을 쓰듯이, 옥분이 몸을 뒤틀며 소리쳤다.

"다 내 탓이여‥. 이 미친년 잘못이랑께‥! 고놈의‥, 빌어먹을 놈 의 엿장수 놈만 아니었어도‥! 그 망할 놈의 뻥튀기 장사꾼만 아니 었어도‥! 우라질 놈의 그 어편네만 아니었어도‥! 허이구~ 가슴이 야‥! 흐이구~ 소피야‥! 아이구~ 은실아~! 대체 이를 으쩐다냐! 이를 으찌어~?? 가만‥, 시방, 몇 시나 됐냐?"

코가 석 자나 빠진 얼굴로 금방이라도 울먹거릴 것 같던 옥분이 고개를 돌려 뒤쪽의 괘종시계를 올려다보더니, 베란다 창으로 눈 길을 돌렸다.

"여덟 시가 진즉 넘어 한밤중인디‥. 껌껌헌다다 길도 미끄러운 디‥, 말도 안 통허는 아가 워서 뭣을 허고‥?? 아녀‥! 아녀~! 이놈 의 껀, 아가 이쁜 디다 착하다봉께‥, 필시 어느 잡놈이 사탕 준다 꼬드겨갖꼬 거시기‥, 아가 마냥‥, 순둥이마냥 남의 말을 곧이곧대 로 믿다봉께 좋다구나 멋모르구서‥, 육초 먹은 강아지마냥 졸졸거 리고 따라간 게 틀임읎당께‥. 흐이그~ 그럼 참말 으쩐다냐? 호로 잡놈들이 멀찌감치 벌써 으디로 싹 다 내뺐으면 우린 으쩌~??"

"……"

"허이구메~ 답답헌 것‥! 으쩌다 이런 일이 생겨갖꼬‥. 나가 쫌 더 돌아댕김서 쩌 짝 밑에 아래께까정‥, 마트있는 디까정 싹 다 찾

아다녔어야 혔는디⋯. 집구석에 틀어박혀갖꼬 에고 데고 씨부렁댄
다고 될 일도 아닐 것인디⋯, 빌어먹을 영감탱이 말만 듣고 괜히 들
어와갖꼬 속 끓이는 거 아닌가 모르겄네⋯.”

“……”

“으메~ 양⋯! 지 집서 키우던 개새끼가 읎어져도 저러지는 않을
것인디, 으짜구 생겨먹은 년이 으디 꼭 의붓어미마냥⋯! 아야~ 너
는 시방⋯, 너, 거서 뭣하고 자빠졌냐? 너는, 너 새끼가 읎어졌는디,
아무렇지도 않으냐? 거서 그라고만 있을 것이 아니라, 뭣쫌⋯, 대그
빡을 굴려갖꼬 뭔 수를 내긴 내야 헐 것 아니여~!!”

자기 탓이라고 가슴을 치다가, 조마조마 마음을 졸이다가, 이런
저런 핑계를 대다가, 무엇이 켕겼는지 베란다 큰 창 건너 어둠을
바라보며 스마트폰을 만지작거려대는 은실을 살피다가, 걱정의 크
기가 바로 사랑의 크기와 정비례한다는 것을 보여주기라도 하려는
것처럼 옥분이 갑자기 눈을 부라리며 목청을 돋우려는데, ‘쪼르르
룽~!’ 새소리 닮은 현관 벨 소리가 울렸다.

“누구여? 소피냐? 소피 아니여? 잉~??”

“…!…”

언제 허리가 아프고 무릎이 아팠냐는 듯이, 옥분이 반색하며 탁상
을 짚고 상체를 벌떡 일으키더니, 현관 쪽으로 목을 빼고 물었다. 그
러자 은실도 얼른 몸을 돌려서 현관 쪽으로 걸음을 떼어보려는데,
‘끼이이익~~’ 하고 소심하게 현관문 열리는 소리가 들리더니, “나 여
사~, 나예요. 나⋯.” 하는 말소리를 내면서 도리우찌를 이마 위에 올
려 쓴 길수 영감이 안으로 머리를 디밀었다.

"문을 안 잠그셨네‥. 날이 저물었는데, 문단속 잘하셔야지."

"시방 어린애가 안 들어와갖꼬 애가 타서 죽겄는디, 아예 문까정 걸어 잠그고 편히 잠이나 자다 디져버리라고라?"

"허~!? 말이 또 그렇게 되나? 아니‥, 내 말은 그게 아니라‥"

"입만 살아갖꼬‥, 꼭 뭣을 다 헐 것마냥‥‥. 아~ 쓰잘데기없는 이 야기는 되았고요. 알아서 찾겄다고 먼저 드가 있으람서, 시방 빈손 으로 으딜 기어들어 올라 그러시오?"

화풀이 대상을 찾은 모양이다. 옥분이 가시눈을 흘겨 가며 거실 로 한 발짝 들어서려는 길수 영감을 뾰족하게 몰아세웠다.

"허허~ 거 참, 사람 무안하게시리‥. 내가 괜히 왔나 보네요‥. 어 쩔까요? 그냥 돌아갈까요?"

"나가 시방 가라 혔소? 왔으면 얼릉 들어올 것이지, 으째 사람이 말을 허면 거시기허게 말을 못 알아먹고서‥,"

은근한 엄포 섞인 길수 영감의 물음에 슬그머니 꼬랑지 내리듯 이, 말꼬리 머금은 옥분이 쫑알쫑알 주둥이를 삐죽였다. 그러자 길 수 영감이 헛기침을 "흠~! 흠‥!" 하더니, 현관문 손잡이를 활짝 열 어젖히고 안으로 들어섰다.

"너무 걱정하지 말아요. 큰길 쪽이랑, 시장 입구와 외진 골목 씨 씨티비cctv 돌려보면 뭐라도 나오긴 나올 거라니까‥. 그렇지만‥, 으~ 추워라‥. 콧물이 나오려 그러네‥."

엊그저께 옥분의 국밥집 의자에 앉아있을 때는 몰랐는데, 신발 을 벗어서 가지런히 놓아두고 거실로 들어서는 모습을 보니, 길수 영감은 하체가 짧은 데다 걸음걸이가 좌우로 뒤뚱거려대는 안짱다

리 걸음이라, 난쟁이가 아니었음에도 처음 보는 사람이라면 '어라
~? 혹시…?'라는 생각을 갖고 한 번 더 힐끔거려보게 만드는, 독특
한 몸꼴과 몸맵시를 갖고 있었다.

"그래도 뭐…, 중요한 거는, 그런 거 아무리 들여다 봐 봤자…, 직
접 발로 뛰며 찾아 나설 사람이 없으면 말짱 황이니까. 내가요…,
파출소는 물론이고 시장상인 연합회하고 교장선생님한테도 부탁
해서 자율방범대까지…, 줄 닿는 데는 모두 이야기해뒀으니, 찾을
수 있을 거예요. 그러니 걱정일랑 좀 덜어놓으…, 어라~? 누가 계
셨네…? 누구…? 아…! 안녕하세요?"

갑자기 춥다고 몸서리치면서 거실 한 가운데께로 기우뚱 갸우뚱
호기롭게 빠른 걸음 옮기려던 길수 영감이 베란다 창가 구석에 서
있는 은실을 발견하더니, 오른손으로 도리우찌를 짚으며 고개를
까닥댔다.

"이…, 안경에 서리가 끼어가지고…. 저…, 따님이시죠? 이 판국에
안녕하시냐고 묻기는 뭐 하지만서도…. 저는 저…, 어머님과 가까
이, 아주 잘 지내는…, 박길수올시다."

어려운 사람을 대하듯이 길수 영감이 도리우찌를 벗어서 손에
쥐더니, 벗겨진 윗머리가 훤히 보이게끔 각듯이 고개를 숙였다.

"네…. 안녕…, 고맙…, 습니다."

"찾아야 고맙지…, 고맙긴 개뿔, 뭣이 고맙다는겨?"

거리를 두고서나마 길수 영감과 은실이 서먹한 첫인사를 나누려는
데, 옥분이 마뜩하지 않다는 얼굴로 주둥이를 실룩대며 흘겨보았다.

"시방 도라지 캐러 오셨소? 괜히 헐 말도 읎음서 능구랭이마냥

슬금슬금 으딜 들어와 앉을라 그러시오? 아~ 발로 뛰지 않음 말짱 황이람서요? 긍께 싸게 싸게 나가시오! 얼릉 나가갖꼬 옆댕이만 얼렁뚱땅 뒤지지 말고, 쩌짝 아래짝 갈림길도 쫌 꼬치꼬치 잉~! 건성건성 거미줄로 물방구 동이는 것맹키 허덜 말고 참빗으로 서캐 훑듯이 샅샅이, 잉~? 엄벙덤벙 굴지 말고 똥꾸녁에 땀때기가 날만치 싹싹 쫌 찾아보랑께요~! 흐이구~ 넘은 시방 새끼가 으뒀을까 똥줄이 타갖꼬 디지겄구먼‥, 뭣이 꼭 허파 줄 끊어진 영감마냥 실실거려쌌는지…."

"……"

안개 짙은 벌판에서 길 잃은 송아지 찾듯이 무턱대고 허둥대며 다닐 수는 없는 노릇이라, 흔적 찾는 일은 경찰에 맡겨두고 차분히 연락을 기다려보자는 말이 영 틀린 것도 아닐 텐데, 성미 급한 옥분이 오뉴월 녹두껍데기처럼 쏘아붙이다 울먹대는 소리를 내었다. 그러자 길수 영감은 뭘 잘못했나 싶어서 미안한 마음이 들었는지, 머쓱한 얼굴로 머리 위에다 도리우찌를 얹고 두 손으로 이리저리 매만지고 고쳐 쓰더니, 입맛을 다셔가며 옥분을 쳐다보았다.

"흐이그~ 이따 밤에 눈 올지도 모르다는디‥, 바람도 쌩쌩 불고‥, 날이 점점 궂어갖꼬 겁나 추워질라는디‥, 암토 모르는 낯선 디서 아가 을매나 무서울까‥? 흐이구~ 환장허겄네‥. 환장허겄~써~어~! 나가 시방 몸이 달아갖꼬서‥, 하이구~ 아녀, 아녀‥! 당최 안 되겄다. 나가 시방 나가봐야…"

"어허~! 이 야밤에 어딜 나간다고 그래요!"

당장이라도 밖으로 나가보겠다며 옥분이 겉옷을 입고 거실 안쪽의 스탠드형 옷걸이를 향해 움직이려는 몸짓을 보이자, 길수 영감이 목청을 높여 불러 세웠다.

"것 쫌‥! 가만히 좀 있어 봐요. 무릎도 안 좋다면서 몸이라도 상하면 어쩌시려고‥! 혼자 마음 급하고 몸 달아한다고 뭐가 달라지겠어요? 따님 계신데도 방금 말씀드렸지만, 알릴만한 데는 이미 다 알렸고, 도움 청할만한 데도 다 연락해놨으니까, 그‥, 아~참‥! 아까 얘기하다 말았는데‥, 교장선생님이 고문으로 계시다는 자율방범대하고 상인연합회가 파출소와 연계해서 관내 가용 차량과 순찰차를 몰고 쌍끌이 수색을 한다니까, 곧 무슨 소식 있을 거예요. 일단 이 상황이‥, 다행히도 누가 의도적으로 납치한 건 아닌 것 같다니까‥, 어디서건 비슷한 또래아이를 찾으면 무조건 쫓아가서 하나도 빠짐없이 대면확인 해 달라고 했으니까요‥, 초동수사는 경찰에 맡겨두고, 우리는 좀 차분히 기다려봅시다. 길도 잘 모르는 데다가 말도 안 통하는 아이가 가봐야 어딜 가겠소? 그러니까‥"

"이 양반이 아조‥, 시다는데 초를 치시는구마, 잉~!"

"‥?‥"

기껏 안심시켜주고 애써 위로해주려는데 되레 옥분이 눈알을 부라리며 핀잔스레 쏘아붙이자, 길수 영감은 얼떨떨해하면서 쳐다보았다.

"에라~이‥, 답답한 양반아~! 나가 그랑께‥, 그 쬐깐한 아가 길을 잃었는디 말도 안 통하니께 을매나 무서울까‥, 환장허겄다는 야그 아니오, 시방‥!"

"아‥아니‥! 그게‥, 내 말은 그게 아니라‥, 아이가 여기 보통 아이들하고는 다를 테니까‥, 눈에 띨만하니까‥,"

유괴되지 않은 것만으로도 다행이라 생각하며 위로해주려고 꺼낸 말이었건만, 듣고 보니 저도 '아차…! 그럴 수도 있겠구나.' 싶었나 보다. 길수 영감이 말을 더듬대며 손사래를 쳐댔다.

"또, 뭣이…? 뭣이라고라? 순찰차로 뭣을 으떡한다고라? 으메~양…! 털도 읎음서 북실북실…, 말만 뻔지르르 개살구마냥…!"

"…??…"

"안 그렇게 생겨갖꼬…, 혹시 대못박이요? 영감님은 전번 짝에, 정씨네 시계방에 도둑 들었을 띠, 가들 허는 짓 보고도 그러시오?"

이번엔 또 무슨 말인가 싶어 어리떨떨해 하며 길수 영감이 눈을 말똥말똥 거려대는데, 옥분이 목청에 힘을 주었다.

"경찰이랍시고 괜히 눈깔 부라림서 윽박지르기만 허지…, 뭣 한 놈 뒷구녕으로 찔러주는 놈 읎으면, 으디 말이나 들어주고 껄떡대기나 헐랍디요? 에라~이…, 벙거지 쪼가리에 콩가루 묻혀먹다 목구멍 멕혀 뒈져버릴 것들…! 데모허는 학생들이나 때려잡을 줄 알지, 우덜마냥 읎이 살고 하찮은 사램들 챙겨주기나 헙디까? 저것들이 해결 못하겄고 생기는 것 읎고 귀찮응께…, 걍 집에 처박혀서 잠자코 연락이나 기둘려라, 저 지랄인 것이오. 나가 모를 줄 아시오? 으히구~ 속 터져라…! 나가, 이 나라 경찰을 믿느니 우덜 시장의 경비 나리를 믿고…, 그보다 못한 고깃간 똥개 새끼를 믿겄소."

"허~, 거… 참…. 사람 말하는 거 하고는…."

"뭣을요? 나가 틀린 말 혔소?"

"허허~ 이거야 원…. 꼭…, 떡 주고 뺨 맞은 기분일세 그려…."

"그라르면~? 넘은 시방 속이 곪아 디지겄는디…, 엉덩짝에 지우

고약 한 쪼가리 붙여놓고 장허다 소리 듣고 싶으셨소?"

"아이고~ 알아 모시겠습니다. 나 여사님 말씀이 죄다 옳습니다. 그럼요. 아무렴요. 엉‥? 가만‥, 가만 계서 봐요."

괜한 말꼬리 잡히기가 싫어서 옥분에게 양손을 휘저어 보이던 길수 영감이 갑자기 몸을 틀며 오른쪽 윗주머니를 왼손으로 매만져 벌리더니, 오른손을 주머니 속에 집어넣었다. 그러고는 스마트폰을 꺼내서 액정에 떴을 발신자 번호도 확인하지 않고 귀에다 가져다 대더니, 느긋하게 점잖은 목소리를 내었다.

"네, 여보세요~ 박길숩니다. 네, 그렇습니다만‥. 네, 그런데요‥. 아~ 그렇습니까? 정말입니까? 아‥, 다행이네요. 네‥, 그런데요‥?"

살짝 상기되려는 표정이었던 길수 영감이 동그스름한 갈색 뿔테 안경 너머로 눈알을 치뜨며 옥분을 슬쩍 쳐다보았다.

"…??…"

"네, 그럴 겁니다. 네. 네‥. 아~ 그렇습니까‥? 네‥? 아‥, 글쎄요‥, 네‥, 그건‥. 아~! 네‥. 네‥. 지금 말씀입니까?"

옥분에게 눈길을 고정시킨 채 진지하게 수화기 건너편 목소리에 집중하던 길수 영감이 심각한 이야기를 듣고 있다는 듯이 미간을 찌푸렸다.

"…?!…"

"네, 알겠습니다. 그러지요. 네, 알겠습니다. 아닙니다. 별말씀을요. 괜찮습니다. 네~ 네‥, 바로 내려가겠습니다. 네, 네. 네~ 감사합니다."

"소피 야그요? 맞지요? 시방, 소피 맞지요?"

통화가 끝나자, 통화하는 내내 길수 영감의 표정을 살피며 '혹시‥?' 하는 생각으로 마음 졸이던 옥분이 기대감과 불안감이 절반씩 어린 목소리를 내었다.

"내, 요 앞에 잠깐 나갔다 오리다."

"으디를요? 왜요? 뭣이‥? 으디 안 좋은 일이요? 뭔 일 났다요?"

　길수 영감이 현관 쪽으로 발걸음 옮겨가며 가타부타 말하지 않으니 속이 타고 불길한 예감이 들었나 보다. 옥분이 졸졸 뒤따르며 물었다.

"아직 확실한 거 아니니까, 잠자코 기다려 봐요."

"뭣이가요? 뭣이 확실치 않다는 것이요, 시방?"

"……"

"우리 소피야그 맞지라? 그라지라? 잉?"

"……"

"고것만이라도 말씀 쪼까 해보시오, 잉~?"

"……"

"이보시오~! 영감님‥!!"

"다녀오리라."

　몸 달아하는 옥분에게는 자못 심각하게 들릴지도 모를 긴장된 목소리를 내더니, 길수 영감은 현관 안쪽 벽을 짚으며 신발을 신었다.

"여, 보랑께요~!!"

"문 열어두고 나갈 테니까, 문단속 잘하고 계세요."

"저‥! 저~! 이보시오~!!"

"……"

옥분이 애가 닳은 듯이 쫓아가며 꼭뒤에 대고 소리쳤건만, 길수 영감은 뒤도 돌아보지 않으며 횡허케 밖으로 나섰다.

"으메~ 참말로‥! 사램을 겁나 궁금허게 맹글어 놓고는 참말로‥! 시방 맨발로라도 쫓아가 봐야 허는 것 아닌가 모르겠네‥."

두어 걸음 뒤미처 쫓으려던 옥분이 멈춰 서서 손을 맞잡고 주물 럭거려대다가 눈길을 베란다 창가 구석의 은실에게로 돌렸다.

"저 영감, 시방 으디 가는 거 같으냐?"

"……"

"암만 봐도, 소피 야그 같지 않으냐?"

"……"

"아야~! 너는 으찌 된 아가‥!"

돌연 은실에게 역정을 내듯이, 옥분이 목청을 높였다.

"시방, 새끼는 길을 잃고 엄동설한에 찬바람 맞음서 껌껌헌 골목을 헤매다 으디 드러운 쓰레기통 옆쪽에 쭈그려 앉아갖꼬 벌벌 떨고 있는 지도 모를 것인디‥, 할미랑 에미라는 년이 집구석서 다리 뻗고 따땃하 게 응뎅이 지지고 있으면, 것이 사람의 새끼냐? 안 그르냐?"

"……"

"으메~ 양‥! 으짜쿠롬 쓰다 달다, 말이 읎냐?? 너는 입이 읎냐? 에미허고는 말허기 싫어?"

"…!…"

옥분이 목에 핏대를 세우자, 여태껏 아무 반응도 않던 은실이 어 금니를 깨물듯이 아래턱에 힘을 꽉 주고는 고개를 돌려서 옥분을 쳐다보았다.

"…?…"

"……"

닦달하는 듯한 옥분에게 마지못해 뭐라고 한마디 할 것처럼 은실이 목울대 너머로 침을 꿀꺽 삼키더니, 그냥 다시 눈길을 창밖으로 돌렸다.

"으히구메~ 당초 소갈머리를 모르겠네‥. 울고불고 안달복달 지랄 염병을 혀도 모지랄 판국인디, 으디 뭔‥, 부처님 가운데 토막마냥‥! 잉‥??"

옥분이 가슴팍을 쳐대며 투덜거리려는데, 바깥에서 두런두런한 말소리나 기척이 들렸나 보다. 옥분이 귀를 쫑긋거리더니, 현관문 쪽을 쳐다보았다.

"으이차~! 웃차‥! 아이코~ 잘한다. 아이코~ 잘한다."

밖에서부터 들려오는 - 한 손으로는 난간을 잡고 다른 한 손으로는 아이의 손을 붙들고 계단을 하나씩 올라오는 듯한 - 발소리와 목소리였다.

"웃차~ 어서 가자. 할머니가 눈이 빠져라 기다리시겠다."

"소피냐??"

꼭 닫아두지 않았던 현관문과 바람벽 틈새로 새어 들어오는 길수 영감의 목소리를 알아채고서, 옥분이 소리쳤다.

"자~ 다 왔다! 이제 들어가자‥!"

말소리에 이어 '끼이익~!' 하고 철문 열리는 소리가 들리더니, 소피가 길수 영감과 함께 - 길수 영감이 소피를 앞세워서 - 현관 안으로 들어섰다.

"아이구, 소피야~! 소피야, 이년아~!!"

옥분이 행똥행똥 갈지자걸음으로 발바투 허겁지겁 다가가더니, 소피를 얼싸안았다.

"너 으딨다 왔냐? 할매가 애간장이 녹아갖꼬 을매나 찾으러 댕겼는디~!! 으디‥? 으디 탈난 디는 읎고? 으메~ 차가운 거‥! 요 뺨 좀 봐라! 아조 양~ 꽁꽁 얼어붙었네‥. 아~ 이러다 동상 걸리면 으짤라고~!! 이리 와라, 잉? 어여 안으로 들어가자, 밥은 먹었냐?"

"것 봐요, 내가 뭐랬어요? 집에서 가만히 기다리고 계시면, 다 잘될 거라 하지 않았어요."

"안녕하시오~!"

소피를 데리고 거실 안쪽으로 들어가려는 옥분에게 길수 영감이 고생한 허리를 펴듯이 몸을 뒤로 젖히며 환해진 얼굴로 이야기하려는 순간이었다. 동네에서 본 적 없는 야전상의 차림의 노인네가 - 테두리가 금빛으로 반짝이는 시커먼 선글라스 위로 태극기가 네모지게 붙어있는 붉은 베레모를 내려쓰고, 목에도 새빨간 스카프를 두른 노인네가 - 현관 안으로 들어서면서 큰소리를 내었다.

"어이쿠~ 힘들다‥. 모두 고생했는데, 퇴근하고 소주라도 한잔하라고 몇 푼 찔러주고 와야지, 말로만 수고했다 하고 그냥 올 수 있나!"

"예~, 예~. 잘하셨어요."

"누구‥?"

추임새 넣듯이 고개를 끄덕거려대는 길수 영감과 야전상의와 붉은 베레모 차림의 시커먼 선글라스 노인네의 대충 짐작 갈만한(?)

대화 사이로 옥분이 끼어들었다.

"시방‥, 뉘신데‥?"

"나요, 나 여사. 교장 박용만이올시다."

야전상의 차림의 노인네가 시커먼 선글라스를 벗고서 입 냄새 심할 것 같은 싯누런 이빨을 드러내 보였다.

"으이구메~ 난 또 누구시라고‥. 그란디 그‥, 옷 꼬라지가 것이 뭐요? 으디, 남대문에 사변 났소?"

붉은 베레모에 얼룩덜룩한 군복 차림의 노인네가 주먹코 교장이라는 것을 알았지만, - 부모님께서 지어주셨을 뜻깊은 이름 가지고 우스갯소리 하려는 것은 절대 아니지만, 왠지 근엄하고 고명하신 교육자에게 어울린다기보다는, 동네 골목에서 담배 피우는 중고생에게 뒷짐 지고 다가가 머리 나빠지고 뼈 삭는다고 야단치거나 찜질방에 놀러 온 아이들에게 운동장에서 놀아야 몸 튼튼해지고 건강해진다고 잔소리해대는 오지랖 넓으신 동네 할아버지에게나 어울릴만한 이름 앞에다 - 교장이라는 대단한 직책을 빼먹지 않고 갖다 붙인 것이 마뜩하지 않았는지, 옥분이 눈살을 찡그렸다.

"왜요? 사내답고 멋있다고만 하던데."

야전상의 왼쪽 어깨에서 왼 가슴 주머니로 치렁치렁 걸어놓은 호루라기 쇠줄이 거치적거리지 않게 잘 가늠하여 선글라스를 꽂아 넣으며 주먹코 교장이 대꾸했다.

"간밤에 그지 삼태기들이 빤스 바람으로 죄다 얼어디진갑네‥. 우중충허기만 허구만, 멋있긴 예미‥! 빨갱이 타령헐 생각이시면 냉큼 나가슈! 빨갱이 소리는 아조 징글징글헝께."

벌써 신발을 벗고 거실 안에 들어선 길수 영감처럼, 거실로 들어서려고 번갈아 가며 오른손과 왼손으로 벽을 짚고 전투화 지퍼를 내리는 주먹코 교장에게 옥분이 눈 흘기며 쏘아붙였다.

"나잇살이나 잡쉈갖꼬 어울리지도 않는구먼, 꼴같잖게스리⋯. 거⋯, 모자는 또 뭣이요? 멸치대가리에 고추장 찍어놓은 것마냥 씨뻘개갖꼬⋯."

"어허~ 거, 마나님 참⋯! 아이 찾느라고 이 추운 날에⋯, 발품 팔며 야밤까지 애써준 사람한테 고맙다는 말을 꼭 그렇게 하시나?"

주먹코 교장이 코를 훌쩍거리더니, 빨간 베레모를 벗어서 손에 쥐고 거실 안으로 들어섰다.

"손녀 따님 찾느라고 윗동네 아랫동네 큰 길 작은 길, 종아리에 쥐가 나고 발바닥에 땀 나도록 뛰어다닌 게 얼만데⋯,"

"뛰어댕겼소? 순찰차 타고 돌아댕긴 게 아니라?"

"허허~ 그 양반, 참⋯! 작은 골목에 순찰차가 어떻게 들어갑니까? 큰길에 세워놓고 일일이 돌아다니고 찾아봐야지."

생색내며 공치사 늘어놓을 생각은 아니었겠지만, 수고했다는 말 한마디 정도는 듣고 싶었나 보다. 알아주지 않아 서운했는지, 우쭐거리려던 주먹코 교장은 태극기문양이 빽빽하게 새겨진 울긋불긋한 스카프를 오른손으로 헐겁게 풀어 내리며 슬쩍 목소리를 높였다.

"나는 말이요, 그래도 딴에는⋯, 혹시라도 나 여사에게 원한 가진 작자가 나쁜 마음 먹고 납치라도 했으면 어떡하나 싶어서 걱정을⋯"

"예미~ 말을 해도 꼭 재수웂게‥!! 나헌티 누가요? 뭘 원한요?"

"말이야 바른 말이지‥. 돈놀이하는 양반한테 감사하다고 공덕비 세워줄 사람은 없잖소?"

어리둥절해 하는 소피의 손과 뺨을 비벼대고 주물러대며 곁 귀로 흘려듣던 옥분이 발끈하여 쏘아붙이자 - 그러나 그럼에도 팔짱을 끼고 삐딱하게 서서 끝까지 할 말은 해야겠다는 고집을 내비치면서 - 주먹코 교장이 말투를 누그러뜨렸다.

"아무래도 동네에서 이자놀이 하다 보믄‥"

"나가말이요, 암만 이자놀이를 해 먹었어도, 넘의 눈에서 피눈물 나게 허지는 않았당께요."

"그거야 나 여사님 생각이시지, 담보 뺏긴 채무자나 이자 독촉에 시달렸던 빚쟁이들도 그렇게 생각할까요? 그러니까 사람이 너무 그렇게 '돈~ 돈~' 하고 모질면은…"

"뭣이요? 나가 참말로 듣자 듣자허니께‥"

"비앙 이씨Viens ici!"[24]

주먹코 교장이 깐죽거리며 이기죽대는 것만 같아서, 몇 가닥 삐쳐나온 소피의 쌍갈래머리를 어루만져주던 옥분이 목구멍 너머로 침을 꼴깍 삼키고 콧구멍을 벌름대며 따져보려는데, 은실이 성난 걸음으로 성큼성큼 다가와 소피의 손목을 낚아채고는 다소 난폭하게 끌어당기며 거실을 가로질렀다.

"디 모아Dis-moi! 께스 끼 쎄 빠쎄Qu'est-ce qui s'est passé?"[25]

---

24)   너, 이리와!
25)   말해봐! 어떻게 된 거야?

소피를 베란다 창가 구석에다 세워놓더니, 은실은 무릎을 굽혀 몸을 낮추고 몰아세우듯이 물었다.

"…!…"

다그치는 태도에 당황스러웠던 소피는, 제 눈앞에다 집게손가락을 겨누며 쏘아보는 은실의 눈길이 무서웠는지, 눈을 크게 떠 보였다가 몸을 움츠렸다.

"은실아, 너, 왜 그르냐? 여적 울고 떨꼬 왔을 애헌티."

"디 모아Dis-moi! 께스 낄리아 위Qu'est-ce qu'il y a eu?"[26]

"데졸레Désolée, 마멍maman‥."[27]

옥분이 다가들며 나긋한 목소리로 조심스레 끼어들었으나, 은실은 들은 척도 않으며 매서운 눈초리에 어울릴만한 사나운 말투로 다시 물었고, 소피는 기어들어 갈 것 같은 목소리를 내었다.

"쁘띠 꽁Petit con! 쓰 네 빠 윈 헤뽕스Ce n'est pas une réponse. 뛰 느 꽁프헝 빠Tu ne comprends pas?"[28]

"……"

"디 모아 쓰 끼 에 빠쎄Dis-moi ce qui est passé. 께스 끼 쎄 빠쎄 Qu'est ce qui s'est passé? 뿌흐꾸아 뛰 라 페Pourqoui tu l'as fait?"[29]

"……"

겁에 질린 듯이, 소피가 고개를 도리도리 흔들어댔다.

"디 모아Dis moi! 농Non? 뛰 부 쓰 페흐 그홍데Tu veux se faire

---

26) 말해봐! 어떻게 된 거냐고?
27) 엄마, 미안해‥.
28) 바보야! 그게 아니잖아! 엄마 말 모르겠어?
29) 말해! 어떻게 된 일인지! 어떻게 된 거야? 왜 그랬어?

gronder?"[30]

"……"

그렁그렁한 눈으로 은실을 바라보던 소피가 겁에 질려서 도움을
요청하는 것만 같은 눈으로 옥분을 쳐다보았다.

"비앙Viens~!"[31]

"마멍Maman~!"[32]

"아~ 그만 하랑께!!"

막 울음을 터뜨리려는 소피의 손목을 붙잡은 은실이 거실 안쪽
으로 - 그러니까 안방 쪽으로 - 끌고 가려는데, 옥분이 은실의 앞을
막아섰다.

"눈 있으면 너도 쫌 봐라! 아가 얼굴이 새파랗게 질렸잖여! 껌껌
헌디 여적까정 바깥서 고생허고 온 애한티 시방 뭣허는 짓이냐? 아
가~ 일루‥, 할매헌티 오니라, 잉~."

옥분이 소피에게 손짓하며 다가섰다.

"농Non! 느 브네 빠Ne venez pas!!"[33]

홍분해있던 터라 자연스레 프랑스어가 먼저 튀어나왔나 보다.
다가오려는 옥분을 손을 뻗어 가로막으며 은실이 소리쳤다.

"이잉~? 야가 뭐래는겨‥? 아가, 괜찮여‥. 어여 이리 오니라."

어감만으로도 충분하고 태도를 통해서는 더욱더 확실하게 알아
차렸을 것이건만, 옥분은 그렇지 않은 척 무시하고 다가가 소피의

---

30) 말 안 해? 못해? 너, 혼나볼래?
31) 이리 와~!
32) 엄마~!
33) 안돼요! 오지 마세요!!

손목을 잡았다.

"라세 보트흐 망Lâchez votre main! 뚜와Toi, 뛰 느 비앙 빠tu ne viens pas?"[34]

정색하며 동글동글한 프랑스어를 짧고 억세게 잘라 말한 은실이, 옥분에게 가려고 - 붙잡힌 팔을 빼내려고 - 힘주어 몸을 낮추고 비틀어대는 소피를 잡아당겼다.

"이잉~?? 야가 참말로⋯!"

억지 힘을 써대는 은실에게 옥분도 지지 않고 눈알을 부라렸다.

"데갸제Dégagez! 데갸제Dégagez!"[35]

"⋯!!⋯"

옥신각신하기 전에, 대거리를 조금 더 해보기도 전에, 옥분에게 소리친 은실이 소피를 끌고 가서 거실 구석에 몰아넣고는 - 이제야 마음 놓았을 테지만 마음 졸이게 했던 대가를 치르게 하려는 듯이, 혹은 정말 다행이지만 괜한 다행이었음에 분풀이라도 하려는 듯이, - 엉덩이를 손바닥으로 우악스럽게 들이패기 시작했다.

"뿌흐꾸아Pourquoi? 뿌흐꾸아 뛰 아 아지 꼼 싸Pourquoi tu as agit comme ça? 뛰 페 싸 뿌흐 므 헝드흐 트히스뜨Tu fais ça pour me rendre triste? 뿌흐 므 헝드흐 폴Pour me rendre folle? 위Oui? 뿌흐꾸아 뛰 느 헤뽕 빠Pourquoi tu ne réponds pas? 뿌흐꾸아 뛰 느 빠흘르 빠Pourquoi tu ne parles pas? 뛰 느 부 빠 빠흘레Tu ne veux pas parler? 뿌흐꾸아 뛰 페 싸Pourquoi tu fais ça? 뛰 느 쎄 빠Tu ne sais pas? 뛰 에 윈 꽁Tu es

---

34)   그 손 놓으세요! 너, 이리 못 와?
35)   저리 비키세요! 물러서라고요!

une con? 윈 이디오뜨Une idiote? 쥬 떼 데자 디 드 느 빠 페흐 데 지디오씨Je t' ai déjà dit de ne pas faire des idioties! 제 디 끄 레 정 뺑스헤 끄 뛰 에 윈 꽁 씨 뛰 느 빠흘르 빠 비앙 우 씨 뛰 느 떽스프힘 빠 비앙J'ai dit que les gens penseraient que tu es une con si tu ne parles pas bien ou si tu ne t'exprimes pas bien! 농Non? 뻭손 느 뜨 헤스뻭트하 씨 뛰 페 꼼 싸Personne ne te respectera si tu fais commes ça! 일 봉 몽트헤 뒤 드와 아 뚜와Ils vont montrer du doigt à toi. 위Oui? 말그헤 뚜 싸Malgré tout ça, 뛰 바 페흐 데 지디오씨tu vas faire des idioties? 느 쁠루흐 빠Ne pleure pas, 쏘피Sophie! 뛰 메꾸뜨Tu m'écoutes? 쏘피Sophie! 흐갸흐드 모아Regarde-moi! 이디오뜨Idiote. 뛰 에 스뜌삐드Tu es stupide. 느 빠 베쎄라 떼뜨 꼼 윈 꾸빠블르Ne pas baisser la tête comme une coupable. 흐갸흐드 모아Regarde-moi, 쏘피Sophie! 흐갸흐드 따 메흐Regarde ta mère! 흐갸흐드 따 메흐Regarde ta mère! 비뜨Vite!"[36]

"……"

은실의 손바닥이 엉덩이를 두들기는 '펑! 펑!' 소리에 맞춰 "익~! 익~!" 비명 지르고 몸을 휘청대던 소피가, 은실이 손찌검을 멈추고

---

36) 왜? 왜 그랬어? 왜 그런 거야? 엄마 속상하게 하려고, 엄마 미치게 하려고 그런 거야? 응? 왜 대답 안 해? 말 못 해? 말하기 싫어? 왜 그러는데? 모르겠어? 너, 바보야? 멍청이야? 엄마가 바보짓 하지 말라고 얘기했지! 똑바로 말하지 않으면, 의사 표현 못 하면 바보 취급당한다고 엄마가 얘기했지! 그렇지? 너 이러면, 아무도 너를 존중하지 않는다고, 뒤에서 손가락질한다고 말했지! 그렇지? 그런데 이렇게 바보짓 할 거야? 울지 마! 소피! 너, 엄마 말 듣고 있는 거야? 소피! 엄마 똑바로 봐! 멍청이 바보같이, 죄인처럼 고개 숙이지 말고 엄마를 보라고! 봐! 보라고~! 엄마를 봐~! 어서!

때리던 손을 들어서 매섭게 몰아세우는 동안에는 몸을 움츠리며 울음소리를 참듯이, 입을 앙다물었다.

"으메~으메··! 저, 독헌 년이 먼지떨음이나 허다 말 것이지··. 어린 것을, 때릴 디가 으딨다고····."

은실의 다그침에 소피가 졸아드는 것만 같아 애가 탔지만, 은실의 서슬이 워낙 시퍼랬기에 발만 동동 구를 뿐 다가서지 못하던 옥분은 편들어달라는 듯이, - 나서서 말려달라는 듯이, - 길수 영감과 주먹코 교장에게 눈길을 돌렸다.

"···?!···"

"······"

엄마가 제 아이 야단치는 일에 나서기도 뭐했겠지만, 잘 알지도 못하는 은실을 말리겠다고 섣불리 나서기도 부담스러웠을 것이다. 길수 영감은 머리카락 없는 머리통을 긁적여보려는 듯이 도리우쩌에 손을 얹은 채 머뭇거려댔고, 주먹코 교장은 딴청을 부리듯이 고개를 돌리고 "흐흠~ 흐흠~" 헛기침을 해댔다.

"하이구~ 애 잡겄네. 애 잡겄어··. 아야~ 은실아야····."

옥분이 누그러뜨린 목소리를 꾸며가며 다가섰다.

"어매가 시방 너 속상헌 것은 잘 알겄응께··, 인자 고만 허자. 원래 클 적에는 다들 그런겨. 긍께 헐 말 있더래도 맘 가라앉히고 낭중에 잉··? 우선 쪼까 씻기구 재운 담에··, 낼 아침에 아침밥 멕이고 야그허자. 그려··, 긍께 은실아~ 인자 어매 말 듣고··, 인자 고만 언릉, 잉··? 가만··? 가만··! 너 시방··, 쟈 뱃속서 꼬르륵 소리 못 들었냐? 못 들었어? 으메~ 참말로··!!"

"흠~흠··! 흠~흠~!! 거, 저··, 애기엄마···, 그··, 저··, 어머니 말씀대로··, 그렇게 하도록 해요. 놀랐을 텐데. 애도 좀 쉬어야지요."

실제로 소피 뱃속에서 그런 소리가 났었는지는 모르겠지만, 상황을 모면하려는 어설픈 잔꾀 같다는 생각이 들게끔 옥분이 들썩들썩 거리려는데, 주먹코 교장이 '바로 이때다··!' 싶었는지 큰기침하고 눈치를 살펴 가며 조심스레 끼어들었다.

"네, 그러세요. 지금은 시간이 좀 늦었으니까··,"

뭉툭하고 펑퍼짐한 주먹코처럼 오지랖도 넓으신 교장선생님 말씀을 생각해보기도 전에, 길수 영감이 고개를 끄덕대며 거들고 나섰다.

"우선 아이를 좀 쉬게 하고요, 아까 언뜻 듣기로도 그 할머니가 저녁 먹었다는 말은 없었던 것 같으니까··, 뭣 좀 먹을라나 물어보고··"

"······."

"그저 저나, 거 참 신기해요!"

세 사람이 굴려낸 잔머리가 먹혔나 보다. 은실이 무르춤하고 손찌검을 멈추자, 주먹코 교장이 무거워지려는 분위기를 바꿔보려는 것처럼 길수 영감의 말꼬리를 자르고서 목소리에 힘을 주어 말을 띄어 올렸다.

"말을 듣지도 못하고 하지도 못하니까, 둘이 서로 더 잘 통했을라나··? 어떻게 애를 데리고 있었을까? 벙어리 아주머니가?"

"버··벙어리요??"

사뭇 뜻밖이고 전혀 예상 밖이었다는 듯이, 눈썹이 치올라가고 눈이 동그래진 옥분이 고개를 까닥대며 말을 더듬었다.

"시방, 쩌그··, 저 아래짝에 거시기··,"

"예, 그 아랫동네에요."

"그랑께‥, 거시기‥, 쩌으기‥, 거시기말이요?"

목울대가 꿀렁이도록 옥분이 침을 꼴깍 삼켜 넘겼다.

"예~에! 저 아래 초등학교 있는데 조금 못가서, 거기 약국 지나 세탁소 옆에 있는 오래된 문방구요. 거기서 손녀따님이‥"

"으메, 양‥! 큰일 날 뻔 했네. 참말 다행이여‥!"

"…?…"

왼손을 뻗어 막연히 베란다 창문 너머를 가리키려는 옥분에게 주먹코 교장이 찬찬히 확인해주듯이 이야기하려는데, 옥분이 호들갑스레 손뼉을 쳐대며 끼어들었다. 그러자 어떤 큰일이 날 뻔하고 무엇이 다행이라는 건지, 주먹코 교장이 쳐다보던 눈을 끔벅거렸다.

"거시기‥, 그 문방구 할망구 소문 몰러요?"

"무슨 소문 말이요?"

주먹코 교장이 물었다.

"몇 년 전엔가‥, 긍께 그 집 아들 부부 내외랑 손주 새끼가 어린이날인가 은제 나들이 갔다가 트럭에 치여갖꼬 셋이 싹 다 기냥 그 자리서‥, 으메~ 끔직스러라‥!"

생각하기도 싫다는 듯이, 옥분이 몸서리를 쳐댔다.

"그런 일을 당허고서 그 할망구 정신이 헤까닥 돌아갖꼬는‥, 지 손주 또래 애덜만 보면 환장을 해갖꼬‥, 살살 꼬셔갖꼬 문방구 안으로 데꼬가서는 맨지고 씻기고 물고 빨고 그런다고 안허요."

"어허~ 무슨 말이 그래요? 누가 그런 말을 합니까?"

불쾌하다는 듯이, 주먹코 교장이 이맛살을 찌푸렸다.

"이잉~? 으째 나헌테 역정이시오! 이짝 시장 쪽으로는 말이 그라고 다, 파다허게 돌은 놈의 것을?"

"하여튼 못된 사람들 같으니라고…! 동정은 못 해줄망정 불쌍한 늙은이 뒷전에서 터무니없는 헛소문이나 퍼뜨리고…. 아~ 그런 거 아니에요!"

조금 모자라지만 제 핏줄이기에 많이 못난 것으로 여겨지는 아들 가진 아버지였기 때문일까? 마치 자기가 그런 억울한 오해를 당한 것처럼 주먹코 교장이 목소리를 높였다.

"신참 순경한테 들었는데…, 손녀 따님이 아랫동네 꼬맹이들이랑 어울려서 학교 쪽으로 내려갔던 모양이에요. 애들 따라서 쭉 내려가다가 문방구 앞에서…, 그러니까 오락 기계 앞에서 구경하다가 깜깜해지니까, 애들은 모두 집으로 돌아갔는데…, 손녀 따님 혼자 쪼그리고 앉아서 뿅뿅거리는 오락 기계 만지작대고…, 아무래도 돈이 없는 것 같으니까, 문방구 아주머니가 그걸 보고는 애가 좀 유별나다 싶으니까…, 처음 보는 애가 울었던 눈으로 말똥말똥 말도 없이 쳐다보기만 하니까, 어디 다른 데 못 가게 데리고 있었던 모양이에요. 거기서 저녁도 해 먹이고요. 아~ 그런데, 그런 사람한테 고마워하지는 못할망정 그런 망발을 해요?"

"……"

대략의 과정을 이야기하던 주먹코 교장이 정색하고 나무라는 투로 쏘아붙이자, 옥분은 납작해진 콧구멍을 벌름대며 마른 콧물을 훌쩍이고 입언저리를 실룩거렸다.

"이야~! 처음 보는 애들이랑 거기 학교까지 내려갔다고요? 가까운 거리도 아닌데…,"

주먹코 교장과 옥분 사이가 버성겨졌다고 느꼈나 보다. 길수 영
감이 벌어진 틈새를 메꿔보려고 치세운 말머리를 들이밀었다.

"꼬마 아가씨가 대단하시네? 꽤나 추웠을 텐데."

"꼬맹이들한테 추운 게 어딨어? 발가벗고 얼음판에서 굴러도 나
가서 노는 게 제일이지."

"말도 안 통했을 텐데, 어떻게 어울렸을까?"

"그야 애들이니까‥. 그 나이 때는 그 또래가 다 친구 아니겠어?
얘가 예쁘장하고 귀티나게 생겼으니까‥"

"꼭‥, 뭣을 직접 본 것 마냥 말씀허시네‥."

주먹코 교장의 반대쪽으로 고개를 삐딱하게 틀고서 엉두덜거리
듯이, 그러나 들으라는 것처럼 옥분이 입술을 삐죽였다.

"보지는 못했어도, 듣기는 했지."

"누구헌티요? 거시기‥, 벙어리할망구헌티요?"

"거 쫌, 사람이 쫌‥. 따지지 쫌 말고 쫌‥, 남이 얘기하면 '그런가보
다~' 하고 대충 쫌 알아들어요. 아무렴 내가 없는 사실 지어냈겠소?"

"웬 역정이시오? 말인즉슨 이치가 그랑께‥"

"자~자~ 별것도 아닌 걸로 다투지들 마시고‥. 이야~! 저 조그만
애가 보채지도 않았다니‥, 무섭지도 않았나? 거 참 겁도 없이‥, 신
통방통, 깜찍한 아일세, 그려."

마뜩하지 않아 하는 얼굴로 무뚝뚝하면서도 빈정대듯이 말을 내
뱉는 주먹코 교장과 뾰족하게 따져 들으려는 옥분과는 다르게, 길수
영감이 서글서글한 얼굴에 사람 좋은 웃음을 지어 보여서 그랬나
보다. 소피가 그렁그렁한 눈으로 쳐다보며 도와달라는 듯이, - 은

• 313 •
나, 옥분뎐(傳)!

실의 손찌검이 이미 멎은 때여서 절박하게 도움을 바라는 것은 아
닐 테지만, 어쨌거나 - 길수 영감을 향해 손을 뻗으려는데, 은실이
소피의 손을 잡아채며 앙칼지게 내뱉었다.

"께스 끄 뛰 페 망뜨닝Qu'est-ce que tu fais maintenant?"[37]

"…!!…"

"쥬 네 빠 정꼬흐 피니Je n'ai pas encore fini!"[38]

눈알을 부라리며 위협적으로 손가락질하듯이, 은실이 집게손가
락 끄트머리로 소피의 미간을 거듭 겨누어댔다.

"뿌흐꾸아 뛰 라 페Pourquoi tu l'as fait? 뛰 부 비브흐 꼼 윈 이디오뜨
아떵덩 레드 드 로트흐Tu veux vivre comme une idiote attendant l'aide de
l'autre? 뛰 부 뻬흐드흐 똥 슈망 에 불루아흐 데 포쓰 꽁빠시옹 데 장
꼬뉘Tu veux perdre ton chemin et vouloir des fausse compassion des inconnus?
엉 베썽 라 떼뜨, 엉 땅끌리닝 에 엉 드멍덩 빠흐동 아벡 엉 비쟈쥬
이그지정 드 쌍빠띠En baissant la tête, en t'inclinant et en demandant pardon
avec un visage exigeant de sympathie. 뛰 부 비브흐 꼼 윈 뻭손 이졸레 우
윈 수프흐 둘뤠흐Tu veux vivre comme une personne isolée ou une souffre-
douleur? 위 알로흐Oui alors? 뛰 르 부Tu le veux? 디 모아Dis-moi! 쏘피
Sophie! 쏘피Sophie! 뛰 부 비브흐 꼼 싸Tu veux vivre comme ça?"[39]

---

37) 뭐 하는 짓이야?

38) 엄마랑 아직 얘기 안 끝났잖아!

39) 왜 그런 거야? 남들의 도움이나 바라며 바보 머저리처럼 살고 싶은 거야?
    외딴 데서 길이나 잃어버리고⋯, 모르는 사람들의 동정이나 바라면서?
    고개 숙이고 엎드려 빌며⋯, 불쌍히 여겨달라는 얼굴로 비굴하게 눈치나
    보고. 그렇게 외톨이로, 웃음거리로 살고 싶은 거야? 그런 거야? 그렇게
    살고 싶어? 말해봐! 소피! 소피! 그렇게 살고 싶은 거야?

"아야~ 은실아~! 아~, 아 경끼 들겄다."

"아헤떼Arrêtez! 쎄 모나페흐C'est mon affaire!"[40]

은실의 팔을 붙잡으려고 내미는 옥분의 손을, 은실이 말투만큼 매몰차게 뿌리쳤다.

"으째 애 잡을라 그러냐? 쬐깐헌 것이 부러 '에라~이 니미럴 것‥! 엿이나 먹어봐라!' 너 애멕일라 그란 것도 아니고, 나가 뭣허다 한눈 팔다 그런 것을‥, 어매가 그란 것을 왜 애헌티 지랄이냐고! 아~ 승질을 부릴라면 나헌티다‥, 화풀이를 헐라면은 애말고 어매헌티다 헐 것이지! 저 양반이 으디 되도 않을 남의 말만 옮겨갖꼬는‥, 말이 좋아 새로 사귄 아그들이랑 놀았다는 것이지, 아가 암만 으른스러워도 지 어매가 읎는디‥, 징징 울어쌌고 겁나 벌벌 떨어댔을 것이 뻔할 뻔짠디, 너는 시방 너 새끼가 불쌍허지도 않으냐? 안 불쌍혀~??"

"쀠땅Putain! 메흐드Merde!! 뿌흐꾸아Pourquoi? 끼Qui??"[41]

주춤 물러났다가 다시 대거리하듯이 다가드는 옥분에게, 은실이 눈을 부릅뜨고 단발머리가 양쪽 뺨으로 찰싹거려댈 만큼 강하게 고개를 저어댔다.

"끼 에 뽀브흐Qui est pauvre? 끼 아 페 뽀브흐 드 끼Qui a fait pauvre de qui? 부 제뜨 꾸아Vous êtes quoi? 아벡 껠 드와 부 르 디 제Avec quel droit vous le disez? 뿌흐꾸아Pourquoi? 뿌흐꾸아 부 부 정 멜레Pourquoi vous vous en mêlez? 라 파미으La famille? 라 그형 메흐La grand-mère? 쎄 뛴 꼬네히C'est une connerie. 껠 뚜뻬Quel

---

40) 놓으세요! 이건, 내 일이예요!
41) 젠장, 씨발~! 왜? 뭐가??

toupet! 에프홍떼멍Effrontément! 부 비베 썽 보트흐 엉펑 쥐스뜨 뿌흐 라흐정Vous vivez sans votre enfant juste pour l'argent! 뿌흐꾸아 부 자지쎄 꼼 마 메흐 아프헤 끄 부 마베 아벙도네Pourquoi vous agissez comme ma mère après que vous m'avait abandonné! 부 싸베 르 썽띠멍 껑 엉펑 썽 껑 일 뻬흐 싸 메흐Vous savez le sentiment qu'un enfant sent quand il perd sa mère? 쎄 트흐 에프헤이엉 에 트흐 엉씨 우C'est trop effrayant et trop anxieux. 부 싸베 르 흐갸흐 에프헤이 엉 브뉘 드 렁드와 앙꼬뉘 끄 뻭손 느 쎄‥, 부 르 싸베Vous savez le regard effrayant venu de l'endroit inconnu que personne ne sait‥, vous le savez? 느 빠흘레 빠 아 또흐 에 아 트하베흐 꼼 씨 부 싸베 껠끄 쇼즈 끄 부 느 뿌베 자메 꽁프헝드흐Ne parlez pas à tort et à travers comme si vous savez quelque chose que vous ne pouvez jamais comprendre! 보트흐 피규흐 프헤떵덩 끄 부 자베 라 쌍빠띠Votre figure prétendant que vous avez la sympathie‥! 보트흐 아티튜드 프헤떵덩 끄 부 꽁프흐네Votre attitude prétendant que vous comprenez‥! 싸 느 부 바 빠Ça ne vous va pas! 쥬 느 부 빠 르 브와흐Je ne veux pas le voir!쎄 데구떵 에 이뽀크히드C'est dégoûtant et hypocrite! 싸 므 돈 엉비 드 보미흐Ça me donne envie de vomir! 부 제띠에 뉠 뿌흐 모아 Vous êtiez nulle pour moi! 뉠 뿌흐 마 피으, 농 쁠뤼Nulle pour ma fille, non plus! 알로흐Alors, 낭떼흐브네 빠 에 데가제n'intervenez pas et dégagez! 바떵Vas-t'en![42]

"…?!?!…"

은실이 소피의 엉덩이를 두들겨 패는 것은, 잃어버렸던 아이를 찾은 엄마가 울며 안기려고 달라붙는 아이를 떼어놓고 홧김에 보여주듯이 행하는 일종의 행동 양식(?) 같은 것으로, 놀이공원 미아 보호소에 가면 흔히 볼 수 있는 광경이었기에 어느 정도 이해할 수 있을 테지만, 이렇게 대놓고 악악거리는 것은 처음이라 놀라기도 하였는지, - 그러나 그러면서도 어쩌면 어렸을 적의 고달팠을 기억이 떠올라 그랬을는지 모르겠다고 생각했었는지도 모르겠다. 악을 쓰며 퍼부어댔던 말이라 그 뜻을 정확하게 알아듣지는 못했지만, 그랬음에도 그 말에 담긴 감정이 어떤 것인지는 확실히 느꼈는지, - 옥분은 머릿속이 하얗게 비워져서 무슨 말을 해야 할지 까맣게 잊어버린 사람처럼 멍한 표정을 짓기만 했다.

"허허~ 거, 참‥. 이것 봐요, 나 여사. 따님 속도 편하진 않을 테니, 그만 진정들 하시고‥. 아~ 탈 없이 아이를 찾았으니, 이‥, 얼마나 다행입니까? 안 그래요?"

"아무렴. 그렇지‥! 아암~!"

펄펄 끓는 물에 차가운 물을 쏟아부은 것처럼 잠잠히 가라앉은

---

42) 도대체 누가 불쌍한데? 누가 누구를 불쌍하게 만들었는데? 당신이 뭔데? 무슨 자격으로? 당신이 왜? 무슨 상관이냐고! 가족? 할머니? 웃기는 소리 하지 말라고! 뻔뻔스럽게! 부끄러운 줄도 모르고! 겨우 돈 때문에 자식 버리고서 없는 듯이 살다가, 왜 이제 와 엄마처럼 구는 거냐고! 엄마 잃은 아이 마음이 어떤지, 얼마나 두려운지 당신이 그걸 알아? 낯선 곳에서 내려다보는 시선이 얼마나 무섭고 불안한지‥, 당신이 그걸 아냐고? 가늠할 수 없는 일을 알고 있다는 듯이 함부로 말하지 마! 동정한다는 당신의 모습‥! 이해한다는 이런 태도‥! 당신에겐 전혀 어울리지 않아! 보기 싫어! 역겨워! 위선적이야! 구역질 난다고! 당신은 나에게는 항상 없는 사람이었어! 내 딸에게도! 그러니까 참견 말고 비켜서라고! 당장 내 앞에서 꺼지라고!

분위기를 다시 띄워야겠다고 생각했나 보다. 옥분을 먼저 말리는 것으로 그나마 은실이 미안함을 덜 느끼게끔, 길수 영감이 애써 태연스레 어색한 말머리를 내밀었고, 주먹코 교장도 추임새를 넣듯이 고개를 끄덕댔다.

"쟈가, 시방 뭐라‥? 긍께 뭔 소리를‥? 뭐라는겨‥?"

"‥‥!‥"

머리통을 세게 얻어맞은 사람처럼 얼떨떨해하는 얼굴로 떠듬대는 옥분을 보며 '아‥! 이런‥! 내가, 괜히‥!'라고 후회히는 감정이 들었는지, 은실은 등을 홱 돌리고 - 피하고픈 그 감정의 크기만큼 빠른 걸음으로 - 베란다 옆 구석진 곳으로 향했고, 눈을 동그랗게 뜬 채 침을 꿀꺽 삼킨 주먹코 교장과 윗니와 아랫니를 꾹 눌러 다문 길수 영감과 함께 그것을 지켜보던 옥분은 갑자기 눈이 침침해진 사람처럼 유리창에 비친 은실의 어두운 옆얼굴을 바라보면서 눈을 껌벅껌벅 거려대기만 했다.

"우라질 년의‥, 망헐 년 같으니‥! 저가 암만 화딱지가 났더래도 그렇지‥. 나가 지 엄닌디‥. 으디 엄니헌티다‥!"

부엌 천장의 촉 낮은 전등이 부분적으로나마 거실 가운데께를 희읍스름한 사다리꼴 모양으로 비추고, 아래쪽에서 올라온 노르스름한 불빛이 살구 나뭇가지를 시커멓게 짜개진 조각 문양처럼 천장에 드리운 가운데, 옥분은 이 빠진 밥상 닮은 탁상을 오른쪽 옆구리에 기대고 앉아서 비 맞은 중처럼 꿍얼대고 있었다.

"워서 못된 것만 배워갖꼬 뭣을 쏼라쏼라 욕을 허는지 흉을 보는지‥, 눈깔을 까뒤집고 바락바락‥, 알아듣지도 못헐 말로 씨부려댐서 쌩지랄을 해쌌고‥, 지깐 년이 뭣이라고‥. 나는 뭐‥, 으째‥? 뭐‥, 헐 말이 읎어갖꼬‥, 승깔이 읎어갖꼬 가만있었는 줄 아냐? 에라이~ 인정머리 읎는 년아‥!"

옥분이 말소리를 죽이려다가 목에 힘을 주어서 - 푸르뎅뎅한 달빛이 괴괴하게 비친 베란다 유리창에 어울릴만한 밀도 있는 목소리로 - 억울함과 분함을 삭이듯이 고시랑거리는데, 안방 문이 '삐걱~' 열리며 야들야들하며 보들보들한 하얀색 파자마 차림의 은실이 거실로 나섰다.

"…!…"

"···?!···"

낌새가 심상치 않다 싶었는지 은실은 순간 멈칫거리더니, 이러지도 저러지도 못하는 사람처럼 - 무엇인가를 하기는 해야 할 것 같은 데, 그 무엇이 무엇인지를 모르는 사람처럼 - 엉거주춤하게 제 자리에 서 있었다. 옥분이 아직 앙금이 남아있는 사람처럼, 일부러 본체만체 혹은 네깟 년한테 아무 관심 없다는 듯이, 흘깃 쳐다보았기 때문이었다.

"소피보러 나왔냐?"

"······"

고개를 돌리며 시큰둥하게 물어보는 옥분의 목소리에서 시크름한 술 냄새라도 맡았는지, 은실은 대답 대신 왼 주먹을 가볍게 말아쥐고는 콧구멍을 막듯이, 입술 위와 콧구멍 아래쪽에 가져다 대었다.

"아니···! 그놈 말고··, 흠흠~~!"

옥분이 손을 휘저으며 목청을 가다듬었다.

"소피 말고 거시기··, 오줌 싸러 나왔느냐고?"

"······"

"얼릉 싸고 자라. 그 지랄을 해놔서 너도 피곤헐 것인다··."

옥분이 주둥이를 삐죽대고 세웠던 왼 무릎을 내리며 자세를 바꿔 앉더니, 들으란 듯이 허공을 향해 혼잣말문을 열어젖혔다.

"으메~ 양··! 오만 지랄도 뭔··, 그런 지랄이 읊을 것이네. 놀라기는 예미~ 넨장나게 놀래갖꼬서··. 그 영감 말마따나 별 탈 읎이 찾았으니 다행이지··. 그라르면 을매나 안 거시기했을 것이여··! 흐이구~! 생각만 혀도 끔찍헝께, 생각허기도 싫으네…! 아참…! 그란 디 아야~! 너 시방 오줌 안 매렵냐?"

"…!…"

데면데면하게 몸서리치는 시늉을 해 보이며 힘을 줘서 말을 마친 옥분이 오른손을 뻗어 탁상 위의 소주병을 쥐더니, 물끄러미 자신을 쳐다보고 있는 은실에게 물었다. 그러자 그제야 화장실 가려던 중이었다는 게 생각났는지, 은실이 부엌에 곁달린 화장실 쪽으로 발걸음을 떼었다.

"이 푸웅~진 시상을 마안~났으니, 너의 소원이 무엇이냐~, 부귀와 영화를 누우~렸으면, 희망이 조옥할까~?"

등 뒤를 지나쳐가는 은실의 뒷모습을 흘깃 쳐다본 옥분이 고개를 돌리면서 한숨을 내쉬더니, 나이에 어울리지 않는 노래를 - 뭐랄까? 토끼털 조끼를 걸치고 참빗으로 빗겨 넘긴 쪽진머리에 은비녀를 꽂았을 쪼글쪼글한 할머니에게나 어울릴만한 옛 노래를 - 불러가며 평상 위의 소주잔에다 소주를 붓듯이 따르고는 잔이 찰랑찰랑해지기도 전에 홀짝 들이켰다.

"흐이구메~ 니미럴 것…! 징글맞게 좋기도 허다…!"

소주잔을 내려놓은 옥분이 탁상 위에 놓인 넓죽한 무 한 토막을 집어서 "와싹~!" 베어 물고 우적우적 씹어대는데 화장실 변기의 물 내려가는 소리가 '쏴아아~ 쑤르르르…!' 들렸고, 두어 걸음 슬리퍼 끄는 소리에 이어서 화장실 문이 소리도 없이 열렸다.

"개운허냐? 아나~! 이놈 한 놈 먹어봐라."

둥글넓적한 무 토막을 과일칼로 서걱 잘라낸 옥분이 화장실 문을 열고 거실로 나선 은실에게 보지도 않으며 한 조각 건넸다.

"요놈이 인심보다도 낫다는 겨울 무시다. 아조 시원허고 달달혀
~. 쏘주엔 꼬릿꼬릿헌 오징어 다리쪽이나 짭쪼름한 깍두기가 제격
이다만, 소피년이 냄시난다고 또 지랄염병 해쌀까 봐서‥."

"……"

"아~ 그짝에 쫌 앉아봐. 어매랑 딸년이 쏘주 한잔헌다고, 으디
문교부장관이 파출소로 안 잡아가니께."

"……"

어색하게 무 한 조각 받아들고 엉거주춤 서 있던 은실이 오른뺨
에 스치듯이 늘어지려는 머리칼을 머리 위로 쓸어 넘기고 왼 옆구
리를 탁상에 기대듯이 하여서 - 얼굴 보며 마주 앉는 것이 어색해
서 그랬을까? 탁상을 가운데 놓고 옥분과 나란히 베란다 큰 창을
바라보듯이 하여서 - 옥분의 오른편에 앉았다.

"워째‥? 사는 꼴이 영 거시기허냐?"

달라진 것도 없건만 그 자리에 앉으니 거실이 다르게 보였는지,
은실은 고개를 돌려가며 주변을 휘 둘러보았다. 그러자 쓰렁쓰렁
했던 차에 말 붙여 볼 꺼리가 생겼다 싶었는지, 옥분이 던지듯이
괜히 무뚝뚝하게 말을 꺼냈다.

"워째‥? 쪼까 거시기허냐? 냅둬부러라. 너 보여 줄라고 이라고
청승 떨고 사는 것 아닝께‥. 우라질 년이 만리타국에다가 자식 팔
아먹고서 두 발 뻗고 호의호식한다면은‥, 것도 사람의 새끼가 할
지랄은 아닝께 말이다‥."

"……"

듣기 편한 소리는 아니었지만, 은실은 이렇다저렇다 별 반응도 없이, 그저 손에 쥔 무를 한입 베물 것처럼 입에 가져다 대었다.

"그라도 뭐··, 나 한 몸 건사허기에 거시기헌 거는··, 암만~! 끄덕읎어야! 아야~ 은실아, 너, 이놈 먹어봤냐? 못 먹어봤지? 아나~ 이놈 함 먹어봐라."

"아··, 아니··, 예요."

옥분이 탁상 위의 소주잔을 은실이 앞으로 밀고서 소주를 따라주려는데, 은실은 베먹으려던 무 조각을 입안에 베문 채 막듯이, 옥분에게 손바닥을 보이고 내밀었다.

"어매가 주는 것은 괜찮응께, 어여 한잔혀."

"······"

옥분이 소주를 따르고 권하였으나, 은실은 내뻗은 손을 물리지 않은 채 고개를 가로저었다.

"그려? 그럼 뭐··, 싫음 말어야지··."

내놓고 섭섭하다는 기색을 보인 건 아니었지만, 옥분이 입맛을 떨떠름하게 다시고 소주잔을 홀짝였다.

"캬~! 아따, 맛난 것! 나가 요 맛에 산다니께··! 너가 요 맛을 모르니께 쪼까 아쉽기도 하다마는서도··! 한국 사람은 요놈이 젤루 딱이여. 쎄지도 않고 약허지도 않고··. 요놈이 바로 국가대표랑께~! 그란디 요놈은 돗수가 을매나 되는가? 요즘엔 별놈의 잡스런 것들이 하도 많이 나오다봉께··. 으디 보자~ 으디··? 요것인가··? 아니고··. 이놈인가··? 이게··, 으디께··?"

"잘··, 보이지··, 않으··세요?"

미간을 찌푸려서 눈을 가늘게 뜨고 눈앞에 집어 든 소주병을 이리저리 살펴보는 옥분에게 은실이 물었다.

"어매 나이쯤 되면 다 그랴. 잘 뵈는 게 외려 이상헌 거지. 걱정 말어. 어매는 그래도 양호한 편잉께."

"병원··, 에는··요?"

"병원은 무슨! 돋보기 하나 쓰면 되는 놈의 것을··. 가봐야 이놈 저놈 쓰잘데기읍시 잔뜩 검사만 시키고 돈 뜯어낼 궁리나 허지, 것들이 뭣을···, 가만··, 것을 으디 뒀더라··?"

옥분이 탁상 위에 소주병을 내려놓더니, 목을 길게 빼서 주변을 두리번거려댔다.

"쩌짝에 뒀나··?"

옥분이 등 뒤의 거실 바닥을 양손으로 짚으며 몸을 젖히듯이 하여서 고개를 젖히더니, 뒤편의 낮은 서랍장을 쳐다보고 고개를 갸웃거렸다.

"아닌가··? 아닌갑네··! 가게에 뒀나 보네. 맞네··! 엊그저께 머릿고기 들여놓고 장부 보니라··!"

"······"

"흐흠··! 흠~흠~!!"

등 뒤 거실 바닥을 짚었던 양 손바닥에 힘을 줘서 윗몸을 "흐잇차~!" 일으켜 앉은 옥분이, 자신을 물끄러미 쳐다보는 은실과 눈이 마주치자 겸연쩍으면서도 멋쩍었는지, 약손가락과 집게손가락과 가운뎃손가락으로 평상 위를 '두두둑~! 두뚜둑~!' 잇달아 두들겨가며 괜스레 헛기침해대고 소주병을 집으려는데, 은실이 옥분의 쭈글쭈글한 손으로 눈길을 옮기었다.

"……"

"…?!…"

거무튀튀한 자기 손을 보며 옥분은 무슨 생각을 했을까? 은실의 눈길을 좇아서 울툭불툭한 심줄이 도드라져 보이는 흐물흐물한 제 손등 거죽을 내려다보던 옥분이, 물 마를 사이 없어 짓무르고 갈라 터진 손가락 끝마디와 꼬질꼬질하게 때가 끼어있는 손톱 끄트머리를 비비적거려대다가 꽉 쥐듯이 손가락을 구부리더니, 두껍게 굳은살 박인 양 손바닥을 맞대어 비비고 일부러 가슴을 크게 펴고서 고개를 들어 베란다 창밖을 내다보았다.

"으메~ 양…! 달도 징그럽게 훤허다. 그라지?"

"……"

은실도 구부정하게 어깨 숙이고 고개를 살짝 들어서 옥분의 눈길과 말머리가 향한 창틀 너머의 밤하늘을 - 뜨문뜨문 싯누렇게 반짝거리는 성근 별 밭에서 혼자 새하얗게 빛나는 둥그스름한 달을 - 높다랗게 쳐다보았다.

"사는 게 뭔지 참말로…."

옥분이 큰 숨을 들이마시며 뜬금없이 꺼냈던 말꼬리를 머금었다.

"너를 봉께 나도 내 엄니가 보고 싶으다…."

"……"

"근디 엄니는, 엄니 얼굴도 몰라야. 난리 통에 비행기 폭격을 맞아갖꼬…, 벼람박이 쓰러졌다는지, 천장이 무너졌다는지…. 하여튼 간 돌무더기에 깔려갖꼬 몸뚱이도 못 꺼냈디야….."

답지 않게 씁쓸한 얼굴의 옥분이 눈을 껌벅거려댔다.

"은실이 너‥,"

꽁꽁 싸매서 가슴 깊은 곳에 감춰두었던 무엇을 어느 순간 마음 먹고 툭 털어내고자 할 때 그러는 것처럼, 옥분이 사뭇 달라진 목소리를 내뱉었다.

"어매 원망 많이 혔지? 말 안혀도 다 안다."

"……"

"에휴~ 날 풀리듯이 너 맴이랑 내 팔자랑 살살 쪼까 풀렸으면 좋겄는디 인생이 삼한사온잉께로 얼었다 녹았다, 녹았다 얼었다‥, 하냥 마냥 그런갑다…."

"……"

"미안허다‥."

"……"

옥분이 풀죽은 목소리로 나직이 내뱉자, 은실의 속눈썹이 파르르 떨렸다.

"헐랭이같은 년이 어매랍시고 꼴같잖게‥."

"……"

"팔자 오그라진 년이 나이 처먹고 청승만 늘어갖꼬는‥"

"……"

"나가 너한티 고작 고것밖에 안되는디 뭣을 탓허겄냐마는‥. 뭣을 허고, 뭣을 말어야 헐지‥, 어매가 인자 겨우 알 것도 같은디…. 내 맴이 내 맴 같지 않응께‥, 맴이란 것이 나허고 평생을 같이 사는 디도 내 것 아닌 모양으로다‥. 영~ 말을 들어 처먹질 않으니‥."

눅눅해진 말꼬리를 머금은 옥분이 침을 꼴깍 삼키고 어금니 깨물며 고개 숙이더니, 소주잔을 만지작거려댔다.

"부모헌티 시상 젤루 행복한 게 자식이 잘되갖꼬 큰 탈 읎이 사는 것인디‥. 아~ 거시기헐라 그러니께 그라고 쳐다보지 말어!"

은실이 고개를 돌려서 자신을 쳐다볼 것만 같았는지, 옥분이 반대쪽으로 고개를 틀며 콧물을 훌쩍댔다.

"너도 뭐‥, 내 딸년인 것도 같기도 허고, 아닌 것 같기도 허고‥, 꼭 도야지 뼉다구 우려낸 국물에 깍두기 국물 넣은 것마냥‥, 칼칼허기도 허고, 시크름 달달허기도 허고‥, 그랑께 말이여."

"……"

"읎이 사는 집의 빈대마냥 빼빼 말라비틀어진 놈을‥"

"……"

"으디 몸도 성치 않은 놈을 억지로 떼밀어갖꼬‥."

"……"

"어매 많이 밉지?"

"……"

"똥싼 년이 으디 핑계가 읎겄냐마는‥, 구복□腹이 웬수라고, 먹고살려다봉께‥, 너가부지가 워낙 오뉴월 댑싸리 밑의 개 팔자를 타고나갖꼬‥, 그때는 어매 혼자 암만 죽자꾸나 설거지해갖꼬는 택도 읎응께‥, 기집애가 듣도 못하는 귀먹쟁이에 언챙이 째보로 사는 것도 거시기허고‥, 승핵이 놈 공부도 시켜야 허고, 그랬응께‥,"

"……"

"나가 그때는 사는 게 서툴러갖꼬‥, 그땐 가랑잎으로 똥 싸먹을

맨치 암껏도 읎었응께‥."

"……"

"으디 똥 묻은 고쟁이를 팔아서래두‥, 콩팥을 떼고 눈깔을 팔아서
래두 너를 고쳤어야 혔는디‥. 비적질을 허더래도 넛이 같이 끌어안
고 살아야 혔는디‥, 나가 그때는‥, 참말 겂은 나는 디 뭣을 모르고
마음만 급해갖꼬서‥, 으이~휴…!"

"……"

은실이 듣고 싶어 하거나 말거나 개의치 않으며 넋두리하듯이 생
각나는 대로 말을 늘어놓던 옥분이 콧물을 훌쩍이고 콧잔등이를 찌
긋찌긋 거려댔다.

"그렇다고 나가 너 보내놓고서‥, 너 잊고서, 너 죽었다 생각허고
안 찾은 것 아니다‥."

들썽이려는 마음을 가라앉히려는 것처럼 숨을 크게 들이마신 옥
분이 목에 힘을 주어 목소리를 가라앉혔다.

"감으나 뜨나 눈앞서 삼삼헌디‥, 넘의 새끼 크는 것을 봄서 내 새
끼 크는 것은 하나도 못 보는디 어매 속은 으땠겄냐? 그랴도 그저‥,
으디서건 잘 살고만 있으면은 다행이고‥, 너만 잘 되면 되겄다는 생
각으로…. 아~ 참말이여‥!"

억울하니 믿어달라는 듯이, 옥분이 목청을 돋웠다.

"승핵이 놈 죽고 나서 너 찾아볼라고‥, 너 도로 데꼬올라고 어매가
을매나 지랄 똥을 싸고 댕겼는지, 너 모르지? 입양인 복지단인지 협
력단인지 뭣이 개뿔‥! 그짝 사무실까정 찾아가 드러눠갖꼬 쌩떼를
부려쌌는디! 한참 그랬는디‥,"

옥분이 침을 삼켜 넘기고 입술에 침을 발랐다.

"그르다가 괜히 나 땜시··, 그짝 말을 들어봉께··, 나 혼차 지랄허구 찾아가서 갑재기 짠~! 허고 나타나면··, 나 좋자고 너 에려워지면 으떡하나 싶은 디다, 혹시래두 여지꺼정 먹이고 재우고 입힌 값 물어내라 그러면 또 으떡하나 싶어갖꼬··, 어매는 암껏도 읊웅께··. 그랴녀도 찐붕어마냥 눌러살까 싶던 아가 구박등이 째보에다 귀먹보로 살면 으떡허나 걱정이 앞서갖꼬··, 그람시로 정신이 퍼뜩 나갖꼬 찍소리도 못허고 이 악물고 견뎠어야··. 아~ 참말이여! 어매 맘은 알지도 못함서···."

"······"

옥분이 꼬리를 사리듯이 말꼬리 머금으며 몸을 작게 움츠리고 고개를 아래쪽으로 틀며 입을 삐죽대자, 은실은 입술 끄트머리를 왼쪽으로 한차례 찌긋대고 눈길을 베란다 옆으로 - 그러니까 옥분의 반대쪽으로 - 시커멓게 드리운 고무나무 화분 그림자에 던졌다.

"그띠 나가··, ,"

가냘파 보이는 은실의 옆 얼굴을 곁눈으로 힐끔 보고는 마음을 좀 가라앉혀야겠다고 생각했나 보다. 콧물을 훌쩍 들이마신 옥분이 편안하게 숨을 마셔보더니, 나직하게 목소리를 내었다.

"어매가 너를 보내놓구 찾지 않은 것이 옳은 것인지 그른 것인지, 어매가 많이 무식헝께 것을 잘은 모르겠다마는서도··. 너가 이라구 반듯허게 커준 걸 봉께, 나가 그라고 잘못헌 건 아니지 않은가 싶으다··. 것도 어매 혼차만의 생각 아닐런지 모르겠지마는···."

옥분이 "쩝~" 소리 나게 입을 떼며 고개를 끄덕댔다.

"나는 인자 후회 안 할란다. 후회해봤자 뭣헐 것이냐? 거시기허게 서운허고 섭섭혀도, '참말 잘된 일이다. 그나마 다행이다. 하늘이 도운 덕이다.' 생각해야지 으쩌겠냐? 안 그르냐?"

"……"

맞는 말이라며 은실이 적극 동의해 줄 것을 기대한 것은 아니었겠지만, 마지못해서라도 혹은 건성으로라도 고개 끄덕여줄 것을 기다리는 것처럼, 옥분은 잠시 잠자코 아무 말도 하지 않았으나, 은실은 입을 꾹 다물고 흔들리지만 흔들리지 않으려는 것처럼 - 대꾸하지 않으려는 것으로 대꾸하는 것처럼 - 겨우 한입 베먹는 시늉을 하고서 무 조각만 만지작거려댔다. 그러자 옥분이 들으란 듯이 "에히고~" 하고 깊은숨을 기다랗게 내뱉더니, 소주잔에 술을 따르고는 얼른 홀짝 들이켰다. 그러고는 탁상 위에다 소주잔을 '탁~!' 소리가 날만치 박력있게(?) 내려놓더니, 무뚝뚝하게 바뀐 말투를 내뱉었다.

"그란디 너‥, 시방 여는 왜 온 것이냐? 삼사십년을 쌩판 모르는 넘마냥 소식 한 놈 읎다가 갑작스레 말이여."

"……"

"아~ 말하기 싫으면 관둬라! 누가 궁금허다냐? 시방 헐말이 읎응께 물어본 것이지. 으이구~ 느자구 읎는 년‥! 어매 말하는 걸 개방구로 알아처먹어갖꼬는‥, 뭘 물어봐도 통 시원하게 대답을 허는 법이 읎네‥."

"저…, 삼 일…, 후에‥‥,"

달아오르려는 술기운을 뱉어내려는 것처럼 벌게진 얼굴로 허공을 향해 좋알거린 옥분이 콧잔등이를 찌긋대고 고개를 설레설레 저어대다 소주병을 집으려는데, 엄지손톱 끄트머리를 잘근잘근 깨물어대던 은실이 입을 떼었다.

"잉? 뭣이라고⋯?"

"삼 일⋯, 지나고서⋯,"

"⋯?⋯"

"빠리로⋯, 돌아가요⋯. 소피랑⋯."

"잉⋯. 그려~? 거, 뭐⋯, 잘되았네. 잘되았어⋯."

귀를 쫑긋 세웠던 옥분이 맥 빠진 목소리로 대꾸하더니, 눈을 끔벅대며 입을 떼었다.

"그라믄 거시기⋯,"

"⋯⋯"

"은제 또 오냐?"

"⋯⋯"

"아니⋯! 나가 뭐⋯, 치매라도 걸릴까 봐⋯, 벽에 똥칠할 때 그것 쪼까 치워달랠라 부르려는 것 아니다. 나 죽었을 때 울어줄 놈 하나 읎을까 그러는 것도 아니고⋯. 아~ 살아서도 거시기헌데, 죽고 나서야 그 까짓것 아무려면 으떠냐? 비단수의건 꽃상여건 모다 쓰잘데기읎는 것이지⋯."

"⋯⋯"

무엇을 하려는 것도 아니건만 이미 김이 새어버린 것처럼, 혹은 무엇을 했던 것도 아니건만 벌써 불편함이 느껴진 것처럼, 말할 수 없는 어색함이 두 사람을 감싸려는데, 옥분이 소주를 한잔 들이키고 빈 소주잔을 멀거니 쳐다보며 만지작거려대다 탁상 위에 가만히 내

러놓았다.

"너 뭣‥, 먹고픈 것 읎냐? 으디 가고잡은 디도 읎고?"

"‥‥‥"

"너‥, 혹시‥?"

모처럼 만의 반응으로 은실이 고개를 가로젓자, 옥분이 반색을 하며 은실이 쪽으로 슬그머니 몸을 기울였다.

"어매가 너한티 음식 맨들어보라고 시키거나, 너헌티 돈 내랄까 봐서 그르냐?"

"‥‥‥"

"우라질 년이‥, 똥구멍에 바람이 들어갔나? 실실 처웃기는! 말허기 싫으면 관둬라, 이년아‥! 안 처먹으면 내 돈 안 들어가고, 힘 안 써서, 나만 편허지‥! 염병헐 년이 잠옷 바람으로 괜히 기어 나와갖꼬 대가리만 까닥대고 지랄이네‥. 에이구~ 이 느자구 읎는 년‥. 얼릉 드가 잠이나 자, 이년아~!"

은실의 입가에 미소가 비치자 마음이 풀어졌나 보다. 옥분의 목소리가 다정다감하게 높아지려는데, 거실 안쪽 방문이 '끼거덕‥!' 소리내며 열렸다.

"으메~으메~! 우리 소피! 자다 깼겨? 왜 나온겨? 할매가 너그매 야단치는 거 듣고 너그매 편들어 줄라고?"

방문 앞에 서서 하품하는 소피를 보고 환해진 얼굴로 어르듯이, 옥분이 고개를 아래에서 위로 크게 끄덕댔다.

"울 애기 졸린갑네. 여는 추위~! 어여 드가! 어여~!"

"‥‥‥"

옥분이 들어가는 손짓을 했건만, 그것을 오라는 손짓으로 알아들었나 보다. 빨간 하트 무늬가 앙증맞게 그려진 핑크빛 잠옷 차림의 소피가 눈을 비비고 종종거리며 다가가 옥분의 무릎 위에 앉았다.

"아이쿠메~! 할매 한티서 술 냄시 날틴디··. 으째 안 들어가고 그려? 으째~? 할매랑 이놈 한 잔 해볼텨?"

"……"

옥분이 눈앞에 소주잔을 들어 보이자, 그것이 무엇인지 꼭 알고 그러는 것처럼 소피가 도리도리 고갯짓 하더니, 옥분의 가슴팍으로 파고들며 양팔로 옥분의 목을 감고 꼭 껴안았다.

"아이쿠~아이쿠~! 야 좀 봐라. 아가, 왜 그려? 할매 젖 맨지고 잘라 그려? 인자 다 쪼그라들어갖꼬 쭈글쭈글헌디?"

"마멍Maman, 에스끄 쥬 뿌 도흐미흐 아벡 그헝 마멍est-ce que je peux dormir avec grand-maman??"[43]

기분 좋은 소리로 은실에게 들으란 듯이 말을 던진 옥분이 소피의 머리칼을 어루만지며 소피에게 고개 돌리자, 소피가 마치 그 말을 알아들었다는 듯이 은실에게 물었다.

"뭣이라? 시방 야가 뭐라는거?"

감으로 느꼈나 보다. 은실이 소피에게 대답해주기도 전에, 옥분이 궁금증 가득 찬 눈으로 쳐다보았다.

"마멍Maman~??"[44]

"같이··, 자고··, 싶데요. 소피가··."

---

43)   엄마, 나 할머니하고 자면 안 돼?
44)   엄마~??

부탁하듯이 동그란 눈을 반짝이는 소피에게 웃으며 고개 끄덕여 보인 은실이 또박또박 옥분에게 말을 건넸다.

"나허고? 여··여서? 둘이??"

"······"

옥분이 반색을 하며 물어보자, 은실이 환한 얼굴로 고개를 끄덕였다. 그러자 소피가 '할머니, 내가 말한 게 바로 그거야!'라고 말하듯이, 옥분을 쳐다보며 고개를 끄덕댔다.

"으메나~ 이쁜 놈의 것··! 기특헌 짓만 골라서 허네~! 할매도 참말 베리 탱큐 머치고, 며르치 볶아여~! 근디 가만··, 가만있어보자··. 아이구메~! 허면 으째스까, 잉~? 저짝 방은 골방이나 마찬가진디··? 아가, 여 쪼까··, 쪼매 기둘려라, 잉~?"

"···?···"

옥분이 말을 마침과 동시에 제 무릎 위에 앉아있던 소피를 살짝 밀어서 바닥에 내려놓고 몸을 일으키자, 소피가 어리둥절한 눈으로 옥분을 쳐다보았다. 은실도 의아해하는 눈으로 쳐다보건만 옥분은 아랑곳하지 않고 부랴부랴 소주병과 술잔을 부엌에 가져다 두고 탁상을 베란다 창 쪽 구석으로 밀어놓더니, 거실을 가로질러 건넛방에 들어가 이부자리를 가지고 나왔다.

"자~! 어여··, 어여~ 쪼까 인나 보고··."

옥분이 팔꿈치로 밀어내기라도 하는 것처럼 하여 은실을 옆으로 비켜서게 하더니, 그 자리에 희끄무레한 요를 깔고 납작한 초록색 베개를 놓으며 두툼한 이불을 폈다.

"아가~ 얼릉 이짝으로 오니라. 쩌짝 방은 웃풍이 세어나서 코가 시

링께. 할매랑 여서 자자, 잉? 어여~, 어여 일루 오라니께! 으스스 추
웅께 너도‥."

소피를 부르던 옥분이 은실에게 고개를 돌렸다.

"너도 어여 드가 빨랑 자라, 잉? 아참‥! 너는 방에 드가기 전에 쩌
기 쩌짝 부엌에 가서 불 좀 끄고 잉~? 아가! 어여 일루 와. 일우 와 둔
눠~"

"…|…"

옥분이 이불을 들추고 요를 두들기며 소피를 부르자, 소피가 기다
렸다는 듯이 쪼르르 달려가 이불 속으로 쏙 들어갔다.

"아가, 요리‥, 요짝으로‥. 머리는 차갑게 돼야 허고 발은 따숩게
돼야 허니께 요라구‥. 그렇지! 그렇게‥."

옥분이 고개를 끄덕이며 초록색 베개를 가슴에 끌어안고 자기 무
릎 쪽으로 비껴 누우려는 소피를 바로 눕히더니, 그 옆에 나란히 몸
을 눕히고 얼러대며 재우듯이, 소피의 엉덩이를 토닥토닥 두들기며
흥얼흥얼 - "자세~ 자세~ 우리 애기 잘도 자네~"라는 말을 제외한다
면 거의 알아들을 수 없는 - 단순한 가락의 자장가를 불러댔다.

은실은 잠자코 그 광경을 지켜보다가 옥분이 일러 준 대로 부엌으
로 향했다. 전등을 끄고 나와 거실을 가로질러 안방에 들어가려다
'멈칫‥!' 거리고는 - 꼼지락대며 옥분의 품으로 파고드는 소피를 보
고 자기도 모르게 힘주어 누르듯이 입술을 꾹 다물며 미소를 머금고
는 - 어린 새끼에게 젖먹이는 어미처럼 옆으로 누워 가슴께로 꼭 안
고 재워주는 늙은 몸뚱이를 흔들리는 눈망울로 한동안 물끄러미 내
려다보았다.

얼마만큼의 시간이 지나간 걸까? 거실 귀퉁이 바닥에 퍼지듯이 드러누웠던 포동포동한 화분 그림자가 시나브로 벽을 타고 기어올라 홀쭉하게 서 있었고, 훤한 가운데 기다래진 탁상 그림자가 새까맣게 네모진 베란다 창틀 끝자락에 닿을락 말락 하는 거실 가운데께는 두툼한 이불이 소피와 옥분을 덮고 납작이 엎드려 있었다.

행여 바람이라도 들어갈까 빈틈없이 덮어둔 이불의 무게 때문에 답답해서 그랬을 것이다. 발로 이불을 차내며 소피가 뭐라 뭐라 잠꼬대해대며 뒤척였다. 그러자 품듯이 뒤에서 끌어안고 자던 옥분이 부스스 잠에서 깨었다.

"야가, 갬기 들면 으짤라고서…."

발로 차낸 이불을 도로 끌어 덮어준 옥분이 소피의 이마에 달라붙은 머리카락을 쓸어넘기고 배부른 어미 고양이가 새끼 야옹이 냄새 맡듯이 코를 대고 흐뭇해하더니, 입맛을 다시며 윗몸을 일으켰다.

목이 말라 자리끼를 찾았던 걸까? 주변을 두리번거려대다가 찾는 것이 없음을 확인한 옥분이 무르팍에다가 "끄응차…!" 힘을 주어 몸을 일으키고 부엌으로 걸음을 옮기더니, 왼손에 누런 주전자를 들고 몇 걸음 나오다 멈춰 서서 주둥이에 입을 대고 꿀렁꿀렁 시원하게 들이마셨다. 그러고는 베란다 창 쪽으로 밀어둔 이 빠진 밥상 닮은 탁상으로 가더니, 그 위에 주전자를 내려놓고 "아이구~ 아이구~~" 무릎 아픈 소리 내며 탁상에 기대어 앉았다.

"으이그~ 이쁜 놈의 것‥! 자빠져 자는 것도 어쩜 저라고 저그매 어릴 쩍이랑 꼭 같을까 모르겠네‥."

입을 살짝 벌리고 모로 누워 새근거리대는 소피를 흐뭇한 얼굴로 내려다보던 옥분이 한 마디 내뱉더니, 무릎을 세우고 앉으며 무릎 위에 턱을 괴었다. 잠시 그러고서 가만히 바라보자니, 가슴팍에 무엇이 치밀어올랐나 보다. 저도 모르게 입술을 부르르 떨며 그 무엇을 억누르듯이, 옥분이 입술을 꽉 깨물어보았다.

"우라질 년이‥, 어매라고 불러주지도 않음서‥."

뒷말을 삼키고 옥분이 뜨문뜨문 말을 이었다.

"저도 새끼를 끼우는 년이‥. 새끼 떼고 돌아선 어매 발자국에는 피가 철철‥, 것도 껌정 피가 한 바가지는 괴는 법이라고‥. 암만 독하게 마음먹었드래도, 것이 삭힌다고 삭혀지는 것이 아닝께‥, 베고 또 베어도 움돋이마냥‥, 지 년 보고 잡지 않은 날이 하루라도 읎었는디‥. 하늘로 지나가는 먹구름만 봐도 가슴팍이 먹먹해갖꼬‥, 안 가겠다고 울고불고 매달리던 모습이 상사구렁이 감기듯이 눈앞서 칭칭 감겨 갖꼬서‥, 암만 생각을 끊으려고 눈을 감고 애써 봐도‥, 눈깔에는 눈물만 고여갖꼬‥, 명절 때 거시기헌 것은 당연지사고‥, 저 귀빠진 날이라도 될라치면 으디 미역국이나마 한 그릇 먹었을랑가 가슴이 미어지고‥. 몹쓸 꿈이라도 꿨다치면 몇날 며칠 안절부절을 못하고‥, 나가 괜히 아를 망친 것은

• 337 •
나, 옥분뎐(傳)!

아닌가 맴이 영 불안해갖꼬서‥, 뒤돌아 조마조마 남 몰래 맴 졸이다가‥, 차라리 치매라도 확 걸려갖꼬 아조 싹다 잊아뿌렸음 좋겠다고 생각함서도‥, 너가 꿈에서라도 자꾸 어매를 불러대는 것만 같아갖꼬서‥, 보고파도 땅을 치며 소리 내어 울어볼 수도 읎응께‥, 속으로 울어가며 피를 뱉고, 뱉은 피를 삼켜가며 악착같이 견뎌온 어매한테다…. 으히구~! 인정머리 읎는 년‥ 인자 시방, 핏줄이라곤 저 하나 뿐인디‥. 알아먹을 만한 년이 으디‥, 아니‥. 아니다‥. 거, 아니어…."

옥분이 한숨을 길게 내쉬며 고개를 가로저어댔다.

"사램이 나이를 먹으면은 저 잘못헌 건 모르고, 저헌티 서운헌 것만 안다더니‥. 잊은 척을 허고서‥, 잊고 살자 혔는디‥. 나가 너헌티 뭔 염치로‥, 무슨 헐 말이 있겄냐‥? 으휴~ 니기럴 것‥! 빌어먹을 년이 명줄만 우라지게 길어갖꼬서‥. 진즉에 죽어 읎어져야 했을 것인디, 뭣헌다고 여적까정 살아갖꼬는‥."

뒷말을 머금은 옥분이 고개를 들고 베란다 유리창에 소리도 없이 번지는 투명한 바람 무늬를 먹먹히 바라보며 물기 머금은 목소리를 내었다.

"사람의 새끼로 시상에를 나왔으면 사람 새끼의 도리를‥, 짐승의 새끼로 나왔드래두 어매가 되어갖꼬 어매의 도리를‥, 못헐 것만 같드래도 하는 디까정은 죽어라 했어야 허는 것인디‥. 그란디‥, 그랗께 인자서는 나도…,"

옥분이 침을 꼴깍 삼켜 넘기며 코를 훌쩍였다.

"나도 시방은, 나 살자고 너를 보낸 것인지, 너 살리려고 너를 보낸 것인지··, 것도 솔직히 잘은 모르겠다··."

짤막히 "으휴···." 하고 절반쯤 죽인 한숨을 힘없는 말꼬리에 매달아 뱉어낸 옥분이 베란다 큰 유리창 너머로 눈길을 던지고 잠시 멍하게 있더니, 감정을 추스르고 생각을 지우려는 것처럼 힘주어 입술을 다물었다. 그러고서 갑자기 생각을 다지는 것처럼 양손을 번갈아 쥐고 꾹 꾹 주물러보더니, 손등으로 눈자위를 찍어 누르고 "으차차··!" 힘을 주며 몸을 일으켰다.

"으디에··, 으디 둔 게 있을 것인디··? 쩌기 됐나··?"

구부정하게 펴진 허리로 뒤뚱뒤뚱 옥분은 뒤편의 낮은 서랍장을 향해 걸음을 옮겼다. 서랍장 윗부분을 왼손으로 짚고 서랍들을 위에서부터 하나씩 열어보며 뒤적이더니, 맨 아래 서랍에서 자그마한 철제 상자를 꺼냈다. 베란다 큰 유리창 쪽으로 가져와 철제 상자를 열더니, 그 안에서 담배와 라이터를 꺼냈다. 담배 한 개비를 꺼낸 옥분이 잠깐 무슨 생각을 하는 것처럼 - 추측하건대 끊었던 담배를 피울까 말까 망설이는 게 아닐까 싶어 하는 얼굴로 - 만지작거려대더니, 입에 물고 라이터를 켜서 불을 붙였다.

속이 후련해지고 싶었나 보다. 옥분은 들이마셨던 담배 연기를 단숨에 "후우~~~" 하고 시원스레 남김없이 내뱉었다. 그러고는 다시 한 모금 깊이 빨아들였다가 또 "후우~~~" 하고 내뱉으려는데, 소피가 부스럭거리며 몸을 일으켰다.

"그헝 메흐Grand-mère~"[45]

"으메~으메~! 소피 깨었냐?"

---

45)   할머니~

"그형 마멍Grand-maman, 께스 끄 부 프제qu'est-ce que vous faisez?"[46]

잠이 덜 깬 소피가 눈을 비비며 물었다.

"아이구~! 할매가 겁나 미안 쏘리여!"

소피의 물음을 지레짐작하여 맵다는 말로 받아들였나 보다. 옥분이 피우던 담배를 얼른 철제 상자 속에서 누르고 비벼 끄더니, 담배 연기가 흩어지게끔 손으로 허공을 휘저었다.

"그형 마멍Grand-maman~?"[47]

"미안허다~ 미안혀~! 인자 금시 빠질 것이여."

"그형 마멍Grand-maman‥."[48]

까치발을 해가며 더 큰 동작으로 허공을 휘저어대는 옥분에게 그게 아니라는 듯이, 소피가 머리를 가로저었다.

"잉‥?"

"……"

"왜 그려?"

옷자락을 잡아끌 것 같은 얼굴로 물끄러미 쳐다보는 소피에게 구부정하게, 옥분이 의아스러워하는 얼굴을 들이밀었다.

"그형 마멍Grand-maman, 부 제뜨 트히스뜨vous êtes triste?"[49]

"잉‥? 뭣이라고?"

"……"

"잉, 그려. 그려. 알었어."

---

46) 할머니, 뭐 하는 거야?
47) 할머니~?
48) 할머니‥.
49) 할머니, 속상해?

아는 척, 옥분이 건성으로 고개를 끄덕댔다.

"싸 바 뿌흐 쏘피Ça va pour Sophie. 부 뿌베 퓨메Vous pouvez fumer. 마멍 퓸 오씨Maman fume aussi."[50]

"자아~ 인자 얼추‥, 거진 다 되았다…."

"그헝 메흐Grand-mère‥."[51]

"……"

담배 연기 때문에 그러는 것이 아닌가 싶어서, 차라리 못 들은 척하는 게 낫겠다고 생각했나 보다. 소피가 불렀건만, 옥분은 대꾸도 하지 않고 허공에다 팔을 뻗어 손만 휘적거려댔다.

"그헝 메흐Grand-mère??"[52]

"응‥? 왜 그려?"

사뭇 진지해 보이는 얼굴의 소피가 낮은 목소리로 재차 물었다. 더는 못 들은 척할 수만은 없었는지, - 그러나 그러면서도 여전히 등 돌리고 선 채, 고개도 돌리지 않고 허공을 휘저으면서 - 옥분은 건성으로 대꾸했다.

"……"

"…?…"

소피는 그러고 있는 옥분에게 쪼르르 다가가 옥분의 헐렁한 꽃무늬 몸빼바지 주머니께를 두어 차례 가볍게 잡아당겼다. 그러자 옥분은 그제야 고개를 돌리고서 자신을 쳐다보고 있는 소피를 내

---

50) 소피는 괜찮아. 할머니 담배 피워도. 엄마도 그랬어.
51) 할머니‥.
52) 할머니??

려다보았다.

"……"

"…?…"

다섯 살배기 어린아이의 눈이건만 깊은 듯이 보였을까? 소피와 눈이 마주친 옥분은 아무도 모르게 흘렸던 눈물 자국을 들켜버린 사람처럼 순간 흠칫거렸고, 소피는 그런 옥분의 속마음을 알고 있다는 듯이, - '고요하게'라는 표현이 맞을지 모르겠지만, 어쨌거나 어린아이답지 않은 그런 눈으로, - 옥분을 가만히 쳐다보았다.

"부 제뜨 트헤 트히스뜨Vous êtes très triste??"[53]

"잉··?? 아··, 미안··! 미안혀··. 할미가 딴생각 쫌 하느라고··. 왜··? 뭣이? 거가 뜯어졌어? 뭐가 묻었어?"

소피가 꼭 쥐고 잡아당겼던 옥분의 몸뻬바지 주머니께서 손을 떼며 은근한 목소리로 묻자, 당황스러운 듯이 혹은 멋쩍은 듯이 어쩔 줄 몰라 하던 옥분이 고개 숙이며 딴청을 부리듯이 자기 바지춤 살피는 시늉을 해 보였다.

"그헝 마멍Grand-maman··"[54]

"왜 그려? 뭣 줄까? 소피매려? 쉬~ 하러 갈텨?"

"쓰 네 빠 모아Ce n'est pas moi. 그헝 마멍Grand-maman··. 쎄 부C'est vous."[55]

소피가 느릿하게 고개를 가로저으며 오른손 집게손가락 끄트머

---

53) 할머니, 많이 슬퍼??
54) 할머니··
55) 소피 말고··; 할머니··, 할머니 말이야.

리로 자기 가슴팍을 먼저 콕콕 찍어대더니, 그 손가락 끄트머리로 옥분을 가리켰다.

"야가, 자가 인나갖꼬 아닌 밤중에 홍두깨마냥‥"

"……"

"…?!…"

"……"

슬픈 듯이 보이는 얼굴로 혹은 근심 어린 듯이 보이는 얼굴로 자신을 쳐다보는 소피를 보자니, 여전히 아닌 척 우물쩍대며 딴소리하려던 옥분의 가슴속에서 - 예컨대 따스한 물 위에 떨어진 빨간 핏방울이 말갛게 퍼져가는 것처럼 - 무엇이 훈훈하게 번지기라도 했나 보다. 옥분이 입술을 앙다물고 손을 뻗어 소피의 손을 잡아보려는데, 소피가 옥분에게 몸을 던지듯이 하여서 안기더니, 옥분을 꼭 안아주었다.

"…!!…"

"……"

말은 못 알아들어도 마음이 마음으로 전해졌었기에, 이때 입을 열고 뭐라 중얼거린다면 되레 그것이 서로를 느끼기에 방해가 됐을 것이다. 눈자위가 눅눅해질 만큼 가슴이 뭉클해진 옥분이 - 소피에게 안긴 채로 혹은 소피를 안은 채로 - 소피의 머리칼을 쓸어넘겨 주려는데, 소피가 고개를 들고 옥분을 바라보더니, 옥분의 뺨과 눈자위를 다독여주고 위로해주듯이 어루만져주었다.

그렇게 옥분과 소피는 깊은 밤을 지나 옅은 새벽으로 잔잔히 흘러가는 새하얀 달빛에 젖은 채, 거실 바닥 위에 하나 된 그림자를 짙고 기다랗게, 그림처럼 먹먹하게 드리어주었다.

이것이 지금 눈앞에서 상연되는 연극이었다면, 그래서 어느 신통찮은 연출가가 장면 전환을 위해 - 구슬프다 싶을 만한 늦은 밤의 파르스름한 달빛에서 아침의 밝고 환한 금빛 햇살로 바뀌는 동안, 전 장면의 애틋한 여운을 느끼도록 - 어쩌면 막간에 노랫말 없이 하나의 현악기로 연주한 동요 〈반달〉을 흐르게 했을는지도 모르겠다.

지난 이삼 일 동안 어떻게 지냈는지는 알 수 없지만, - 뭐, 끽해야 옥분의 순댓국밥집을 구경했거나, 셋이서 삼겹살을 구워 먹고 빠리로 돌아갈 때 가져갈 선물이나 기념품 따위를 재래시장이나 백화점에서 구매했겠지만, - 어쨌거나 어느덧 시간은 흘러 소피와 은실이 출국하는 날이 된 모양이다.

빵빵대는 자동차 클랙슨 소리가 베란다 유리창을 뚫고 날아 들어온 옥분의 집 거실 한 가운데에는 - 짙은 밤에서 옅은 새벽으로 넘어가는 이전 장면에서 그랬던 것처럼 - 옥분이 한쪽 무릎을 꿇다시피 하여 소피를 안고 있었고, 똥글똥글하고 살집 좋은 사내가 분주한 걸음으로 두 사람 앞을 가로질러 베란다 창문 쪽을 향하고 있었다.

"네, 네~! 다 됐습니다. 네, 곧 내려갑니다. 아…! 기사님! 그건 그 아래쪽에 두세요. 네, 네, 그건 찌그러져도 상관없으니까…, 네? 뭐라고요…?"

 베란다 큰 유리창 앞에서 선 포동포동하고 땅딸막한 사내가 - 소피와 은실을 옥분의 집에 데리고 왔던 똥글똥글하고 살집 좋은 입양인 복지회 사내가 - 창문을 열고 모가지를 삐주룩이 내밀더니, 아래층에 대고 목청을 높였다.

 "어떤 거요? 네?? 아…, 그거 말고요, 그 앞에 꺼…! 자주색에 바퀴 달린 가방…! 예~! 바로 그거요! 그건 그냥 밑에 깔아두셔도 되고요. 그 옆에 꺼~! 예, 검은색 하드케이스…, 예! 그거요. 그건, 거기 안에 든 게 깨질지도 모르니까, 특별히 주의하시고…. 네, 안에 똑바로 세워놓으시라고요. 어? 어~?? 아…아뇨! 아저씨~! 기사님~! 그 옆에 거…, 네, 네, 바로 그거요! 그것 진짜 조심하셔야 해요."

 소리친 내용으로 짐작하건대, 짐 싣는 콜 밴 택시기사에게 이야기한 모양이다. 포동포동하고 땅딸막한 사내가 몸을 뒤로 빼고 유리창을 닫더니, 안방 쪽으로 바쁜 걸음을 옮겨가다가 방문 앞에서 은실과 마주쳤다.

 "캔 아이 헬프 유?"

 "이츠 오케이. 노 프로블럼."

 가방을 들어주겠다고 손 내민 포동포동하고 땅딸막한 사내에게 은실이 친절한 미소를 보이며 어깨를 으쓱대고 고개를 가로저었다.

 "아…에~ 저…, 뭐…, 이제 그럼 다 실은 것 같은데요…. 제가 먼저 내려가서 빠진 것 없는지 확인해 보겠습니다."

 "네, 고맙…, 습니다…."

 "할머니~! 저는 이만 가보겠습니다."

• 345 •

나, 옥분던(鼮)!

"……"

"할머니~!!"

작지 않은 목소리였건만 듣지 못했는지 옥분이 꿈쩍도 하지 않자, 땅딸막하고 뚱글뚱글한 사내가 목청을 높였다. 그러자 그 부름이 얼음땡놀이의 "땡~!"이라는 외침 소리로 작용한 것처럼 - 그래서 얼어있던 몸이 녹아버린 것처럼 - 옥분이 소피를 안고 있던 팔을 풀어 내렸다.

"……"

뚱글뚱글하고 땅딸막한 사내가 옥분과 소피에게 눈길을 돌리는 은실을 쳐다보았다. 그러고는 머리를 긁적이며 무엇을 알겠다는 것처럼 고개를 살짝 흔들고 씩 웃어 보이더니, 가만히 발소리 죽여가며 현관 밖으로 나섰다.

"소피~"

은실이 넌지시 불렀다.

"……"

"쏘피Sophie~ 옹 드와 썽 알레on doit s'en aller."[56]

"…!…"

은실이 목소리를 살짝 높이자, 그제야 소피가 동그래진 눈으로 은실을 쳐다보았다.

"긍께 소피야‥."

은실이 가만히 고개를 끄덕대자 무슨 뜻인지 알아들었을 소피가 옥분으로부터 물러서려는데, 헤어짐이 못내 아쉬울 옥분이 소피의

---

56)   소피~ 이제 가야 해.

손을 꼭 쥐며 말문을 열었다.

"너도 공부 열씸히 해갖꼬 꼭 너그매맹키 훌륭한 사람이 되어야 헌다. 돈도 되는 대로 겁나 많이 벌고, 잉~ 어려서 놀면 평생을 놀고, 어려서 힘쓰면 늙어서도 힘쓰고 사는 법이여! 거 뭣이냐‥, 그 스마트폰인가 뭣인가‥, 여 아그들은 죙일 그놈만 디다보고 있드만‥, 그놈도 쩍게 허고! 개 따라 댕기면 똥간으로 가는 법잉께, 친구도 좋은 놈으로다 잘 새귀고! 그라고 또‥, 쩐번처럼 괜히 쓸데읎이 혼차 으디 까불고 댕기지 말고, 밖에서는 너그매 손 꼭 붙들고 댕겨! 길 건널 때는 차 조심허고, 물가에는 절대로 가덜 말고! 잉? 혹간이라도 갈 것이면, 배 같은 놈은 절대 타지 말어. 만에 하나 으짤 수가 읎어갖꼬 꼭 타야허면‥, 안에 있지 말구 바깥으루 나와 타고, 으면 엠병헐 놈이 '가만있으라.' 그러면은 그놈시끼 불알을 발로 냅다 걷어찬 담에 얼릉 내빼고, 잉? 가라앉으면 싹 다 죽는 것잉께! 재수가 읎으면 솜뭉치에 채여도 발가락이 째지고, 두부를 먹다가도 이빨이 빠질 수 있으니께, 꼭 명심허고! 시절이 하 어수선항께 어느 코에 걸릴지, 어느 바람에 넘어갈지 모르니께 말이여. 으메~양‥! 생각날라니께 징그럽게 끔찍스럽네~! 으쩌자고 훤한 대낮에 눈앞서 생떼같은 아그들 수백을 물귀신 되게 내삐려뒀데야? 대통령이란 년은 그 시간에 뭣허고 자빠져갖꼬‥?? 그래놓고도 누구 한 놈 시원허게 책임지는 놈이 읎으니‥, 흐이구메~ 시상이 으찌될라 그러는지 참말로‥‥. 아이구~ 참‥! 아가! 소피야! 너 헤엄칠 줄은 아냐? 헤엄!"

"‥?‥"

"거기시‥, 요라구 물에서 푸우~푸우~ 하는 것, 몰러?"

"…??…"

"모르면 너그매한테 헤엄 먼처 배워달라고…,"

옥분이 입으로 "허푸~ 허푸~" 소리 내며 어깻짓에 손짓까지 섞어서 허공을 휘저어 보였다. 그러나 그랬음에도 소피가 말똥말똥한 눈을 쳐다보다가 고개를 갸웃거리고 빙긋 웃기만 하자, 옥분이 말 끄트머리를 머금고 눈길을 은실에게로 돌렸다.

"은실아~! 너, 소피 헤엄칠 줄 아냐?"

"…?…"

"너 집에 가면, 가자마자 무조건 헤엄부터 갈쳐줘라. 뭐니 뭐니 해도 안전한 놈이 제일루다 우선잉께."

다소 생뚱맞은 이야기다 싶었을 은실도 어리둥절한 표정을 지어 보였건만, 옥분은 그러거나 말거나 - 앞의 장황스런 이야기들도 소피가 알아들을 리 만무하건만, 그래도 꼭 그렇게 해야 할 것만 같았는지 - 신신당부하듯이 은실에게 말을 건넸다. 그러자 한 호흡 늦게나마 옥분의 마음을 알아차린 은실이 공손히 대답하며 고개를 끄덕였다.

"네‥."

"그려, 꼭 그렇게 허고‥."

"……"

"……"

의외의 대답도 아니었을 텐데, 은실의 대답에 옥분은 더는 할 말이 없어진 것처럼 보였다. 말이 끊어지자 갑자기 서먹해지려는데,

은실이 조심스레 입을 떼었다.

"저…,"

"응…?"

"저…, 그런데…,"

"그런디 뭐…?"

"이제 그만…, 가야 해요…."

"아…, 맞네…! 그라지, 잉. 암만…, 그리어…."

공연스레 미안해하는 마음이 묻어나오는 은실의 목소리에 어울릴만하게 - 아닌 척하려고 힘을 주었지만, 감출 수 없는 아쉬움과 서운함이 짙게 배어있는 - 옥분의 기운 빠진 목소리가 이어졌다.

"아가~ 인자 그만 가야쓰겄다. 뱅기 늦으면 큰일잉께…, 자~ 어여 가자…, 아이구~! 아이구차…! 하마트면 깜빡 잊을 뻔 혔네. 아야~ 쪼매만, 쪼까만 기둘려라, 잉~!"

구부정한 허리를 펴며 소피의 뺨을 어루만진 옥분이 소피의 손을 잡고 현관을 향해 몇 걸음 옮겨가다가, 갑자기 뒤뚱대며 휘적휘적 부엌 쪽으로 발걸음을 떼었다. 그러자 소피가 은실을 쳐다보고 '할머니 왜 저러시는 거야? 소피 어쩌지?'라고 어깨를 으쓱대며 물어보려는 몸짓을 보이려는데, 옥분이 부엌에서 어린애 몸통만 한 짐꾸러미를 들고 나섰다.

"요놈 쪼까 가져가라. 두꺼비 꽁다리만 헌 것 몇 놈 넣었응께 많이 무겁지는 않을 것이다…."

"…?…"

"워째…? 너 딸년 못 멕이고 못 입힐 것 넣었을까 그르냐? 별 것 아니다. 찬 읎을 때 소피가 잘 먹길래 김 몇 봉다리허고, 꿀허고 삼허고 때때옷 하나 품 넉넉한 놈으로다…, 알록달록헌 댕기허고 한복 한 놈 사 넣었다. 아나~ 앗따~!"

"…!…"

"아~ 시간 읎담서 뭣을 풀어볼라 그르냐~? 너 집에 가서 풀어보면 될 것을! 맘에 안 들어도 어매가 사준 것잉께, 영 아니다 싶지 않으면 마루에 걸어놓던가, 거 아니면 그냥 쫌 입히고! 가면 무를 수도 읎을 것잉께~!"

"……"

"우라질 년이 감지덕지 '고맙습니다.' 인사는 못헐 망정, 정나미 떨어지게스리…"

옥분이 건넨 짐꾸러미를 엉겁결에 받아든 은실이 보자기 귀퉁이를 벌리며 고개를 기웃거려 살펴보려는데, 옥분이 소피의 손목을 잡고 뾰로통한 얼굴로 투덜거렸다. 그러자, 은실이 얼른 고개를 들며 미소 띤 얼굴로 옥분을 쳐다보았다.

"고마워요…"

"고맙긴 예미…! 엎드려 절 받는 것도 아니고, 흠흠~~"

옥분이 입을 삐죽대며 싫지 않은 얼굴을 보이는데, 베란다 큰 창문 아래에서 클랙슨 소리가 '빵~!! 빠~앙~!!' 날아들었다.

"아이쿠메~! 얼릉 오라는 갑다. 어여 빨랑 내려가라. 사램들 기다리다가 승질 내겄다. 우리 소피도 인자 할매랑 빠이빠이여, 잉? 빠이빠이~!"

"……"

명절 쇠고 시댁으로 돌아가는 막내딸과 손녀딸을 근심 반 웃음 반으로 배웅하는 시골 할머니처럼 - 다음 만남을 기약할 수 없는 헤어짐을 떠올리거나, 그런 생각이 자기도 모르게 떠오를 것이 두려워서 그것을 밀쳐내려고 일부러 말을 많이 하고 수선을 피웠던 것인지도 모르겠지만, 어쨌거나 - 옥분이 손을 흔들며 살갑게 잔소리를 해댔으나, 이제 헤어져야 한다는 것을 알아차렸나 보다. 소피가 그렁그렁한 눈으로 옥분을 쳐다보았다.

"자~ 인자 그만‥, 어여들 가라‥. 어여…."

"……"

눈물이 뚝뚝 떨어질 것 같은 소피의 눈과 마주치자 가슴이 먹먹해졌는지, 내몰듯이 손을 휘저어대던 옥분이 목멘 소리를 내었고, 눅눅한 목소리와 애틋한 눈빛에 마음이 찌릿해졌는지, 은실은 턱에다 힘을 주어 입을 꾹 다물었다. 그러자 옥분도 모른 척 아닌 척 하며 고개를 딴 곳으로 틀더니, 콧잔등이를 찌긋찌긋 거려댔다.

"…!…"

뭔가 하고픈 말이 있었으나 잠깐 망설였다가 하지 않는 것이 낫겠다고 생각했는지, 은실은 옥분이 건네준 짐보따리를 가슴에 품어 안으며 감정을 억누르려는 모습을 보였고, 옥분은 그 뭔가가 무엇이기를 기대했으나 차마 그것이 무엇이냐고 먼저 물어보고픈 말을 꺼내지 못하고 - 딱히 할 말이 없어서라기보다는, 왠지 입을 떼면 말보다 눈물이 왈칵 쏟아질 것만 같았기에 - 콧물을 훌쩍이며 힘없이 고개를 가로저었다. 그렇게 가슴처럼 목이 탔을 옥분이 침을 꿀꺽 삼키려는데, 아래층에서 다시 클랙슨 소리가 날아 올라왔다.

"으메~양‥, 깜짝 놀래라~! 니기럴 것, 아침부터 빵빵대고 지랄 이네. 동네 사람 욕하겄다. 얼릉 내려가라."

"저‥,"

"응‥?"

은실이 꺼내려던 말을 도로 삼키며 한 호흡 숨을 머금자, 옥분도 콧물을 훌쩍이고서 양손을 주물럭거려댔다.

"아‥, 아니어요‥. 네‥, 그럼‥."

"잉‥. 그려‥. 그람 얼릉 가라. 어매는 여 기냥 있을란다. 공항까지 따라갔다 올라면, 다리도 아프고 허리도 아프고, 거시기헝께‥."

"……"

"아~참‥! 너 서방 껏 암 껏도 못 사서 으쩌냐? 영 거시기허면 가다가 뭣이라도 쫌‥, 흠흠~~"

괜히 말을 꺼냈다 싶어 멋쩍었나 보다. 옥분이 고개를 돌리며 군기침을 해대는데, 은실이 개의치 않고 소피의 머리를 쓰다듬었다.

"쏘피Sophie, 디 오 흐브와흐 아 따 그헝 메흐dis au revoir à ta grand-mère."[57]

"망뜨넝Maintenant‥? 옹 드와 빠띠흐 망뜨넝On doit partir maintenant?"[58]

"위Oui."[59]

못내 아쉬워 재차 물어보는 소피에게 은실이 고개를 끄덕대자, 소피가 옥분에게 달려가 와락 안겼다.

---

57) 소피, 할머니께 작별 인사해야지.

58) 지금‥? 지금 가야 하는 거야?

59) 응.

"아이구~ 아이구~ 야가 왜 이려? 할매 힘들어야~!"

"할머니, 사랑~해~요~!"

웃는 얼굴로 몸의 중심을 잃고 휘청거려대는 옥분의 가슴팍으로 파고든 소피가, 어색하지만 눈망울만큼이나 또렷하게 말에 힘을 주었다.

"하이구메~ 이쁜 놈의 것‥! 그려~! 할매도 우리 소피를 시상서 제일로다‥, 겁나게 사랑헌다! 자~ 어여‥! 어여, 가라, 잉~! 어여‥!"

"그헝 메흐Grand-mère‥."[60]

이별의 시간은 길수록 힘들고 아쉬워할수록 더 아프기만 한 것을 잘 알기에 어서 헤어지려는 잔정 많은 사람처럼, 옥분이 소피를 떼어 놓으며 현관문으로 밀듯이 몰아가려고 하자, 소피가 풀죽은 목소리로 옥분을 불렀다.

"잉‥? 으째 그려? 오줌 매려? 아야~ 야 시방, 화장실 갔다 와야 허는 것 아니냐? 차 타고 가다가 오줌 매려우면 큰일 나잖여?"

고개를 까닥거리며 소피에게 묻던 옥분이 은실에게 물었다. 그러자 은실이 몸을 수그리고 소피에게 귀엣말을 속닥였고, 소피는 시무룩한 얼굴로 고개를 가로저어댔다.

"아니‥, 에요. 안‥, 가겠‥, 데요‥."

"그려~? 다행이네. 잘됐네. 자~ 그럼 어여들 가라, 어여! 이러다 뱅기시간 놓치겠다."

"네‥, 그럼‥."

은실이 소피의 손을 잡고 현관 쪽으로 걸음을 옮겼다. 현관에 다다라

---

60) 할머니‥.

서 신발을 신으려고 내려서기 전에, 은실이 옥분의 손을 잡았다.

"건강‥, 하세요‥. 항상‥."

"어매 걱정 말고 너나 잘 살어. 바람도 타향 바람이 더 차겁다니께, 조심허고‥. 자주 가끔, 아무 때나 생각날 때마다 전화허고, 잉? 그라고 또‥, 으쨌건간 여자는 오장이 길어야 허는 법잉께, 으쩔 때는 알아도 모른 척, 잉? 괜히 안 해도 되는 놈의 것을 허는 것이, 해야 헐 것 안 허는 것보담 지랄맞을 수 있응께, 서로 쫌 이해허고 쫌 더 참아 주고, 잉? 아~ 서방허고 싸우지 말고! 너랑 살 붙이고 사는 놈인디, 너 아니면 누가 보살펴주겠냐? 봄도 한철, 꽃도 한철이다. 가는 세월 아쉬웅께 후회허지 않게끔 말이여‥. 담배도 얼릉 끊고, 이년아!"

"……"

옥분의 이어지는 잔소리에 미소 띤 얼굴로 고개를 끄덕여준 은실이, 바닥에 내려선 소피에게 신발을 신기고는 옥분을 가볍게 - 그러나 매우 자연스럽게 - 안아보고 옥분의 뺨에 제 뺨을 가져다 대었다.

"…!!…"

"갈께요‥."

예상치 못한 은실의 행동에 순간 얼떨떨해진 옥분이 어떤 반응을 보이거나 뭐라 말을 꺼내기도 전에, 은실이 철제 현관문을 활짝 열어젖히고 밖으로 나섰다.

"뭣, 빼놓고 가는 놈 읎지? 공항서는 바쁭텡게 전화허지 말고, 집에 도착허면 잘 도착했다 전화 한 놈 넣어줘라. 어매 번호 알지? 가게 번호도? 그랴~ 잘혔다! 으메으메··! 아이구~ 참말로··! 큰일 날 뻔혔네. 아야, 아 넘어지겄다. 조심혀라~! 아가~! 소피야~! 할매 쳐 다보지말고 앞에 보고 내려가! 잉~? 그려. 빠이빠이형께 조심혀서··. 그려, 우리 소피 알러뷰~ 겁나 봉주르여~! 그려~ 잉~. 어서··, 그 려··, 그려···."

버선발로 현관 밖까지 따라 나와 은실과 소피가 계단을 내려가 는 동안 계단이 쩌렁쩌렁 울리도록 - 까닥대는 고갯짓에 손짓까지 섞어가며 - 목청 높이던 옥분이, 은실과 소피가 연립주택 큰문 밖 으로 나서 더는 보이지 않게 되자, 힘 빠진 뒷말을 머금었다.

"에히그~ 우라질 년이···. 기왕 안아줄 것이면 함 씨게나 안아줄 것이지, 으디 괭이새끼마냥 볼따구니만 감질나게스리··."

헤어짐의 인사가 못내 아쉬웠는지, 옥분이 현관에 들어서면서 퉁명스레 입맛을 다시고 혼잣말을 뇌까려댔다. 어쩌면 옥분은 이 렇게 주둥이를 삐죽이며 - 투정을 부리거나 푸념을 하듯이 툴툴대 고 구시렁대며 - 떨떠름한 감정을 털어내는 자기만의 방법으로, 결 코 평탄했다고 할 수 없을 굴곡진 삶을 암팡지게 밟아 디뎌왔는지 도 모르겠다.

덧버선 발바닥을 양쪽 정강이에 번갈아 비벼 털고 거실 안쪽으 로 들어오던 옥분이 휑한 느낌을 받았나 보다. 어깨를 움츠리며 스 웨터 주머니에 손을 찔러넣고 주위를 둘러보며 콧잔등이를 찌긋거 려대려는데, 갑자기 현관 밖 계단에서부터 "할머니! 할머니~!" 하 고 들뜬 듯이 불러대는 소리가 들려왔다.

"누구요~? 시방··, 문 안 닫혔소."

옥분이 현관 쪽을 쳐다보고 소리치자, 다급하게 계단을 뛰어 올라온 포동포동하고 땅딸막한 사내가 문으로 들어섰다.

"왜요? 뭣을 또 빠치고 갔답디까?"

옥분이 미간을 찌푸리며 물었다.

"아…! 아니요~! 그런 건 아니고요…. 이것 좀…! 전해…, 달라기에…. 에히고~ 힘들어라…."

"요것이 뭣이다요?"

헐레벌떡 뛰어 올라온 포동포동하고 땅딸막한 사내가 헐떡이는 숨을 가라앉히며 빨간 리본으로 장식된 작고 네모난 선물 상자를 건네자, 옥분이 받아 들으며 물었다.

"저야 당연히 모르죠. 이따 풀어보세요. 근데 할머니, 정말 같이 안 가시겠어요?"

땅딸막한 사내가 싱글 생글 웃는 얼굴로 물었다.

"으디를?"

"공항에요."

"아녀. 되았어. 나는."

"제가 집으로 다시 모셔다드릴 수 있는데…."

"집 못 찾아올까 봐 그러는 것 아녀. 따라갔다가 괜히 거시기해지면 더 거시기헐테니께, 걍 여서 끝내버리는 것이 더 나아…. 그라고 또…,"

옥분이 낮은 한숨을 머금었다 풀어냈다.

"나가 다시는…, 울며 가는 놈 뒤꼭지는 보지 않겠다고…, 나도 울며 돌아서지 않겠다고…, 나 스스로에게 다짐헌 것도 있응께…."

"……"

어쩌면 옥분의 마음을 이해할 수 있을 것 같았는지도 모르겠다. 포동포동 살집 좋은 사내가 말없이 고개를 끄덕댔다.

"할머니, 저 그럼 가볼게요. 공항에서 수속 마치고 게이트 들어가는 것 보고 전화 드릴게요."

쓸데없이 괜한 소리 지껄였구나 싶어 옥분이 손에 든 상자를 만지작거리려는데, 포동포동한 사내가 기운 차린 목소리로 말을 건넸다.

"잉, 그려. 얼릉 가봐, 얼릉."

"예, 그럼‥."

포동포동하고 땅딸막한 사내가 꾸벅 인사하더니, 서둘러 현관 밖을 나서 계단을 내려갔다. 옥분이 넘어지지 않게 조심해서 내려가라고 일러주더니, 현관문을 닫고 걸음을 옮겨 거실을 가로질러 햇살 밝은 베란다 쪽으로 향했다.

"으디 보자‥! 요것이 뭣이랑가‥? 으디‥?"

옥분이 두 손 위에 올려놓고 뒤집어보던 네모난 선물 상자를 오른쪽 귓가로 가져가 가볍게 흔들어보더니, 빨간 리본 장식을 풀어 헤치고 반짝이는 포장지를 뜯었다.

"을랄라~? 이게 뭣이여‥?"

종이 상자를 열고 검은색 안경집을 꺼내더니, 종이 상자를 겨드랑이에 끼고는 안경집을 열어서 테가 빨간 돋보기안경을 꺼내었다.

"돗보긴가‥? 맞구만~! 으메~양‥! 시원스럽게도 뵈이네. 나가 이놈이 읎어져갖꼬 아조 거시기혔는디, 딱 좋구마 잉‥! 음마~? 요놈은 또 뭣이랑가…?"

테가 빨간 돋보기를 - 왜 비슷한 것을 마련했는지 모르겠지만, 돈 푼깨나 있어 보였던 소피의 외할머니가 멋들어지게 틀어 올린 새까만 머리 타래에 머리띠처럼 걸쳤었던 바로 그 안경을 연상시키는 빨간 뿔테 안경을 - 콧잔등이에 걸치듯이 써보고 벗어 내리기를 두어 차례 반복하던 옥분이, 반듯하게 접혀 있는 흰 종이를 종이 상자 안에서 꺼냈다.

"편진가…? 으히구메~ 넘사스럽꾸로‥. 백화점 상품권이나 몇 눈 넣어둘 것이지, 모녀지간에 편지는 뭔 편지여? 그라도 뭐‥, 보라고 쓴 것잉께, 뭣이라 썼을랑가 읽어는 봐야겠네‥."

옥분이 절반쯤의 쑥스러움과 그만큼의 기대감이 뒤섞였을 입맛을 쩝~ 다시더니, 오른손으로 돋보기를 고쳐 썼다.

"흠흠~ 으디보자…? 뭐라는겨…?"

헛바닥을 내밀어서 오른손 엄지와 검지 그리고 중지 끄트머리에 침을 바른 옥분이 손가락을 비비대더니, 부스럭대며 흰 종이를 펼쳤다.

"엄마…,"

넉살 좋은 옥분과는 다르게 - 헤어져 있던 시간만큼 벌어졌을 감정의 간격을 좁히지 못하여 - 서먹서먹했을 은실이 미처 전하지 못한 마음을 정성 들여서 또박또박 그러나 삐뚤빼뚤하게 써 내려간 글자가 눈에 들어왔건만, 그것보다 '엄마'라는 부름말이 바로 옆에서 부른 것처럼 다정스레 들렸나 보다. 옥분이 잠깐의 여운을 가져보더니, 주둥이를 삐죽였다.

"썩을 년, 삼십팔 년만에 처음인갑네‥. 가기 전에나 한번‥, 진작 쫌 불러줄 것이지‥‥."

그리움이 짙게 배어있을 곱고 낭랑한 부름말에 어울릴만하게, 옥분은 따뜻함이 묻어있는 복받친 목소리로 나긋나긋이 투덜댔다.

"엄마가 편지를 읽고 있을 때라면, 아마도 은실이는 엄마와 헤어져서, 빠리로 향하는 비행기 안에 있을 거예요."

"으흥~! 그랑께, 요 우라질 년이 시방‥, 아조 첨부터 순 계획적이었구만, 잉~"

이렇게 말하지 않으면 샘솟으려는 눈물을 억누를 수 없었기에 그랬을 것이다. 코허리가 시릴 것만 같았는지, 옥분은 콧잔등이를 찌긋거리고서 - 떨떠름한 감정을 털어내려고 구시렁대거나 혼잣말하듯이 투덜거려댔던 것과 마찬가지로 - 퉁명스레 툴툴거렸다.

"한국에서 엄마를 다시 만나고, 은실이라는 낯선 이름으로 불리기까지, 참 많은 시간이 필요했어요."

"그르게 말이다. 너도 마흔 댓이 훌쩍 넘었응께‥."

눈으로 편지를 읽어 내려갔으나 은실의 목소리를 생생하게 귀로 들으며 친숙하지 못했던 대화를 익숙하게 나눠보듯이, 옥분은 맞장구를 쳐댔다.

"엄마~"

"왜, 이년아~"

"엄마~~"

"이잉~??"

"사랑해요."

"지랄헌다. 앞전엔 아조 잡아묵을라 들더만‥!"

"버릇없이 소리치고 화내고‥. 미안해요. 바보처럼 흥분하고 화를 내던 나에게서 소피를 멀리하려고, 앞을 가로막으며 소피를 감싸는 엄마를 보고 나도 모르게 질투가 나서, 아마도 엄마에게 어리광을 부리고 싶었나 봐요."

"어리광‥? 우라질 년이 샘은 많아 갖꼬‥. 내, 너 그런 줄 알았다. 이년아."

"엄마‥."

"……"

"엄마~."

"아~ 왜 자꼬 불러쌌고 지랄이여? 아까참부터 자꼬 눈물이 메려울라 그러는디‥."

"아무도 모를 땅에서, 아무도 모를 말로, 아무도 모르게 불렀던 그 말‥. 수백 수천 번 하늘을 보며 소리도 없이 불러보고 수천수만 번 땅을 보며 슬퍼하고 그리워했던 내 엄마‥. 나를 위한 선택이었고, 그것이 최선이었다고 받아들이려 했지만, 버림받았다고 생각하며 많이 울었어요. 아무리 울어도, 아무리 그리워해도, 엄마를 볼 수 없다는 생각에 슬펐고, 그리워하다가 엄마를 미워하기도 했어요. 미워하고 미워했다가, 슬퍼하고 슬퍼했다가, 너무나 외로워서 그리웠고, 그리워서 더 외로웠어요. 날마다 밤마다 보고 싶어서, 꿈에서 울다가 잠이 들어서 엄마에게 돌아가는 꿈을 꾸었고, 엄마가 웃는 얼굴로 안아주는 꿈을 꿨어요. 엄마! 미안해하거나 아파하지 말아요. 고맙고 또 감사해요. 엄마는 엄마가 해야 할 일은

한 것뿐이에요. 은실이를 떠나보내고 얼마나 힘들었을지, 남아있는 엄마가 백배 천배 더 마음 아팠을 것도 알고 있어요. 저에게도 소피가 있으니까요. 엄마를 따라다니는 소피와 소피를 바라보는 엄마에게서, 어릴 적 은실이와 젊었던 엄마의 모습을 보았어요. 비록 내가 낳은 아이는 아니지만…,"

"잉? 것이 뭔 소리여??"

미워했던 그 마음이 자기 마음이 아니라는 것처럼 애애절절했을 심정을 담담하게 써 내려간 편지를 자세히 들여다보려는 듯이, 옥분이 휘둥그레진 눈앞에 편지를 가져다 대었다.

"아참~! 엄마가 놀랄지도 모르겠네요. 소피는 한국에서 입양한 아이예요. 내가 아이를 가질 수 없어서였지만, 어쩌면, 왠지, 꼭 그렇게 해야만 하는 것 아닐까 고민 끝에…"

"너 생각이 그랬다면야 상관없다만…. 허이구야~ 그란디 으찌어…? 아가, 아를 낳을 수 읎다니…. 허~ 것, 참…! 아가 으쩌다가 참말로…."

"소피는 태어나자마자 갓난아이일 때 버려진 가엾은 아이예요. 내가 잘 돌볼게요. 걱정하지 마세요."

"암만~! 것이…, 당연히 그래야지. 근디…, 그래야 허기는 헐 것이다마는…, 것이, 그랑께, 아가 첨에는 주눅 든 아이마냥 눈치를 살살 봄서 낯가림을 혔었구만…. 으이구~ 불쌍헌 놈! 뭔 놈의 업으로다, 둘이 꼭 같은 인연으로…."

못내 아쉽고 왠지 안타까웠는지, 옥분이 소맷자락으로 콧물을 훔치며 고개를 끄덕댔다.

"한국에 오려고 생각했을 때, 망설여지고 두렵기도 했지만, 엄마를 만나면 무엇을 할까, 어디를 가볼까, 설레기도 했어요. 그러다, 조각난 퍼즐처럼 오래된 기억을 하나씩 맞춰보려고 여기저기 찾아다니기보다는, 엄마의 집에서 하루하루를 엄마와 나누는 것이 좋겠다고 생각했어요. 일상의 소소함을 함께 나누는 것만큼 소중한 것은 없을 테니 말이죠. 그러니까 엄마! 다음에는 우리, 맛있는 음식 먹으러 좋은 레스토랑이랑 큰 시장에도 다니고요. 소피가 가고 싶어 하는 놀이동산에도 가고, 어렸을 때 승학이와 갔었던 창경원에도 함께 가요. 옛날에 살았던 동네에도 가보기로 해요. 아버지가 잠들어있는 곳에도 가고요."

"우라질 년⋯. 말씨는 김대중이고 글씨는 한석봉이네. 창경원은, 이년아~! 그거 읎어진지가 은젠디⋯. 요즘엔 한강 유람선이 대세다, 이년아⋯!"

일상의 소소함을 함께 나누는 것만큼 소중한 것도 없을 것이니, 은실이 참마음을 보여줬다고 생각했나보다. 가슴이 화해졌을 옥분이 그녀답게 주둥이를 삐죽댔다.

"그리고 엄마!"

"우라질 년이⋯. 송아지 새끼마냥 왜 자꾸 불러쌌고 그러냐~?"

"부끄러워서 이야기 못 했지만, 더는 부끄럽지 않으려고 이야기할게요. 엄마가 은실이에게 갑자기 왜 나타났냐고, 한국에 왜 왔냐고 물었죠? 어쩌면 엄마는 엄마라서 알고 있을지 모르겠다고 생각했지만, 도미닉에게, 음⋯, 그러니까 소피 아빠에게 여자가 있었나봐요. 은실이가 모르게 꽤 오랫동안 말이에요."

"뭣이여?? 너 서방이 바람을 폈어? 요런 요‥, 오살헐 놈의 후레 아들놈의 새끼가 으디 감히 우리 은실이를 냅두고‥! 으됐냐? 도미 새낀지 갈치새낀지 으떻게 생겨먹은 놈인지‥, 내 요놈의 잠지를 붙들어다 불알을 떼어갖꼬 옆구리에 차고 댕길라니께."

"화를 내야 하는데‥, 그런데, 은실이를 키워준 엄마 아빠가 불행한 사고로 갑자기 곁을 떠나고 나서, 가족을 잃는 게 두려웠어요."

팔을 걷어붙이고 씩씩거려댈 옥분을 나직한 목소리로 다독여가 며 이야기했을 사연을, 옥분이 눈알을 부라리고 훑어나갔다.

"용서할 수 없어서 헤어지고 싶었지만, 가족을 잃고 싶진 않았어 요. 착하고 다정한 사람이고, 소피를 사랑하는 좋은 아빠인데, 소 피에게 아빠를 잃게 할 수 없었고, 무엇보다 은실이가 혼자되는 게 겁이 나서, 도미닉이 먼저 무슨 말이라도 꺼낼까 두려워서‥, 이야 기 나누는 것도, 얼굴 보는 것도, 집에 같이 있는 것조차 피하고 싶 었어요. 그러던 어느 날인가, 도미닉이 미안하다며, 용서해달라고, 다시 시작하자고 이야기했지만, 받아들일 수 없어서, 그러면서도 한편으로는 다행이라고 생각하여서 나도 모르게 가슴 쓸며 눈물 흘리는 모습이 너무 부끄럽고 바보 같아서‥, 그런 나에게 화를 내 고, 나 자신을 인정할 수 없어서, 바보 같은 짓이라고 생각할지도 모르겠지만, 어디로든 도망치고 싶었어요. 그래서‥,"

"우라질, 잡놈의 새끼‥! 지가 지 복을 걷어찬 것이구먼. 냅둬부 러라. 그러다 확 디져불라고‥! 듣자니 거시시‥, 그 양코배기들은 지 여편네허고 자식새끼는 징그럽게 챙긴다 그러드만, 것도 뭣 별 것 없는 모양이네. 허기사, 것들도 뭣 달고 나온 사내놈들인디, 별

놈의 것 있간?"

"엄마가 어떻게 생각할지, 제멋대로고 이기적이라고 생각할지 모르겠지만, 슬픔에 사로잡혀 밤거리를 걸으면서 부서진 불빛이 떠내려가는 강 물결을 바라보다가, 멀리 물 위에서 흔들리는 자그마하고 둥근 달을 보면서 '내 편이 되어줄 누군가가 있었으면‥' 하고 막연한 바람을 가지려는데, 갑자기 엄마가 떠올랐어요. 잊고 살자고 그렇게 애썼는데 말이죠. 그래서 방법을 알아보려고 한국 대사관과 영사관에 찾아갔었죠. 그런데 한국 공관에서는 입양된 아이에게 친부모 찾아주는 일에는 관심조차 없어하더라고요. 그래서 하는 수 없이 소피를 입양했던 복지회에 부탁했고, 거기서 엄마를 찾아줘서, 이렇게 다시 만날 수 있게 된 거죠."

"암만‥! 그려, 잘혔다. 끊겄다고 끊어지는 것도 아니고, 잊겄다고 잊혀지는 것도 아니고‥. 뭔 말이 필요허고 뭔 놈의 설명이 더 필요허겄냐. 것이 바로 핏줄이라는 것인디."

"그래서요, 엄마~!"

"잉‥??"

"이제 은실이가 빠리로 돌아가면, 도미닉과 마주 앉아 이야기해 보려고요. 이야기 듣다가 화가 나면, '야~이 나쁜 놈아!' 소리치고 일어나서 엉덩이도 걷어차 주려고요."

"암만~ 그려야지! 너가 누구 딸인디! 고놈 주둥아리서 죽을죄를 지었다고‥, 살려달란 소리가 나올 때까정 똥방뎅이를 사정읎이 뚜드러 패뿌러라, 잉? 다시는 안 그러겄다고 손이 발이 되게 싹싹 빌면, 그때 크게 함 봐주는 척으로다 잉? 소피를 봐서라도 못 이기는 척하고, 잘 구슬려갖꼬 데꼬 살고 잉? 으찌보면 너랑 어매랑 다시 만난 것도 그 우라질 놈 덕잉께‥, 것도 쪼까 정상참작 혀주고."

"걱정하지 말아요, 엄마. 혼자서도 당당하게 부딪쳐가는 엄마를 보며 어떻게 해야 할지 생각했어요. 내 삶에서 일어난 일들은 결국 내가 책임져야 한다는 것을 생각했어요. 비록 멀리 떨어져 있겠지만, 은실이에게 엄마가 있다는 것을 잊지 않을게요. 씩씩하고 기운 센 엄마를 생각할게요. 피하지 않고 맞설게요. 엄마, 고마워요. 항상 건강하고 행복하셔야 해요. 엄마를 잃는다는 것은 세상 모두를 잃는 거래요. 그러니까 은실이와 소피를 위해서라도, 밥 잘 먹고 술은 많이 먹지 말아요. 꼭 그래야 해요. 사랑해요, 엄마!"

"망할 년이‥, 같이 있을 때나 잘 헐 것이지‥. 버스 다 지나갔는디‥, 지가 나를 은제 또 볼 꺼라고‥‥."

"참‥! 사랑과 기침은 감출 수 없고 참을 수도 없다죠? 사람은 오로지 단 한 번의 젊음을 경험하지만, 사랑하면 다시 젊어질 수 있대요. 사랑이 있는 곳에 삶이 있으니까 말이죠. 엄마! 은실이는 길수아저씨가 참 좋은 사람이라고 생각해요. 엄마도 그렇게 생각하죠? 은실이는 엄마가 젊어졌으면 좋겠어요. 그러니까, 엄마! 아셨죠? 꼭이요. 꼭~!"

"이잉~? 여‥, 우라질 년이 시방 뭔 소리여‥?"

"엄마는 엄마니까, 부끄러워하지 않을 거라고 생각해요. 엄마 이야기는 다음에, 편지에 예쁘게 써서‥"

"으메으메~ 남우세스럽게스리‥!"

속마음이 들켜버려 뜨끔했는지, 옥분은 빨간 뿔테안경을 벗어

내리며 편지로 얼굴을 가리고 아무도 없는 주변을 두리번거려댔다. 그때였다. 현관 밖에서 "이봐요~!"라고 부르는 소리가 들리더니, - 뭐랄까? 반드시 해피엔딩으로 마무리해야 한다는 강박을 지닌 약삭빠른 삼류 연출가가 불필요한 장면을 억지스럽게 끼워 넣은 것처럼 - 씨근벌떡거리며 계단을 올라왔을 길수 영감이 현관문을 열고 고개를 내밀었다.

"이‥이것 봐! 이거‥! 또, 문이 그냥 열리네‥! 누가 들어오면 어쩌려고‥! 거~ 안에 있어요? 아니‥, 대체 이게 어떻게 된 일이에요?"

"뭣이가요?"

괜한 잔소리 투덜대며 거실로 들어와 뭔가 따져 물으려는 길수 영감에게, 옥분이 되물었다.

"아~ 따님하고 손녀딸이 방금 떠났다면서요?"

"그런디요?"

"이런 제기‥! 그런디요는‥! 아~ 그런 일이 있으면 나한테도 미리 전화 한 통 넣어줄 것이지. 사람이 왜 그래요? 가는 데 인사도 못 했잖소!"

"영감님이 갸들헌티 인사는 왜요?"

"뭐라고요? 어헛~! 이 사람이 진짜‥!!"

"‥?!‥"

평소의 길수 영감답지 않게 토라진 사람처럼 짐짓 서운한 태도를 보이자, 옥분이 멀뚱멀뚱한 눈으로 길수 영감을 쳐다보았다.

"아~ 나 여사~!! 정말 이러시기요??"

"예‥옛~?? 뭐‥뭣이가요‥? 뭣을‥? 뭣이라고라‥?"

"…???…"

길수 영감이 미간을 찌푸리고 목소리 높이자 그제야 그 마음을 퍼뜩 느꼈나 보다. 옥분이 되레 당황하여 어쩔 줄 몰라 하는 모습을 보였고, 길수 영감은 그런 옥분을 빤히 쳐다보다가 옥분의 손에 있는 편지를 발견하고 어정쩡하게 손을 뻗어 가리켰다.

"그…"

"아…! 아니오! 암껏도…!!"

화들짝 놀라서, 길수 영감이 꺼내려던 물음 말꼭지를 자르며 얼른 엉덩이 뒤편으로 편지를 감춘 옥분이 돋보기를 안경집에 집어넣고 발그스름해진 얼굴로 수줍은 듯이 딴청을 부려대는데, 길수 영감이 '어라…? 왜 저러지?' 하며 고개를 갸우뚱거리고 입을 꾹 다물었다.

"……"

"……"

길수 영감과 옥분은 잠시 아무 말도 하지 않았다. 단지 "나 좀 봐주소." 하며 마음 드러낸 총각과 "나는 몰라요." 하며 마음 감추려는 처녀처럼, 부끄럼 모르는 바라보기와 수줍게 모른 척하기를 하였고, 겨울 한낮의 밝고 노오란 햇살이 두 사람을 하나로 감싸 안아주듯이 환하고 따스하게 비춰줄 뿐이었다.

끄무레한 구름덩이가 베란다 유리창에 나비치어서 휑뎅그렁하면서도 어두침침하다는 느낌을 자아내는 옥분의 거실에서는 추시계가 큼지막한 불알을 느릿느릿 흔들어대며 지루하다고 여길만한 나른함을 '틱…!' '틱…!' '틱…!' '틱…!' 던져주고 있었다.

먼지뭉텅이처럼 몽실몽실한 잿빛 구름덩이를 멀리서부터 굴리며 밀고 오느라 노곤해졌을 바람에게는 아늑하게 보일지 모를 거실이었기에, 코가 빨개진 바람이 틈새를 찾아 비집고 들어오려고 씩씩거리며 덜그럭덜그럭 큰 창문을 흔들어대는데 거실 안쪽 방문이 절반쯤 열리더니, 옥분이 어기적어기적 거실로 나섰다. 부스스한 얼굴의 옥분은 잠이 덜 깬 눈을 깜박여보더니, 구부정하게 서서 꽃무늬 몸빼바지 속에 양손을 집어넣고 입을 크게 벌리며 "흐아함~" 하품을 길게 하고는 잠에서 깨려고 고개를 털듯이 옆으로 빠르게 흔들어보았다.

"날이‥, 왜 이리 꾸물꾸물햐? 가게 나가야 허는디‥."

몸빼바지에서 양손을 꺼내 노란 해바라기가 수놓인 진갈색 스웨터 속에 집어넣고 갈빗대를 긁적이던 옥분이 괘종시계 쪽으로 눈길을 돌렸다.

"시방 몇 시여‥?"

옥분이 눈자위를 비벼보더니, 눈을 게슴츠레하게 떴다.

"네 시구먼‥. 나가봐야 쓰겄네."

몸이 찌뿌드드했나 보다. 옥분이 결리는 몸을 비틀면서 "흐~아 아함~!" 기지개 켜듯이 팔을 쭉 펴보았다.

"몸살이 나려는가‥? 안 쑤시는 데가 읎네‥."

떨떠름하게 입맛을 다신 옥분이 오른손으로 왼 어깨를, 왼손으로 오른 어깨를 번갈아 두들겨보더니, 행똥행똥 발걸음을 옮겼다. 부엌에 가서 노란 주전자를 들고나오더니, 주둥이에 입을 대고 고개를 들치면서 벌컥벌컥 물을 들이키고는 거실 가운데께로 서너 걸음 걸으며 목구멍을 꿀렁대고 마시다가 베란다 창문 너머를 쳐다보았다.

"으메~ 양~~!!"

무엇을 발견한 사람처럼 눈을 동그랗게 뜨며 주전자 주둥이에서 입을 떼더니, 종종걸음으로 베란다 유리창에 다가섰다.

"하이고메‥!"

하늘땅에 흩날리는 새하얀 눈송이를 아이처럼 마냥 좋아하는 눈으로 바라보다 갑자기 무슨 생각이 떠올랐는지, 옥분은 뒤뚱대며 스탠드형 옷걸이 쪽으로 걸음을 옮겼다. 스탠드형 옷걸이에 걸려 있는 빨간 조끼 주머니를 뒤적거려 전화기를 꺼냈다. 그저 습관인 양 폴더를 한차례 열었다 닫아보더니, 베란다 창가로 걸어 나왔다.

"가만있어보자‥. 것이‥? 으디에‥?"

폴더를 열어젖힌 옥분이 미간에 주름이 잡히도록 힘주어 눈을 가느다랗게 뜨고 전화번호를 검색해보더니, 발신 버튼을 누르고 전화기를 귀에다 가져다 대었다.

"잉~ 나여‥! 별일 읎지?"

반가운 듯이 들떠있었으나 통화를 기다리는 동안 살짝 긴장하였는지, 옥분의 목소리는 자못 떨리는 것처럼 들렸다.

"자다 인났냐? 소피는‥?"

"……"

"잉~ 그려‥. 잉‥. 근디‥, 거시기‥,"

은실에게 전화 걸었나 보다. 수화기 너머로부터 뭐라는 이야기를 듣다가 잠깐 풀죽은 모습을 보였던 - 짐작하건대 소피가 아직 일어나지 않았다거나, 벌써 나갔다거나, 여하튼 그래서 지금 소피 목소리를 들을 수 없어서 아쉬워하는 듯했던 - 옥분이 침을 꼴깍 삼켜 넘겼다.

"그짝도 눈 와~?"

"……"

"안 와?"

"……"

"왜 안 와? 그람 은데 오는디?"

"……"

"몰러? 응, 알었어‥."

"……"

"그려‥, 그려‥, 아녀‥, 아녀‥. 그려‥. 잘 있어‥."

귀가 아플 만치 바싹 붙여대고 잔뜩 상기되어 이야기하던 옥분은 사그라져가는 목소리처럼 맥없이 전화기 폴더를 닫았다. 그러고서 잠시 무엇을 생각하는지 콧잔등이를 찌긋대고 눈을 슴벅슴벅 거려대더니, 고개를 들고 창밖을 내다보았다.

"으메~ 양‥! 바람까정 부니께로 째하얀 놈의 것이‥, 것이 한겨울 꽃송이여, 봄날 눈송이여?"

기운찬 목소리로 감탄하며 베란다 창가에 다가간 옥분이 양손으로 유리창을 짚고 먼 곳과 높은 곳을 바라보았다.

"참말 멋지구만‥. 참말 멋져부러‥."

그 어느 젊은 시절, 어린 은실의 손을 잡고 봄놀이 갔었던 그 어느 곳의 흐드러진 벚꽃이라도 떠올린 것일까? 아쉬움은 가라앉고 그리움이 솟은 듯이, 숨을 깊이 들이마셨다가 길게 "후우~~" 내쉬는 주름진 얼굴은 환하게 밝아져 있었고, 하늘땅에 가득히 쏟아져 내리는 눈송이들을 바라보는 옥분의 웃음 띤 눈가에는 맑은 눈물이 그렁그렁 내비치고 있었다.

- 끝 -

덧붙임 글.

희곡「나, 애심뎐傳!」은 소설『거기. 그가. 있다.』를 출간한 2016년 가을에 작업한 것이고, 소설「나, 옥분뎐傳!」은 2017년 이른 봄에서 2018년 늦은 봄까지 작업한 것입니다.

2007년 발표한 희곡「립쑈, 명鳴!」의 무대 위 모습과 공연을 위한 일련의 과정을 머릿속에서 그려본 상상 다큐멘터리『거기. 그가. 있다.』를 지어가는 내내, 뒤돌아보지 않으려 했던 연극작업에 쓰라린 미련이 여전히 덜 아문 상처처럼 시큰대고 있음을 느꼈습니다. 그래서 2009년 출간한『모심에 가시는 듯』이후 8년 만에 희곡「나, 애심뎐傳!」을 지었고, 공연기획자에게 제작을 의뢰하고 과정을 지켜보며 결과를 기다렸습니다. 그러는 동안, '장르에 따라 다른 맛을 느껴보게끔 하나의 이야기를 다르게 써볼까?'라는 단순한(?) 생각으로 펜을 들었고, 두 개의 텍스트를 하나로 묶어서『동시상연집同時上演集』이라는 이름으로 출간하게 된 것입니다.

이런 작업이 의미 있는 시도인지 괜한 짓을 한 것인지 저도 잘 모르겠습니다. 모쪼록 인연이 닿은 분들은 같지만 다른 두 개의 텍스트「나, 애심뎐傳!」과「나, 옥분뎐傳!」을 흥미롭게 읽어보셨길 바라며, 변변찮은 작가의 우리말을 쉽지 않을 프랑스말로 공들여 바꿔준 권오현 님과 박혜진 님에게 특별히 고맙다는 말을 전합니다.